Joséphine Nicolas

TAGE MIT GATSBY

Roman

Once again to Zelda

Sometimes I don't know whether Zelda and I are real or whether we are characters in one of my novels.

F. Scott Fitzgerald

PROLOG

Irgendwann hatte er einmal behauptet, dass das Verb in einem Satz das Wichtigste sei. Er sollte es wissen, denn Scott brachte wunderbare Geschichten zu Papier. Ich bin trotzdem anderer Meinung. Der ganze Satz ist wichtig. Schließen Sie die Augen und denken Sie an Ihre erste große Liebe. Schon nach wenigen Momenten werden Sie feststellen, dass dieser Mensch, der sehr wahrscheinlich noch einen verborgenen Winkel Ihres Herzens bewohnt, nicht allein mit Verben zu umschreiben ist. Er ist viel mehr als ein zusammengekehrter Haufen romantischen Tuns, er ist ein kaleidoskopisches Gefühl. Und dieses Gefühl schwebt plötzlich im Raum; von der Morgensonne geküsst, wird es leicht und leichter, verwandelt sich in Magie. Ein zartes Herzklopfen schmilzt zu einem Klang von Worten, die in ihrer Komposition an das Flattern irisierender Käferflügel erinnern, vielleicht intensiver werden und in eine melodiöse Satzkaskade, eine Orchestrale gleiten.

Tatsächlich beschreibe ich hier meine eigenen Gefühle, wenn ich an Scott denke. Scott. Dieser Mann war meine erste große Liebe, und noch heute – mehr als zwei Jahrzehnte später – funkelt in meiner Erinnerung jedes einzelne Wort klar und deutlich wie ein geschliffener Diamant. Lange Zeit habe ich gedacht, dass sich das niemals ändern würde. Die Welt drehte sich damals schneller, doch wir waren ihr stets ein unverschämtes Stück voraus. Wir lebten für den Augenblick, für die Leidenschaft. Nichts und niemand konnte uns aufhalten. Wir waren jünger, schöner, erfolgreicher. Wir waren vollkommen.

Ohne uns wären die Roaring Twenties ein staubtrockenes Ereignis geworden, dessen bin ich mir gewiss. Scott und ich sprühten vor Ideen. Wir wirbelten durch Manhattan, badeten nachts in den Springbrunnen der Stadt, tanzten durch die Prohibition und brachten die nicht leicht zu beeindruckende New Yorker High Society zum Staunen. Mit unserer Unbändigkeit streuten wir Glitzer auf die Tristesse der anderen und bestimmten die Schlagzeilen des nächsten Tages. Die amerikanische Presse liebte uns. Die riesigen Lettern schlugen Kapriolen auf den Titelblättern wichtiger Gazetten, sezierten »das Leben des sagenumwobenen Jazz-Age-Chronisten und seiner glamourösen Zelda«. Sie alle suchten nach dem Geheimrezept der Fitzgeralds, diesem atemberaubenden Paar, das klug und kultiviert und doch so impulsiv sei. Die Gerüchte über uns schwirrten wie aufgeregte Mädchen über die Fifth Avenue, sie lärmten und krachten, stoben übermütig in alle Himmelsrichtungen. Dabei waren wir einfach nur der Eintönigkeit davongelaufen, dieser entsetzlichen Langeweile in den Köpfen der Menschen, die nichts als abgenutzte, fade Ansichten produzierte.

Nach dem Großen Krieg änderte sich die Welt gewaltig. Ein neues Zeitalter brach an. Ich hatte nie verstanden, warum sich junge Damen mit einer eigenen Meinung hinter den Widerspenstigkeiten ihres Ehemannes verstecken sollten, da ich schon immer tat, was ich tun wollte. Endlich entledigten sich die braven Debütantinnen ihrer Häubchen, unter denen viel zu lange die sittsamen Attitüden ihrer Großmütter gehockt hatten. Mir war, als kletterten diese Frauen plötzlich aus ihren Poesiealben heraus, schüttelten die Bescheidenheit nostalgischer Glanzbilder von ihrem Selbstbewusstsein und ahmten mich nach: Sie begannen zu leben. Sie schnitten sich die Haare ab, flanierten mit endlos langen Zigarettenspitzen durch die Straßen und küssten, wen sie wollten, wann sie es wollten. Sie variierten ihre Unschuld mit der Länge ihrer Röcke, mit der Zartheit ihrer Strümpfe. Die jazzgetränkten Nächte gehörten ihnen, ihnen allein; und das korallenrote Rouge auf ihren Wangen leuchtete über den kühlen, glatten Asphalt der Metropolen bis weit in den Tag hinein. Sie kokettierten mit Intellekt, mit Mut.

Ungefähr zu jener Zeit, als ich meine ersten Schreibversuche wagte, klagte man Margaret Anderson und Jane Heap wegen der Verbreitung obszöner Schriften an, da sie in ihrer Zeitschrift *The Little Review* Auszüge aus James Joyces *Ulysses* abgedruckt hatten.

Mich erfüllten solche Skandale mit einer Vorahnung auf Veränderungen. Die Leute sprachen damals vom Untergang des Abendlandes und rümpften die Nasen, doch es war der Anfang von allem. Die Lethargie an der Seite eines Mannes hatte ein Ende, und ich war der Prototyp dieser modernen Rebellin. Ich gefiel mir in meiner Rolle als Flapper. Beinahe täglich dachte ich mir Verrücktheiten aus, sie zogen eine Menge Aufmerksamkeit auf sich. Die vielen Bewunderer schmeichelten mir, und Scott wiederum liebte es, wenn man mich bewunderte. Es inspirierte ihn. Er schrieb über mich als junges Mädchen, als Frau, als Mutter, Diva, Muse. Unser Dasein wurde zur Blaupause seiner Geschichten, und allmählich begannen die Dinge für mich zu verschmelzen. Ich wusste nicht mehr, ob ich tatsächlich existierte oder eine seiner Romanfiguren war. Die Leute entdeckten in mir Rosalinds Art zu sprechen, Glorias lasziven Augenaufschlag. Anscheinend lachte ich wie Daisy. Wer war ich? Musste ich denn überhaupt wissen, wer ich war?

Wir lebten immer schneller, feierten in jede Morgendämmerung hinein, und die länger werdenden Sonnenstrahlen tasteten unablässig nach den Grashalmen an der Küste Long Islands, wo wir einst wohnten, nach dem salzigen Meer. Sie berührten unsere Jugend, betörten sie mit malvenfarbener Ewigkeit. Sie würde nie enden. Wir taumelten im Glück, im unendlichen amerikanischen Traum.

Damals kannten wir Hemingway noch nicht. Er sollte Scott viele Jahre später schreiben: »Du hast so verdammt viel Wert auf das Jungsein gelegt, mir scheint, du hast Erwachsenwerden mit Altwerden verwechselt.« Ich habe diesen Mann verabscheut, doch wenn ich ehrlich bin, enthielten seine kurzen, rauen Sätze stets etwas Wahres. So bitter diese Erkenntnis auch sein mochte, Scott und ich mussten uns irgendwann eingestehen, dass wir Angst vor dem Verlust des Moments hatten – er sollte nie vergehen. Wie hätte ich ahnen können, dass er längst verloren war? Ein Hauch von Zerfall hat etwas Charmantes, man spürt ihn wie ein leichtes Prickeln auf der Haut, doch Ereignisse schreiten voran, und früher oder später reißen sie jäh alle Illusionen mit sich. Schließlich erkannten wir, dass sich die Zeit nicht anhalten ließ, und wir begannen tatsächlich alt zu werden.

Dies ist eine Liebesgeschichte, ich erzähle von Scott und mir, mir und Scott. Wir hatten unsere Herzen aneinander verloren, und wir waren bereit, sie niemals wiederzufinden. Wir waren bereit, unser Leben für den anderen aufzugeben. Wir glaubten an die Ehe, an das unschätzbar Wertvolle, das wir miteinander teilten. Aber Menschen sind kompliziert; sie geraten in Situationen, die sie nicht erklären können, die sie später aufrichtig bereuen. Sie handeln von Leidenschaften, von Widersprüchen, Schmerz. Wahrheit. Es sind Situationen, die sie ein Leben lang verfolgen. An denen manche gar zerbrechen. Zu lieben ist nicht immer einfach.

So war es auch bei uns.

In jenem Sommer 1924, als Scott *Der große Gatsby* schrieb, änderte sich alles. Zuerst verließen diese fremdartigen Vögel ihre Schlafplätze in den Kastanienbäumen. Mit empörtem Gekreische stoben sie gen Horizont, und dann verschluckte sie die schwarz glänzende Nacht über dem Meer. Sie kamen nie wieder, hinterließen eine Vergangenheit, die vorüber war und der wir doch nicht entrinnen konnten. Denn alles beginnt und endet mit Aufbrüchen, wie ich inzwischen weiß, und wäre ich damals nicht zu jung gewesen, um es zu verstehen, hätte ich mein Herz vielleicht vor viel Leid schützen können.

ERSTER TEIL
NEW YORK/PARIS, 1924

I don't want to live –
I want to love first and live incidentally.

Zelda Fitzgerald

KAPITEL 1

»Vielleicht bin ich ein hoffnungslos romantischer Egoist, aber ich finde meine Wehmut gerade ergreifend schön.« Er betrachtete mich mit seinen leuchtenden eisgrünen Augen. In dem beinahe klassisch geschnittenen Gesicht mit der hohen Stirn und dem fein geschwungenen Mund war diese Farbe, die mit seinen vielfältigen Launen changierte, das Bemerkenswerteste. Sie bewahrte seine Geheimnisse.

Die nächtlichen Geräusche der Stadt drangen durch das geöffnete Taxifenster. Ich vernahm das Rauschen der Markisen eines Grand Hôtels im Wind, das zischende Dampfen der Schächte aus der Unterwelt, weit entfernt das Vibrieren der Motoren. Das Lachen einer jungen Frau in einem Eichhörnchenmantel überlagerte den zögernden Rhythmus der Nacht. New York schlief nie, doch im Augenblick schlummerte es ein wenig. Immer wieder warfen die Lichtkegel unseres Automobils tanzende Schatten in die Dunkelheit, verliehen Mauern und Hydranten fremde Konturen. Während dieser Fahrt durch die Avenuen schweiften mir viele Gedanken durch den Kopf und schienen an jeder Kreuzung die Richtung zu ändern. Als in der Ferne die Silhouette des Hafens auftauchte und die ersten zum Aufbruch mahnenden Schiffshörner ertönten, lehnte ich mich an Scotts Schulter und sog seinen vertrauten Geruch ein.

»Alles wird gut.« Er klopfte auf die abgegriffene braune Ledermappe neben sich, in der er die ersten Seiten seines begonnenen Manuskripts verwahrte, dann nahm er meine Hand, verschränkte unsere Finger ineinander und drückte sie fest zusammen.

Wir hatten beschlossen, unserem Leben in Europa eine Wendung zu geben, uns neu zu erfinden, und nun war der Moment gekommen. Mit jeder Meile, die wir uns auf dem Weg zur SS *Minnewaska* weiter von unserer Villa in Great Neck entfernten, spürte ich den Abstand zwischen mir und einem Amerika, das sich immer tiefer unter einer selbstgefälligen Schicht der Dekadenz verkroch. Ich war bereit für ein neues Abenteuer. Ich war bereit für ein neues Leben. Endlich wollte ich Vertrautes hinter mir lassen und der Mensch werden, der mir in meinen kühnsten Träumen schon ewig erschienen war. Mit Scott an meiner Seite konnte ich mir alles vorstellen. Auch wenn ich noch nicht wusste, was mich dort drüben erwartete, hatte ich bereits das Gefühl, dass mein Herz im Takt der Alten Welt schlug. Es war, als würde dieses französische *laisser-faire* nur auf uns warten. Ich sah in Paris die unzähligen Cafés vor mir; die quirligen Menschen auf den breiten, mit Platanen gesäumten Boulevards. Dachte an die Seine, die unter den moosbewachsenen Brücken mit den schmiedeeisernen Geländern hindurchfloss. Dieser perlgraue Himmel, von dem alle sprachen. Und dann der Eiffelturm, in den ich mich verlieben wollte. Im Süden schließlich würden wir im Schatten riesiger Pinien sitzen, *Orange Blossoms* trinken und in der Abenddämmerung den Glühwürmchen beim Flirten zusehen. Ich nahm mir felsenfest vor, diesem Land mein Herz zu schenken.

*

»Ach, Zelda«, hatte Mutter geseufzt, als ich sie vor einigen Tagen anrief und enthusiastisch von unseren Plänen erzählte. »Warum wirst du mit deinen fast vierundzwanzig Jahren nicht langsam erwachsen und beginnst, die richtigen Entscheidungen zu treffen?«

»Europa wird großartig.« Ich spürte meine Freude in sich zusammensinken. »Wir werden völlig neu anfangen.« Ein Knistern war in der Leitung zu hören, und mir kam der Gedanke, Mutters nervöse Anspannung, ihre Vorwürfe, ihre Sorgen, würden sich von Alabama durch das Kabel winden, nur um mir in New York ein schlechtes Gewissen zu bereiten. Wie erstaunlich schnell doch diese Frau meinen Gefühlen einen Dämpfer versetzen konnte. Dabei war ich ihre liebste Tochter gewesen, ihr spätes Glück. Bis zu jenem Tag, an dem ich Scott kennengelernt hatte.

»Glaubst du wirklich, dass ein anderer Kontinent ein geregeltes Leben bedeutet?« Abermals gab sie einen tiefen Seufzer von sich. »Welche Aussichten könnt ihr dort drüben der kleinen Scottie bieten? Das Kind ist keine drei Jahre alt. In Europa lauern Krankheiten, die wir hier noch nicht einmal aussprechen können.«

»Scottie ist kerngesund«, entgegnete ich trotzig.

»Und was ist mit euren Schulden?«, überging sie meinen Einwand. »Ich kann noch immer nicht fassen, dass du von deinen vielen Verehrern ausgerechnet diesen *Schriftsteller* heiraten musstest.«

»Er ist der Richtige.«

»Sei nicht naiv, Liebes.«

Tatsächlich waren die Dinge in der letzten Zeit ein wenig aus den Fugen geraten. Dabei mochte ich es, wenn nicht alles nach einem geordneten Rhythmus ablief. Das Durcheinander gehörte zu mir wie die Narbe an meinem linken Knie oder die durchtanzten Ballettschuhe an der Türklinke meines Mädchenzimmers in Montgomery.

Bevor ich etwas hatte erwidern können, hörte ich am anderen Ende der Leitung im Hintergrund das altvertraute Geräusch eines Schlüssels, der sich im Schloss herumdrehte. Im folgenden Augenblick schlug die mächtige Standuhr im Salon sechs Mal. Vater war von der Arbeit heimgekommen. Ich wusste, dass er gleich den Teppich mit den verschlungenen Seerosen in der Halle betreten würde; jener Teppich, der während meiner seltenen Besuche stets andere Erinnerungen in mir hervorrief. Die vielen Purzelbäume, die ich darauf geschlagen hatte, wenn ich mich unbeobachtet fühlte. Das

Murmelspiel. Himmel und Hölle. In solchen Momenten fragte ich mich, ob es meinen drei älteren Schwestern, zumindest aber meinem Bruder Anthony, genauso erging, ob sie ähnliche Andenken in ihren Herzen aufbewahrten wie ich, ihre Kindheit fühlen konnten. Oder ob sie alles vergessen hatten. Ich wusste, dass Vater als Nächstes seinen dunkelblauen Mantel auszog, er würde ihn an den hölzernen Haken der Garderobe hängen, den Hut auf die Konsole legen, sein Haar glattstreichen. Er würde die Krawatte zurechtrücken und mit spröden Lippen den Satz formen: »Was gibt es zu essen?« Seine Bewegungen waren stets dieselben, wenn er nach Hause kam, sie waren verlässlich. Beständig. Als junges Mädchen hatte ich angenommen, dass nur ein Mann mit einer solchen Kontrolle über sich und sein Leben das Amt eines Richters ausführen dürfte, und ich war nicht müde geworden, meiner Freundin Tallulah diese Erkenntnis mitzuteilen. Undeutlich hörte ich ihn Mutter durch das Rauschen in der Leitung fragen, wer am Telefon sei, schließlich vernahm ich seine Stimme klar und deutlich.

»Was hast du nun wieder angestellt?«, fragte er in einem forschen Ton, der vermuten ließ, dass er einen anstrengenden Tag am Supreme Court hinter sich gebracht hatte.

»Anfang Mai haben wir eine Schiffspassage nach Europa gebucht. Nach Cherbourg.«

»Warum?«, kam es knapp zurück.

Diese gepressten Worte fühlten sich nicht gut an. Sie waren durchdringend, demonstrativ, ließen mich an ein Verhör mit einer Tochter denken, die ihn allzu oft enttäuscht hatte und ihn höchstwahrscheinlich immer wieder enttäuschen würde. In Vaters Augen war ich kein mustergültiges Kind gewesen. Meine leichtfertige Sicht auf das Leben, die völlige Unbekümmertheit angesichts der Realitäten des Daseins, hatte er mir einst erzürnt während eines Streits vorgeworfen, stünden im Widerspruch zu seinem Bild einer guten Tochter, einer richtigen Ehefrau und wahren Südstaatenschönheit.

Ich bin doch kein Püppchen, das man hübsch gekleidet nach dem Spielen in der Ecke vergisst. Von jenem Augenblick an war mir klar gewesen, dass ich seinen Vorstellungen, so sehr ich mich auch anstrengen mochte, niemals gerecht werden würde.

»Scott arbeitet an einem neuen Manuskript. In Frankreich findet er mehr Ruhe zum Schreiben.« Ich holte Luft und lachte gezwungen auf. »Er hat beschlossen, als einer der größten Schriftsteller in die Literaturgeschichte einzugehen. Vielleicht nicht gerade Shakespeare, aber doch unmittelbar dahinter.«

Ich war mir nicht sicher, ob Vater Scotts Romane oder seine Kurzgeschichten gelesen, ob er zumindest die Rezensionen in der Presse überflogen hatte. Er verlor kein Wort darüber. Doch Amerika sprach über die Erzählungen, über diese ungenierten Zeilen voll schöner Menschen, überbordender Partys, Jazz, Alkohol. Hinter vorgehaltener Hand auch über die angedeutete Sinnlichkeit. Und Sex. Selbst Vater musste davon gehört haben. Irgendetwas musste bis zu seinen Ohren vorgedrungen sein.

»Du weißt, was ich von meinen fünf Kindern erwarte, Zelda«, polterte er, bebende Töne, einem herannahenden Gewittergrollen gleich. »Haltet meinen guten Namen in Ehren. Letztendlich mag es das Einzige sein, was ihr auf der Welt haben werdet.«

Als Nächstes vernahm ich ein metallisches Klicken. Vater hatte den Hörer eingehängt. Damit schien wieder einmal alles gesagt. Seit ich denken konnte, war er mir wie eine lebende Festung vorgekommen, wie eine Mauer aus Unbescholtenheit, Disziplin und Gesetzestreue. Er war der Mann, der mich einst im Schein bunter Lampions auf der Veranda vor meinen Freunden als ›Flittchen‹ zu beschimpfen wusste.

Ein weiteres Mal atmete ich tief durch und ballte eine Hand um das Telefonkabel zur Faust, bis meine Knöchel eine weißliche Farbe annahmen, noch weißer wurden, schmerzten. In Europa würde es mir anders ergehen. Europa gehörte mir.

KAPITEL 2

»Ladys, jetzt ist Schluss mit dem Getöse«, hatte Scott vor mehreren Wochen entschlossen zu der Kleinen und mir im Kaminzimmer gesagt und das akribisch geführte Haushaltsbuch, seinen Ledger, zugeschlagen. Das Frühjahr begann sich gerade aus den letzten Schneewehen zu schälen, vereinzelt blitzten Krokusse im ersten Grün des Jahres auf. »Wir müssen unser Budget kürzen.«

Scottie und ich saßen an jenem Nachmittag in eine Wolldecke gehüllt auf dem ledernen Chesterfield-Sofa und blätterten in meinen Modemagazinen herum. Das Feuer prasselte in einem ruhigen, gleichmäßigen Ton. Manchmal stob ein glimmender Funke durch die Luft und wirbelte die Erinnerung an Maiskolben mit geschmolzener Butter eines spätherbstlichen Barbecues in den Raum.

»Was meinst du?« Gähnend ließ ich die *Vogue* auf meinen Schoß sinken und schaute Scott fragend an.

»Unsere Angestellten werden zu teuer. Ich habe es soeben errechnet, von ihren Löhnen könnten wir dir einmal monatlich genauso gut einen Diamantring kaufen.«

»De Beers?« Geziert streckte ich meine Hand aus und drehte sie im Lichtschein herum. »Gebündelt? Gereiht? Habe ich dir je gestanden, dass mich die Steine einzeln gefasst schrecklich melancholisch stimmen?«

»Zelda!«, ermahnte er mich. »Die Lage ist ernst. Dieser aufwendige Lebensstil fordert seinen Tribut. Dreihundert Dollar Miete, neunzig Dollar für die Nanny. Wir können uns den Luxus einer Köchin *und* eines Gärtners nicht mehr leisten.«

»Was willst du damit sagen?«

»Einer von beiden muss gehen.«

»Aber du hast doch bereits die Waschfrau entlassen.« Verdrossen fügte ich hinzu: »Was meiner Meinung nach ein Fehler war.«

»Ein Fehler«, plapperte mir die Kleine fröhlich nach und zog sich die Decke über den Kopf.

»Ein notwendiges Übel.« Scott verzerrte das Gesicht auf schmerzliche Weise, eine Mimik, die er einzusetzen wusste, und nickte nachdrücklich. »Auch wenn ich den Rest meines Lebens kein sauberes Hemd mehr tragen werde.«

»Was ist aus deiner Aktie geworden? Vielleicht solltest du sie irgendeinem neureichen New Yorker verkaufen?«

»Ach, dieses Stückchen Unglück«, winkte er ab. »Das Thema ist abgehakt. Also, was meinst du? Könntest du deine Kochkünste ein wenig aufpolieren?«

»Ich soll mir eine Schürze umbinden?«, rebellierte ich. »Genauso gut könnte ich mich auch ins letzte Jahrhundert fallen lassen.«

»Eine fantastische Gelegenheit, endlich einmal wieder Charles Dickens zu erwähnen. Niemand weiß Armut und Missstände brillanter zu beschreiben als er. Könnte sein«, meinte Scott, »dass ich es demnächst besser kann.«

»Nun übertreibst du.«

»Nein.«

Mit meinen Küchenkenntnissen stand es nicht zum Besten: Ich war in der Lage, ganz passable Sandwiches zu belegen, wenn genügend Zutaten im Haus waren, und ich konnte eine fantastische *Pink Lady* mixen (das Eiklar einfach weglassen!). Doch auch die Gartenarbeit verursachte mir Unbehagen. Eine Frau wie ich hatte aufregendere Qualitäten zu bieten.

Weit ließ ich die Gedanken zurückschweifen, dachte an Joseph, den gutmütigen schwarzen Gärtner meiner Eltern, der seine Augäpfel schnell wie Roulettekugeln rollte, wenn ich ihn als junges Mädchen darum gebeten hatte. Wann immer ich aus der Schule kam, sah ich ihn mit einem riesigen Schlapphut zwischen den Gemüsebeeten herumlaufen, eine Melodie summend oder ein Lied singend. Sein voluminöser Bass hatte mich fasziniert. In meinen Kinderohren klangen diese Töne ein bisschen verwegen, nach einer anderen, unbekannten Welt, die mir damals viel aufregender erschien als meine eigene. Joseph hatte ich mit meinem Unfug stets zum Schmunzeln gebracht. *Sie sind einzigartig, kleine Miss. Haben Sie die Feuerwehr wirklich selbst gerufen, bevor Sie auf den Dachfirst geklettert sind und die Leiter weggestoßen haben?*

Scottie krabbelte mit abenteuerlustigem Blick unter der Decke hervor und verdrängte die Bilder längst vergangener Zeiten aus meinem Kopf. Übermütig begann sie auf dem Sofa herumzuhüpfen. Das Einzige, was man mir wirklich anvertrauen konnte, waren meine Auftritte in der New Yorker Szene, die ich kühn zu variieren wusste. Diese Show beherrschte ich perfekt, ich hatte sie besser einstudiert als die Revuegirls der Ziegfeld Follies es je könnten. Doch ich wusste, dass nichts daran Scott momentan zufriedenstellen würde. Welche Alternative blieb mir an der Seite eines Schriftstellers? »Was ist mit einer weiteren Kurzgeschichte? Haben sie uns bisher nicht aus jedem Schlamassel gerettet?«

»Zelda, in den letzten Monaten habe ich zehn Geschichten geschrieben, um uns über Wasser zu halten. Zehn! Ich will mir die Nächte in dem kalten Zimmer über der Remise nicht mehr mit irgendwelchen albernen Storys vermiesen, um schnelles Geld zu verdienen. Das ist demütigend.«

»Vielleicht denkst du dabei auch mal an mich?« Ich war empört. »Es ist weitaus demütigender, zwischen all diesen Fledermäusen über das dunkle Grundstück zu laufen, nur um dir eine Tasse Kaffee nach der nächsten zu bringen.«

»Ich möchte endlich einen guten Roman schreiben, etwas Ernsthaftes. Ein Meisterwerk, verstehst du? Aber dafür brauche ich Zeit und Ruhe.«

»Und Geld«, stichelte ich. »An deiner Stelle würde ich augenblicklich zum Stift greifen und einige Sätze über das Ganze zu Papier bringen.« Grübelnd schaute ich ins Feuer. »*Wie man 36 000 Dollar im Jahr verprassen kann* wäre ein Titel, der unsere Situation hervorragend zusammenfasste. Das ist es, was die Leute lesen wollen. Die *Saturday Evening Post* würde es dir aus den Händen reißen.«

Scott horchte auf, verwarf meine Idee jedoch sogleich. »Ein dummer Gedanke.«

»Wenn du meinst«, gab ich mich gleichgültig.

Wir diskutierten eine Weile über unsere Möglichkeiten, beleuchteten die finsteren Löcher auf unseren Kontoauszügen, so zweifelhafte Vergnügen wie Glücksspiele, aber auch die unzähligen Besuche in den Theatern und Lichtspielhäusern. Die Ausflugsfahrten. Die Flüsterkneipen.

»Tja, das Feiern in Great Neck ließe sich ebenfalls mäßigen«, schlug Scott schließlich vor. »Vielleicht sollten wir nur noch am Wochenende Gäste einladen.«

»Du willst sagen, wir sollten uns auch *zu Hause* weniger amüsieren?« Ungläubig starrte ich ihn an. »Ganz schwierig.«

»Ich denke, dann lautet die Lösung unseres Problems Europa.«

Das Exil in Europa. Aufgrund des Wechselkurses kursierte in der Stadt seit Längerem das Gerücht, dass dort drüben alles wesentlich preiswerter sei. In Europa lebten die Menschen ohne größeres Einkommen angeblich wie Fürsten und Könige. Einige unserer Freunde, vornehmlich Künstler, hatten den Sprung über den Großen Teich bereits gewagt und wussten nur Gutes zu berichten. Immer wieder erreichten uns ihre Briefe, auf denen elegant anmutende französische Marken klebten. *Wann kommt ihr endlich?* Zeilen wie diese hatten meine Sehnsucht und meine Neugier längst geweckt. Sie klangen in meinen Ohren nach verheißungsvollem *savoir-vivre*.

»Ich könnte mir in Paris diese schicken Schuhe kaufen, die ich vorhin in der *Vogue* gesehen habe.« Eifrig blätterte ich durch die Seiten des Magazins, sah fließende Georgettekleider, anmutige Roben, eine Anzeige für eine sensationelle Black Cake Mascara. »Schau mal, diese T-Straps aus hellgrauem Veloursleder wären ein ganz wunderbares Pendant zu meinem Haar. Oder diese Two-Tones?«

Die Kleine kniete sich nun dicht neben mich, sodass ich ihren warmen Atem spürte. Sie schlang die Ärmchen um meinen Hals und sagte: »Ich brauche auch neue Schuhe.«

»In Monte Carlo könnte ich euch beiden ein ganzes Schuhgeschäft kaufen«, entgegnete Scott. Er legte die Beine auf den wuchtigen Eichentisch, zündete sich eine Zigarette an und stieß den Rauch mit hochgerecktem Kinn genüsslich in die Luft. Die Schwaden tanzten auf einem matten Sonnenstrahl, der sich angestrengt durch die Fensterscheiben des Kaminzimmers kämpfte.

»Meinst du wirklich, Goofo?«

»Aber ja, mein Schatz. Europa scheint tatsächlich äußerst preiswert zu sein.« Er nahm einen weiteren Zug, ohne den Blick von mir abzuwenden. »Du könntest dort drüben angenehmen Beschäftigungen nachgehen, dich in Müßiggang üben; schwimmen, lesen. Und ich würde in aller Ruhe meinen Roman zu Ende schreiben. Nach der Veröffentlichung sind wir sowieso reich und kehren als strahlende Gewinner in die Staaten zurück.«

»Ehrgeizige Pläne.«

»Machen wir es?«

Nach reiflicher Überlegung beschlossen wir, den verlockenden Zeilen unserer Freunde uneingeschränkt zu glauben. Dieser gelobte Kontinent sollte uns von den Folgen unserer Verschwendungssucht befreien und unsere Köpfe aus der Schlinge ziehen.

»Was für eine Entscheidung!« Schlagartig ergriff mich die Aufregung, ich atmete kräftig aus und sagte: »Gerade fühle ich mich wie Anne Boleyn, die dem Henker entkommen ist.«

»Diese Geschichte beruht aber auf mehrfachem Ehebruch; von einer Budgetregelung wüsste ich nichts.«

»Ist doch egal. Kopf ist Kopf.«

»Du hast recht«, meinte Scott lachend. »Gleich morgen fahren wir zum Büro der Dampfschiffgesellschaft und buchen uns eine Passage.«

»Das muss gefeiert werden!«

»Französischer Champagner war nie passender.« Er stand auf und strich mir im Vorbeigehen übers Haar. Mein Seidenband löste sich und glitt zu Boden. Eilig rutschte Scottie vom Sofa hinunter, langte danach und hüpfte durch das Zimmer. »Hoffentlich haben wir noch eine Flasche im Eisschrank.«

»Hinter meinen Cold Creams habe ich eine vor unseren Gästen versteckt«, rief ich ihm hinterher. »Ist sie noch da?«

Entfernt hörte ich das Klicken des metallenen Türgriffs, dann einen überraschten Ausruf. »Warum kühlst du stapelweise die Cinema-Illustrierten?«

»Wegen der Haltbarkeit, mein Schatz.«

»Du bist eine bezaubernde Lügnerin. Warum sagst du nicht einfach, dass du keine Lust zum Aufräumen hattest?«

Weil ich Besseres im Sinn habe. Momente später war der Korken mit einem lauten Knall durch die Luft geflogen.

Scottie, mit dem Geräusch seit ihrer frühen Kindheit vertraut, sagte: »Plopp.« Dann warf sie den Kopf in den Nacken, lachte hell auf, und ihre niedlichen weißen Milchzähnchen blitzten uns im Widerschein des Feuers fröhlich entgegen.

»Heißt das wohl, dass sie einverstanden ist?« Scott reichte mir eine unserer Champagnerschalen, deren Silberrand seit der Hochzeit vor vier Jahren ein wenig an Glanz eingebüßt hatte. Aber was funkelte in einer Ehe nach solch endlos langer Zeit überhaupt noch wie neu?

»Ganz bestimmt. Unsere Tochter wird eine reizende kleine Französin werden«, erwiderte ich. Die prickelnden Bläschen sprühten winzige Tropfen auf meinen Handrücken, hinterließen einen glitzernden Schleier auf der Haut. Wir stießen miteinander an, das Kristall klirrte feierlich, und als wir uns küssten, war ich im Geist schon mit dem Kofferpacken beschäftigt.

»Das Sparen beginnt, Madame de Fitzgerald.«

»Ich muss unbedingt ein *Dictionary* kaufen. Und ein paar französische Bücher, Proust vielleicht.«

»Dieser Langweiler«, entgegnete Scott trocken und presste kurz, beinahe unmerklich, die Lippen aufeinander.

»Neidisch?«, spielte ich nicht ohne Häme auf den *Prix Goncourt* Prousts an; doch statt einer Antwort schnaubte er missbilligend, steckte die Hände in die weiten Hosentaschen seines Anzugs und verließ pfeifend das Zimmer.

Im Bemühen, äußerst beiläufig zu klingen, hörte ich ihn kurz darauf zwischen klappernden Schranktüren aus der Küche rufen: »Ich denke, ich werde diese Story über die 36 000 Dollar schreiben. Sie wird uns ein hübsches Sümmchen einbringen.«

Vielen Dank für deine fantastischen Einfälle, Zelda. Ich trank einen Schluck Champagner. Eiskalt rann das Getränk durch meine Kehle, rauschte schnell ins Blut und lockerte Arme, Beine, den gesamten Körper. Ich liebte es. Entspannt lehnte ich mich in die Tiefen des dick gepolsterten Ledersofas und spürte ein Gefühl von Verbundenheit mit allem. Das letzte Mal hatte ich mich in eine derartig angenehme Behaglichkeit sinken lassen, als ich der *Baltimore Sun* im vergangenen September auf diesem Sofa mein erstes Interview gegeben hatte. *Ob ich ehrgeizig bin? Nein, nicht besonders, aber ich erhoffe mir viel ...* Alles hatte sich nur um meine Person gedreht. Um meine Wünsche, meine Vorstellungen, meine Pläne. *Um mich.*

KAPITEL 3

Die ersten Sonnenstrahlen drangen durch die Vorhänge der hohen französischen Fenster und malten ein hinreißend schönes Muster auf den Teppich. Die Schatten der neoklassizistischen Brüstung erstreckten sich wie Notenlinien weit in den Salon hinein, auf denen die matten Geräusche einer fremden Stadt zu schweben schienen. Das Hôtel des Deux Mondes lag im Herzen der Metropole, und der Name hätte es nicht treffender besagen können: Ich befand mich noch ein wenig zwischen den Welten. Dort die Häuserschluchten New Yorks, Hektik und Unruhe, die in meinen Erinnerungen zusehends verblassten; und hier Paris, das sich seit unserer Ankunft gestern Abend mit seiner romantischen Straßenbeleuchtung und den eng umschlungenen Pärchen entlang der Seine eindrucksvoll zu färben begann.

Wie hatte Scott beim Auslaufen des Dampfers gesagt, als die lichthellen Vierecke Manhattans langsam im Nichts verschwanden? *In wenigen Tagen beginnt unser neues Leben.* Es begann in diesem Augenblick.

Vorsichtig zog ich die weißen Laken zur Seite, griff nach meinem Tagebuch unter dem Kissen und löste das zerknitterte Satinband, das die Buchdeckel zusammenhielt. Rasch blätterte ich durch die letzten Seiten, überflog meine Gedanken, die mir während der Überfahrt durch den Kopf gegangen waren – das Glitzern der unruhigen Wellen bei Vollmond, die Poesie der Stille oder die Melancholie der Eintänzer, sobald das Orchester verstummte –, sah Sätze, ganze Passagen, die Scott erst letzte Nacht mit Bleistift unterstrichen haben musste. *Gut! Perfekt! Ausführlicher?*

Schon immer hatte er mein Erlebtes kommentiert, es bis zur letzten Zeile in sich aufgesogen.

»Du schreibst ganz anders als die Mädchen, die ich bisher getroffen habe«, hatte er bereits wenige Tage nach unserem Kennenlernen auf einer Parkbank hinter der Kirche in der Market Street gesagt, einen zerknautschten Brief von mir aus der Brusttasche seiner Uniform hervorgeholt und ihn mit den feingliedrigen Händen glattgestrichen. »Du schreibst glühender, voller Inbrunst. Sag, ist diese bezaubernde Zelda Sayre mit den wunderbaren Worten wirklich wahr?«

Ein süßlicher Magnolienduft lag in der Luft, und die ersten schläfrigen Blütenkelche begannen sich gerade zu schließen. *Ob ich wahr bin?* Ich hatte in die Abenddämmerung hineingelächelt und gedacht, ich bin das Mädchen, das sich gerade Hals über Kopf in dich verliebt.

Scott schlief noch. Einige Augenblicke lang betrachtete ich ihn im aufkommenden Licht des Tages; die sanft flackernden Lider, den leicht geschwungenen Nasenrücken, die Lachfältchen, die jetzt kaum zu sehen waren. Trotz seiner siebenundzwanzig Jahre lag ein letzter Hauch von Jugend auf seinem Gesicht. Zu Beginn unserer Ehe hatten wir einander stets gern beobachtet; oft war es etwas Intimes, ganz und gar Voyeuristisches gewesen, etwas, das nur uns beiden gehörte. Ihm und mir. Wenn ich mir die Lippen im Taxi mithilfe eines Taschenspiegels nachzog, verfolgte Scotts Blick mein Tun. Seine Augen malten dann den herzförmigen Bogen nach, den ich ausführte, diesen rot glühenden Schwung, der einen wahrhaftigen Flapper von den allzu artigen Meinungen der Vergangenheit trennte. Schamlos studierte er die Art, wie ich mein Make-up auftrug, meine Fingernägel lackierte oder in einer duftigen Puderwolke versank. Während ich mich ankleidete, hatte er manchmal einen Stuhl mitten in den Raum gestellt, sich mit übergeschlagenen Beinen eine Zigarette angezündet und mich einer regelrechten Musterung unterworfen. Er wusste, mit welchen Bewegungen ich meine Seidenblusen knöpfte, die Strümpfe von den Schenkeln streifte, mit welchen Handgriffen ich meine Abendtäschchen öffnete und schloss. Ich denke, ich bin lange Zeit sein vollendetes *objet d'art* gewesen; so wie Pablo Picasso in jenen Jahren seine Olga mit dem Pinsel auf der Leinwand beschrieb, Man Ray seine Kiki mit der Kamera auf Silbergelatine verewigte, so hatte Scott mir mit seinen eleganten Worten nachgespürt und sie Seite für Seite auf Papier festgehalten. Mittlerweile verhielten sich die Dinge zwischen uns ein wenig anders, doch noch immer wusste er vieles über mich, so wie ich vieles über ihn wusste.

Zärtlich strich ich ihm über die Wange und flüsterte: »Heute liebe ich dich.« Dann hielt ich es nicht mehr aus, griff nach den Zigaretten auf dem antiken Nachttisch und sprang aus dem Bett. Nackt, wie ich war, öffnete ich die Flügeltüren und trat auf den schmalen Balkon hinaus. Sogleich strömte mir der Geruch ofenwarmer Baguettes aus der *boulangerie* unten an der Straßenecke entgegen. Ich hörte Vogelzwitschern, ein rostiger Fensterladen wurde schwungvoll geöffnet. Jemand pfiff in schiefen Tönen *La Marseillaise*. Weit beugte ich mich über das Geländer, betrachtete das morgendliche Treiben auf der Avenue de l'Opéra, sah einige Männer mit Baskenmützen Holzkisten zu hohen Türmen aufstapeln, einen Zeitungsjungen, der seinen Karren über das holprige Kopfsteinpflaster zog.

Dann lehnte ich mich an die Wand. Rauchte einen ersten Zug und stieß den Qualm in den roséfarbenen Himmel. Sah er nicht ein bisschen aus wie die Zuckerwatte, die ich als Kind so gern gegessen hatte? Plötzlich rauschten mir Mutters Zweifel durch den Kopf. Wie konnte sie nur behaupten, dass Europa für eine junge Frau wie mich nichts wäre? Dass mir an Scotts Seite, wenn er sich seiner Arbeit widmete, langweilig werden würde? Dort draußen warteten unzählige Abenteuer auf mich, und ich wollte jedes einzelne auskosten. Ich schloss die Augen und genoss den Augenblick. Er fühlte sich aufregend an, unglaublich intensiv. Konnte es denn überhaupt etwas Schöneres geben? *Bonjour, Paris!*

»Die Stadt ist so wunderbar, dass ich nicht weiß, wohin ich zuerst sehen sollte«, bemerkte Scott nach einigen Tagen und schaute die Champs-Élysées entlang. »Einfach prachtvoll.«

»Nein.« Beschwingt drehte ich mich herum und entgegnete: »Es ist *himmlisch*.«

»Himmlisch, genau.« Er zwinkerte mir zu. »Das Wort ist hier *à la mode*.«

Mächtig aufragende Rosskastanien in einem maigrünen Blätterkleid reihten sich schnurgerade bis zum Arc de Triomphe, der in der Ferne wie eine winzige Schmuckschatulle wirkte. Links und rechts der herrschaftlichen Fassaden schmiegten sich die unzähligen Cafés dicht an dicht wie Liebende aneinander. Unter den Markisen saß die *haute volée* an kleinen runden Metalltischen. Kokette Damen, behängt mit Perlen, die in langen Bahnen lasziv an ihnen herabfielen. Galante Dandys, sonnengebräunt und muskulös, mit teuren Uhren am Handgelenk, den weiß gepuderten Spitz auf dem Schoß. Dazwischen die Halbweltdamen in persischer Seide, exotische Showgirls, Glücksjäger. Die Künstler. Die Gaukler und Hasardeure. Als hätte eine große unsichtbare Hand die Vorhänge zur Seite geschoben, blickte man auf eine Kulisse voller Andersartigkeit, auf eine dadaistische Matinee. Die Menschen diskutierten gut gelaunt über die größten Schlagzeilen in *Le Monde*, über die Pferderennen in Auteuil, das Wetter; tranken *fine à l'eau*, Pernod, und ihr leichtlebiges Lachen hallte durch die Luft, vermischte sich mit dem betörenden Duft von *Chanel N°5*, mit den Klängen von Jazz.

In den frühlingshaften Temperaturen präsentierte sich das rechte Seineufer in seinem schönsten Gewand. An jeder Ecke lockte eine weitere reizvolle Verführung. Am Quai du Louvre schnurrte ein nickelblitzendes Automobil mit elegantem Motorengeräusch an uns vorbei. In den ausgestellten Windschutzscheiben spiegelte sich das Sonnenlicht und strahlte majestätisch in alle Richtungen.

Unbeeindruckt von dem bunten Treiben ringsherum glitt das mondäne Gefährt über das dunkle Straßenpflaster.

»Na, das ist ja mal ein Anblick.« Fasziniert schaute Scott dem Wagen hinterher, als prägte er sich jedes Detail bis hinunter zur Dreitonhupe genauestens ein. »Wenn du diesen Schlitten fährst, dann hast du es nach ganz oben geschafft, oder?«

»Deinem Klassendenken kann ich nach wie vor nichts abgewinnen.«

»Ach, Zelda! Als ob du nicht auch wie eine russische Prinzessin damit durch Paris gefahren werden wolltest.«

»Ein schwarzes Automobil ist langweilig«, erklärte ich achselzuckend. »Es sollte ein helles Gelb haben. Wie eine Portion Eiscreme. Oder Vanillezucker, den man löffelweise über frische Erdbeeren streut.«

»Gelb!« Scott blieb stehen, breitete die Arme aus und rief: »Die Peitsche knallt, struppige Steppenpferdchen trotten durch die Manege, schon purzeln die Clowns hinterher. Willkommen im *Cirque Medrano*.« Hingebungsvoll verbeugte er sich.

Die Kleine und ich lachten. »Bravo, Herr Direktor!«

»Gelb sind nur Zirkuswagen, Zelda. Wie kommst du auf diese Farbe?«

»Weil die Welt darüber staunen würde.«

»Interessant.« Im Geist schien er sich eine Notiz zu machen. Mit verklärtem Blick tauchte er in solchen Momenten in sein Dasein als Schriftsteller ein, dieses gänzlich andere Leben, verschwand tief zwischen irgendwelchen Seiten seiner Manuskripte. Eine Situation, die mir in den vergangenen Jahren vertraut geworden war, an die ich mich aber auch niemals gewöhnen würde.

»Hey, du Tagträumer«, unterbrach ich ihn in seinen Abschweifungen. »Lass uns weitergehen.«

»Du hast mich gerade auf eine wunderbare Idee gebracht.«

»Tue ich das nicht ständig?« Leise seufzend hakte ich mich bei ihm unter. Auch wenn dieser Gedanke mittlerweile Unmut in mir hervorrief, musste ich mir doch eingestehen, dass er meinem Selbstbild noch immer das gewisse Etwas verlieh.

Stundenlang flanierten wir über die Boulevards, erkundeten ein Arrondissement nach dem anderen, und in meinem Inneren begann sich eine überaus verzehrende Sehnsucht einzunisten. Diese Tage sollten endlos sein.

Ich schwenkte die Schachtel mit den neuen T-Straps in meiner Hand und summte fortwährend eine Melodie, die ein schnurrbärtiger Alter vorhin an der Place Vendôme inmitten einer Schar gurrender Tauben auf seinem Akkordeon gespielt hatte. »Ich fürchte, ich habe das Herz einer Artischocke.«

»Was?«

»Die Franzosen sagen das, wenn sie sich Hals über Kopf in etwas verlieben. *Avoir un cœur d'artichaut* – klingt doch wesentlich glanzvoller als bei uns, nicht?«

»Es passt zu dir, du verrücktes Ding.« Wohlgefällig strich er sich über das Revers seines klassisch geschnittenen Nadelstreifenanzugs, fühlte über die Knöpfe der Weste. Noch kurz vor der Abreise hatte er die hellen Sachen bei Brooks Brothers fertigen lassen und ein dazu passendes Paar Sattelschuhe bei Franks erstanden.

»Du erinnerst mich heute an Prince Edward von Britannien«, meinte ich, als sich schon wieder eine dieser zierlichen Pariserinnen mit lackschwarzem geometrisch geschnittenem Bubikopf nach ihm umdrehte. Die Frauen wirkten todschick mit ihrer glühenden Selbstachtung, geradewegs einem Modemagazin entstiegen und irgendwie auch ein bisschen gefährlich. »Ist dir eigentlich klar, was für ein anziehendes Wesen du hast?«

»Weil du an meiner Seite bist«, gab er mit dandyhafter Eitelkeit zurück, dann drückte er der Kleinen einen Kuss auf die Wange. »Und du natürlich, meine Süße.«

»Eigentlich gilt der Mann als Accessoire einer Frau.«

»Habe ich dich eigentlich wegen deines beißenden Spotts geheiratet oder wegen der wenigen Pausen dazwischen?« Mit gespielter Empörung stemmte er die Hände in die Hüften.

Scott schien seit Tagen wie ausgewechselt, gab sich voller Tatendrang, voller Motivation. Der Kummer, der sich in den vergangenen Monaten immer häufiger über seine Gesichtszüge gelegt hatte, war einem neu erwachten Selbstbewusstsein gewichen. Möglicherweise hatte er endlich den Misserfolg seines Theaterstücks, von dem er sich finanzielle Unabhängigkeit erhofft hatte, überwunden; vielleicht waren unsere Geldnöte hier in Europa aber auch insgesamt in weite Ferne gerückt.

»Sind diese weiten Alleen nicht das diametrale Gegenteil zu den tristen Straßenzügen in New York?« Beeindruckt zeigte er auf die stuckbesetzten Häuser mit den bodentiefen Fenstern, über denen sich Cherubinen, Faune und spitzbärtige Satyrn ihre jahrhundertealten Erlebnisse zuzuraunen schienen, deutete auf elliptisch geformte Erker und üppig verzierte Balkone. »Ich muss gestehen, dass ich alles mit völlig anderen Augen sehe als bei unserem ersten Besuch. Diese Fassaden, dieses Alter, das diese Stadt atmet, Zelda! Amerika ist im Vergleich dazu ein Ort ohne Vergangenheit.«

»Kein Wunder«, stimmte ich ein, »dass sich die Bohème hier so inspiriert fühlt und die *Rive gauche* im Pulk bevölkert.«

»Vielleicht ist der Kubismus nur eine Antwort auf die ständige Verfügbarkeit von Geschichte.«

»Du Theoretiker!«, zog ich ihn auf, während meine Hand im Vorübergehen einen geschwungenen Türknauf aus Messing streifte, der einem Schwanenhals ähnelte. Scottie hängte sich an die filigranen Streben und schaukelte daran. »Das sagt nun ausgerechnet ein Mann, der sich kein Stück für moderne Kunst interessiert.«

»Untersteh dich, meine Geheimnisse auszuplaudern.« Er schenkte mir ein verlegenes Lächeln. »Die Kunst lässt sich so gut in meinen Werken an.«

»Du willst diesen Roman unbedingt schreiben, richtig?«

Nachdenklich rieb er sich die Stirn, als beschäftigte ihn eine passende Antwort auf diese Frage schon länger. Zögernd sagte er schließlich: »Ich *muss* ihn schreiben, Zelda.«

»Warum?«, hakte ich nach, um ihn aus der Reserve zu locken.

»Es geht nicht um irgendeinen weiteren Roman. Es geht um die große Literatur, die geschrieben werden muss. Ich will sie formen und verändern, verstehst du?«

Manchmal wusste ich nicht, ob ich ihn *wirklich* in all seinen Facetten verstehen wollte. Sobald Scott über das Thema sprach, fielen seine Schultern fast unmerklich in sich zusammen. Seine sonst so aufrechte Körperhaltung ließ mich den enormen Druck erahnen, der auf ihm lastete. Aber warum tat er sich das an?

Im Gegensatz zu mir nahm er sich das Leben weitaus mehr zu Herzen. »Wieso machst du es nicht wie ich und lässt die Dinge einfach auf dich zukommen? Mir erscheinen sie dann weniger trügerisch. Schon bei *Alice hinter den Spiegeln* heißt es ›Gestern Marmelade, morgen Marmelade …‹«

»… ›nur heute gibt es keine‹«, ergänzte Scott einen meiner Lieblingssätze. »Dann würden diese Dinge nie eintreffen, oder? Aber die Zeit ist reif. Wir leben in einer Welt voller Veränderungen. Technik, Film, Mode, all das unterliegt einem unglaublichen Wandel. Aber die Literatur kommt einfach nicht voran. Wenn nicht bald etwas geschieht, müssen Männer wie Dos Passos und ich losziehen und H. G. Wells, James Joyce und noch ein paar andere Autoren in die dunkle Ecke locken und ihnen eins überziehen.«

»Dass du Joyce derartig verabscheust«, sagte ich verwundert. »Ich finde ihn gar nicht schlecht.«

»Gerade der. Aber du bist ja auch eine glühende Verehrerin von Henry James«, neckte er mich, dann jedoch wurde er wieder ernst. »Ich habe eine Menge Ideen für das nächste Manuskript.«

»Und jetzt läufst du Gefahr, dass dir jemand zuvorkommt?«

»Das nicht. Aber ich darf nicht noch einmal hinter den Erwartungen meiner Leser und Kritiker zurückbleiben.«

»Es war kein Misserfolg, Scott. Die Verkaufszahlen stehen für sich.«

»Zahlen sind nicht alles.«

Bedächtig wog ich den Kopf, ließ seine Worte auf mich wirken. Die Leute hatten sich nach seinem Debüt eine Fortführung erhofft, ein romantisches Buch, keine Gesellschaftskomödie, die in die harte, ja, zynische Realität des Alltags schwenkt und verstiegene Illusionen thematisiert. Ich hatte seine Gloria gemocht, sie war mir in ihrer temperamentvollen Art sehr ähnlich. Doch die Enttäuschung stand ihm noch immer ins Gesicht geschrieben, wenn er auf diesen Roman zu sprechen kam, rührte weiterhin am Schmerz.

Hand in Hand, wie eines dieser frisch verliebten Pärchen, die überall in Paris umherliefen, schlenderten wir gemächlich die Rue de Rivoli entlang. Passanten strömten an uns vorbei, wirbelten mit ihren Schuhen winzige weiße Blütenblätter der die Straße säumenden Schneeballbüsche auf, redeten, lachten. Ein kleiner Mischling mit struppigem Fell und großen dunklen Augen schnoberte zwischen unseren Beinen umher.

Unverzagt lief ihm die Kleine hinterher, streckte die Arme nach ihm aus. »Bleib stehen, Hund! Bleib stehen!«

»… und ich muss jetzt mit dem Schreiben beginnen«, fuhr Scott nachdenklich fort. »Ich habe Sorge, dass sich das gute Material tief in mir auflöst. Es ist ein bisschen wie damals, als ich ins Ausbildungslager der Armee in Kansas aufgenommen wurde. Ich dachte, dass ich nur noch drei Monate zu leben hätte, alle Infanterieoffiziere dachten das. Und plötzlich gab es diesen unbedingten Drang, noch etwas zu bewegen, irgendein Zeichen zu setzen, bevor wir sterben.«

»Das hast du mir noch nie so erzählt …«

»Ist eben alles nicht so rühmlich gewesen.«

»Und dieses Gefühl hast du nun wieder?«, fragte ich mit leichtem Schaudern und stellte mir die Szene vor, all diese jungen Männer vor den Toren des Krieges, dem Tod. Diese fatale Spielart von Enthusiasmus. Sie war mir entgangen, musste ich mir eingestehen. Vielleicht hatte ich mich wieder einmal zu sehr mit mir beschäftigt, nur den Glanz des Ganzen gesehen. Als die Truppen damals in unser verschlafenes Nest kamen, Montgomery zu Hunderten fluteten, waren sie eine willkommene Abwechslung im Country Club gewesen. In den Sälen schwebte auf einmal der Lagerfriseurduft von Fitchs Haartonikum, von Russisch Leder. Die Soldaten bereicherten mit ihren schicken Uniformen und den blank gewienerten schweren Stiefeln jeden Ball. Sie waren adrett anzusehen, waren höflich, tanzten wie verrückt. *Sie tanzten um ihr Leben.*

»Diese Aufbruchstimmung ist wieder da, ja, und jetzt muss etwas geschehen. Irgendwann werde ich mein Material vergessen und in die Köpfe der Menschen als ein Autor eingehen, der nur für die Zeitung arbeitet. Oder die Filmindustrie bedient. Ich will einfach nicht als zweitklassiger Schriftsteller enden.«

»Du schreibst mit einem unwiderstehlichen Sog, Darling. Du bist ein hervorragender Beobachter, der Chronist einer völlig neuen Ära!«

Wir blieben stehen. Ein seichter Windstoß raschelte durch das Laub. In der Ferne läutete eine Kirchturmglocke, ein tiefer Schlag, der lange nachhallte, dann noch einer. Es hatte etwas Ermahnendes und Beruhigendes zugleich.

Kurz schaute ich mich in der Menschenmenge nach der Kleinen um, die dem Mischling weiterhin nacheilte, dann sah ich Scott fest in die Augen. »Für mich hast du bereits mit deinem ersten Roman alles erreicht.«

»Zumindest habe ich das Herz eines ganz besonderen Mädchens erobert.«

»Vergiss das nie.« In solchen Momenten spürte ich diese Woge

der Verbundenheit, die unsere Liebe anfangs so fest umschlungen hatte. *Wir sind noch immer eins.* »Ich unterstütze dich, wo ich kann.«
»Das weiß ich. Und ich weiß es sehr zu schätzen.« Er hielt kurz inne. »Ohne dich würde ich wahrscheinlich gar nichts schaffen.«
»Wir beide gehören zusammen, Goofo. Du und ich können die Welt aus den Angeln heben.« Sanft legte ich eine Hand auf seinen Arm, spürte durch meinen Handschuh den Stoff seines Jacketts, die Muskeln, die sich darunter bewegten. »Mir ist völlig klar, dass es sich hier um ein Kräftemessen mit deiner eigenen Persönlichkeit handelt ...« Ich biss mir auf die Unterlippe, stockte.

»... die mir schon allzu oft in die Quere gekommen ist? Wolltest du das sagen?« Schlagartig nahm sein Gesicht etwas Undurchdringliches an, und ich sah, wie er mehrmals schluckte. Nach einigen Augenblicken des Schweigens hob er die Kleine auf den Arm und richtete die aufgenähte Samtschleife am Kragen ihres Ausgehkleidchens. »Lass uns das Thema ein anderes Mal besprechen, ja?«

Ich kannte diese Miene, die ihm immer auch etwas Verletzliches verlieh. Sie verbarg seine wahren Gedanken, und vorerst würde ich ihm keine weiteren entlocken können. »Wirst du es wirklich tun?«

»Was meinst du?«

»Reden.«

»Natürlich«, gab er unwirsch zurück. »Natürlich werde ich das tun. Aber nicht jetzt, bitte.«

Vielleicht fehlten uns manchmal die Worte für tiefsinnige Gespräche, vielleicht drangen wir nicht weit genug unter unsere Oberflächen vor. Jedes Paar hat irgendwo eine Grenze, schwimmt auf einer Gischt von Gesagtem und Ungesagtem. Scott und ich waren da keine Ausnahme, suchten wohl wie alle einen Weg, möglichst wenig Schmerz durch unsere Ansichten aufkommen zu lassen.

Plötzlich entdeckte ich zwischen den Passanten auf der anderen Straßenseite ein bekanntes Gesicht. »Lawton!«, rief ich überrascht und winkte hinüber. »Hier sind wir.«

»Die Fitzgeralds! Das gibt es doch nicht.«

Lawton Campbell, den ich mit längst vergangenen Zeiten in Alabama verband und mit dem Scott gemeinsam in Princeton gewesen war, lüpfte seinen Strohhut und steuerte mit weit ausholenden Schritten auf uns zu. Bereits ganz nach französischer Lebensart hauchten wir uns alle mehrere *bisous* auf die Wangen. Unsere Nasenspitzen berührten einander, und wir lachten über die Unbeholfenheit.

»Die Begrüßung scheint hier eine Wissenschaft für sich«, sagte ich. »Wahrscheinlich muss ich noch eine ganze Menge schöner Männer in diesem Land küssen, um souverän zu wirken.«

»Das könnte dir so passen, mein Schatz.«

»Es ist in der Tat komplizierter als in den Staaten.« Lawton blinzelte mir zu. Die Ahnung eines Bartschattens umspielte seine markanten Grübchen. Er rückte seinen grauen Seidenschal zurecht. »Als ich euch das letzte Mal gesehen habe, seid ihr in rasantem Tempo auf der Motorhaube eines Taxis am Biltmore vorbeigefahren. Junge, was für ein Unterfangen!«

»Stimmt«, bemerkte Scott mit einem knappen Nicken. »Ich entsinne mich. Ein netter Ausflug.«

»Eine unserer New Yorker Lieblingsbeschäftigungen.« Erheitert wandte ich mich ihm zu und sah gerade noch den Schatten über sein Gesicht gleiten. Ich wusste, welche Bilder ihm durch den Kopf gingen.

Im September 1920 – Scotts erster Erzählband war gerade bei Scribner's erschienen und verkaufte sich außerordentlich gut – hatten wir uns ziemlich betrunken nach einer Party an der Upper East Side kreuz und quer durch die Stadt chauffieren lassen. Mein weißes Chiffonkleid flatterte im Fahrtwind, flirtete mit der nächtlichen Kühle. Scott schwenkte mit der einen Hand triumphierend eine halbleere Champagnerflasche und warf mit der anderen Fünf-Dollar-Noten wie Papierschnipsel in die Luft.

»Hey, ihr Flappers und Philosophen da draußen in der Nacht!«, hatte ich unermüdlich gerufen. »Was kostet die Welt?«

Dutzende Passanten an den Straßenrändern klatschten und johlten. Die Reporter, die uns damals in Scharen rund um die Uhr nachstellten, zückten ihre Fotoapparate, immer wieder schossen gleißend helle Magnesiumblitze durch die Dunkelheit. Es war ein herrliches Spektakel. Ich erinnere mich, dass ich mich wie eine Schauspielerin fühlte, so glamourös, so schön. Doch irgendwo im Geflecht der dunklen Ost-West-Schneisen war die Stimmung zwischen uns umgeschlagen; wir begannen lautstark zu streiten. *Wie kann er es wagen, mich mit dieser Ginevra zu vergleichen?* Der Taxifahrer scheuchte uns schließlich mitten im Tumult am Times Square von seinem Automobil. Das Licht der Leuchtreklamen flackerte, strömte im hektischen Takt auf uns herab. Neugierige kamen näher, die Gesichter in grelle Farben, in Rot und Gelb und Blau getaucht, riefen unsere Namen, feuerten uns regelrecht an. Es dröhnte in meinen Ohren, wurde laut, lauter, machte mich von Minute zu Minute aggressiver.

»Ginevra! Ginevra! Warum redest du ständig von diesem liederlichen Frauenzimmer?«, schrie ich Scott an, prügelte mit meinem silbernen Lamétäschchen auf ihn ein, sodass die aufgesetzten Tahitiperlen über den Asphalt stoben und die Leute sich gierig nach den Kostbarkeiten zu bücken begannen. »Ich hasse dich! Niemals hätte ich dich heiraten dürfen!«

»Es ist mein Recht, von meiner ersten Liebe zu reden. So oft ich will!« Schützend hatte er die Arme vor sein Gesicht gehoben und drehte sich zur Seite, wenn ich erneut auf ihn losging.

»Sie hat dich versetzt, weil du ein armer Schlucker gewesen bist!« Meine Stimme war fortwährend schriller geraten, überschlug sich. »Ich bin deine große Liebe. Hörst du? Ich!«

Die Pressemeute benötigte am nächsten Morgen nur ein einziges Wort, um unsere Ehe wie einen toten Schmetterling auf ihren Titelblättern aufzuspießen: SCHEIDUNG!

Die Eifersucht, auch wenn wir es nicht zugeben mochten, hatte uns in der Vergangenheit beständig eingeholt. Mal ging es um Ginevra, mal um die vielen namenlosen Männer, die ich in meinen wildesten Zeiten geküsst hatte. Denen ich die Ehe versprochen hatte. Wie viele von ihnen wohl mit einem gebrochenen Herzen darniederlagen? Wahrscheinlich hatte ich ein ganzes Meer an Tränen hinterlassen. Aber wen interessierte das schon? Meine Liebe galt Scott, wenngleich uns beiden immer häufiger Dinge widerfuhren, die wir nicht erwarteten. Blind vor Wut beschimpften wir einander in solchen Momenten mit hässlichen, respektlosen Worten, für die ich mich später schämte. Im Nachhinein konnte ich mir diese Situationen nur schwerlich erklären; vielleicht war es so, dass die Liebe zwischen Scott und mir an manchen Tagen tatsächlich enorm groß war. Zu groß für zwei Menschen wie uns.

Verstohlen suchte ich jetzt auf diesem Pariser Boulevard, so weit entfernt vom Times Square und den Erinnerungen an den Streit, seine Hand und drückte sie ganz fest. Unumwunden erwiderte er meine Geste. Als könnten wir auf diese Weise wenigstens eines unserer weniger guten Erlebnisse vergessen machen.

Lawton trat einen Schritt zurück und begutachtete uns mit wohlwollender Miene. »Ich muss sagen, ihr drei seht aus wie eine Familie aus dem Bilderbuch. *Très chic!*«

»Findest du tatsächlich, Lawton?« Ich drehte mich einmal um die eigene Achse, damit er mein pfauenblaues Kleid und die farblich passenden Handschuhe aus butterweichem Leder von allen Seiten betrachten konnte. »Es ist mein Jeanne-d'Arc-Kleid. Ich habe es extra für diesen Aufenthalt anfertigen lassen.«

»Frankreich wird dich lieben«, bemerkte er und fügte in seiner schelmischen Art hinzu: »Wenngleich ich mir dich auch nicht als Heilige Johanna vorstellen kann.«

»Das kann wohl niemand.« Mit unverhohlenem Stolz ruhte der Blick meines Mannes auf mir. »Kein Teufel dieser Welt kann das.«

»Was führt euch nach Europa? Treibt ihr deine Karriere voran, Fitz?«, fragte Lawton.

»Genau«, gab Scott rasch zurück. »Ich schreibe an einer großen Sache, während meine hübsche Muse sich in Kürze dem *laisser-faire* Südfrankreichs widmen darf.«

»Das süße Nichtstun. Was könnte dir an der Seite eines hochrangigen Schriftstellers besser gelingen, Zelda?«

»Darum mach dir mal keine Sorgen, es ist gewissermaßen eine ihrer besten Fähigkeiten«, sagte Scott. Wenn sie mich zudem nur ab und an küsst, will ich dankbar sein.«

»Die alten Griechen hatten also recht mit ihrer These, dass sich Ideen nicht von allein entwickeln.«

Die Männer lachten.

Ein wahrer Satz. Mir zog sich die Brust zusammen. Ich drückte Scottie dicht an meinen Körper und zwang mich zu einem Lächeln.

Scott tippte mit seinem Spazierstock mehrmals energisch auf das Straßenpflaster. »Unsere Zeit tickt, was, alter Knabe?«

»Ich wünschte, ich würde niemals vierzig. Schon Bernard Shaw hat behauptet, jeder Mann darüber hinaus sei ein Schuft.«

»Ich wünschte, ich würde niemals dreißig«, entgegnete mein Mann trocken. »Und nun sieh uns an, Lawton. Was haben wir seit unseren Studientagen erreicht? Ich meine, *wirklich* erreicht?«

Ich mochte es nicht, wenn Scott diesen Ton anschlug. So arrogant und kalt, voller Kalkül. Mit wichtigen Mienen begannen die beiden ein Resümee der vergangenen Jahre zu ziehen, redeten über ihre Karrieren, ihre Erfolge, die Zukunft. Redeten über das Leben, das uns Frauen ausschloss. Ich sagte nichts. Dachte an den Satz. *Ideen entwickeln sich nicht von allein.* Schon bald sollte er zu einer dramatischen Verkettung von Geschehnissen führen, von denen wir momentan nichts ahnten. Noch nicht. Vorerst waren es einfach nur Wörter, die sich beliebig aneinanderreihen ließen.

KAPITEL 4

Es schien mir damals nicht bewusst zu sein, doch wenn ich heute darüber nachdenke, gehörte Nachgiebigkeit wohl zu den besonderen Eigenschaften unserer Ehe. Nie waren wir einander lange böse. Und so flanierten wir auch am darauffolgenden Tag durch die vornehmen Straßen, als wären Musen einfach nur Musen und Ideen nur Ideen. Streiften in der Avenue Montaigne durch einen faszinierenden Farbrausch: Schwanenweiß, Perlweiß, ein dezentes Biscuitbeige; bewunderten die aufwendigen Dekorationen in den Schaufenstern. Wir ließen uns dahintreiben. Ein sanfter Sommerwind zog durch das labyrinthische Straßengewirr, umspielte Rocksäume, Chiffonschals, und zwischen den matt glänzenden Blechdächern blitzte der Eiffelturm immer wieder mal hervor. Die französische Mittagsstunde, *le midi*, wehte uns schließlich den betörenden Duft gegrillter Langusten, zartester Roastbeefs und knuspriger Baguettes um die Nasen; an jeder Kreuzung eine andere Versuchung.

»Manchmal denke ich, das Land besteht aus gutem Essen und Liebemachen.« Scott bestaunte die Auslagen eines Feinkostgeschäfts, in dem sich winzige *hors d'œuvres*, mit Shrimps und Lachsröllchen garniert, in Schälchen dicht an dicht auf gesplittertem Eis aneinanderreihten.

»Vergiss die Mode nicht«, protestierte ich und fügte mit verführerischem Augenaufschlag hinzu: »Sie ist der Apéritif eines jeden Liebesspiels.«

Er schaute langsam an mir hinunter, betrachtete meine neuen Schuhe mit den hohen Absätzen, auf denen ich mich sehr pariserisch fühlte, und sagte: »Jetzt wird mir einiges klar.«

Weitab des Trubels entdeckten wir an einer Straßenecke ein kleines Café. Die vorgelagerte Terrasse schmiegte sich im Schatten von Lindenbäumen an die Häuserwand. Auf den zierlichen Metalltischen schimmerte der Wein in gläsernen *carafons*.

»*Les Mannequins*«, las ich den geschwungenen Schriftzug auf der Markise laut vor. »Trinken wir dort ein Glas auf das ›ehrenhafte Experiment‹ in den Staaten?«

»Nichts lieber als das«, frohlockte Scott. »Die Prohibition wäre mir beinahe entfallen, dabei hat sie die Trinkerei erst mit dem richtigen Schick versehen.«

»Ist es nicht seltsam, dass man hier überall in der Öffentlichkeit Alkohol genießen kann? Sieh dich um, in diesem Land ist der Hedonismus von einer politischen Botschaft weit entfernt.«

»Die Franzosen wissen eben zu leben«, erklärte er. »Ich muss Ring unbedingt schreiben, wie gut wir es hier haben. Das bin ich meinem besten Freund schuldig.«

»Die berühmt-berüchtigten Briefe aus Europa«, gab ich süffisant zurück und stellte mir Ring beim Lesen der Zeilen vor. »Der Abschied von den Lardners war herzzerreißend, fandst du nicht auch? Irgendwie vermisse ich die beiden.«

»Mach dir keine Sorgen, mein Herz. Nach einigen Abenteuern in Europa wirst du all unsere Freunde drüben wiedersehen.«

»Du hast recht. Aber dann werde ich die Freunde vermissen, die ich hier kennenlerne.«

»Die süße Last einer Globetrotterin.«

Ich nahm Scottie an die Hand und stieg mit ihr die Stufen zur Terrasse des Cafés hinauf. An einem Tisch saßen drei aparte *garçonnes* mit langen anmutigen Beinen; sie hielten mit ihren Seidenhandschuhen, über denen sie Unmengen an Strassringen trugen, glänzende Zigarettenspitzen in die Höhe und beschrieben unermüdlich weißes Papier. Die Stifte tanzten auf den Seiten, und ich konnte ihre Fantasien förmlich umherschweben sehen. Für mich waren es Redakteurinnen der *Vogue* oder *Harper's Bazaar*, die ihren Artikeln den letzten Schliff verliehen, bevor sie in die heiligen Hallen der Zeitungsgebäude zurückflatterten und ihre Ideen in die Welt versprühten. *Die weiß gekachelten Röhren der Métro als Farbe der Demi-saison, superb! Das verruchte Plein air einer Mondscheinnacht für das kommende Augen-Make-up, oui! Die geheimnisvolle Androgynität als Accessoire der Nachtclubgängerin, exactement!* Ich spürte einen Stich des Bedauerns. Nur zu gern hätte ich mich zu diesen geschäftigen und aufstrebenden Frauen gesetzt, hätte mich mit ihnen über all diese Geistesblüten unterhalten, die sie beschäftigen mochten. Scott rückte mir mit galanter Geste einen Korbstuhl zurecht.

Ich hob die Kleine auf meinen Schoß und reichte ihr ein Märchenbuch aus der Tasche. Begeistert schlug sie es auf und versank in der Welt bunter Fabelwesen, während ich die Menschen ringsherum betrachtete. »In dieser Stadt sind alle so unfassbar jung, findest du nicht, Goofo?«

Unvermittelt lächelte er mich mit diesem verträumten Ausdruck an, den ich lange nicht an ihm gesehen hatte: »Weißt du noch, wie ich damals als Offizier heimlich auf eurer Veranda saß? Wir beide haben bis weit ins Morgengrauen diskutiert, und dann kam deine Mutter mit ihrer unsäglichen Fransenstola heraus und sagte: ›Ich bin übrigens die Mom dieses begehrten Geschöpfs‹.«

»Natürlich erinnere ich mich.«

»Oder wie wir unter den neiderfüllten Blicken der anderen über das Parkett geflogen sind? Abend für Abend?«

»Es erscheint mir endlos lange her.«

»Diese Modetänze waren herrlich.«

Ich sah in die Baumwipfel hinauf, als hätte jemand dort oben all unsere Schrittfolgen wie Weihnachtskugeln in die Zweige gehängt. Turkey Trot, Shimmy, Maxie.

»Du bist mit deinen Gedanken gerade ganz woanders. Möchtest du mir sagen, worum es geht, Darling?«

Ein Ober mit pechschwarzem Menjou-Bärtchen und einer riesigen Leinenschürze, die er mithilfe einer Kordel gekonnt um seine Taille gewickelt hatte, sodass gerade noch die Schuhspitzen darunter hervorlugten, trat an unseren Tisch heran. Mit einer flinken Bewegung holte er einen kleinen Block hervor und griff nach dem Stift hinter dem Ohr. »*Avez-vous déjà fait votre choix, Monsieur?*«

Während Scott eine Auswahl verschiedener Käsesorten, Baguette, einen halben Liter Chablis für uns und eine Limonade für die Kleine orderte, dachte ich über meine aufsteigende Melancholie nach. Sie durchzog mein Leben in Wellen, kam und ging, hatte jedoch keine klar umrissene Form, und diese Verschwommenheit machte es mir unmöglich, mich mit dem Gefühl ernsthaft auseinanderzusetzen.

»An manchen Tagen spüre ich keine Jugendlichkeit mehr in mir«, sagte ich schließlich, als der Ober uns die Teller mit den hübsch arrangierten Köstlichkeiten und die Getränke gebracht hatte. »Dann fühle ich mich alt und hässlich. Ich möchte nicht, dass du mich so siehst, lieber sterbe ich früh.«

»Zelda, du bist eine wundervolle Frau.«

»Wirklich?«

»Selbst dieser Satz erscheint mir wie eine Untertreibung.« Scott schaute mich liebenswürdig an, nahm meine Hände. »Du kannst gar nicht hässlich werden.«

Nachdenklich betrachtete ich seine gepflegten, schmalen Finger, die nie in ihrem Leben harte Arbeit verrichtet hatten. »Die Zeit spielt eine große Rolle im Leben. Die verlorene, nicht wiederholbare Zeit. Manchmal erscheint sie mir wie ein Abgrund.«

Für eine attraktive Frau war es schlimm, ihren Körper altern zu sehen, das vergehen zu sehen, was ihren Wert in den Augen der anderen ausmachte. War die Weiblichkeit nicht mein Kapital? War sie nicht alles, was ich zu bieten hatte? Tief in meinem Inneren fürchtete ich seit Monaten, dass alles irgendwann vorbei sein würde, meine Schönheit, meine Anmut, mein Ebenmaß. Diese Angst war ein Teil von mir geworden. Wann war man alt? Mit dreißig, so wie Scott es Lawton gegenüber erwähnt hatte? Die Zahl rückte näher, streckte sich beharrlich nach mir wie ein immer länger werdender Schatten in der Abenddämmerung. Sehnte sich nach mir. Und was kam dann?

Das Geschirrklappern aus der Küche holte mich in die Gegenwart zurück, vermischte sich mit den Klängen eines Soprans, die aus einem weit geöffneten Fenster eines nahe gelegenen Hauses sachte auf uns herabsanken. »Heute Abend haben sich wieder einige Leute in unserer Suite angekündigt.«

»Wir wollten hier in Europa einen Gang zurückschalten, Darling«, erwiderte Scott. »Ich möchte mich langsam auf meinen Text konzentrieren, ein wenig zur Ruhe kommen.«

»Nur ein paar Drinks, Scott.«

»Die Rechnung geht bei uns nicht auf, das weißt du. Müssen die denn ständig bei uns herumlungern?«

»Paris ist Paris.« Schwungvoll entfaltete ich eine der gestärkten Stoffservietten und wischte Scottie über den Mund.

Nörgelnd wand sie sich auf meinem Schoß herum. »Nein!«

»Schluss damit, mein Fräulein!«

»Aber ich will das nicht.« Mit beiden Händen stemmte sie mich von sich. Augenblicklich verlor ich die Geduld und wies sie zurecht. Dicke Tränen kullerten über ihre Wangen.

Scott, der unseren Zank wortlos verfolgt hatte, griff nach den Gabeln. Eine Melodie pfeifend spießte er jeweils ein Stück Camembert auf die Spitzen und ließ die Dreiecke über den Tisch marschieren.

»Füße.« Die Miene der Kleinen erhellte sich, im Nu war ihr Ärger verflogen. »Wo laufen die Füße hin, Daddy?«

»Zu einem artigen Mädchen, das sich wie eine Dame zu benehmen weiß.« Scott legte das Besteck beiseite und reichte ihr die Serviette.

Anstandslos entfernte sie die Krümel von ihrem Gesicht.

»Nun ja, diese Lektion galt wohl mir«, sagte ich kühl.

»Es war ein harmloser Scherz, Zelda. Denk doch nicht gleich an eine Demütigung.«

»Warum auch?« Ich zündete mir eine Zigarette an.

»In Paris sollte man feiern, da gebe ich dir natürlich recht«, kam er auf die Abendgesellschaft zurück, fügte aber vorsichtig an: »Mir scheinen es bloß täglich mehr Gäste zu werden.«

»Was hast du denn gedacht? Dass ich hier versauere?«, stieß ich plötzlich aufgebracht hervor. »Nur weil du beschlossen hast, den literarischen Märtyrer zu geben, heißt das doch noch lange nicht, dass ich mich nicht mehr amüsieren darf. Ich liebe große Partys. Sie ... sie erzeugen so etwas Heimeliges in mir.«

Irritiert nahm Scott sein Glas zur Hand. »Aber du hast mir doch noch gestern deine Unterstützung angeboten.«

»Ach, gestern! Was gebe ich auf mein Wort von gestern?«

»Das verstehe ich jetzt nicht.« Er trank mehrere Schlucke Wein, setzte dann zu einem weiteren Satz an, entschied sich jedoch zum Schweigen. Sein Blick war klar und traurig.

Sogleich bereute ich meinen Ausbruch. »Vergiss es«, lenkte ich beherrschter ein. »Vergiss einfach, was ich gerade gesagt habe.«

»Was ist denn los mit dir?«

»Keine Ahnung.« Ich zuckte die Achseln. »Diese Stadt überwältigt mich, vielleicht möchte ich sie nicht als langweiligen Ort in Erinnerung behalten. Lass uns hier noch ein wenig feiern. Im Süden wird sich alles von ganz allein regeln.«

»In Ordnung. Hoffen wir nur, dass du das ernst meinst.«

Ich spürte, wie sich ein dicker Kloß in meiner Kehle bildete. Mehrmals atmete ich aus, schaute schließlich auf meine Armbanduhr und sagte: »Also, was machen wir bis dahin?«

»Ich schlage vor, dass wir den restlichen Nachmittag Vergnügungen nachgehen, die wir hier bisher noch gar nicht erlebt haben.«

Scott klang bedrückt, schien in Gedanken noch mit meinen harschen Worten beschäftigt. Doch dann setzte er ein freudestrahlendes Lächeln auf und beugte sich zu unserer Kleinen vor. »Was hältst du davon, wenn wir in einem echten Schlosspark Enten füttern, Töchterchen?«

Ihre Augen wurden groß, dann nickte sie mit verzücktem Gesichtsausdruck. »*Oui!*«

Schon wenig später saßen wir im Jardin des Tuileries am oktogonalen Bassin und genossen einen fabelhaften Blick auf den Louvre am anderen Ende der prunkvollen Anlage.

Scott hatte die beiden Stuhlvermieterinnen mit Komplimenten umgarnt. »Warte nur ab, Zelda. Ich weiß, wie man das macht«, sagte er mit tiefer Stimme, während wir auf die nicht mehr ganz jungen Frauen zugingen. »Gleich bekommen wir die besten Plätze zugewiesen.«

»Was bist du durchtrieben, Mr. Fitzgerald.«

»Ach was«, entgegnete er leichthin. »Ich versüße ihnen den Tag.«

Das Sonnenlicht spiegelte sich in der beeindruckenden Fensterfront des Barockgebäudes, überall waren fröhliche Kinderstimmen zu hören. Scottie schaute mehreren Jungen mit Schiebermützen und hochgekrempelten Hosenbeinen fasziniert dabei zu, wie sie ihre hölzernen Modellsegelboote durch das Wasser schoben. Stetig griff sie in die Papiertüte mit dem Entenfutter, das wir ihr für ein paar Münzen vor dem Eingangstor gekauft hatten, und steckte sich eines der trockenen Brotstücke in den Mund.

»Seltsam, die zarten Froschschenkel hat sie gestern verschmäht«, stellte Scott amüsiert fest.

»Die waren widerlich.« Ich schüttelte mich. »Der ganze Abend ist schrecklich gewesen.« Hoch und heilig hatte ich mir geschworen, kein Wort mehr über das Treffen mit Scotts Studienfreund John Peale Bishop, einem der Herausgeber der *Vanity Fair*, und seiner exaltierten Frau Margaret Hutchins zu verlieren. Diesen Kommentar konnte ich mir allerdings nicht verkneifen. Sie war ein arrogantes Biest, eine wahrhaftige Grosvenor, die sich selbst am liebsten reden hörte. Scott hatte über Stunden in dem Nobelrestaurant an ihren Lippen gehangen und nicht bemerkt, dass die Kleine und ich vor Langeweile vergingen. Im Gegensatz zu ihm bedeuteten mir Namen und Titel nichts. Menschen mussten lebhaft und sprachgewandt sein, etwas Originelles zu erzählen haben, um meine Aufmerksamkeit zu erregen. Ungehalten hatten wir uns während der Rückfahrt vom Bois de Boulogne quer durch die Stadt im Taxi gestritten. Die sternenklare Nacht glitt achtlos an den Wagenfenstern vorbei, verschwand im Nichts.

»Du mit deinem ewigen Gefühl, dazugehören zu wollen«, schleuderte ich ihm an den Kopf und versuchte Scottie, die übermüdet auf meinem Schoß herumquengelte, zu besänftigen. »Langsam solltest du dein Kindheitstrauma ablegen.«

»Sei nicht albern«, gab er selbstgefällig zurück. »Mit der High Society sollte man sich gut stellen. Wer weiß, wozu man solche Kontakte noch benötigt.«

»Dein ganzes Selbstvertrauen hängt von solchen überkandidelten Geschöpfen ab.«

»Wenigstens habe ich eins«, knurrte er vor sich hin.

Als wir endlich in die Avenue de l'Opéra einbogen, hatte die Debatte unsere Gemüter derartig erhitzt, dass ich schrie: »Ein verdammter Snob bist du!« Scottie, die in einen leichten Dämmerschlaf gefallen war, erschrak und begann zu weinen.

»Du mit deinen wilden Äußerungen! Da hast du es!« Scott warf mir einen grimmigen Blick zu. »Anstatt deine Meinungen ständig wie ein Fischweib in die Welt zu posaunen, solltest du dich lieber um dein Kind kümmern, Zelda.«

Was hätte ich daraufhin erwidern sollen? Vor dem Hotel stieg er aus, lief um das Taxi herum und öffnete uns den Wagenschlag. Ohne ihm weitere Beachtung zu schenken, rauschte ich mit dem Kind im Arm durch die Drehtür. Geschwind hatte sie sich um die eigene Achse gewunden, einen großen Kreis um meine Enttäuschung gezogen. Und dann noch einen und noch einen.

Die Pariser Nachmittagssonne strahlte perfekt vom Himmel und rötete unsere Nasen. Immer wieder holte Scott sein Baumwolltaschentuch aus dem Jackett und tupfte sich den Schweiß von der Stirn. Wir verließen unsere guten Sitzplätze und schlenderten durch die schattige, von Ulmen gesäumte Allee.

Zwischen den geometrisch angelegten Blumenrabatten lockten die Stände einiger Süßwarenverkäufer mit ihrer Ware. »Meine Damen, wie steht es mit einem Liebesapfel, Puffreis oder Eiscreme im Hörnchen?«

Begeistert klatschte die Kleine in die Händchen. »Du hast tolle Ideen, Daddy.«

»Hört, hört.« Geschmeichelt zückte er seine Geldbörse und raunte zu mir herüber: »Selbst unsere Tochter hält mich für einen klugen und einfallsreichen Menschen.«

»Der bist du.« Mit mulmigem Gefühl sah ich zu Boden. Sein Geltungsdrang verstörte mich zunehmend. An diesem Punkt waren wir schon einmal angelangt. Hoffentlich, so dachte ich, würde unsere Europatour nicht in dem gleichen Chaos enden wie beim letzten Mal. Damals waren wir der großen Katastrophe nur entronnen, weil ich seinen schwankenden Launen standgehalten hatte. Ich war ruhig geblieben – für meinen Geschmack zu ruhig; es hatte mich eine Menge Kraft gekostet. Wenn ich meiner Stimme nicht bald laut und deutlich Ausdruck verliehe, würde ich den Rest meines Lebens im Unglück versinken, oder?

Scott reichte uns zwei knusprige Waffeln; die Eiscreme schmolz schnell in der Hitze und lief uns in klebrigen Rinnsalen über die Finger. In der Nähe eines Berg-Ahorns setzte er die Kleine auf den verwitterten Rand eines Springbrunnens.

Argwöhnisch betrachtete sie die tanzenden Nymphen, verfolgte mit ihren Blicken die in der Bewegung erstarrte Geschmeidigkeit, das leuchtende Moos auf den Brüsten. »Sind das Feen?«

»Richtig, mein Schatz.«

»Falsch«, hielt ich spitz dagegen. »Das sind weibliche Gottheiten niederen Ranges. Frauen, die nichts auf dieser Welt zu sagen haben.«

Unbeeindruckt verzehrte Scottie ihr Hörnchen, dann tauchte sie ihre Händchen in das glasklare Wasser. Schimpfend flogen ein paar Spatzen auf und hinterließen eine Spur winziger Brotkrümel, die nun die ausgetretenen Steinstufen hinunterwehten.

*

Die erste Europareise im Frühling 1921, ein gutes Jahr nach unserer Hochzeit, war eine *tour d'horizon* mit einigen Schönheitsfehlern gewesen. Sie hatte uns durch Frankreich, Italien und England geführt. Ich war schwanger gewesen. Allein dieser Umstand hatte damals gereicht, mein Leben auf den Kopf zu stellen; die Situation schien mir allzu grotesk, rüttelte an meinen Gefühlen. Im Zwielicht meiner Gedanken war ich wie ein havariertes Schiff auf stürmischer See, gefangen zwischen aufpeitschenden Wellen, die mir die Orientierung nahmen, um das eine oder das andere Ufer zu erreichen. Die Entscheidung schrie nach mir. Später betrachtete ich die Dinge mit völlig anderen Augen, doch zu jenem Zeitpunkt hatte ich nicht gewusst, was ich wollte – und als ich es dann wusste, war es zu spät gewesen, und ich stürzte unmerklich in eine Krise, der ich niemals wieder ganz entrinnen sollte.

Aber damit nicht genug. Scotts britischer Verleger Collins, Sons & Co. hatte gerade seinen ersten Roman herausgegeben, und wir hielten uns in jenen Tagen in London auf, um einen weiteren Triumph seiner Karriere hautnah mitzuerleben. Aufgeregt kam er am frühen Morgen mit einem Stapel frisch gedruckter Zeitungen durch die im Takt der Großstadt schwingenden Pendeltüren des Claridge's gelaufen, wo ich in einem der zierlichen Polstersessel in der Lobby auf ihn gewartet hatte und mir die Zeit mit dem Beobachten einiger Gäste vertrieb. Inmitten des leuchtenden Delfter Blaus der Sitzgruppe fühlte ich mich in meinem Zustand wie eine dieser bauchigen Teetassen, die hier überall auf den Tischen herumstanden, obwohl die Geburt noch in ferner Zukunft lag. War die Frau mit der spitzen Nase, die hinter den Palmwedeln unentwegt auf die riesige Wanduhr starrte, vielleicht Virginia Woolf? Und der Hagere mit dem Vollbart, konnte das Lytton Strachey sein? Während eines Lunchs im Algonquin hatte ich die Clique über die Bloomsbury-Bande reden hören; wie so oft beendete die gequält wirkende Dottie Parker die Diskussion nach einigen starken Cocktails mit einem Bonmot: »Die leben in Quadraten, malen in Kreisen und lieben in Dreiecken.« Dieser intellektuelle Haufen schien die britische Szene mit ganz eigenen Ansichten aufzumischen, und sie trafen sich hier überall in der Stadt.

»Die Spannung ist kaum zu ertragen.« Scott setzte sich auf meine Sessellehne und schlug als Erstes die *London Times* auf. Die Druckerschwärze roch ganz wunderbar und verbreitete ein dezentes Flair von Ruhm, von internationalem Erfolg.

»Ich gehe jede Wette ein, dass die Engländer dein Buch noch mehr lieben als die Amerikaner.«

Doch während seine Augen hektisch über die Zeilen sprangen, bildete sich eine steile Furche auf seiner Stirn. »Sie schreiben, es sei eine ermüdende Geschichte.«

»Das kann doch nicht sein.«

Die Kritiken der insgesamt zwanzig Rezensenten lagen tatsächlich *jenseits des Paradieses*, wie Scott zynisch meinte. Sie waren enttäuschend gewesen. Einige von ihnen bewerteten den Roman als nicht bemerkenswert, andere schienen der Meinung, die Handlung sei schlichtweg zu konstruiert. Ganz böse Zungen behaupteten gar, Scotts Stil lasse deutlich erkennen, dass er Compton Mackenzies *Sinister Street* einige Male zu oft gelesen habe.

»Was für eine Idiotie! Ausgerechnet Mackenzie!«, hatte er mit gefährlich funkelnden Augen gewettert und die Zeitungen vom Tisch gefegt. »Den Kerl kann ich nicht ausstehen.«

»Natürlich magst du ihn.« Mechanisch begann ich, die Seiten aufzuheben, faltete sie fein säuberlich wie frische Wäschestücke zusammen, legte sie Blatt für Blatt aufeinander. Ich bemerkte die Augen vieler Gäste auf uns und versuchte ihn zu besänftigen. »Vielleicht magst du ihn nur im Moment ein bisschen weniger.«

»Ach was!« Blind vor Wut verwarf er im nächsten Moment sämtliche Pläne, Oxford zu unserem zukünftigen Zuhause zu machen. Die traditionsreiche Stadt mit ihren altehrwürdigen Gemäuern, den Universitäten und Kirchen, die für ihn Stunden zuvor noch der herrlichste Ort der Welt gewesen war, schien unversehens eine antiquarische Belanglosigkeit. »Verflucht sei dieses Europa! Wir kehren umgehend in die Staaten zurück. Dieser Kontinent bedeutet nichts weiter als Langeweile und Angst vor dem Neuen. Nie wieder werde ich einen Fuß in irgendeines dieser entsetzlich rückwärtsgewandten Länder setzen.«

»Nimm es doch nicht so schwer, Goofo. Als ob du nicht wüsstest, dass Kritiker immer über sich selbst schreiben.« Meine Stimme erschien mir fremd, viel zu bemüht, das eigene Entsetzen zu unterdrücken. »Dafür liebt man dich in Amerika umso mehr.«

»Wahrscheinlich zerreißt man sich in New York schon jetzt das Maul darüber, was ich für ein Versager bin. Ich sollte das verdammte Schreiben aufgeben.«

»Ich mache mir Sorgen, wenn du so redest.«

»Ich könnte auch wieder für neunzig Dollar im Monat Werbetexte verfassen.« Er schnaubte verächtlich. »Diese Dampfwäscherei in Iowa fand meinen einfältigen Vers ganz schwungvoll.«

»Hör doch auf, über die Vergangenheit zu reden.«

»Ich bin eine gescheiterte Seele, ein Verlierer. Genau wie mein alter Herr. Das ganze Familienerbe hat er durchgebracht und –«

»Was kümmern uns unsere Familien?«, unterbrach ich ihn. Wir schwiegen mehrere Augenblicke lang. Die Klarinettentöne eines Straßenmusikanten drangen durch die Pendeltüren, waren leise, laut, wieder leise. Die Frau, die Virginia Woolf ähnelte, stand auf und verließ den Saal. Wie gern würde ich jetzt ihrem Weg folgen? In meiner Vorstellung liefen wir gemeinsam durch ein paar malerische Gassen Richtung Grosvenor Square, parlierten über dieses und jenes, ehe unsere Leben wieder verschiedene Richtungen einschlugen.

»Aus mir ist in Princeton kein Sportass und kein Akademiker geworden, ich war beim Militär eine Niete, meine Werbetexte kamen nicht gut an. Und nun das.«

»Halte an deinen Zielen fest. Du darfst doch die Hoffnung nicht wegen eines kleinen Misserfolgs aufgeben.«

»Du weißt genau, dass ich schon als Junge von einer bedeutenden Karriere geträumt habe, um dieser elenden Durchschnittlichkeit meiner Familie zu entkommen.« Nervös fuhr er sich durchs Haar. »Es steht einfach wahnsinnig viel auf dem Spiel, Zelda.«

»War es denn je anders im Leben?« Ich holte tief Luft, spürte die Ungeduld in mir aufwallen. *Jedes Mal das gleiche Spiel.* »Wo bleibt dein Mut, für den ich dich so liebe? Du bist klug und talentiert.«

Er vergrub das Gesicht in den Händen, sie wirkten plötzlich blutleer und schlaff. »An manchen Tagen habe ich furchtbare Angst, dass alles vorbei ist, bevor es überhaupt richtig angefangen hat.«

Meine Worte drangen nicht zu ihm durch. Sein Selbstmitleid glühte. Scott war ein Mensch, der bedingungslos geliebt werden wollte. Schon wenige harsche Sätze glitten nicht spurlos an seinem Stolz vorbei. Auch wenn er es sich nicht eingestehen würde: In solchen schwachen Momenten brauchte er mich an seiner Seite, um ihn zu trösten und aufzubauen. Doch manchmal brauchte ich mich selbst am meisten.

Schon bald darauf hatten wir uns mit der *Celtic* auf dem Atlantik befunden. Die Tage jenes Hochsommers Ende Juli waren ruhig und windstill, aber der heimatliche Kurs schien trotzdem ungewiss. Wie würde unser Leben weitergehen? Mit jeder Seemeile, die wir uns von der Alten Welt entfernten, gerieten unsere jugendlichen Ideale zusehends in den Hintergrund. Wo waren die Menschen, die wir hatten werden wollen? Diese *tour d'horizon* rührte an der Zeit, ließ sie verstreichen, sinken, bis sie mit einem leichten Seufzer auch in meinem Herzen verschwand. Nichts konnte sie aufhalten. Die Zeit war flüchtig wie das Glück, und nur der immerwährende Gedanke des Alterns haftete an ihr. Weder die Orchesterklänge noch die eleganten Abendroben oder das heitere Lachen der Passagiere gaben mir in der salzigen Brise auf hoher See ein Gefühl von Sicherheit. Ich fühlte mich unfrei. Gefangen. Das Licht auf den blauen Wellen warf mir schonungslos die harte Realität entgegen, die ich so gern ein wenig länger verdrängt hätte. Ein Jahr, eine Woche, einen einzigen Tag nur. Doch dieses winzige Wesen in mir begann sich zu regen; die zarten Bewegungen, die sich tief in meinem Inneren bemerkbar machten, ließen plötzlich alles so endgültig erscheinen. Ich spürte sie täglich mehr. Es war schön und erschreckend zugleich. Das anfänglich Abstrakte wich konkreten Gedanken. *Werde ich eine gute Mutter sein? Und was passiert mit meinem eigenen Leben? Mit meinem Dasein als Flapper? Meiner guten Figur?* Ich redete mir ein, dass diese Sorgen nichts Ungewöhnliches, gar Unverzeihliches waren, gehörten sie doch zu den ältesten der Welt. Wie der Schmerz, die Hoffnung und die Liebe.

Am fünften Tag der Überfahrt streifte ich mir frühmorgens das korallenrote Jerseykleid über und machte einen Spaziergang auf dem noch menschenleeren Achterdeck. Mehrere Seeschwalben kreisten hoch über dem Schiff, das kraftvoll durch die Wellen glitt. Die Luft war kühl und frisch und roch nach den Abenteuern Jules Vernes. Einzig auf einem Liegestuhl saß eine junge Frau mit unübersehbar dunklen Augenringen, sie mochte Anfang zwanzig sein. Zwei kleine Kinder lagen wie eingerollte Kätzchen auf ihren Beinen und schlummerten friedlich unter einer leichten Wolldecke. Sie las.

»Guten Morgen«, grüßte ich im Vorbeigehen. »Was für einen geruhsamen Anblick Sie bieten.«

»Der Schein trügt. Die beiden zahnen. Würde ich mich bewegen, wäre es auf der Stelle mit der Harmonie vorbei.« Vorsichtig strich sie mit einer Hand über die gleichmäßig atmenden Knäuel. Ihr Buch glitt hinunter auf die Planken. »Oh, würden Sie bitte ...«

»Aber natürlich.« Ich hob es auf, schaute flüchtig auf den Titel und reichte es ihr. »*Das Liebesleben in der Ehe.*«

»Irgendetwas muss ja zu einem glücklichen Zuhause beitragen«, seufzte sie und warf einen wissenden Blick auf meinen leicht gewölbten Bauch. »Sonst widerfährt uns das gleiche Schicksal wie unseren Müttern und allen anderen Generationen zuvor. Haben Sie es gelesen?«

»Die ersten Kapitel«, erwiderte ich zögernd. Marie Stopes, die britische Pionierin im Bereich der Familienplanung, schrieb nicht gerade die Unterhaltungsliteratur, die mich mit ein paar *biscuits* an einen gemütlichen Ohrensessel fesselte. »Offen gestanden hat mein Mann mir das Buch letztens in London kommentarlos auf das Kopfkissen gelegt.«

»Die Geschichte kommt mir sehr bekannt vor.« Die junge Mutter lachte verhalten. Das aufkommende Morgenlicht unterstrich ihre sympathischen Grübchen und verwischte die Müdigkeit unter den Augen. »Ist es nicht seltsam, dass man uns Frauen die Verantwortung für das Zusammensein mehr denn je überträgt?«

»Ich finde den Gedanken auch entsetzlich abgegriffen«, stimmte ich ihr zu. »Auf dem Gebiet scheint sich die Welt nicht so schnell verändern zu wollen wie sonst.«

»Wieso wirst du einfach schwanger? Eine moderne Frau weiß, was zu tun ist, um das zu verhindern. Und du tust doch etwas?«

»Nun ist es aber trotzdem passiert.«

»Wie soll ich schreiben, wenn Tag und Nacht ein Baby im Haus schreit?«

»Jetzt sag nicht, dass das allein mein Verschulden ist.«

»Wie lächerlich! Zu deinen ehelichen Pflichten gehört es natürlich, dafür Sorge zu tragen, dass die Folgen ausbleiben.«

»Das hast du aber vor ein paar Wochen noch ganz anders dargestellt. Soll ich wiederholen, was du mir danach ständig ins Ohr geflüstert hast?«

»Zelda!«

»... aber du freust dich doch?«

»Ich bin nicht annähernd bereit für ein Kind. Ich möchte, nein, ich muss ein herausragender Schriftsteller werden.«

»Wir können doch beides schaffen.«

»Tatsächlich? Wie schön, dass du so viel Vertrauen in deine Fähigkeiten als Mutter hast, Zelda.«

Scotts Vorwurf fühlte sich bleischwer auf meinen Schultern an, und ich dachte in jenen Tagen der Überfahrt viel über mein angebliches Versäumnis nach, über mich, über ihn. Dass wir einmal Kinder haben wollten, hatten wir einander seit unserem Kennenlernen stets versichert. All die kleinen prächtigen Burschen sollten aussehen wie er, sogar seine merkwürdig geformten Zehen sollten sie haben. Aber wann wollten wir diese Kinder haben? Gab es denn überhaupt einen richtigen Zeitpunkt, um Eltern zu werden? War da nicht immer irgendetwas, das einem wichtiger erschien? Nun stand ich an Deck und starrte auf den Horizont, klammerte mich an eine Linie, die trügerischer nicht sein konnte, in dem Glauben, dort draußen Antworten auf Fragen zu erhalten, die ich nicht einmal klar zu formulieren wusste. Die Last wog schwer, am schwersten wogen jedoch die Selbstzweifel Scotts. Wie in einem riesigen Fischernetz hatten wir sie damals aus Europa hinter uns hergezogen; schillernd lauerten sie im dunklen, aufgewühlten Fahrwasser, schnappten mit ihren riesigen Mäulern gierig nach Luft. Sie wurden größer.

KAPITEL 5

Am späten Abend saß ich in unserer Suite des Hôtel des Deux Mondes mit gekreuzten Beinen auf dem Fußboden und schrieb in mein Tagebuch. Die feiernde Meute um mich herum nahm ich kaum wahr. Das Stimmengewirr, das Gelächter oder das Klirren der Gläser, wenn sie aneinanderstießen, gehörten zu mir; es waren wohlklingende Attribute meines Lebens, mehr Hintergrundrauschen als störende Geräuschkulisse. In Windeseile hatte sich unter unseren amerikanischen Freunden herumgesprochen, dass wir uns in der Stadt aufhielten. Das Zimmertelefon mit der hohen Gabel klingelte unentwegt. Es war ein auffordernder, schriller Ton, und wann immer ich den Hörer abnahm, ein langgezogenes »*Allô?*« hineingurrte und mir am anderen Ende eine bekannte Stimme vermittelt wurde, fühlte ich mich geschmeichelt. Erkundeten wir während unserer ausgiebigen Spaziergänge die Stadt, fanden wir nach der Rückkehr ins Hotel an unserem Türknauf stets ein prall gefülltes Säckchen mit neuen Nachrichten vor. *Kommt ihr zum Lunch? Ein Cocktail um acht? Drehen wir die Zeit zurück?* Ich wollte in all diesen Kärtchen versinken, meine Nase tief hineingraben und den betörenden Duft der Möglichkeiten auskosten.

»Ich wage zu behaupten, dass man in Paris noch öfter telefoniert als in New York; diese Höllenapparate hier klingeln ja ständig und überall«, hatte Scott fassungslos gemeint, als es an einem späten Vormittag unentwegt Krach schlug. »Der bedeutsame Unterschied ist jedoch, dass man in Amerika telefoniert und über Verabredungen spricht, während man in Frankreich telefoniert und sich tatsächlich verabredet.«

New York, Paris oder anderswo. Nach guter alter Tradition drängten sich auch heute wieder einmal viele bekannte Gesichter in unserer geräumigen Suite dicht aneinander. Lou, Eloise und Ella, Gracie natürlich, dann die Jungs, mit denen wir vor Jahren schon das Plaza unsicher gemacht hatten, Joe und Paul, ein paar von Scotts Kommilitonen aus Princeton und auch die Bagage, mit der wir im Mondschein an den Stränden Long Islands betrunken die Dünen hinuntergerollt waren. Sie alle hatten schon oft mit Drinks in der Hand unsere Hotelbetten belagert, an den Kaminsimsen gelehnt, sich auf den schmalen Balkonen gedrängt. Meist hatten sich die Zimmertüren vor lauter Andrang nicht mehr schließen lassen, dann lungerten sie ganz selbstverständlich in den endlosen Korridoren herum. Im Schein der Jugendstillampen diskutierten wir über Literatur, über Politik und Mode, tranken stets einen ganzen Ozean an Alkohol leer und tanzten oft bis weit in das Morgengrauen hinein.

Die Stimmung war atemberaubend. Dan, in dessen langgliedrige, elegante Finger ich mich im ersten Winter nach meiner Hochzeit verliebt hatte, spielte wieder einmal die klagenden Jazzrhythmen auf seinem Saxofon. Ob es irgendeine Menschenseele auf der Welt gab, die nicht für den *Beale Street Blues* sterben würde? Seine Freundin Harriet, die mir mit ihrer wahnsinnig schönen, tiefen Stimme stets einen Schauer über den Rücken laufen ließ, hauchte ab und zu ein paar melodische französische Wörter in seine Noten hinein. Ich hatte keine Ahnung, was sie bedeuteten, aber es klang sehr sinnlich.

Beeindruckt sah ich von meinem Tagebuch auf, pustete mir eine widerspenstige Haarsträhne aus der Stirn und rief den beiden zu: »Das ist wundervoll.«

Harriets Perlenohrringe spiegelten sich in dem goldglänzenden Instrument Dutzende Male wider. »Ist es so?«, fragte sie mit einem einzigen Augenaufschlag, der Sünde versprach.

»Ja. Bei euch verschmelzen Musik und Sprache zu Poesie.«
»*Merci.*« Sie neigte sich zu Dan und küsste seinen Hals. Die Harmonie zwischen den beiden ging mir durch und durch; sie war so fließend, so intensiv.

Mit ungelenkem Tritt stieß Scott ein paar leere Flaschen unter die Chaiselongue, deren altmodische Zierfransen nach allen Seiten baumelten, und setzte sich neben mich. Er stellte sein halbvolles Martiniglas zwischen uns auf den Boden, fischte die Olive heraus und schob sie mir in den Mund. »Ist es das Verwegenste, was ich je getan habe?«

»Hoffentlich nicht.« Ich rollte die glatte, weiche Frucht mit der Zunge herum, stieß sie an meine Schneidezähne, schmeckte das Salz, den Alkohol.

»Diese Abende inspirieren mich«, sagte er. »Meine Bedenken von vorhin erscheinen mir jetzt außerordentlich lächerlich. Entschuldige bitte.«

»Partys sind mein Lebenselixier.«

»Meins auch.«

Ich nahm das Tagebuch vom Schoß und legte es auf die Dielen neben mir. Dann malte ich mit dem Füllfederhalter ein Herz auf meinen Handrücken, füllte es mit verschnörkelten Lettern: *SCOTT*.

»Wenn das nicht wahre Liebe ist.« Dicht beugte er sich über mein Kunstwerk, um es genauer zu betrachten. Ich sah den Wirbel an seinem kurz geschorenen Hinterkopf, über den ich gelegentlich strich, wenn wir miteinander geschlafen hatten und er verschwitzt auf meinen Brüsten lag. Da war etwas Raues, Kratziges, das ich in solchen Momenten mochte. »Wie bei einem waschechten Matrosen, der sich den Namen seiner Braut in einer schummerigen Hafenkneipe hat tätowieren lassen.«

»Jedem seine Sehnsucht.« Die königsblaue Tinte verlief rasch auf meiner hellen Haut, hinterließ ein Netz hauchfeiner Linien. »Wirst du mich immer lieben?«

»Das habe ich dir einst versprochen. Das weißt du doch.«
»Manchmal ist es besser, es noch einmal zu hören.«

Genau genommen hatte ich diesen Satz vom ersten Kuss an hören wollen. Es war, als ob es ein geheimes Türschloss zu unserer Ehe gäbe, und sobald einer von uns den Satz *Ich liebe dich* aussprach, drehte sich der Schlüssel darin ein weiteres Mal herum und besiegelte das Bündnis erneut. *Ich liebe dich. Ich liebe dich mehr. Ich liebe dich am meisten.* An schlechten Tagen funktionierte der Schwur nicht.

»Wie kannst du bei diesem Tumult etwas zu Papier bringen? Das ist bewundernswert.« Mit einem Nicken deutete er auf die aufgeschlagenen Notizen und lockerte seinen gestärkten, nicht mehr ganz wäscheweißen Hemdkragen. »Ich kann nur in der vollkommenen Stille arbeiten.«

»Stimmt. Dir ist jedes Türenschlagen zu viel.«

Er stöhnte. »Es ist bereits die Feder, die zu Boden sinkt.«

»Seit wir in Paris sind, gehen mir furchtbar viele Dinge durch den Kopf. Alles ist so anders in diesem Land, so besonders«, erklärte ich und zupfte einen Fussel von meinem Kleid. »Sie treffen mich wie Blitze und breiten sich explosionsartig in meinen Gedanken aus.«

»Ein Nachhall sanfter Flügelschläge der Alten Welt.«

»Wie herzzerreißend du das sagst.«

»Ich schätze mal, du bist mit dem größten Romantiker der Welt liiert.«

»*Oh là là.*« Lächelnd führte ich fort: »Über die Bedeutung meiner Eindrücke bin ich mir noch nicht im Klaren, aber ich muss all das notieren. Ich habe Sorge, sie zu vergessen. Seltsam, nicht?«

»Diese flüchtigen Gedanken sind oft die besten. Morgen Vormittag werde ich sie mir in Ruhe anschauen.«

»Bitte nicht.« Ich stieß einen tiefen Seufzer aus. »Vorerst möchte ich meine Ideen für mich behalten.«

»Wie?« Scott verzog belustigt die Mundwinkel, doch für den Bruchteil einer Sekunde sah ich einen nervösen Schatten über sein Gesicht gleiten. »Du lässt mich deine Sachen doch immer lesen.«

»Nun ist es eben anders.«

»Was ist anders?«, rief er. »*Was*, bitteschön?«

Ich spürte, dass er seine ungehaltene Ader zu unterdrücken versuchte. »Sprich nicht mit mir, als ob du ein Kleinkind vor dir hättest«, fuhr ich ihn an. »Du klingst grauenvoll.«

»Antworte auf meine Frage, Zelda.«

Ich ließ meinen Blick durch den Salon schweifen, suchte nach passenden Worten, einer Formulierung, die Scott mein Dilemma vor Augen führen könnte, ohne ihn vor den Kopf zu stoßen. Doch die Angelegenheit war heikel und drohte unsere wunderbare Pariser Leichtigkeit zu zerstören. *Warum können wir nicht sachlich diskutieren? Warum enden unsere Meinungsverschiedenheiten grundsätzlich im Streit?* Das Saxofon dröhnte in meine Gedanken hinein, schleuderte sie hin und her, schien sie wie eine sprudelnde Tablette im Wasserglas aufzulösen. »Ich kann es dir nicht sagen.« Achselzuckend gab ich mich für den Moment geschlagen. In dieser quirligen Atmosphäre hätte es vermutlich wenig Sinn gehabt, ein weiteres Mal über die Sache zu sprechen.

»Nicht schon wieder das alte Thema«, interpretierte er mein Zögern nun genervt. »Wie oft muss ich es dir noch herbeten? In einer Ehe gibt es kein Plagiat.«

»Ich denke eher, es beginnt dort.«

»Du redest Unsinn.«

»Niemand schafft es, mich so schnell in Rage zu bringen wie du.« Mein Herz klopfte stärker. Ich spürte ein Brennen in meinen Wangen aufsteigen, aber ich durfte jetzt nicht in Tränen ausbrechen. »Ich hasse dich, wenn du dein Überlegenheitsgefühl an mir auslässt.«

»Hör auf!« Mit einer heftigen Bewegung verschüttete Scott seinen Martini. »Du kannst doch nicht in drei Minuten ein und dieselbe Person lieben und hassen, Zelda.«

»Was meinst du, was eine Frau alles kann!«

Er strich sich mit dem Ärmel über den nassen Handrücken und leerte den verbliebenen Schluck. »Was also hast du mit deinen literarischen Geheimnissen vor?«, fragte er herablassend.

»Wie gesagt, ich denke noch darüber nach.« Ich verschränkte die Arme vor der Brust und beobachtete, wie seine Finger unruhig über den grazilen Stiel des Glases glitten. »Einen Artikel für die *Vogue*? Eine aufregende Kurzgeschichte? Vielleicht einen Roman?«

Augenblicklich ließ sich Scott schwer gegen die Chaiselongue fallen. Das Glas polterte zu Boden und zerbarst. »Einen Roman! Gott im Himmel!«, stieß er theatralisch hervor, sodass sich einige Gäste erstaunt herumdrehten. »Meine Frau kann keine Hosen bügeln und keinen Eisschrank befüllen. Aber nun meint sie sich als Schriftstellerin versuchen zu müssen!«

Möglicherweise kannte ich diesen Mann besser als mich selbst. Ich wusste in dem Moment sehr genau, dass er mit dieser lärmenden Dramaturgie seine Unsicherheit kaschierte, die unbeholfenen Eigenschaften seines Charakters aus dem Scheinwerferlicht zerrte, um nicht an Glanz einzubüßen. Seine Worte schockierten mich trotzdem, sie machten mich sogar unfassbar wütend. Wie konnte er mich nach allem, was ich für ihn getan hatte, mit derartigem Hohn überziehen?

»Wäre das denn so abwegig?«, forderte ich ihn heraus. »Wäre es denn keine Chance auf Glück?«

»Ich verbiete dir solche Gedanken. Der Schriftsteller in dieser Familie bin ich«, rief er aufgebracht.

Plötzlich bemerkte ich die Stille im Salon. Etliche Augenpaare waren auf uns gerichtet, durchbohrten uns mit Neugier, mit Lüsternheit. Es war unheimlich.

»Der Tag, an dem die Fitzgeralds keine Meinungsverschiedenheiten mehr austragen werden, wird der letzte sein«, durchbrach Dan schließlich die prekäre Situation und prostete uns zu; schon seit ewigen Jahren hatte er die Wogen zwischen uns zu glätten gewusst.

»Meinung?« Scott schnaubte. Ohne hinzusehen tastete er nach meiner Hand, griff sie entschlossen, ganz fest. »Ich habe eine Frau und eine Tochter. Eine eigene Meinung ist da mehr Wunsch als Wirklichkeit.«

»Auf die kommende Rebellin der Literatur«, tönte Larry lauthals in die Menge, dann hielt er einen kleinen weißen Würfel in die Höhe. »Wie wäre es mit einem Absinth auf diese Neuigkeiten?«

»Warum nicht?«, lenkte ich ein, küsste Scotts warme Hand, nahm seinen vertrauten Geruch aus Seife, Tabak und Leder wahr. Daraufhin stand ich auf und strich den verknitterten Stoff meines Kleides glatt, strich das brisante Thema ab. Wortlos blickten mein Mann und ich uns an. Erforschten sekundenlang die Emotionen im Gesicht des anderen.

»Frieden?«, fragte er schließlich schmallippig.

»Frieden.« Tapfer lächelte ich. Doch was bedeutete das schon? Dieses kurze Wort konnte nicht mehr als ein Waffenstillstand sein. Der Missmut zerrte an mir. Scott bedeutete mir noch immer die Welt. Aber mit jedem Wortgefecht und jeder Respektlosigkeit dem anderen gegenüber erstickte ein Stückchen unserer Liebe; sie würde irgendwann verglimmen, nein, qualvoll ersticken. Der Gedanke erschien mir unvorstellbar. Ein Leben ohne Scott war sinnlos. Ich wollte mich nicht mit ihm streiten. Und dafür musste ich alles beim Alten belassen. Stillhalten. *Still! Still!* Doch das wollte ich auch nicht. In welche Richtung ich auch dachte, es gab dort eine Antwort, die mir nicht gefiel. Ich war gefangen in meinem eigenen Denken, schwach und feige, so unendlich feige. In solchen Momenten mochte ich mich nicht. War es nicht jene Eigenschaft die ich am meisten verabscheute? Es hatte nichts mit der selbstbewussten Zelda von früher zu tun, die stets ein Ziel vor Augen gehabt hatte. Was sollte ich nur tun?

Mit mehreren Leuten drängten wir uns nun um die Louis-XVI-Kommode, schoben die chinesischen Porzellanfigürchen achtlos zur Seite und beobachteten Larry, wie er konzentriert aus einer Karaffe geringste Mengen Wasser über das Zuckerstück auf einem perforierten Silberlöffel in ein Glas goss.

»Ein wunderbarer Brauch, nicht wahr?« Harriets melodiöse Stimme jagte mir erneut einen Schauer über den Rücken.

»Es hat durchaus etwas Ästhetisches an sich. Lässt mich stets an Oscar Wilde denken«, gab Larry zurück.

»Nun, dann weißt du also, wie viele Gläser du trinken darfst.« Sie lachte lasziv.

»Wie viele?«, rief jemand aus dem Hintergrund.

Harriet drehte sich herum, die langen Perlenohrringe schwangen sanft ihren Hals entlang. »Nach dem ersten Glas siehst du die Dinge, wie du sie gern hättest, nach dem zweiten, wie sie nicht sind. Zum Schluss siehst du die Dinge, wie sie wirklich sind.«

»… und das ist schrecklich desillusionierend«, ergänzte Scott großspurig. »Ich spreche aus Erfahrung, Leute.«

»Ich dachte, Absinth wäre in Frankreich verboten«, flüsterte ich ehrfürchtig, während die dicken, zähen Tropfen ins Glas fielen und das Smaragdgrün in ein nebelweißes Geheimnis verwandelten. »Ebenso wie Opium. Oder Morphium. Oder …«

Scott lachte auf. Dieser hinterhältige Ton, den ich neuerdings öfter an ihm vernahm, gefiel mir nicht. Er erinnerte mich an etwas Listiges, Ausgekochtes. Stimmen, Schatten, die lange zurücklagen. Die an die Oberfläche drängten …

»Macht das die Sache nicht wesentlich interessanter?« Larry reichte mir den Drink mit einer feierlichen Verbeugung. »*Vive la différence.*«

»Danke. Das Zeug habe ich wirklich noch nie getrunken.« Gespannt führte ich den Rand des Glases unter meine Nase. »Riecht aufregend.«

»Man kann ja froh sein, einer Frau wie dir noch etwas Neues bieten zu können«, bemerkte Dan. »Kaum zu glauben, dass du mit der grünen Fee noch keine Freundschaft geschlossen hast.«

Kurz dachte ich an Scottie. Sie lag nebenan im kleinen Salon, und ich hatte versprochen, nach einer Weile noch einmal hereinzusehen und ihr einen Gute-Nacht-Kuss auf die Nasenspitze zu geben. Aber schlief sie nicht sowieso schon tief und fest? Vorsichtig nippte ich an dem Absinth und fuhr mir mit der Zunge über die Lippen. »Es schmeckt nach Lakritz, ein wenig rauchig. Köstlich.«

»Pass auf, Zelda«, sagte Scott scharf. »Diese vermeintliche Freundin kann äußerst boshaft sein.«

»Ich bin schlimmer.«

»Höre auf meine Worte.«

»Ich bin die dreizehnte Fee.«

»Deine Unverfrorenheit ist sexy, Zelda.« Larry schaute mich mit durchdringendem Blick an.

Ich grinste und stürzte das Glas in einem Zug hinunter. Schon im nächsten Augenblick durchflutete eine heiße Welle meinen Körper, züngelte wie glühende Lava bis in die Fußspitzen hinunter. Nach Atem ringend riss ich eines der Fenster auf und fächelte mir kühle Luft ins Gesicht. »Gute Güte!«, rief ich gegen die nun hektischen Töne des Saxofons an. Es klang nach Sirenengeheul, grell und unerschrocken. Verwegen. »Machst du mir noch einen, Darling?«

»Selbstverständlich.« Larry schmunzelte und deutete mit einem Kopfnicken zu einigen kräftigen Burschen hinüber. Mit hochgekrempelten Ärmeln rückten sie den gewaltigen Holztisch und die Polsterstühle an die Wand, um offensichtlich den Platz für eine größere Tanzfläche zu schaffen. »Ich meine mich vage zu erinnern, dass ihr während eures letzten Aufenthalts in Paris aus dem Hotel komplimentiert wurdet.«

»Ist das wahr?« Lolas katzenartige Augen glitzerten auf. Die dunkle Haarlocke, die sie wie einen appetitlichen Schokoladenkringel über ihre Brauen geklebt hatte, schimmerte kokett im Kunstlicht. »Wittere ich einen Skandal bei der Prominenz?« Sie schluckte den letzten Tropfen ihres Absinths hinunter, schüttelte sich, und ich sah, wie sich die feinen Härchen auf ihren Unterarmen aufrichteten.

»Ach, keine spektakuläre Geschichte«, winkte ich ab und fächelte mir weiter Luft zu. Unaufhörlich rauschte der Alkohol durch meine Adern. »Ich hatte keine Lust, ständig auf den Fahrstuhl warten zu müssen, also habe ich ihn auf der Etage mit meinem Gürtel blockiert.«

»… was allen anderen Hotelgästen offenbar nicht so gut gefiel.«

»Scott, warum erzählst du den Leuten nicht von meiner Aktion auf den Gleisen?«, rief ich laut. »Weißt du noch? Als ich nachts im Nebel abgehauen bin und fast vom Zug überrollt wurde, nur weil wir uns so gestritten hatten?«

»Aber ich habe dich gerettet. Wie könnte ich das vergessen?« Scott schaute umher. »Ja, meine Frau lässt sich jeden Tag etwas Neues einfallen.«

Worüber solltest du auch sonst schreiben, mein Schatz?

Nach dem nächsten Drink erschien mir alles weich und verschwommen, voller Wohlgestalt. »Jetzt begreife ich die Schönheit der Welt.« Überwältigt rieb ich mir mehrmals die Augen und studierte durch die Rauchschwaden etlicher Zigaretten hindurch den aufwendig modellierten Stuck unter der Decke. Zarte Akanthusblätter schmiegten sich an einen stromlinienförmigen Fries kleinster Quadrate, verloren sich in der Menge reich verzierter Kapitele. Fuß um Fuß und Inch um Inch das gleiche Spiel. »Morgen erkläre ich dir das ganze Geheimnis.«

»Ein hübscher Gedanke, Darling. Schade, dass er der Nacht anheimfallen wird.«

»Wohin entschwinden eigentlich unsere Träume, wenn wir aufwachen, Goofo? Kannst du sie für mich einfangen und zwischen zwei Buchdeckel pressen? Wenn wir alt sind, werden wir uns an sie erinnern, und dann holen wir sie hervor. Sie sind spröde und farblos wie Blütenblätter, die man trocknet, die zwischen den Fingern knistern und ein wenig zerfallen. Aber es sind unsere Träume, und wir werden sie der Kleinen zeigen und sagen: ›Das sind unsere Träume, das sind sie gewesen‹.«

»Welch beachtlicher Bewusstseinsstrom.« Scott musterte mich amüsiert. »Du bist betrunken.«

»Und eigentlich will ich noch ein Kind haben«, sprudelte es weiter aus mir hervor. »Einen winzigen, strammen Kerl, den wir uns so sehr gewünscht hatten. Mit einer Stupsnase und Augen, die aussehen wie deine. Und ich werde ihm Hosen nähen und Jäckchen und eine ganz fabelhafte Mutter sein.«

Ohne eine Reaktion abzuwarten, sprang ich plötzlich auf, griff Lola, mit der ich nie besonders eng befreundet gewesen war, am Arm und drängelte mich mit ihr durch die feiernde Meute hindurch. Im Hintergrund hörte ich Scottie weinen. *Irgendjemand wird sich kümmern, irgendjemand kümmert sich immer um dieses zarte, süße Ding.*

»Was hast du vor?« Lolas Tonfall verriet Abenteuerlust, die ständige Suche nach dem Mehr.

»Ich muss die Schwelle finden, an der die Ewigkeit die Fantasie küsst. Dann weiß ich, dass ich lebe.«

Ausgelassen rannten wir durch die labyrinthischen Korridore des Hotels, drehten uns wieder und wieder um uns selbst, ließen unsere fließenden, langen Kleider um unsere Körper wehen. Fühlten cremeweißen Georgette, schwarzen Satin. Die Farben spielten miteinander, langsam, dann schneller, vermischten sich auf vielschichtige, auf lasterhafte Art. Alles war so leicht, so unbeschwert.

Ich dachte an ein glänzend lackiertes Piano, geschwungen, schön, darin die Spiegelung der fahlen Sichel des Mondes, dachte an die Tasten, das Weiße, das Schwarze. Elfenbein. Ebenholz. Und dann schloss ich die Augen und spürte den endlosen Augenblick. Die Ewigkeit, die ich gesucht hatte. Schon im nächsten Moment verflüchtigte sie sich. War sie wirklich da gewesen?

»Du bist die verrückteste Frau, die mir je begegnet ist, Zelda.« Keuchend blieb Lola stehen, legte eine Hand auf ihr Dekolleté und rang nach Luft. Die Röte in ihrem Gesicht zeichnete auf reizende Weise die hohen Wangenknochen nach. »Du quillst über vor Ideen.«

»… die ungezügelt in den Geschichten meines Mannes verschwinden«, rutschte es mir heraus, während ich mein Kleid richtete, »in den erfolgreichen, bewunderten Zeilen des ehrwürdigen F. Scott Fitzgerald.«

»Findest du das schlimm?« Noch einmal holte sie Luft. »Ich meine, ihr beide werdet in den Staaten gefeiert wie Bühnenstars. Alles würde ich tun, um mit so einem berühmten Mann wie Scott verbandelt zu sein.«

»Ich auch, Lola«, erwiderte ich rasch. »Ganz bestimmt sogar. Man muss nur aufpassen, dass sich dieses Band nicht zu einem gordischen Knoten verwickelt.«

»Solche Kleinigkeiten entwirre ich dir in einer Nacht.«

Ruckartig drehte ich mich um, fühlte mich plötzlich stocknüchtern. Ich suchte ihren Blick, etwas Freches blitzte darin auf. »Du bist ein Weibsstück.«

»Aber ja.« Herausfordernd drehte sie mit dem Zeigefinger an ihrem Haarkringel herum. »Du etwa nicht?«

»Finger weg von meinem Mann. Du würdest es bitter bereuen«, zischte ich. Gehörte Lola zu der Sorte Frauen, die andere rücksichtslos in die Lächerlichkeit trieben? Die ein sich liebendes Paar zu entzweien wusste und aus Frauen gehörnte Ehefrauen, ja, Närrinnen machte?

»Böse Lola.« Sie zog einen Schmollmund und schlug die Augen nieder, dann lachte sie laut auf. »Keine Sorge, Süße. Dieser Mann liebt nur dich.«

»Die Show war nicht schlecht.« Ich schüttelte meinen Bob auf, als wollte ich dunkle Gedanken aus meinem Hirn vertreiben. »Was ist? Gehen wir noch auf einen Champagner in die Bar hinunter?«

»Du kriegst nie genug, oder? Morgen wirst du dich danach sehnen, nicht auf der Welt zu sein.«

»Dafür habe ich heute gelebt.«

KAPITEL 6

Nachdem ich am darauffolgenden Tag bis zwölf geschlafen und mehrere Tabletten Bicarbonat gegen mein heftiges Schädelbrummen eingenommen hatte, traf ich mich am späten Nachmittag allein mit Esther Murphy im Teesalon des nahe gelegenen Ritz. Die Essayistin war mir vor einigen Jahren auf Long Island eher zufällig über den Weg gelaufen und eine gute Freundin geworden. Sie lebte schon eine ganze Weile in Paris. Esther war eine kafkaeske Schönheit mit messerscharfem Verstand, der die seidene Wandbespannung im Algonquin hätte schlitzen können. Wir versanken zwischen aristokratischen Gurkensandwiches in weichen glutroten Damastsesseln, so flach, dass wir mit übergeschlagenen Beinen jene lässig gebeugte Haltung einnahmen, die noch vor wenigen Jahren für eine Dame in keinem Gesellschaftszimmer dieser Welt denkbar gewesen wäre. Kurze Röcke. Gepuderte Knie, wohin ich schaute. Es herrschte ein reges Treiben. Aufmerksame Kellner in akkurat sitzender Livree kreiselten mit ihren Tabletts um die Tische herum wie schwarz-weiße Pindopps, jonglierten virtuos mit einstudierten Blicken und Gesten. Himbeeren mit Sahne, in schlanken Glasschälchen zu veritablen Kunstwerken aufgetürmt, schienen der letzte Schrei um diese Uhrzeit.

»Wie geht es Mrs. Parker?« Mit einem gellenden Pfiff zitierte Esther einen jungen Mann herbei und ließ sich Feuer für ihre Zigarette geben.

»Ach, diese Clique am *Round Table* geht mir auf die Nerven. Immer die gleichen Themen, die gleichen Anekdoten. Dorothy wird zunehmend langweiliger. Hinter meinem Rücken hat sie mein Gesicht als Pralinenschachtel bezeichnet, nicht sehr schmeichelhaft.«

»Nieder mit den Intellektuellen.« Esther lachte. An ihrem Elfenbeinmundstück zeichneten sich dunkle Lippenstiftspuren ab. »Du kennst ihr Gedicht über Flappers?«

»Es ist seltsam.«

»Nun, sie mag das Flappertum nicht. Nein«, korrigierte sie sich, »Dot hasst es. Diese Mädchen sind ihr alle zu oberflächlich und unreif.«

»Irgendwann war die Philosophie dahinter tatsächlich vergessen, und das Ganze ist zu einem merkwürdigen Spiel verkommen. Ich denke aber, die Gute ist zu sehr mit ihrem Liebeskummer beschäftigt, eine Art Langzeitprojekt, das ihre Sinne vernebelt und den Blick auf wahren Wandel versagt«, erklärte ich. »Hattest du meinen Artikel im *Metropolitan Magazine* eigentlich gelesen?«

»Ist schon länger her, nicht? Zwei Jahre?« Sie griff nach ihrem grün schimmernden Cocktail auf dem Tisch. Dutzende Armreife klimperten wie eine Untermalung an ihrer rauchigen Stimme entlang. »Aber ich erinnere mich an starke Worte.«

»Danke.«

»Am Ende des Artikels bist du sehr pointiert in die Rolle der engagierten Frau übergegangen. Das hat mir gefallen.«

»Eine Art Protesthaltung.«

»Bleibt die Frage, ob du mit diesen Worten deine veränderte Lebensauffassung rechtfertigen wolltest oder tatsächlich etwas bewegt hast«, meinte Esther trocken.

*

Eulogy on the Flapper. Die Lobeshymne war so etwas wie eine Abrechnung gewesen. Mit Feuereifer hatte ich damals meine Kritik zu Papier gebracht. Schon die ersten Sätze steckten voller Süffisanz, denn ich verkündete der Welt, der Flapper sei verstorben. Dieses einst so charismatische Wesen schien nur noch eine endlose Imitation seiner selbst zu sein, verlor sich in der Bedeutungslosigkeit und begann mich zu langweilen. Es genügte einfach nicht mehr, sich die Haare zum Bob schneiden zu lassen, die Zigarettenspitze mit den schamesrot lackierten Fingernägeln in die Höhe zu recken und den Männern unrespektable Dinge ins Ohr zu flüstern. Der neue Flapper sollte fortan nicht mehr durch sein schlechtes Benehmen und seine brüsken Worte auffallen. Wollte er weiter durch die Welt flattern, bedeutete das, alte Gewohnheiten abzulegen und fortan an einer ernsthaften Idee zu arbeiten.

Die Reaktionen auf meinen Text waren ganz erstaunlich gewesen; scheinbar hatte ich einen Nerv in der Gesellschaft getroffen. Ich verspürte ein großartiges Glücksgefühl in mir.

»Die Leute da draußen sind so begeistert«, sagte ich ausgelassen zu Scott, nachdem der Bote mir mittags einen neuen Schwung Telegramme mit Glückwünschen zur Veröffentlichung überbracht hatte. Stolz legte ich sie zu den anderen Nachrichten auf der wackligen Kommode im Flur, wo sich bereits ein beachtlicher Stapel angesammelt hatte. Edmund Wilson, gemeinsam mit John Herausgeber der *Vanity Fair*, hatte mir sogar einen Strauß zartgelber Rosen mit einer extravaganten Tüllschleife zukommen lassen. Da die einzige Vase unseres Haushalts jedoch nach einer ausschweifenden Feier verschwunden war, lugten die duftenden Blüten aus einem verbeulten Wischeimer hervor. »Ich hätte schon Lust, auch künftig Artikel und auch Kurzgeschichten zu schreiben. Mit ein bisschen Ausdauer wäre ich zu großen Taten fähig, mein lieber Mr. Fitzgerald.«

»Welche Vorstellung.« Scott lachte gequält.

»Ich könnte damit mein eigenes Geld verdienen. Das wäre fantastisch.«

»Zelda, bitte.«

»Was hast du denn? Ich würde mir einen Traum erfüllen.«

»Hör auf!«, rief er wütend, fasste sich jedoch sofort wieder und meinte dann mit übertriebener Sanftheit in der Stimme: »Verstehst du nicht, dass dir Leser und Kritiker nur wohlgesinnt sind, weil sie *mich* dahinter wissen? Ich stehe hier mit meinem guten Namen ein.«

Dieser Gedanke war mir nicht gekommen. »Aber ich habe den Artikel allein geschrieben. Alles basiert auf meinen Ideen«, sagte ich schwach.

»Und wer hat diesen Artikel vor dem Abschicken korrigiert?«

»Hast du das wirklich getan?«, wunderte ich mich. »Na, die Rechtschreibung dürfte es wohl kaum gewesen sein. Die beherrsche ich besser als du.«

Noch immer erregt zündete Scott sich eine Zigarette an, drehte sie zwischen den Fingern hin und her, während er hinter dem Fenster das rasch vorbeiziehende Wolkenmeer beobachtete. Stumm rasten dort draußen die Mauersegler umher, flogen in mutigen Formationen durch das Grau, durch das Weiß. Ich hörte die Wanduhr in die Stille hineinticken. Es war ein unbehagliches Geräusch, das die Zeit in großen Atemzügen hinter sich herzuschleifen schien, den Moment raubte, ganze Jahre stahl.

Nach einer endlosen Weile des Schweigens richtete er seinen Blick wieder auf mich und ergänzte ruhig: »Deine Wortwahl ist mäßig, der Aufbau konfus. Dir fehlt die Leidenschaft für die Literatur. Du bist nicht empfindsam genug.«

»Kein Mensch kann für solche Phrasen wie *göttlich tönende Hörnerklänge* und dieses Tamtam ein Gefühl entwickeln.«

»Du musst jetzt nicht irgendwelche halb erfundenen Sätze aus meinen Romanen anführen.«

»Diese Passage war aber wirklich kitschig«, gab ich spitz zur Antwort, um gleich darauf wieder in meinen Gedanken zu versinken. Ich fühlte mich furchtbar. *Nicht empfindsam genug.* Die Worte verletzten mich tief. Noch am frühen Morgen hatte ich voller Vorfreude die Bettdecke zurückgeschlagen und mir ausgemalt, wie die Verkäufer der Zeitungsläden an den Straßenecken das *Metropolitan*

Magazine mit seinem weithin leuchtenden Cover auslegten; wie Künstlerinnen, Stenotypistinnen, Näherinnen, Mütter und alle anderen Frauen des Landes die Ausgabe kauften, inmitten des hektischen Trubels die Seiten aufschlugen und die Lobeshymne lasen. Mein Artikel hatte kurz vor der Veröffentlichung gestanden, etwas, das nicht im Entferntesten mit Scotts Büchern, den Kurzgeschichten oder überhaupt seiner Person zu tun hatte. Es ging um *mich*. Ich war aufgeregt und gespannt und konnte die Reaktionen kaum erwarten. Und nun, nur wenige Stunden später, war diese Freude auf einen Schlag verflogen. Eine jähe Erkenntnis. Es war, als hätte sich die harsche Meinung meines Mannes wie eine Glasglocke über meine Hoffnung gestülpt und die ersten vorsichtigen Zukunftspläne im Keim erstickt. Diese harten Sätze aus Scotts Mund hatten einen bitteren Beigeschmack, denen die tragische Realität anhaftete. Keine noch so zügellose Rezension irgendeines Kritikers hätte mir einen stechenderen Hieb versetzen können. Auf eine derartige Situation war ich nicht vorbereitet gewesen. Meinen eigenen Ehemann hatte ich stets hinter mir gewusst; was immer ich auch in Gang brachte, fand seine Zustimmung. Seine Loyalität gehörte mir. Nicht einen Tag hatte ich diese Tatsache in Frage gestellt, in guten wie in schlechten Zeiten galt dieser Zusammenhalt doch allen Liebenden. Und wir waren doch Liebende. *Wir waren doch eins*. Vielleicht, so dachte ich damals, fühlte sich das Ganze deswegen so schrecklich schmerzhaft an.

»Nimm es leicht, mein Schatz.« Als hätte Scott meinen Unmut erraten, streckte er seinen Arm versöhnlich nach mir aus. »Nicht jeder kann Reporter oder Schriftsteller werden. Will man es professionell betreiben, ist das Schreiben eine nervenaufreibende Angelegenheit. Du hast überzeugendere Talente.«

»Wirklich?«, stieß ich tonlos hervor. »Welche denn?«

»Sieh dich an, du bist jung und hübsch. Du bist vollkommen.« Er versuchte, sein strahlendstes Lächeln aufzusetzen. »Ich liebe deinen Charme. Deine Schlagfertigkeit, mit der du alle in den Bann ziehst. Auf jeder Party bist du der glamouröse Mittelpunkt. Du bist die Sonne, um die sich alles dreht.«

Ich hatte enttäuscht aufgelacht. »Ist das so?«

»Auf jeden Fall. Außerdem kannst du dich ganz wunderbar amüsieren, Darling.«

»Anders ausgedrückt habe ich nur nutzlose, genusssüchtige Fähigkeiten, richtig? Ich bin für sinnlose Beschäftigungen zu gebrauchen, für reines Vergnügen.«

Ich konnte damals nicht ahnen, dass viel mehr hinter Scotts Worten steckte. Wenn ich heute darüber nachdenke, war dieser Irrtum vielleicht der größte Fehler meiner Ehe gewesen.

*

Esthers Worte hallten nach. Auf dem Rückweg ins Hôtel des Deux Mondes nahm ich einen Umweg, streifte gedankenverloren umher. Die Wahrheit steckte wie ein Pfeil in meinem Herzen. Ich hatte nichts bewegt. Außer einer Rezension für Scotts Buch und zwei Artikeln hatte ich mit meinen fast vierundzwanzig Jahren nichts Eigenes vorzuweisen. Das Honorar für diese Veröffentlichungen war verschwindend gering gewesen, nicht einmal das Krokoledertäschchen mit den langen Henkeln hatte ich mir davon leisten können. Scott hingegen bekam für jede seiner Kurzgeschichten mittlerweile weit über eintausend Dollar; für meine Texte, die schon seit Ewigkeiten in der Schublade lagen und auf eine Überarbeitung warteten, machte er mir wenig Hoffnung auf höhere Einnahmen. Selbst Harold Ober, Scotts Literaturagent, und sein Lektor Max Perkins hatten mir erklärt, dass eine Frau mit dem Schreiben wesentlich weniger Geld verdiente als ein Mann.

»Das verstehe ich nicht«, hatte ich gesagt, als wir im Frühjahr nach einer Stippvisite bei Scribner's im New Yorker Bürogebäude auf den Fahrstuhl warteten. »Warum wäre das Honorar für meine Sachen wesentlich höher, wenn dein Name darunter stehen würde? Das ist doch Schwachsinn.«

»Nein, Zelda«, antwortete Scott ungeduldig und rückte seinen Fedora zurecht. »Das ist eine Tatsache, unter männlichem Namen verkauft sich alles besser. Und daran wird sich niemals etwas ändern.«

Trotzdem beschäftigte ich mich mit dem Schreiben intensiver, als ich mir eingestehen mochte. Ich war hin- und hergerissen. Einerseits würde ich mich geschmeichelt fühlen, meine Geschichten häufiger in den großen Zeitungen gedruckt zu sehen, andererseits aber wog die Ungerechtigkeit der Bezahlung schwer. Was sollte ich nur tun? Sollte ich tatsächlich unter Scotts Namen schreiben? Ich seufzte. Nach wie vor fiel ich mit meinem exzentrischen Verhalten auf, mit kleinen und größeren Verrücktheiten als Frau an der Seite eines berühmten Schriftstellers, doch man sah mich als Ehefrau, als Mutter. Meine intellektuelle Leistung sah niemand. Sie war unsichtbar. *Ich bin unsichtbar.*

Nachtumhüllt lief ich durch die Straßen, tauchte durch das Licht unzähliger Gaslaternen, an denen die Motten wie bernsteinfarbene Splitter klebten. Aus den Bars schwappten Jazzrhythmen die Stufen hinunter, umspülten sanft das Herzklopfen liebestrunkener Paare. Auf dem Boulevard Haussmann geriet ich in Höhe der Galeries Lafayette in einen Schwarm Tänzerinnen. Sie schienen aus den Folies Bergère zu kommen, trugen alle noch ihr fantastisches Makeup, manche gar ihr Bühnenkostüm, lasziv, glitzernd. Wähnten sich weiter im Scheinwerferlicht, drehten sich um die eigene Achse, gänzlich in ihre Anmut vertieft. Sie lachten, hakten sich unter, genossen ihren Feierabend. Ihr Anblick elektrisierte mich. Sie waren so schön, so lebendig. Sie waren im Einklang mit ihrer Jugendlichkeit, ihrem Leben. Diesen Mädchen gehörte die Welt, und sie wussten, dass sie ihnen den Respekt zollte, der ihnen gebührte.

»Ist der Anblick nicht wunderbar? Es ist, als hielte man mir einen Spiegel vor«, sprach mich eine grauhaarige Dame in einem Mantel, der weit vor dem Krieg modern gewesen sein musste, plötzlich an.

»Wie bitte?«

»Oh, Sie sind Amerikanerin«, wechselte sie mühelos die Sprache, wenngleich ihr Englisch die typisch französische Melodie in sich trug. Die Frau ging gebeugt, sodass ihr Perlencollier den Hals kaum berührte. Ihre viel zu große Brille ruhte in einem von Falten durchzogenen Gesicht, das nach Erlebtem, nach Zufriedenheit aussah, und betonte ihre sanftmütigen Augen. »Einst gehörte ich dem Ballettensemble des heutigen Royal Opera House in Covent Garden an. Können Sie sich das vorstellen?«

»Natürlich, Madame.« Tatsächlich hatte ich spontan ein Bild von ihr als junge grazile Primaballerina vor Augen.

»Es war eine harte Zeit. Wir mussten eine Menge Leistung erbringen, meine Füße schmerzten oft ganz scheußlich. Trotzdem denke ich sehr gern an die Jahre zurück.« Die Frau lächelte. Ihre Hände formten ein Programmheft zu einer Rolle und umschlossen es fest, als wollte sie die Erinnerungen darin festhalten. »Genau wie diese ausgelassenen, hübschen Mädchen dort hatten wir das Fliegen erlernt, wir hielten ein Stück vom Himmel in den Händen. Eine teure Kostbarkeit.«

»Waren Sie glücklich?«

»Oh ja, mein Kind. Noch heute bin ich von einer enormen Dankbarkeit erfüllt.« Einen Moment lang hielt sie inne und betrachtete mich eingehend. Ich spürte ihre Blicke auf meinen Lidern, den Wangen. Sie drangen tief in mich ein, berührten meine Seele. »Fliegen Sie! Sie sind jung. Bedenken Sie jedoch den freien Fall. Niemand wird Sie vorher warnen, und nur die wenigsten werden Sie auffangen.«

Diese Tänzerinnen, aber auch all die anderen aufregenden Frauen in Paris wandelten in anderen Sphären als ich, konnten den Himmel greifen. Sie machten mich ganz schwindelig. Janet Flanner, Djuna Barnes, Nancy Cunard und viele andere. Ihre Namen schwirrten durch die Luft, zogen konzentrische Kreise über der Stadt, über dem Land und weit über seine Grenzen hinaus. Sie alle hatten sich eine Position erarbeitet, lebten nach eigenen Vorstellungen, eigenen Werten. Gaben sich anders als die Frauen in New York, schienen noch aufgeschlossener, souveräner. Freier. Ihr Selbstbewusstsein strahlte, ließ sie alle zu etwas ganz Besonderem werden. Es betörte mich zunehmend.

Scott saß im schwachen Schein der Nachttischlampe auf dem Bett und schrieb, als ich das Hotelzimmer betrat. Die schlafende Scottie lag mit angewinkelten Beinen dicht neben ihm, den Daumen im Mund. Der Lichtkegel beleuchtete ein Stück Familienidylle, vielleicht das einzige.

Ich schenkte mir ein Glas Rotwein ein und lehnte mich an die Schiebetür. »Diese Stadt verändert mich. Auch wenn ich es noch nicht in Worte fassen kann, irgendetwas geschieht mit mir.«

»Diese Stadt verändert jeden.«

»Ich will endlich das Fliegen erlernen, und ich will den freien Fall erleben«, sagte ich leise. »Ich will wissen, wer mich auffängt.«

Nachdenklich sah Scott mich an. Wir schwiegen. Die letzten Geräusche des Korridors drangen unter dem Türspalt hervor, verteilten sich gemächlich im Salon. Lachen, Schritte, gewisperte Worte.

»Ich fühle mich so unsichtbar.«

»Mein Schatz, was haben sie dir vorhin in den Drink gemixt, dass du solche Sachen sagst?« Scott ließ den Stift auf die Notizen sinken und griff nach seinem Glas. »Du bist der aufregendste und glühendste Teil von mir, du kannst gar nicht unsichtbar sein.«

»Aber ich fühle mich so, Scott. Kannst du es nicht wenigstens ein bisschen verstehen?« Ich seufzte, dann fasste ich mir ein Herz. »Ich wäre gern ein Teil von Paris. Ich möchte hierbleiben, am Puls der Zeit leben und irgendetwas Aufregendes machen.«

»Du willst das Leben, das ich so mühevoll für uns aufgebaut habe, einfach zerstören?«

Irritiert sah ich ihn an. »Natürlich nicht. Wie kommst du darauf?«

»Bei dir weiß man oft nicht, woran man ist.«

»Vielleicht weiß ich das gerade selbst nicht.« Ich trank einen Schluck Wein, stellte das Glas zur Seite und zündete mir eine Zigarette an. Die Glut glomm auf, ein helles Rot, ein dunkleres Orange. »Es kommt mir so vor, als wäre ich in ein Karussell gestiegen, und der Fahrtwind verwirbelt all meine Gedanken. Es dreht sich schneller, immer schneller und nimmt mir meine bisherigen Ziele, meine Ideale.«

Scott runzelte die Stirn. »Du erscheinst mir gerade ziemlich kompliziert, Darling.«

KAPITEL 7

Im Juni 1922, wenige Wochen nach der Veröffentlichung von *Die Schönen und Verdammten*, hatte ich unsere acht Monate alte Tochter in den Kinderwagen gesetzt und war mit ihr spontan in Saint Paul, wo wir damals wohnten, in den Zug gestiegen, um meine Eltern im Hunderte Meilen entfernten Montgomery zu besuchen. Ich reiste von Scotts Geburtsort in meinen Geburtsort, von einem Schoß zum anderen. Obwohl ich dort alles gesehen hatte, jeden Winkel, jede Person, und ihre Gewohnheiten kannte, lockte es mich manchmal in die Tristesse dieser Stadt zurück. Dabei hatte ich vor wenigen Jahren entschlossen meine Koffer gepackt, um der Vergangenheit endgültig Lebewohl zu sagen. Vielleicht brauchte ich die Gesichter zu ihren Stimmen, Mutters gütige Augen mit den Sprenkeln in tiefem Blau, vielleicht das geschäftige Klappern mit den Kochtöpfen in der Küche, den Geruch nach gestärktem weißem Leinen. Vielleicht brauchte ich aber auch nur ein weiteres Mal die Bestätigung, dass ein Heimkehren nicht möglich war.

Ich würde nie verstehen, warum sich die Menschen nach den guten alten Zeiten sehnten.

»Was war früher eigentlich besser?«, hatte ich Scott im ersten Herbst nach unserer Hochzeit gefragt, als die Ahornbäume gerade ihr rostbraunes Laub abwarfen und die Wolken in Windeseile über unseren Köpfen hinwegzogen. »Es gibt nichts in der Vergangenheit, was ich mir je zurückwünschte.«

»Ich denke, dass wir uns nicht nach bestimmten Dingen zurücksehnen, sondern nach den Gefühlen, die sie in uns auslösen.«

Über diesen Satz hatte ich damals länger nachgedacht, er ließ mir keine Ruhe. Die Worte waren so wahr gewesen, dennoch passten sie nicht zu mir. Nicht mehr. Schließlich stand ich mitten in der Nacht auf, setzte mich an den Küchentisch und schrieb im trüben Licht der elektrischen Hängelampe: »Geliebter Scott, seit ich dich kenne, habe ich keine Vergangenheit mehr. Meine Gefühle sind jetzt. Jetzt und für immer. Deine Z«

Bereits an der Montgomery Union Station griff dieses abgenutzte Vertraute meiner Kindheit nach mir. Jeder Ort hat seinen eigenen Rhythmus, seine eigenen Augenblicke. Da war das rubinrot leuchtende Bahnhofsgebäude mit dem viktorianischen Strickmuster hellen Kalksteins, die stolzen Eichen mit den eingeritzten Buchstaben längst verflossener Lieben. Dahinter der Alabama River, der sich träge um das Kliff wand und endlos winden würde. Wieder einmal hatte die Zeit mit dem Atmen aufgehört. Es war ein außergewöhnlich heißer Tag gewesen, und die Schwüle des Südens lag wie ein feuchtes Handtuch über der Stadt. Diese Hitze, die sich nicht auswringen ließ, war ein Phänomen Alabamas. Man sagte, dass es sie nirgendwo anders auf der Welt gab, dass sie die attraktivsten Frauen und die prächtigsten Blumen hervorbrachte. Ohne nach links und rechts zu blicken, überquerte ich mit dem Kinderwagen die Gleise, passierte den altmodischen holzgetäfelten Wartesaal. Schon kurz darauf vermischte sich die stehende Luft mit den ersten Gerüchten über mich. Die jungen Mädchen, die sich genau wie wir damals mit den angesagtesten Jungs der Stadt – den Jelly Beans – vor Harry's Milchbar gegenüber dem Bahnhof den Nachmittag vertrieben, hatten mich entdeckt und schauten mich unverhohlen an. Ich war es gewohnt, angestarrt zu werden, schließlich hatte ich einiges dafür getan. Für diese provinziellen Dinger war ich ein funkelnder Skandal. Sie alle träumten, von der unbedeutenden Südstaatenschönheit zu dem exzentrischen Flapper im weit entfernten New York zu werden, zu dem ich einst geworden war. Bald würden sie meine Kleidung imitieren, meine Bewegungen nachahmen oder für immer vergessen werden. Dieses spezielle Rot meines Lippenstifts prangte schon auf ihren Mündern, selbst den koketten Schwung meiner Wimpern meinte ich aus der Entfernung unter ihren schmalen Brauen zu erkennen. Die Sache schmeichelte mir, doch gleichzeitig verspürte ich auch eine Belastung.

»Du bist meine hübscheste kleine Närrin«, flüsterte ich Scottie zu und stupste mit dem Finger auf ihre winzige Nase. »Alle anderen sind langweilig.« Sie lachte über das ganze Gesicht und gab dann ein paar gut gelaunte Töne von sich, als wollte sie sagen: *Die Närrin bist du.*

*

Möglicherweise hatte sie damals recht gehabt. Nach dem Erscheinen von Scotts Debütroman im März 1920 war ich täglich tiefer in die Rolle des *ersten amerikanischen Flappers* gerutscht, seine ganz spezielle Bezeichnung für mich. Eine Liebeserklärung.

»Du bist die einzigartige Symbiose zweier Welten. Ja, wirklich, du vereinst die Tradition der Südstaaten mit der Moderne eines neuen Amerikas.« Frisch vermählt lag er wie ein Pascha auf den blütenweißen Laken des Bettes unserer Suite im New Yorker Biltmore, in die wir zwei Tage zuvor gezogen waren, und lächelte hinreißend. »Als ob man in eine Tüte bunter Bonbons langte und stets die mit Himbeergeschmack erwischte.«

Mir wurde ganz schwindelig vor Glück; ich mochte diese weichen Sätze, die meine Fantasie betörten. Er war so anders als all die Männer, die ich kennengelernt hatte. Er war feinfühliger, verletzlicher. Er war mein Scott. *Mein Ehemann.*

Ich lehnte mit einem Gin Fizz am Fenster, schaute auf das Service für Trinkschokolade von Tiffany, unser erstes Hochzeitsgeschenk, das sich vor der seidenmatten Tapete ausnehmend aristokratisch auf der Anrichte machte. Daneben die halb verwelkte Narzisse, gefallene Blütenblätter. Meine Augen schwenkten die einundzwanzig Etagen hinunter auf die Madison Avenue. Unzählige dunkle Tin Lizzys krabbelten wie geschäftige Ameisen durch das staubgraue Gewirr mit den hineingeworfenen grünen Farbtupfern. »Ich kann es nicht glauben, Darling. Wir sind verheiratet und leben in der Metropole, mitten im Fortschritt.«

»Unsere Träume sind wahr geworden.«

»Wir sind wahnsinnig jung, Scott. Wir werden noch einiges zu träumen haben.«

Zufrieden ruhte sein Blick auf mir, doch plötzlich begann er mich zu taxieren, betrachtete meine Kleidung und mein zurückgestecktes Haar derart aufmerksam, als hätte er mich nie zuvor wahrgenommen.

Momente lang ließ ich mir diese Anzüglichkeit gefallen, tatsächlich gefiel sie mir zuerst sogar, schließlich aber richtete ich mich nervös auf. Ich stellte mein Glas auf das Fenstersims und durchquerte langsam das Zimmer. Spürte jeden Muskel, jede Faser in mir. »Was ist? Gefalle ich dir etwa nicht mehr?«

Er zündete sich eine Zigarette an, ohne die Augen von mir zu wenden. Doch offensichtlich sah er durch mich hindurch. »Zeige mir, was in dir steckt, Zelda Fitzgerald.«

»Was meinst du?« Irritiert schaute ich an mir hinunter. Das weit schwingende Baumwollkleid mit den aufgesetzten Taschen, das Mutter mir noch kurz vor unserer Hochzeit genäht hatte, verwandelte sich schlagartig in einen biederen Sack. Ich ging auf Zehenspitzen, spiegelte mich verschwommen im Fensterglas und entdeckte eine behäbige alte Jungfer; ich verkörperte nichts von jenen Silhouetten schlanker Frauen, die mit ihren immer tiefer rutschenden Taillen über die Fifth Avenue stolzierten. Das Kleid war luftig, sehr bequem, den Abbildungen in den Modemagazinen entsprach es jedoch genauso wenig wie die Organdykleider mit den breiten Volants und die prächtige lange Samthose, die über meinem Schrankkoffer in der Ecke hingen. Die Ausstattung, die Mutter mir in mühevoller Arbeit genäht hatte, verriet wenig Kenntnis eines kosmopolitischen Flairs.

»Du findest mich hier nicht schön genug, richtig?« Enttäuscht ließ ich die Schultern hängen. »Dabei war ich zu Hause das umschwärmteste Mädchen der Stadt.«

»Du wirst es auch bis in alle Ewigkeit bleiben.«

»Aber du hältst mich für eine Provinzschönheit, nicht für ein Großstadtmädchen.«

Dann herrschte gravitätische Stille. Kein Geräusch, nicht einmal das Wasser drängte durch die Leitungen, ließ die dünnen Wände vibrieren, die Gemälde erzittern. Nichts. Die Leere war so nah, dass ich dachte, sie mit den Händen greifen zu können.

»Wer bist du, wenn du dem verschlafenen Montgomery den Rücken kehrst?«, fragte Scott herausfordernd. »Wer könntest du sein?«

Seine Augen funkelten plötzlich verheißungsvoll, schienen Bilder, ganze Geschichten zu erzählen. Doch ich konnte sie nicht recht erkennen. Mir war, als würden jene verschmelzenden Welten, von denen er gerade noch so liebevoll gesprochen hatte, auf grobe Weise miteinander kollidieren. Auf der einen Seite gab es das Träge, Behütete in mir, auf der anderen jedoch spürte ich diese ungeheure Energie in meinem Inneren erwachen. Die Gegensätze prallten unentwegt aufeinander, wirbelten durch meinen Kopf. Begannen sich zu sortieren, wollten intensiver, schillernder werden. *Schamloser.* Und schließlich sprang der Funke aus Scotts Augen über, und ich konnte in ihnen sehen, was er sah: dass ich jemand anders sein konnte, eine Frau, die ihn endlos faszinierte.

»Du möchtest also, dass ich mich verändere?« Mir schlug das Herz bis zum Hals. Er konnte nicht wissen, dass mit seinen Worten eine Angst in meinem Inneren Einzug gehalten hatte, ihm irgendwann nicht mehr genug zu sein. Wie von einer unsichtbaren Kraft gezogen lief ich zur Anrichte, suchte in der Schublade nach einer Schere. Kurz zögerte ich, betrachtete noch einmal das kalte Metall. Dann nahm ich all meinen Mut zusammen und schnitt mir eine dicke Haarsträhne ab. Als sie dumpf zu Boden fiel, hatte ich das Gefühl, die Erde würde einen Moment lang den Atem anhalten, um sich sogleich andersherum zu drehen.

»Der erste Schritt ist getan. Gut gemacht.« Scott klang nicht halb so beeindruckt, wie ich es erwartet hatte. »Nun solltest du Marie Hersey anrufen. Sie ist eine gute Bekannte von mir, ein echtes New-York-Girl. Sie wird dir ein wenig auf die Sprünge helfen.«

»Hast du mir je von ihr erzählt?«, versuchte ich die Demütigung seiner Worte zu verdrängen.

»Ich denke nicht.« Er zögerte fast unmerklich, bevor er weitersprach. »Vor einigen Jahren habe ich sie über Ginevra kennengelernt.«

Die Nichterfüllung seiner Träume. Ich hasste Ginevra King. Und ich hasste die Fotografie von ihr, die Scott während meines ersten Besuchs noch immer mit einer Widmung versehen an die Wand über das Bett geheftet hatte. Mir war damals ganz schlecht geworden vor Eifersucht, und ich verließ sein Zimmer wutentbrannt, noch bevor ich meinen Mantel ablegte. Wie ihre gestochen scharfe Handschrift – *Auf ewig die Deine* – erschien mir Ginevra zu gleichmäßig, zu schön. Zu richtig. Wie also sollte ich Marie mögen?

Schon wenige Tage darauf sollte ich feststellen, dass sie die Kunst der Selbstinszenierung beherrschte. Marie Hersey hatte einen eigenen Stil, nach dem sich ganz Manhattan zu verzehren schien. Sobald sie ihre *toque* abnahm, strich sie sich über den hübsch frisierten Bob, der sich wie bei Gloria Swanson eng um den Kopf schmiegte. Gemeinsam waren wir durch die edelsten Geschäfte der Stadt gestreift. Bei Macy's erstand ich ein sündhaft teures Kostüm von Jean Patou, zu dem sie mir geraten hatte; anschließend führte sie mich zu ihrem *coiffeur*, der mein lockiges Haar auf Kinnlänge kürzte.

Während ich alles mit mir geschehen ließ, blätterte sie unablässig in ihrem fliederfarbenen Adressbüchlein, als suchte sie darin eine wichtige Telefonnummer, dabei redete sie unentwegt auf mich ein. »Ändere etwas an deinem Akzent. Die Vokale sind zu lang, Konsonanten verschluckst du.«

»Ist das so?« Die Belehrungen verwirrten mich.

»Das klingt nach Baumwollplantage, nicht nach Glamour.« Kurz verzog sie die Miene. »Scott benötigt Eleganz an seiner Seite. Die halbe Welt himmelt ihn an, und deine Aufgabe besteht nun darin, für eine endlose Fortsetzung zu sorgen.«

»Aber Scott ist doch der Schriftsteller.«

»Süße, erfinde dich als Dame«, empfahl sie mir. »Sonst bist du in seinen Augen *passé*, noch bevor du ein nächstes Mal das Wort ›Alabama‹ ausgesprochen hast.«

Auf dem Heimweg ins Biltmore machte ich einen meilenweiten Umweg durch den Central Park. Mit frisch gekränktem Stolz ließ ich den Tag Revue passieren. Ich war es gewohnt, nach meinen eigenen Regeln zu leben, setzte mich unbekümmert über Konventionen hinweg. Gab mich gern weltgewandt. Doch eigentlich kannte ich nur die beschauliche Welt im Süden, die mir hier in New York mehr denn je aus der Zeit gefallen schien. Ich blickte die gestuften Hochhäuser hinauf, die ringsumher Spalier standen, fühlte mich auf einmal klein und deplatziert. In Montgomery hatte ich das Sagen gehabt, ich war die Anführerin gewesen, die Rebellin, die beliebte Southern Belle. Selbst Scott hatte bis zur Trauung nach meiner Pfeife getanzt; bis zum Jawort in der Sakristei der St. Patrick's Cathedral gebangt, ob ich tatsächlich seine Frau würde – oder die eines anderen. *Bevor ich dich kannte, habe ich mich gefragt, warum man Prinzessinnen in Türme eingesperrt hat…* Doch nun schien sich das Blatt zu wenden. Wo war meine leidenschaftliche Selbstachtung geblieben? Plötzlich bestimmten andere über mich. Nostalgische Zweiraddroschken rollten an mir vorbei, immer wieder hörte ich das Hufgetrappel, das Schnauben aufgeblähter Nüstern. Das weit entfernte Dröhnen hupender Automobile. Hätte ich mir das Kostüm nicht besser allein aussuchen sollen? Warum wollte Scott, dass ich ausgerechnet eine Freundin seiner Verflossenen treffe? Plötzlich erschien mir alles furchtbar anmaßend. Scotts Meinung. Maries Meinung. Warum nur hatte ich mir das bieten lassen?

Doch in den darauffolgenden Wochen begann ich die meisten Ratschläge, die ich erhalten hatte, zu beherzigen. Vielleicht war es die Gier nach Ruhm, paradoxerweise die Unersättlichkeit nach einem Leben, das sich im Wohlgefallen am einfachsten einrichten ließ. Der Drang nach Freiheit, der ein Ausweichen Konflikten gegenüber zur Folge hatte. Vielleicht war es auch die Unmöglichkeit, nach Alabama zurückzukehren und auf der Veranda bis ans Ende meiner Tage ins Nichts zu starren.

Zelda Sayre Fitzgerald, das Mädchen aus dem Süden, wurde innerhalb kürzester Zeit eine andere. Die Metamorphose erstaunte mich selbst am meisten. Mit nie da gewesenem Ehrgeiz entwickelte ich ein Gespür, meine Garderobe mit den verschiedensten Accessoires täglich raffinierter in Szene zu setzen. Die Schränke füllten sich mit den herrlichsten Seidenschals, bestickten *cloches*, exotisch gefransten Turbanen. Mit Stoffblüten, die ich mir seitlich ins Haar flocht. Schon bald besaß ich Pelzstolen, Perlen, Satinhandschuhe in Weiß und Creme und Elfenbein. Emaillereife, die melodiös an meinen Armen hinauf- und hinunterklimperten. Die Mode bot mir tausendundeine Möglichkeit. Plötzlich wusste ich meine makellose Figur wie die Frauen in der *Vanity Fair* zu betonen. Auffällig zu sein. Es war, als ob ich auf diese Art in eine andere Haut schlüpfte, und ich genoss es. Ich verließ das Haus nicht mehr, ohne mir die Lippen in einem sagenhaften Rot nachgezogen zu haben, betrachtete das Sinne benebelnde *Tabac Blond* als meinen ständigen Begleiter. Doch anders als Marie und viele andere New Yorkerinnen hüllte ich mich außerdem in eine gehörige Portion Frechheit. Sie wurde mein eigentlicher Stil und – wie ich mir erst sehr viele Jahre später eingestand – mein Schutzschild. Schließlich war ich bereit, und dann ließ ich mich dort draußen in die Menge fallen.

»Geschliffener New Yorker Chic.« Scott liebte diese vornehme Lässigkeit an mir, und er liebte es, mit mir an seiner Seite anzugeben. »Du lässt jedes Hollywood-Sternchen neben dir verblassen.« Stolz, beinahe ehrfürchtig, schritt er immer wieder um mich herum, strich sanft über meinen Nacken, der durch den neuen, extrakurzen Haarschnitt besser denn je zur Geltung kam.

»Vielleicht ist man sich selbst am nächsten, wenn man in die Haut irgendeiner Person schlüpft, der man die fantasievollsten Eigenschaften andichten kann«, sagte ich nachdenklich.

»Ein reizender Gedanke. Das Leben wäre sicher einfacher so.«
»Ja«, gab ich zurück. »Das wäre es wohl.«

Dass ich eine andere wurde, faszinierte nicht nur Scott. In der High Society wurden wir *das* Gesprächsthema, und die Reporter überschlugen sich mit täglich waghalsigeren Nachrichten. Die Auflagen seines ersten Buches begannen, die kühnsten Vorstellungen bei Scribner's zu übertreffen. Hatte das etwas mit meinem charismatischen Verhalten zu tun? Mein Aufstieg als Stilikone verlief rasant, und Scotts Erfolg wuchs. Er avancierte zum absoluten Star New Yorks, verehrt und umlagert von Scharen junger Leute; Männer und Frauen, die sich nach Veränderung sehnten. Niemand hier wollte weiter über den Krieg reden, der schon unendlich lange her schien und doch noch so nah war. Wir alle strebten nach Hedonismus, nach der unbedingten Dekadenz. Zu seinen Lesungen strömten Hunderte Zuhörer, und überall dort, wo er auftauchte, wurde er umringt und um Autogramme gebeten. Ich stand damals wie eine Königin an seiner Seite. Gemeinsam waren wir innerhalb kürzester Zeit das Traumpaar Amerikas geworden, die neuen Lieblinge der Presse. Die Aufmerksamkeit war derart immens, dass wir manchmal kaum noch wussten, wo wir waren, was wir waren. Wer wir waren.

»Ich habe die Heldin meiner Geschichten geheiratet«, hatte er in einem jener Momente in die vibrierende Dunkelheit Manhattans geflüstert und seine zärtlichen Küsse überall auf meinem Körper verteilt. Ich erinnere mich noch genau, dass sie sich wie brennende Sternschnuppen anfühlten, die auf mich niedersanken. »Und weißt du was? Ich würde es jeden einzelnen verdammten Tag auf dieser Welt wieder tun.«

»Oh, ich liebe dich. Wenn du wüsstest, wie sehr ich dich liebe«, wisperte ich. »Wäre es nicht ganz wunderbar, wenn wir diesen Moment in einem leeren Marmeladenglas für unsere Urenkel festhalten könnten?«

»Welch frivole Vorstellung.« Er lachte leise, dann breitete er mit einer sanften, aber sehr bestimmten Handbewegung die Laken über uns aus.

*

»Wir sind da, Ma'am«, hatte der Taxifahrer mit langgezogenem Südstaatenakzent gemeint, als er um die Ecke gebogen war und das weiße Holzhaus auf dem Grundstück meiner Eltern seine koloniale Realität annahm. »Pleasant Avenue.«

Meine Mutter Minnie kam uns in einem ärmellosen zartgrünen Leinenkleid, zu dem sie eine schlichte Perlenkette trug, auf dem knirschenden Kies entgegengelaufen und fiel mir um den Hals. »Zelda! Welche Überraschung«, sagte sie in ihrer warmherzigen Art und schob eine Strähne ihres sich auflösenden silbergrauen Haarknotens unter den Strohhut zurück. »Ich befürchtete schon, ich würde dich nie wiedersehen, Liebes.«

Allein ihr vertrauter Geruch nach Veilchen und Puder löste in mir einen Schwall an Sehnsucht aus. Es war der Geruch von Geborgenheit, den ich so lange versucht hatte zu vergessen. Meine ganze Kindheit stieg plötzlich in mir auf. Als hielte sie mir einen Stapel zerknickter Fotografien entgegen, wurden die Bilder wieder lebendig. Ich schmeckte das Stückchen Nussschokolade, das sie mir nach meinem Fahrradsturz zum Trost in den Mund geschoben hatte. Hörte ihre Stimme, die mir geduldig auf der Veranda *Peter Pan* vorlas, bis die Dunkelheit die Buchstaben verschlang; die Luft war klamm gewesen, und sie hatte mich fest in meine wollene Decke gewickelt, während im Schatten der Bäume ein Käuzchen schrie. Ihr weiches Lachen, als ich sagte: »Ich werde dich niemals verlassen, Mom.« Die Diskussionen, wenn ich länger ausbleiben wollte. Wenn ich zu spät heimkam. Der erste Liebeskummer.

»Ist dir eigentlich klar, dass du diesen Satz bereits zu mir gesagt hast, wann immer ich nach der Schule das Haus betrat?«

»Dass ich dich nie wiedersehen würde? Nein«, entgegnete sie mit gespielter Verblüffung.

»Jeden einzelnen Tag.«

Sie zwinkerte mir zu. »Nun, jetzt werde ich mich nicht mehr ändern.« Mit ihren sehnigen Armen hob sie Scottie hoch und setzte sie routiniert auf ihre Hüfte, wie es nur eine Frau tat, die viele Kinder großgezogen hatte. »Wir beide müssen uns jetzt erst einmal richtig kennenlernen, meine süße Miss. Ich sehe dich viel zu selten.«

Aufmerksam betrachtete ich Mutter. Ihre seidige Haut ließ sie attraktiv wirken, für ihr Alter sogar auffallend anziehend, dennoch kam sie mir verändert vor. Eine Aura von Traurigkeit schien sie zu umgeben. Vielleicht war es der Veilchenduft, der etwas in mir auslöste; dieses Parfum, das mein Vater ihr jedes Jahr, hübsch verpackt in ein seidenes Papier, zum Geburtstag schenkte. Jahr für Jahr.

Als junges Mädchen hatte ich die bauchigen, leeren Glasflakons zu sammeln begonnen. Wie Zinnsoldaten hatten sie aneinandergereiht auf meiner lackierten Kommode gestanden, sich von mir mit gefärbtem Wasser und winzigen Gänseblümchen füllen lassen und treu auf weitere Gesellschaft gewartet. Doch irgendwann, ich mochte vielleicht zwölf gewesen sein, hatte ich plötzlich gespürt, wie fade und trostlos es sein musste, stets das gleiche Geschenk zum Geburtstag zu erhalten. Mutter lächelte, wenn sie die Schleife des Päckchens zu lösen begann, die Güte jedoch erreichte ihre Augen nicht. Ein Geschehen, das mein Vater hinter all seinen strengen Prinzipien entweder nicht sah oder nicht sehen wollte. Es tat weh.

*

»Wie erträgst du dieses fade Leben nur?« Wenige Tage vor meinem siebzehnten Geburtstag hatte ich mich für einen Sommernachtsball im großen alten Pavillon am Rande des Oak Parks zurechtgemacht. Sorgfältig legte ich mein Make-up auf, tupfte abschließend eine zarte Schicht Puder auf meine Nase und begutachtete mich. Dann betrachtete ich Mutters Spiegelbild, sah ihre dunklen Augenringe. »In diesem Haus hat alles einer bestimmten Ordnung zu folgen. Das Essen, das Wachen, das Schlafen.«

»Ich bin zufrieden.«

»Mir gehen diese Gewohnheiten auf die Nerven. Sie langweilen mich.«

»Gewohnheiten haben durchaus ihre Vorteile. Wenn du älter bist, wirst du an meine Worte denken.«

»Eher würde ich daran ersticken«, gab ich zurück und berührte mit den Fingerspitzen die Handschuhschachtel, in der ich den Sommer über die Souvenirs meiner Verehrer sammelte. Silberkettchen, eine Brosche mit kleinen Bernsteinen, die Rangabzeichen der Soldaten. Kein anderes Mädchen besaß mehr von ihnen als ich, dabei hatte ich sogar einige verloren. »Der Sinn des Lebens besteht doch einzig und allein im Reiz der Abwechslung.«

Die hereinbrechende Dämmerung tauchte den Raum in ein samtiges Blau. Neben einer blassen Mondsichel funkelte die Venus vor meinem Fenster bereits hell und klar, und insgeheim hatte ich diesem besonderen Abendstern zugeflüstert, dass ich bis tief in die Nacht mit den beliebtesten Jungen Montgomerys Wange an Wange tanzen wollte. Es galt damals nicht nur unter den allgegenwärtigen Anstandsdamen als Unanständigkeit, scherte mich jedoch nicht im Geringsten, eher erzeugte es ein Prickeln in mir. Sollten die Leute doch hinter meinem Rücken reden, was sie wollten – ich brauchte das kleine Abenteuer. Nur allzu gern ließ ich mich in den Tanzpausen von den Jungs überreden, zum Parkplatz an der Ecke mit den dichten weißen Holunderbüschen zu gehen. Dort konnte man ungestört rauchen, Gin oder Schnaps mit Coca-Cola trinken. Und man konnte Küsse austauschen. Wunderbare, nach Verruchtheit schmeckende Küsse. Vielleicht noch einmal John Sellers? Peyton Mathis?

»Du wirst vieles in deinem Leben anders machen, Zelda.« Zärtlich rückte Mutter die Magnolienblüte in meinem Haar zurecht. »Aber denk nicht, dass das Andere immer das Bessere ist. Jeder muss seinen eigenen Weg finden.«

»Das tue ich.« Energisch stand ich auf und krempelte den Rock ein Stück höher, damit meine Waden besser zur Geltung kamen. Die altmodische Chantillyspitze meines Unterrocks blitzte eine Handbreit hervor.

Sie schüttelte den Kopf. »Und nun lauf endlich los, damit der Richter dich nicht in dieser aufreizenden Aufmachung zu sehen bekommt. Und Zelda ...?«

»Ja?«

»Bring ein paar neue Rangabzeichen für die Schachtel heim.«

Mutter war eine entschlossene Frau, die sich in ihrer Eigenwilligkeit nie endgültig zähmen lassen würde. Sie verwöhnte uns mit selbst gebackenen Keksen, auf denen grobkörniger Hagelzucker prangte, schaute weg, wenn wir wieder einmal über die Stränge schlugen. Wir Geschwister hatten diese besondere Liebe damals sehr genau gespürt. Doch betrachtete ich ihr würdevolles, von Falten gezeichnetes Gesicht genauer, wusste ich, dass sie mit jedem der sechs Kinder, die sie gebar, ein weiteres Stück ihrer Träume aufgegeben hatte. Der größte Schicksalsschlag musste jedoch der Tod des kleinen Daniel gewesen sein. Er kam ein Jahr nach meiner ältesten Schwester Marjorie auf die Welt und verstarb im Alter von achtzehn Monaten völlig unerwartet. Aus dem lebenshungrigen Mädchen, das einst zur Bühne hatte gehen und Schauspielerin hatte werden wollen, war eine Ehefrau geworden, deren schillernde Träume jäh wie Seifenblasen zerplatzten. Nach der Hochzeit mit Anthony Dickinson Sayre hatte sie die Rolle ihres Lebens eingenommen und ihre Pflichten erfüllt.

Das Ungleichgewicht dieser Ehe schwebte mir deutlich vor Augen. An einem schwülen Sommerabend, es muss während des Krieges gewesen sein, hatte ich mit Marjorie auf den Stufen der Veranda im Schatten gesessen und über das heikle Thema gesprochen, das mich nicht losließ, täglich mehr Fragen aufwarf, als ich beantworten konnte.

Meine Schwester war schon vierzehn gewesen, als ich geboren wurde. Längst verheiratet hatte sie eine gelassenere Sicht auf das Bündnis zwischen Mann und Frau.

»Mutter hält die Fäden unseres Familienlebens fest in der Hand«, versuchte sie mir zu erklären.

Ich zuckte die Achseln. »Das verstehe ich nicht. Sie führt einen großen Haushalt mit Personal, kümmert sich um uns, unterstützt Vaters Karriere. Sie ist so wichtig, und niemanden schert es. Nach außen wirkt ihr Handeln wie ein stummes Fügen.«

»Denk das nicht. Sie weiß sehr genau, wie sie ihre Wünsche wirken lassen kann, als wären es die Anweisungen des Richters. Eine wunderbare Fähigkeit, nicht?« Marjorie lächelte. »Die Kunst der

Verstellung. Man sagt, dass die Frauen sie hier im Süden besonders gut beherrschen. Sie lassen die Männer nach ihrer Pfeife tanzen, ohne dass sie es merken, und schlüpfen auf diese Art in die Rolle des Familienoberhaupts.«

»Aber warum braucht es diese Verstellung heutzutage noch? Alles ist so modern und anders geworden …«

»Tatsächlich leben wir in einer Zeit, in der die Frau nach wie vor fügsam sein soll. Wie also könnte sie sonst das erreichen, was sie will?« Marjorie legte eine gepulte Schote in die Schüssel neben den Erbsen. Ihre Hände konnte sie nie still halten, damals schien sie immer mit einer hausfräulichen Tätigkeit beschäftigt, vielleicht um ihre allzu klugen Gedanken im Zaum zu halten.

»Aber was ist mit uns Frauen, warum dürfen wir keinen eigenen Willen haben?«, protestierte ich und fächelte mir ein wenig Luft zu. »Das finde ich ungerecht.«

»Natürlich ist es das, aber wo man an Traditionen festhält, gibt es auch Ordnung, ein geregeltes Leben«, sagte sie. »Die hübschen Frauen in den Südstaaten haben ein selbstsicheres Auftreten, allein das garantiert ihnen in der Gesellschaft gewisse Vorteile.«

Ich hatte die Southern Belles bisher mit anderen Augen betrachtet, sie in einem Gebilde gesehen, dem ich nicht angehören wollte. Einen Moment lang dachte ich über Marjories Worte nach. »Ich möchte nach meinen eigenen Regeln leben … das machen, was mir gefällt«, formulierte ich zögernd. »Aber ich finde auch Traditionen wichtig. Was ist, wenn man beides verbinden möchte?«

»Das ist der Punkt, an dem sich die Geister scheiden.« Wieder lächelte Marjorie mich mit diesem milden, weitsichtigen Blick an. »Passt dir in unserer Gesellschaft etwas nicht, Zelda, steh auf und werde eine wahrhaftige Vorreiterin. Lote die Grenzen aus. Vielleicht veränderst du die Welt damit ein wenig schneller.«

»Wenn du denkst, dass ich in die Fußstapfen einer dieser Suffragetten trete, hast du dich aber geschnitten.«

»Täusch dich nicht. Diese Frauen kämpfen für eine großartige Sache, von der auch du eines Tages profitieren wirst«, erklärte sie mir. »Jede von uns kann ein Stück am Rädchen drehen.«

»Oh, Marjorie«, seufzte ich. »Manchmal weiß ich nicht, wie ich darüber denken soll, außer vielleicht, dass ich niemals so werden möchte wie Mutter.«

»Lass einfach alles auf dich zukommen.« Die blauen Augen meiner Schwester strahlten eine enorme Ruhe aus. »Der einzige Rat, den ich dir sonst noch geben kann, ist, nie einen Mann zu heiraten, der über dich bestimmen will. Wenn du aber jemanden gefunden hast, der dich in deinen Ansichten unterstützt, brauchst du dich vor nichts im Leben zu ängstigen.«

Ich hatte laut aufgelacht. »Wovor sollte ich schon Angst haben? Dazu muss man entweder ein Feigling sein oder sehr groß und bedeutend. Ich bin weder das eine noch das andere.«

*

»Bist du glücklich?«, drangen Mutters Worte vor dem Haus plötzlich in meine Erinnerungen. Sie schaute mich mit einem durchdringenden Blick an, als ob sie irgendeine Emotion, eine Schwingung meiner Seele aufgreifen wollte.

Ich fühlte mich wie eine Fünfjährige, die man beim Naschen ertappt hatte. Es war erstaunlich, wie schnell sie weiterhin das kleine Mädchen aus mir hervorzuholen vermochte. »Aber ja«, antwortete ich hastig, viel zu schnell für jemanden, der die Wahrheit sagte.

»Gut.« Sie nickte und drehte sich um. »Gehen wir hinein. Ich habe eine selbst gemachte Limonade im Eisschrank. Verschiedenste Beeren aus dem Garten. Du musst sie unbedingt probieren.«

»Hast du auch schon ein paar Tomaten ernten können? Ich hätte Lust auf ein Sandwich.«

»Isst du immer noch nichts Vernünftiges, Kind?«

Während sie über den akkurat geharkten Kiesweg schritt, unterhielt sich Mutter mit Scottie in einer Sprache, die nur den beiden zu gehören schien. Die Kleine hörte aufmerksam zu, streckte die Ärmchen in die Luft und jauchzte vor Vergnügen. Im Gegensatz zu mir wirkte sie äußerst ausgeschlafen. Nach der langen Zugfahrt spürte ich eine bleierne Müdigkeit in meinen Gliedern, und ich fragte mich ein weiteres Mal, warum ich überhaupt hergekommen war.

»Willkommen daheim, Liebes«, sagte Mutter, als wir die große Eingangshalle betraten. Dann setzte sie die Kleine auf den Teppich mit den verschlungenen Seerosen. Ich ließ meinen Blick umherstreifen. Alles befand sich genau dort, wo es sich immer befunden hatte und immer befinden würde. Über mir der riesige Kronleuchter, der an langen Winterabenden ein beinahe magisches Licht an die Wände warf. Hinter den weit geöffneten Türen des Salons das Klavier, bedeckt mit Notenblättern, über denen der Sopran meiner Mutter zu schweben schien. Die Bücher in den Regalen, die Geschichten darin. An jedem Stuhl, an jeder Vase haftete meine Kindheit. Und sie würde es immer tun. Ich würde diesen Erinnerungen niemals entrinnen können, es war verstörend und beruhigend zugleich.

»Kommt Old Dick um sechs nach Hause?«, hörte ich mich mit einer anderen, sehr viel jüngeren Stimme fragen. Wie oft ich diese Frage gestellt hatte, und wie oft ich gehofft hatte, Vater würde später kommen, damit ich meinem ganz eigenen Leben noch einen Moment länger nachgehen konnte.

»Zelda, bitte«, rügte mich Mutter, die sich für diesen Spitznamen nie hatte erwärmen können. Dann verneinte sie meine Frage: »Heute muss er ausnahmsweise eine längere Sitzung am Supreme Court wahrnehmen.«

»Und die Welt dreht sich trotzdem weiter?« Lachend griff ich nach meiner Tasche und stieg die Treppe mit den knarrenden Holzstufen in den ersten Stock hinauf, um mich im Bad etwas frischzumachen. Rasch streifte ich die Schuhe von den Füßen und zog ein luftiges weißes Baumwollkleid über. Danach öffnete ich die Tür zu meinem Zimmer und trat in eine längst vergangene Zeit. Kurz schloss ich die Augen und entspannte mich. Plötzlich vernahm ich wieder den Duft der Birnbäume, der beim Aufwachen in der Morgenschwüle besonders intensiv zum Fenster hereindrang; die Rufe der Schwarzen, die mit ihren großen geflochtenen Körben zum Markt am Ende der Court Street unterwegs waren. Der Gesang der Vögel in den Bäumen, frei und unbeschwert.

»Möchtest du noch einen Schluck?«, fragte Mutter mich später, als Scottie längst in meiner Mädchenkammer unter dem pinkfarbenen Quilt lag und schlief. In Hunderten von Nächten hatte ich meine Träume darauf gestickt. *Alles im Leben wiederholt sich.*

Ich hielt ihr mein Glas entgegen und lächelte. »Gern.« Die Limonade war erfrischend, glitzerte karmesinrot in dem gläsernen Krug mit dem zerstoßenen Eis. Lieber hätte ich jedoch eine *Orange Blossom* oder eine *Pink Lady* getrunken. »Könnte ich mir gleich einen Drink mixen?«

»Wie kommst du darauf, dass es bei den Sayres Alkohol gibt?«

Ich seufzte. »Hier ändert sich wirklich gar nichts.«

Wir saßen auf der Veranda und schauten in die beginnende Abenddämmerung. Die schweren Blüten des Magnolienbaums betörten die unzähligen Insekten. Im schwindenden Licht flogen die winzigen Wesen über Myriaden an Blumenrabatten hinweg, summten von einem riesigen Kelch zum anderen, tauchten ihre Köpfchen in anmutige Pfingstrosen, Kamelien, Jasmin, in riesige Lilien und Kissme-at-the-gates. Mutter legte all ihre Liebe in das Gedeihen der Pflanzen. Ganze Tage musste sie damit zubringen, diese Pracht zur Entfaltung zu bringen.

»Du hast ein wahres Kunstwerk geschaffen.«

»Ich habe sonst nicht viel zu tun«, entgegnete sie müde. »Seit ihr Kinder aus dem Haus seid, ist es ruhig geworden.«

Es war offenbar ihre Art, sich mit dem Leben zu arrangieren, Unzufriedenheit und stumme Verzweiflung in den Hintergrund zu drängen. Noch einmal betrachtete ich all die Blüten um uns herum. In der untergehenden Sonne erschienen sie mir immer größer, immer lüsterner. Monströse Tentakel rankten sich durch die länger werdenden Schatten, gierten, streckten und dehnten sich voller Begehr. Die Erotik war unverkennbar. Diese jähe Erkenntnis machte mich einen Augenblick lang schwindelig.

»Mrs. Harris hat mir gestern deinen neuen Artikel zum Lesen gegeben«, begann sie unvermittelt und strich sich mit beiden Händen mehrmals über den Rock. »Diese Lobeshymne in dem Magazin.«

»Und?« Erwartungsvoll sah ich sie an. »Wie findest du sie?«

»Zwischen den Zeilen lese ich, dass in deiner Ehe etwas nicht stimmt, Zelda.«

»Es ist ein Artikel über Flappers, Mutter! Kluge Mädchen, die nach Veränderungen streben und Wagemut beweisen. Du findest darin Ironie, vielleicht auch etwas Sarkasmus, aber kein einziges Wort über meine Ehe«, gab ich entrüstet zurück.

»Du schreibst über Scheidung.«

»Das sagt ausgerechnet eine Frau wie du.« Ich sprang auf und deutete mit unbestimmter Geste auf die intensiv duftenden Blüten. Züngelnd und lauernd warteten sie auf weitere Sätze. »Du reißt das Wort aus dem Zusammenhang. Ich könnte einen Börsenbericht der Wall Street veröffentlichen und du würdest dahinter ein Eheproblem vermuten.«

»Setz dich, Kind«, versuchte sie mich zu beruhigen und hob die Hände. »Du weißt, dass wir mit Scott nicht ganz einverstanden sind.«

»Ihr seid nicht zu unserer Hochzeit erschienen. Genau wie Scotts Eltern. Deutlicher hättet ihr eure Ablehnung nicht zeigen können.« Leiser fügte ich nach kurzem Zögern hinzu: »Dabei ist er ein guter Ehemann.«

»Er ist ein Schriftsteller. Und er trinkt zu viel.«

»Er ist ein erfolgreicher Schriftsteller und verdient eine Menge Geld.« Ich holte tief Luft. »Außerdem kann er trinken, so viel er will. Nichts an ihm entspricht den Klischees in den Zeitungsartikeln über junge, brotlose Autoren, die du mir vor unserer Verlobung ständig aufs Kopfkissen gelegt hast. Scott ist kein Traumtänzer.«

Mutter seufzte. »Er tut dir nicht gut, Liebes.«

»Wie kommst du darauf?«, fragte ich und grub die Fingernägel in meine Handflächen.

»Dein Vater und ich erfahren genügend aus der Presse.«

»Und diesen Unsinn glaubt ihr?«

»Nun«, meinte sie und blickte mich durchdringend an, »ein Fünkchen Wahrheit ist meist dabei, nicht? Außerdem habe ich letztens mit Rosalind gesprochen.«

»Tatsächlich?« Ich erschrak. Sie würde doch nichts von meinem Geheimnis ausgeplaudert haben? *Bitte, bitte nicht.* Der Richter durfte es auf keinen Fall erfahren. Die elf Jahre ältere Rosalind gehörte zu der Sorte Schwestern, die nichts für sich behalten können; sie hatte mir schon manches Mal mit ihren moralischen Ansichten das Leben schwer gemacht. Was für ein Unterschied zu Marjorie oder auch zu der nur neun Jahre älteren Tilde, mit der ich mich zwar oft gestritten hatte, die aber meine Torheiten stets für sich behielt.

»Rosalind ist auch der Meinung, dass Scott nicht der Richtige für dich ist«, fuhr Mutter fort und schenkte sich Limonade nach. »Dein Mann und du treibt euch beständig in weitere Extreme. Ihr überschreitet Grenzen, stolpert über eure eigenen Regeln, als ob ihr einander immerzu testen wolltet. Mit der Geburt der kleinen Scottie habt ihr eine große Verantwortung übernommen, doch wir sehen nur Turbulenzen.«

Ob Rosalind es ihr doch nicht erzählt hatte? Eine seichte Welle der Erleichterung umspülte mein Gewissen, kam und ging, ich war mir nicht ganz sicher. Vielleicht gab Mutter weniger preis, als sie ansprach. Seit ich denken konnte, hatte sie sich taktisch durch ihre Worte getastet und abgewartet.

»Hättest du meinen Artikel aufmerksam gelesen, wüsstest du, dass es mit den Verrücktheiten vorbei ist«, sagte ich und wischte mehrmals mit der Hand über das Tischtuch, auf dem winzige Gewitterfliegen herumkrochen.

»Mir scheint, deine Kapriolen werden niemals enden, Zelda. Ich habe bis heute nicht verstanden, warum du dich für dieses eigenartige Leben entschieden hast.«

»Es ist das Leben an der Seite eines ehrenwerten Mannes.«

»Was bedeutet denn den Männern deiner Generation etwas wie Ehre heutzutage noch?« Mutter lauschte nun einen Moment nach Scottie, die oben im Bett ein paar Töne von sich gab.

Erstaunt sah ich sie an. »Wird das ein Vortrag über amerikanische Rechte und Pflichten?«

»Gewiss nicht«, gab sie zurück und sah mir fest in die Augen. »Du darfst jedoch nicht außer Acht lassen, dass es *immer* leichtfertige Mädchen geben wird, die verheirateten Männern das Leben schwer machen.«

»Und nun willst du mir sagen, dass Scott einer dieser Männer sein soll?« Allmählich erschlossen sich mir ihre Gedanken. Voller Unbehagen starrte ich zu Boden. Was wusste sie von dieser Geschichte mit Eugenia Bankhead, Tallulahs älterer Schwester? Konnte sich diese Dummheit bis nach Montgomery herumgesprochen haben?

»Sie sind hübsch, sie hören sich die Sorgen an … und dann wird es kompliziert, Liebes.«

*

Mit Komplikationen kannte ich mich aus. In unseren New Yorker Anfängen hatte ich einmal nach Mitternacht mit Scott und seinen

Freunden auf dem goldenen Durcheinander eines Himmelbetts im Plaza gelegen, das größte, das ich mir vorstellen konnte. Ich fühlte mich wie eine Diva, die lasziv über die Leinwand flimmerte und all ihren Verehrern ein stummes *Oh, Baby!* entgegenhauchte. Wir rauchten. Trieben die Zeit in großen Schwüngen durch die Langeweile. Aus unserem neuen Victrola tönten aufreibende Rhythmen, und das ungestüme Klopfen der Nachbarn an den papierdünnen Wänden klang inmitten des Tumults wie weit entfernter Applaus. Stapel an Zeitungen lagen herum, deren Titelblätter Scott und ich zierten. Auf dem Tisch standen Sandwiches mit Hummer aus Meyer's Feinkostladen unten an der Ecke, und Joes Kontakt hatte uns gerade mehrere Flaschen seines besten Bathtub Gin vorbeigebracht, die nun von der gierigen Meute von einem zum anderen gereicht wurden. Ein künstlicher Methylnebel zog mir in die Nase, der Geruch von verbotener Freiheit. Es war wunderbar.

»Ich will alles! Jederzeit!«, rief ich in kühner Lautstärke und leerte einen Drink, der sich teuflisch heiß durch meine Kehle wand. »Ich will Aufregung!«

»Ruhig, mein Schatz.« Angeheitert legte Scott den Zeigefinger auf die Lippen. »Wir müssen uns hier anständig benehmen, sonst schlafen wir bald im Schatten der Brooklyn Bridge.«

»Warum?«, fragte eine grazile Unbekannte, die sich nun zwischen uns auf das Bett schmiegte, als wäre sie der fehlende Kern eines Granatapfels.

»Keine zwei Wochen sind seit unserer Hochzeit vergangen, und man hat uns bereits aus mehreren Häusern hinauskomplimentiert«, sagte Scott und versuchte eine ernste Miene aufzusetzen.

»Ach, du bist ein engherziger, kleinlicher Ehemann. Wer will schon im Biltmore oder im Commodore wohnen, wenn er das Plaza haben kann?« Ich streifte meinen Ring vom Finger und warf ihn achtlos in die Luft. *Zelda and Scott forever.* »Hier bin ich, und hier bleibe ich.«

»Ihr seid verheiratet?« Jason, der mir gerade die Zehennägel in einem verführerischen Glutrot lackierte, schaute verwundert auf.

»Jawohl, Sir«, bestätigte ich. »Mit Haut und Haaren für den Rest meines langen Lebens vergeben.«

»Drohung oder Versprechen?«, neckte er mich.

»Deine seltsamen Theorien nerven.« Ich zog Jasons Cousin, den wir alle ›Gangster‹ nannten, ganz nah an mich heran und küsste ihn auf den Mund; er schmeckte nach dem einfallslosen Besuch eines Naturkundemuseums, nach einem regnerischen Nachmittag einer Großstadt. Gleichgültig ließ ich von ihm ab, streckte meine Glieder und rief: »Jungs, wer hat Lust, ein üppiges Schaumbad für mich einzulassen und mir beim Baden zuzusehen?«

»Übertreibst du es nicht, Zelda?«, hatte Maisie mich später gefragt, als wir auf den Korridor hinausgingen, um ein paar Worte allein miteinander auszutauschen. Auf dem Teppich lag Konfetti herum; matte, kraftlose Farben, die sich in der weiten Belanglosigkeit verloren. Die zierliche Eugenia mit dem Porzellanteint lehnte selbstversunken in einem hellen, schimmernden Taftkleid an der Wand und rauchte. Sie war die Schwester meiner besten Freundin Tallulah Bankhead, die für ein Engagement am New Yorker Theater als Erste von uns Montgomery mit wehenden Fahnen verlassen hatte. Nachdem Tallulah, die ich seit Kindertagen kannte, fortgegangen war, vermisste ich sie wahrscheinlich mehr, als ihre Schwester es je tun würde. Eugenia war schon immer sehr auf sich bedacht gewesen.

»Warum sollten wir nicht ein wenig feiern?« Ich riss mich von dem märchenhaften Anblick dieser Wohlgestalt los. »Scott ist auf einen Schlag reich und berühmt geworden.«

»Klingt nach Lord Byron«, warf Maisie ein und nippte an ihrem Gin Tonic. Die Eiswürfel klirrten gegeneinander.

»Hoffentlich endet er nicht auch so.« Ich lachte. »Mit seinen dreiundzwanzig Jahren hat Scott alles im Leben erreicht, wonach er sich in seinen gewagtesten Vorstellungen gesehnt hat. Ein Zieleinlauf muss doch gewürdigt werden.«

»Nicht eher ein Etappensieg?«

»Warum?«

»Meinst du nicht, dass dieser Erfolg erst der Anfang einer großartigen Schriftstellerkarriere ist?«

»Gott bewahre mich vor solchem Schwachsinn«, erwiderte ich mit aufgerissenen Augen. »Dann und wann eine Kurzgeschichte geht in Ordnung, von mir aus auch als Sammelband. Aber noch ein ganzes Manuskript? Er hat entsetzlich lange an dem Buch gearbeitet, ich wusste währenddessen kaum etwas mit meiner Zeit anzufangen. Zwischendurch habe ich sogar unsere Verlobung gelöst.«

»Diese Sache höre ich jetzt zum ersten Mal.«

»Doch, doch. Nun will ich endlich wieder mit ihm gemeinsam Spaß haben. Ich brauche ihn.«

»Mir scheint, er hat andere Pläne, Zelda. Tatsächlich hörte es sich nach ersten Ideen für einen neuen Roman an, als ich mich vorhin mit ihm unterhalten habe.« Maisie zuckte die Achseln. »Mag sein, dass ich ins Unreine rede.«

Der Gedanke trieb mir eine Falte auf die Stirn. »Es gibt Wichtigeres als das Bücherschreiben.«

»Das kann ich nicht beurteilen«, meinte sie lakonisch. Ihr Blick folgte gedämpften Schritten auf dem Korridor.

Ein blutjunges Liebespaar flanierte eng umschlungen an uns vorbei, hatte nur Augen für sich. Das Mädchen zog ihr kaschmirweißes Cape wie eine Brautschleppe hinter sich her. Er trug ihre strassbesetzten Tanzschuhe, schwenkte sie in seiner Hand vor und zurück; flüsterte, neckte. Maisie und ich lächelten den beiden mit wohlwollendem Gesichtsausdruck hinterher. In wenigen Monaten würde ich zwanzig Jahre alt; ich fühlte mich jedoch in jenem Augenblick, als lastete das viktorianische Zeitalter auf meinen Schultern.

»Wie gesagt, Zelda, übertreib es nicht.« Maisie sprach leise. »Dein Mann ist auch nur ein Mensch. Und Menschen werden eifersüchtig.«

»Er findet es amüsant, wenn ich mich amüsiere.«

»Bist du dir sicher?«

»Das Spiel mit der Eifersucht gehört zum Eheleben. Wie sollte man dem eigenen Mann sonst beweisen, dass man eine begehrenswerte Frau ist?« Ich schüttelte mein Haar auf und spürte die noch nassen Spitzen die Wangen berühren. »Auf die Dosis kommt es an. Honoré de Balzac sagte einmal, Eifersucht ist wie Salz. Ein bisschen davon würzt den Braten, zu viel jedoch macht ihn ungenießbar.«

»Süße, du hast keine Ahnung vom Kochen.« Kopfschüttelnd stellte Maisie ihr Cocktailglas auf eine Kommode im Korridor, betrachtete sich in dem darüber hängenden Spiegel und zupfte das schwarz glitzernde Stirnband hinter einer Locke zurecht. »Solche Dinge sind gefährlich. Du spielst mit dem Feuer.«

»Das Ganze ist bedeutungslos. Ich liebe einfach diese verblüfften Gesichter, die Komplimente und Schmeicheleien. Dieses Verlangen nach mehr, das ich den Männern nicht gebe, aber geben *könnte*.«

»Raffiniert«, sagte Eugenia plötzlich in einem eigenartig verschlagenen Tonfall, der mir einen Schauer über den Rücken jagte. Obwohl sie die ganze Zeit neben uns gestanden hatte, nahm ich sie erst jetzt wieder wahr. Mit wiegenden Hüften schritt sie an uns vorüber und verschwand in der Suite. Lediglich der Rauch ihrer Zigarette waberte weiter durch die Luft. Ihr Auftritt hatte etwas von einem Trugbild gehabt, von einer aufblühenden Orchidee im Morgengrauen. Weiß, leise, geheimnisvoll.

»Aus der werde einer schlau«, raunte ich Maisie zu.

»Ich habe keine Zweifel, dass sie es ist.«

Kurze Zeit später sah ich Eugenia und Scott aneinandergeschmiegt durch den Raum tanzen. Dann sanken sie gemeinsam in die weichen Polster des Ledersofas und führten offensichtlich ein tiefgründiges Gespräch. Ich konnte keine einzelnen Worte vernehmen, aber ich erahnte sie. Scott leuchtete. Immer wieder legte Eugenia die schmale, gepflegte Hand auf sein Bein, ihre Stimme lachte sanft die Tonleiter entlang. Der Anblick der beiden gefiel mir nicht. Sie wirkten so harmonisch, so einheitlich. *Diese ganze Kompliziertheit.* Scott war *mein* Mann, er gehörte mir.

Habe ich es dir nicht vorausgesagt?, bedeutete Maisie mir mit einem Kopfnicken. Ärger wallte in mir hoch, er schäumte und brodelte, erreichte bald seinen Siedepunkt. Wie betäubt begann ich, jeden Mann in meiner Reichweite zu küssen, es waren lange, namenlose Küsse; keiner dieser Typen hatte Scotts winzige Sommersprossen, seinen Sinn für Humor oder sagte *Gehen wir dir in der Nacht ein paar Sterne pflücken?* Sie waren Gespenster, doch ich beobachtete aus den Augenwinkeln, wie sich Scotts Gesichtszüge verhärteten, wie seine Augen zu dunkelgrünen glimmenden Nadelspitzen gerieten.

»Du führst dich vollkommen kindisch auf, Zelda.« Wutentbrannt war er aufgesprungen, trank hastig einen großen Schluck Gin aus der Flasche. »Was habe ich getan, dass sich meine Ehefrau so aufführt?«, brachte er mit rotem Gesicht zwischen zwei Hustenstößen hervor. Deutlich sah ich die Adern an seinen Schläfen hervortreten.

»Du bist schlimmer«, gab ich selbstgefällig zurück und zog Jason dicht an mich heran. Lasziv schob ich mein Knie zwischen diese fremden Beine, ohne den Blick von Scott zu wenden. *Wer mit dem Feuer spielt, mein Lieber ...* Ich ließ mich aufreizend in die Küsse seines Freundes fallen, mimte heißes, fiebriges Verlangen. Immer wieder blinzelnd erwartete ich eine heftige Reaktion – einen Zornesausbruch, irgendeine wilde Sache –, doch Scott und Eugenia verließen einfach das Zimmer. Hand in Hand. Mir stockte der Atem. Ich schubste Jason von mir. Kurz fragte ich mich, ob ich das alles nur träumte, die Szene wirkte surreal, sie konnte nicht stimmen. Ich sah ihnen hinterher, viel zu verwirrt oder stolz, ihnen nachzugehen. Es waren keine vorübergehenden Gefühle, und sie machten mir Angst. Einen bedrückenden Moment lang schloss ich die Augen. Er würde es nicht tun, oder? Wir gehörten zusammen. Wir waren verheiratet. *Ich schwöre dir ewige Treue, Zelda. Ich liebe dich.* Pech und Schwefel. Tag und Nacht. *Im Stillen erblühen Orchideen am schönsten, nicht wahr?*

Sie hatte Besitz von meinem Mann genommen, genauso gut hätte sie mir das Herz aus dem Leib reißen können. Betäuben schien mir der einzige Weg. Ich mixte ein paar viel zu starke Drinks, schüttete alles wahllos in mich hinein. War mein Ehemann wirklich ein Fremdgänger? Ein hinterhältiger Ehebrecher? Bald darauf übergab ich mich stundenlang und schlief erschöpft vor der Toilette ein. Als ich am nächsten Morgen mit einem dröhnenden Schmerz hinter den Schläfen in meinem Erbrochenen erwachte, war Scott noch nicht wieder aufgetaucht. Ich wusch mich. Sah im Spiegel eine Frau, die über Nacht um Jahre gealtert schien. Stumpfes Haar, fahle Haut. Augenringe. Ich wischte mir die verschmierten Reste meines Makeups aus dem Gesicht und fing hemmungslos an zu weinen.

Einige Tage darauf hatte ich Tallulah nach ihrer Spätvorstellung im Jungle Club getroffen. Das Etablissement im äußersten Südwesten gehörte zu den verruchtesten Flüsterkneipen der Stadt; der Alkohol war dort noch verbotener, die Musik anstößiger. Um hineinzugelangen, musste man sich unterhalb des Meatpacking Districts im Schein weniger Glühlampen durch ineinander verschachtelte Kellergewölbe tasten. Das Wasser tropfte aus lecken Rohren die Wände hinab, über allem lag der Geruch von Schlachtabfällen. Ratten hasteten durch die Fluchten. Hinter der rostigen Feuertür am Ende eines langen Korridors trat man mit einem ständig wechselnden Passwort in eine andere Welt. Wir saßen an der mit Segeltuch bespannten Tanzfläche, auf der sich eine Handvoll Schwarzer zu den heiseren Klängen einer Jazzband bewegte. Ein Showgirl in einem knappen goldenen Kostüm und einer endlos langen Federboa schwang unermüdlich an einem Trapez hoch über unsere Köpfe hinweg. Schlanke Beine, wippende Brüste. Sie zog alle Männer in ihren Bann. *Wie einfach ihr doch zu betören seid* ... Während ich mit der Spitze meines Schuhs den silbernen Flitter unter dem Tisch verteilte, erfuhr ich von Tallulah, dass ihre Schwester und Scott in irgendeiner Suite in den oberen Stockwerken des Plaza verschwunden sein mussten. Eugenia Bankhead, die alle nur wie eine beliebige Perle auf einer Schnur *Beadie* nannten, war hübsch, und sie hatte sich seine Sorgen angehört. *Verständnisvolles Luder.* Frauen haben einen untrüglichen Instinkt für den Sprung in die Lücke, für Wärme, Nähe. Für Bewunderung, die mein Mann so dringend benötigte.

»Scott kam am späten Nachmittag bestens gelaunt zurück und verliert seitdem kein Wort über die Sache. Was hat deine Schwester da oben mit meinem Mann gemacht? Du musst doch irgendetwas wissen«, bedrängte ich Tallulah.

»Ich habe keine Ahnung, Z.« Ihre rauchige Stimme verhakte sich in meinem Inneren. »Beadie ist verschwiegen. Du kennst sie doch.«

»Eben nicht. Fast mein ganzes verdammtes Leben habe ich mit euch zugebracht, aber dass sie ein solches Biest ist, hätte ich nicht vermutet.«

»Reg dich nicht auf. Vielleicht haben die beiden eine kurze Affäre miteinander gehabt. Na und?« Gelangweilt zog sie an ihrer Zigarettenspitze und sah den Rauchschwaden hinterher. »Das Fremdgehen ist so alt wie die Geschichte der Menschheit.«

Vielleicht. Was, wenn die Wahrheit nie ans Licht kommen würde? Könnte ich mit dieser Ungewissheit leben? »Der Gedanke, dass sie miteinander geschlafen haben könnten, ist unerträglich.«

»Einmal ist keinmal, Z.«

»Ihr Bankheads seid wirklich abgebrüht«, erwiderte ich bitter. Tallulahs smaragdgrüner Lidschatten glitzerte in der dunklen Atmosphäre, erschien mir mit jedem Augenaufschlag perfider. Hatte

Beadie an jenem Abend nicht den gleichen getragen? »Du verstehst mich nicht. Ich rauche zu viel, ich trinke zu viel. Am liebsten würde ich sterben.«

»Jetzt komm mir nicht mit solch abgedroschenem Herzschmerz wie bei Anna Karenina, die sich vor den Zug schmeißt, oder ähnlichem Schwachsinn. Du küsst doch auch jeden Kerl, der sich dir anbietet.«

»Das ist etwas anderes, nur ein Spiel.«

»Also ehrlich.« Tallulah stöhnte genervt auf und schnippte mit einer scharfkantigen Geste nach weiteren Drinks. Durchdringend sah sie mich an. »Du hast exakt zwei Möglichkeiten, Darling. Entweder versinkst du den Rest deines Lebens in diesem Selbstmitleid, das dir nicht besonders gut steht ...«

»Oder?«

»... oder du bekämpfst Feuer mit Feuer. Morgen werde ich dich mit George Jean Nathan bekannt machen.«

Der stadtbekannte Name ließ ganz und gar unanständige Gedanken aufblitzen. »Der Theaterkritiker? Dieser berüchtigte Frauenheld?«

»Genau der.«

Ich lachte. »Ein alter Freund von Scott. Könnte sein, dass ich zu betrunken war, aber ich meine, dass er mir auf mehreren Partys bereits über den Weg gelaufen ist. Immer eine andere im Arm.«

»Klingt ganz nach unserem lieben George.«

Nathan, ein blonder Schönling mit tief liegenden, melancholischen Augen, sammelte Affären wie andere Leute Weihnachtskarten auf dem Kaminsims; die Schriftstellerin und Drehbuchautorin Anita Loos – attraktiv, hoher IQ, Gerüchten zufolge mieden sie die meisten Männer instinktiv – war vielleicht die pikanteste unter ihnen.

»Kannst du mir den Weg zur Grand Central Station erklären?«, begrüßte mich George, als Tallulah und ich sein mondänes, mit geschmackvollen Antiquitäten eingerichtetes Apartment im Royalton Hotel, nahe dem Broadway, betraten. Auf diese Unart, Frauen auf die Probe zu stellen, hatte sie mich vorbereitet. Frech stolzierte ich in meinem sandfarbenen Nachmittagskleid an ihm vorbei. Unter dem ausladenden Leuchter in der Mitte des Salons blieb ich stehen, streifte mir langsam die Handschuhe von den Armen. Ich wollte gelangweilt wirken, undurchschaubar. Interessant. Mein Blick schweifte über eine sorgfältig aufgereihte Sammlung türkis und grün leuchtender Siphonflaschen, in denen sich das Sonnenlicht zu sammeln schien, eine Vitrine mit Schnupftabakdosen. Unzählige im Raum verteilte Literaturzeitschriften. Bücherstapel. Ich ging zu einem Regal voller Klassikern und strich mit dem Zeigefinger über die verblassten Rücken. Kant, Nietzsche, Brentano. Eine verschlissene Erstausgabe von Currer Bell. Jane Austen. Plötzlich spürte ich seinen warmen Atem dicht in meinem Nacken.

»Warum sollte ich das tun?«, gab ich zur Antwort. »Steig unten auf der Vierundvierzigsten in ein Taxi und lass dich in drei Minuten hinüberfahren.«

»Ich verabscheue kluge Frauen.« Galant küsste er mir die Hand. »Ein Hauch von Tabac Blond. Das einzige Kleidungsstück, das ein so reizendes junges Wesen tragen sollte.«

»Warum liest ein Mann wie du Liebesromane?«

»Um nicht daran zu glauben.«

In Windeseile verbreiteten sich die Gerüchte am *Round Table* im gegenüberliegenden Algonquin, wo er und ich uns fortan beinahe täglich mit New Yorks intellektueller Elite zum Lunch trafen. Wir flirteten, lachten; wir verschmolzen miteinander. Das Spiel beherrschten wir perfekt. »Haben sie nun? Oder haben sie nicht?«, hörte ich Dorothy Parker und Robert Benchley verhalten miteinander tuscheln, während die Kellner uns Pfirsich Melba in matten Silberschälchen servierten. »Er ist eine gefühlte Ewigkeit älter als sie.«

»Du bist genau im richtigen Moment in mein ereignisloses Leben getreten«, hauchte ich meinem Dandy entgegen und strich ihm durch sein stets zerzaustes Haar. Das Unfrisierte war eine kultivierte Attitüde, die ihm die Aura jener Vorliebe verlieh, fremden Betten zu entsteigen. »Ich liebe das bühnenreife Drama. Aber was ist das heutzutage schon?«

»Das kann ich dir sagen«, raunte er mir ins Ohr. »Ein Drama ist das, was die Literatur des Nachts tut.«

Die Sache hatte etwas köstlich Verbotenes, und wenn ich seine weichen Hände auf meiner Haut spürte, war da dieses sirrende Gefühl der Genugtuung. An manchen Tagen wurde mir bewusst, was ich tat, doch ich konnte mir noch eine ganze Menge mehr vorstellen. Meiner Fantasie waren keine Grenzen gesetzt. *Du sollst mich verführen, begehren und verzehren.* Während einer Champagnerparty unter den erblühenden Platanen im Bryant Park fragte ich mich, wie sehr meine Eltern diesen achtzehn Jahre älteren Junggesellen wohl hassen würden, wenn ich Arm in Arm mit ihm vor ihrer Haustür stünde. Denn dass sie ihn hassen würden, war vollkommen klar.

»An deiner Seite fühle ich mich so wertgeschätzt, George«, sagte ich auf dem Bauch liegend im Bett, das Gesicht in die Hände gestützt, während er mir mit seiner tiefen Stimme Keats vorlas. »Und dann ist da diese Leichtigkeit, die ich mit Scott nur ganz am Anfang hatte.«

»Das eine hat mit Respekt zu tun, das andere mit Liebe.«

Gedankenvoll zündete er sich eine Zigarette an. »Nein. Respekt und Liebe gehen grundsätzlich ineinander über.«

»Was magst du an mir?«

»Du bist geistreich und bildschön«, er lachte kurz, »und absolut undiszipliniert. Ich könnte mich tatsächlich ein bisschen in dich verlieben.«

»Du bist auch nicht übel, Mr. *Smart Set*.«

Er zog an seiner Zigarette und stieß den Rauch unter die Decke.

»Und wie so viele ungewöhnlich attraktive Menschen verbirgst auch du deine wahren Gefühle. Was ist los in deiner Ehe?«

»Nichts, was jetzt wichtig wäre.« Ich setzte mich auf und streckte meinen Arm aus. »Gibst du mir einen Zug?«

»Klar. Aber verrate mir dafür, was du denkst.«

»Was meinst du?«

»Du gibst dich nach außen sehr selbstbewusst, brichst Regeln, an denen andere in deinem Alter nicht annähernd zu zweifeln wagten.« Sein melancholischer Blick durchdrang mich. »Auf diese Weise verschaffst du dir den Ruf einer unberechenbaren Venus voller Geheimnisse.«

»Ist es nicht das, was Männer an Frauen lieben?«

»Du bist ein gefährliches Ding.«

»Ich weiß.«

»Dennoch denke ich, dass du manchmal geradezu krampfhaft bemüht bist, den Eindruck fröhlicher Hemmungslosigkeit zu erwecken. Was steckt wirklich hinter der Zelda aus Alabama?«

»Manchmal, George«, sagte ich, »manchmal würde ich das selbst gern wissen …«

Nathan und ich feierten in Nachtclubs und Restaurants, wechselten die Hotelzimmer nach Lust und Laune, um den perfekten Sonnenaufgang zwischen den erwachenden Wolkenkratzern der Stadt zu erleben. Fast nie war ich nüchtern, wo auch immer wir auftauchten, wartete der nächste Drink. Gemeinsam mit diesem Mann, dessen Charme mir gut und besser gefiel, schürte ich die Gerüchte um uns wie die lodernde Glut im Feuer. Die Funken stoben durch Manhattan, brannten selbst in die Gazetten kleine Löcher. *Aufruhr bei den Fitzgeralds?*

Scott bereitete dem Spektakel erst ein Ende, als ich mich eines Abends während eines Schaumbads in Nathans Wanne an einer Champagnerflasche verletzte und mit drei Stichen an einer doch eher heiklen Stelle meines Körpers hatte genäht werden müssen.

»Es reicht, Zelda!« Sofort war Scott nach einem Anruf des Doktors zu mir ins New York City Hospital geeilt und wirkte sichtlich aufgewühlt. Seine Augen funkelten vor wildem Zorn und unbändiger Liebe zugleich, was ich nie zuvor in dieser Intensität an einem Menschen wahrgenommen hatte. »Dieser Kerl hier, mit dem ich nicht eine Sekunde länger befreundet bin, hat dir keine Offerten zu machen. Du bist mit mir verheiratet.« Immer wieder deutete er auf Nathan, ohne ihn auch nur eines einzigen Blickes zu würdigen.

»Na und?«, entgegnete ich und betrachtete Scott unter halb geöffneten Lidern. »Wir können uns jederzeit scheiden lassen.«

»Niemals. Du gehörst zu mir.«

»Ich habe dich nicht zum Ehemann genommen, damit du mir Vorschriften machst.«

»Und ich habe deinen Eltern versprochen, auf dich achtzugeben«, rief er. »Verflucht noch eins! Ich trage eine Menge Verantwortung für eine gewisse Mrs. Fitzgerald.«

»Ach herrje.« Der Nervenkitzel drohte in einen gewöhnlichen Streit zu münden; seit Scott mir am *unromantischsten Tag meines ganzen Lebens* den Ehering über den Finger gestreift hatte, erging er sich häufiger in Phrasen über Gewissen, Verpflichtung, Ehre – wer wollte diese Langweiligkeiten hören? »Gilt das auch für meine Tagebücher?«, stachelte ich ihn an.

Scott schnappte nach Luft. »Denk nicht, ich wüsste nicht davon, dass du den Schuft deine Zeilen lesen lässt.«

»George findet meine Gedanken interessant und will sie demnächst sogar veröffentlichen.«

»Er wird sich unterstehen.«

»Warum?«, freute ich mich über die gelungene Provokation. »Bist du besorgt, dass in Zukunft ein anderer meine Ideen klaut?«

»Mach dich nicht lächerlich, Zelda, du bist keine Schriftstellerin.«

»Anders als du, der du dich mit fremden Worten schmückst?«
Höhnisch lachte ich auf. »Warum prügelst du dich nicht mit ihm darum? Na los, fangt schon an!«

Nathan lehnte mit hochgeschlagenem Mantelkragen in der Tür, die Hände in den Taschen, beobachtete uns stumm.

»Du bist unmöglich, Zelda«, schrie Scott mit verzerrtem Gesicht, seine Lippen zitterten. »Ich hasse solche Sätze aus deinem Mund.«

Er gefiel mir besonders gut, wenn er so aufgebracht war. Ich wusste, dass es eine gefährliche Grenze gab, über die ich ihn nicht hinausbringen durfte, aber ich genoss es, ihr nahe zu kommen, sie mit den Fingerspitzen zu berühren. Sein Schmerz und seine Wut ließen mich das erste Mal seit Langem fühlen, dass ich an seiner Seite wirklich und wahrhaftig lebendig war. Seine Verzweiflung berauschte mich. Er gehörte mir.

»Ich liebe dich, Zelda«, flüsterte Scott nach einer endlosen Pause, die nur von den gleichmäßigen, leiser werdenden Schritten Nathans durchbrochen wurde. »Verstehst du es nicht? Ich liebe dich.«

»Nicht genug.«

Plötzlich ging er mitten in der Ambulanz vor mir auf die Knie und schluchzte. Sanft strich ich ihm über den Kopf. Das grelle Kunstlicht der Deckenlampe beleuchtete unsere Ehe, sezierte jeden Winkel unserer Gefühle, die guten, die schlechten. Die schönen. Im Hintergrund heulten die Sirenen der Krankenwagen auf. Hektische Rufe schlitterten über die Gänge, prallten gegen Schwingtüren, hinter denen ein anderes Leben stattfand. Dann wieder Stille.

»Mein Herz schlägt nur für dich, Zelda. Für dich würde ich sterben.«

»Ich weiß, Darling.«

»Warum tust du mir dann all das an?«

»Ich kann es dir nicht erklären.«

Die Liebe war eine seltsame Angelegenheit, die sich nicht immer durchschauen ließ. Ich wusste, dass ich ihn mehr liebte, als ich mir eingestehen wollte, aber sterben würde ich nicht für ihn. Niemals. Und vielleicht war es genau dieser eine Gedanke Scotts, den ich mehr liebte als alles andere an ihm. Wir umarmten uns, klammerten uns in der sterilen Atmosphäre wie Ertrinkende aneinander und schworen uns ein weiteres Mal die ewige Treue. Ein weiteres Mal von vielen Malen.

*

In der Ferne hatte man zwischen den gedämpften Geräuschen des schläfrigen Montgomery eine einsame Straßenbahn auf den verrosteten Schienen entlangscharren hören. Der Richter wollte aus Prinzip kein Automobil chauffieren, und ich ahnte, dass er der Elektrischen gleich als letzter Fahrgast entsteigen würde.

Als sich seine schweren Schritte über den knirschenden Kies schoben, erhob sich Mutter. »Ich hoffe, du hast die richtigen Entscheidungen getroffen, Zelda. Nichts geht über eine harmonische Ehe. Und nun bitte ich dich, keine brenzligen Themen mehr anzusprechen. Du weißt, wie es enden würde.« Dann strich sie sich durchs Haar, sortierte auf diese Weise wohl ihr ganzes Leben und ging ihrem Mann entgegen.

»Ich weiß, was ich tue, Mutter«, rief ich ihr hinterher. »Du hast keine Ahnung mehr, wer ich eigentlich bin.«

Schon im nächsten Moment stand Vater in den letzten Strahlen der Sonne auf der Veranda. Zwischen all dem üppigen Grün des Gartens wirkte er im Gegenlicht rigide und steif. Nicht einmal seinen Hut hatte er abgenommen. Unter dem Arm klemmte das auffällig bunte *Metropolitan Magazine*. Mit einem lauten Knall schmiss er es auf den Tisch. Es rutschte über die Decke und blieb wie eine Strafakte direkt vor mir liegen.

»Es ist eine Schande, so etwas unter deinem Namen zu veröffentlichen«, presste er hervor, während er mich eindringlich musterte. »Wie tief bist du eigentlich gesunken, dass du solch vulgären Schund schreibst? Wo ist deine Moral geblieben? Deine Tugendhaftigkeit?«

Mir stockte der Atem. An diesem Tag fühlte ich mich in meinem Elternhaus wieder einmal wie ein kleines Mädchen, das etwas falsch gemacht hatte. Turmhoch stand er vor mir, mit geradem Rücken, dem verächtlichen Gesichtsausdruck. Die Schwüle, die Rufe der ersten Nachtvögel, selbst die summenden Insekten wurden mir plötzlich zu viel, sie drangen auf mich ein, und dann verspürte ich diesen stechenden Kopfschmerz in der rechten Schläfe, der seit einigen Wochen ständig auftrat. *Stell dir vor, Rosalind, Zelda hat seitdem Kopfschmerzen. Ob es da einen Zusammenhang gibt?* Flüchtig betrachtete ich Mutter. Sie stand hinter dem Richter und signalisierte mir mit warnenden Blicken, ihn nicht aufzubringen.

Aber ich schüttelte den Kopf. Die Zeiten, in denen ich mich hatte bevormunden lassen, lagen weit zurück. Ich lachte ein geradezu absurd helles Lachen, räkelte mich lasziv auf meinem Stuhl und zündete mir eine Zigarette an. »Möchtest du deine verlorene Tochter nicht wenigstens begrüßen, bevor du sie verdammst? Oder sie ein weiteres Mal mit dem Tranchiermesser um den Tisch scheuchst?« Während ihn meine Augen fixierten, stieß ich provozierend langsam den Rauch in die Luft. »Du erinnerst dich doch an den Abend, als Scott das erste Mal bei uns zu Gast war?«

»Untersteh dich, Zelda!« Erbost zog er die Brauen zusammen. Mit zwei Schritten war er bei mir, riss mir die Zigarette aus der Hand und zertrat sie auf dem Boden. »In meinem Haus rauchen Frauen nicht. Jetzt sieh zu, dass du hineinkommst, bevor die Nachbarn dich sehen.«

»Warum? Bist du in Sorge, dass mich diese keimfreie Elite hinter den Gardinen mit einer Hure verwechselt, wie du es tust?«

Der Schlag ins Gesicht traf mich unvorbereitet, warf mich auf dem Stuhl zurück. Mein Arm erwischte den Krug mit der Limonade, er fiel um, zerbrach mit lautem Klirren. Mutter stieß einen entsetzten Schrei aus und hielt sich die Hand vor den Mund. Wieder einmal war der Jähzorn aus Vater herausgebrochen, diese blinde Wut, die ich in all den Jahren immer wieder zu spüren bekommen hatte, wenn ich ihn reizte. Doch schon im nächsten Moment brachte er sich unter Kontrolle. Beschwichtigend hob er die Hände. Scottie begann in der oberen Etage zu wimmern. Schweigend starrte ich ihn an, meine Gedanken überschlugen sich. Das Adrenalin rauschte durch meine Venen. Dann schaute ich an mir hinunter. Die Limonade hatte sich auf mein helles Kleid ergossen, lief rot in meinen Schoß. Sah aus wie Blut. Das Stechen in meiner Schläfe wurde stärker.

Jäh kamen die Bilder wieder in mir hoch. Hässliche, verstörende Erinnerungen, die mir seit jenem kühlen Tag im Frühjahr oft durch den Kopf jagten. Ich wollte sie verdrängen, sie einfach von mir schieben, doch was man vergessen möchte, treibt unermüdlich wie ein Stück Holz auf dem Meer.

Ich hatte im Bad auf dem kalten Boden gelegen, die Handtücher voller Blut. Das gleichmäßige Raster der Fugen verzerrte sich vor meinen Augen zu wirren Linien; sie fielen auf mich, krümmten sich. Ich sagte mir, dass es gleich vorbei sein würde, dass ich es nur noch wenige Augenblicke ertragen müsste. *Mein Körper gehört nicht mehr zu mir.* Diese furchtbare Tablette, die Scott in Downtown bei einem zwielichtigen Apotheker in einem Hinterzimmer für teures Geld erstanden hatte, sollte mich fast das Leben kosten. Es blutete ohne Unterlass aus mir heraus, Schmerzen kamen in Wellen über mich, schlugen fast wehenartig durch meinen Unterleib.

»Ich habe Angst, Darling«, gab ich mit letzter Kraft von mir. »Mir wird schwarz vor Augen. Aber ich kann doch kein zweites Kind bekommen, ich bin nicht bereit …«

»Du darfst nicht sterben, Zelda!«, hatte er geschrien, blass, panisch, mich immer wieder geschüttelt und bei Bewusstsein gehalten, bis der Arzt gekommen war.

Der Richter durfte es nie erfahren.

Scottie wimmerte lauter in meiner alten Mädchenkammer.

»Sieh zu, dass du dich um dein Kind kümmerst. Ich hoffe, du bist als Mutter nicht so eine Enttäuschung wie als Tochter«, sagte Vater und ging ins Haus. Zitternd blieb ich auf der Veranda zurück und lauschte seinen Schritten, bis sie endlich verklungen waren. Mutters tröstende Worte erreichten mich nicht; ich spürte kaum, dass sie mir das Kleid abtupfte. In meinem Inneren gab es nur noch Hass auf ihn, den angesehenen Richter, der über Gut und Böse entschied. Ich sprang auf, lief hinein, nahm zwei, drei Stufen gleichzeitig nach oben und begann mit fahrigen Bewegungen, meine Sachen zu packen. Keine weitere Nacht würde ich unter seinem Dach verbringen. Plötzlich wusste ich wieder sehr genau, warum ich damals von hier fortgegangen war, warum ich regelrecht geflüchtet war.

Schon kurz darauf legte mir Mutter eine Hand auf den Arm, ich versuchte sie abzuschütteln, doch sie hielt mich fest. »Zelda, bitte«, sagte sie sanft, erst jetzt drehte ich mich zu ihr um. Sie hatte verweinte Augen, Schlieren in der zarten Puderschicht. Dieses feine, immer mitfühlende Gesicht, das vertraute, das ich so liebte. Der Anblick brachte mich zu mir, erst jetzt vernahm ich auch wieder Scotties klägliches Weinen, in meiner Rage musste ich es ausgeblendet haben. Rasch lief ich zu ihr und hob sie aus dem Bett. Mein schlechtes Gewissen war grenzenlos. *Ich bin eine Rabenmutter.* Sie ließ sich kaum beruhigen, ihr endloses Weinen, das rote verschwitzte Köpfchen machte mich von einer Minute zur anderen nervöser.

»Wir müssen aufbrechen, meine Kleine.«

»Bitte überstürze nichts, Zelda«, flehte Mutter. »Das Kind ist durcheinander. Außerdem ist der Nachtzug längst gefahren.«

»Dann warte ich bis morgen früh in der Halle der Union Station. Lieber das, als hier wie ein ungebetener Gast noch länger zu bleiben!«, rief ich aufgebracht, während Scottie in meinen Armen immer lauter zu schreien begann. Erregt packte ich sie an den Schultern und schüttelte sie.

»Zelda! Hör auf!«

»Verdammt noch mal, gib endlich Ruhe!«, herrschte ich die Kleine an. Abrupt verstummte ihr Weinen. Erschrocken sah sie mich mit ihren großen blauen Augen an. Mein Herz blieb stehen. Was hatte ich nur getan? Hatte ich wirklich dieses wunderbare Wesen angeschrien? Es geschüttelt? Fest drückte ich Scottie an meine Brust, doch sie fing erneut zu weinen an. Noch lauter, hilfloser.

»Lass mich das machen«, sagte Mutter mit besorgtem Gesichtsausdruck, und ich überließ ihr meine Tochter ohne Widerspruch. Sanft nahm sie die Kleine, wiegte sie gleichmäßig, begann ihr leise ein Schlaflied vorzusummen. Ich erkannte die Melodie aus meiner Kindheit. *Brahms' Lullaby.* So tröstlich, beschützend; diese Klänge standen für alles, was ich meinen eigenen Kindern eines Tages hatte nahebringen wollen. Das Lied war ein Versprechen. Und ich hatte es gebrochen.

Ich fühlte mich überflüssig im Zimmer, mein Kopf dröhnte. Vater hatte recht, als Mutter war ich überfordert. Ich konnte mein eigenes Kind nicht beruhigen. Wozu war ich überhaupt fähig? Wütend ballte ich die Hände in den Taschen meines fleckigen Kleides. Seine Worte sollten sich nicht in meine Gedanken graben. Ich wollte sie nicht Ewigkeiten mit mir herumtragen. Doch es schien zu spät, er hatte zu lange daran gearbeitet, mich kleinzumachen. Dabei wollte ich einfach nur das Gefühl haben, dass mein Leben mein eigenes war. Ich wollte leben und glücklich sein. War das so schwer zu verstehen? Ich sank in einen Stuhl, ließ Arme und Kopf erschöpft auf den Tisch fallen und begann zu weinen.

In jener Nacht schlief ich unruhig, wälzte mich im Bett herum, ohne in einen Traum zu sinken. Immer wieder stand ich auf und schaute nach Scottie. *Meine kleine Scottie.* Im Morgengrauen setzte ich mich mit einer wollenen Stola auf die Verandastufen, zog sie fest um meine Schultern. Ich zündete mir eine Zigarette an. Der Himmel war bleich, schimmerte am Horizont opalfarben. Die Vögel waren bereits erwacht, saßen im Wipfel des Magnolienbaumes, der seinen betörenden Duft verströmte. Die Zikaden übertönten mit ihren metallischen Gesängen das Summen anderer Insekten; ich erinnerte mich nicht daran, sie je so laut gehört zu haben. Das Geräusch drang leer durch mich hindurch. Alles, was ich spürte, waren Enttäuschung und Scham.

Nachdem ich mich einige Stunden später einigermaßen beruhigt hatte, verließ ich mit Scottie das Haus, ohne mich von Vater zu verabschieden. Noch an der Montgomery Union Station warf ich das *Metropolitan Magazine* in einen Papierkorb und bestieg den Zug. Ihre Anerkennung brauchte ich nicht. Ich würde niemals wiederkommen.

KAPITEL 8

»Die Story nimmt allmählich Form an.« Scott lehnte in den aufgeschlagenen Kissen des riesigen Pariser Hotelbettes. Er blätterte in seinen Notizen, machte unentwegt Anmerkungen an den Seitenrändern und schien bester Dinge. »Also, pass auf ...«

»Goofo, es ist zehn Uhr morgens«, stöhnte ich und räumte ein paar leere Ginflaschen hinter die Vorhänge, damit die Kleine sie keinesfalls mehr mit ohrenbetäubendem Lärm über den Fußboden rollen lassen konnte. »Ich habe einen wahnsinnigen Kater und brauche einen Kaffee. Einen guten, starken Kaffee.«

»Das große Thema sind die Widersprüche des amerikanischen Traums und des Strebens nach Erfolg, Glück und Reichtum in der Konsumgesellschaft unserer Zeit«, redete er unbeirrt weiter. »Zerstörte Illusionen.«

»Ich dachte, du schreibst über eine schöne, reiche Frau, die einen armen Mann verstößt, um einen anderen mit Geld zu heiraten.« *Über diese lächerliche Ginevra King, die dich einst verstoßen hat, du armseliger Kerl.* Ich streifte mir sein weißes Oberhemd über und krempelte die Ärmel hoch. »Unerfüllte Liebe. Darüber schreibst du doch immer.«

»Das spielt doch alles ineinander.« Ungeduldig fuhr er sich durchs Haar. »Aber ich brauche noch eine Idee, um Distanz und Nähe zur Figur des nebulösen Gatsby in Einklang zu bringen. Eine weitere Person?«

»Also jemand, der im Geschehen ist und doch irgendwie draußen?«

»Genau.« Geistesabwesend strich er sich mit Daumen und Zeigefinger über den Bartschatten. »Was hältst du von einem Ich-Erzähler? Einer, der hinter die schillernde Fassade guckt und die oberflächliche, korrupte Welt entlarvt?«

»Gar nicht schlecht. Damit folgst du der Konzeption Joseph Conrads.«

»Danke. Ich würde die Technik allerdings entwickeln wollen. Es soll ja etwas Neues werden.«

»Du müsstest die begonnenen Seiten überarbeiten.«

»Das war ja eh nur ein Entwurf, keine achtzehntausend Wörter«, meinte er mit einer wegwerfenden Handbewegung, als hätten ihn die vielen Stunden Arbeit keine Mühe gekostet. »Außerdem habe ich einige gute Passagen in einer Story verarbeitet. Hatte ich dir gesagt, dass sie nächsten Monat im *Mercury* gedruckt wird?«

»Nein. Unter welchem Titel?«

»*Absolution.*«

»Dazu sage ich jetzt nichts.« Betont langsam verschränkte ich die Arme vor der Brust und setzte mein klebrigstes Lächeln auf. »Obwohl …«

»Verflucht seist du!« Schon warf er ein Kissen nach mir. »Wirst du mich bis zum Ende meiner Tage mit diesem Theaterstück verfolgen?«

»Was für eine Pleite!«

»Na und? Es war doch *meine* Pleite«, gab er schnippisch zurück. »Ich habe damit den Sprung an den Broadway nicht geschafft.«

»Aber ich konnte nicht das Kleid tragen, das ich mir für die Premiere ausgesucht hatte.«

»Die Welt hat größere Sorgen.«

»Es war wunderschön.«

»Ach, zum Teufel! Zurück zu diesem Erzähler.« Scott tippte mit dem Bleistift auf das Papier. »Ich könnte ihn als Cousin Daisy Buchanans einführen, ihn seine Eindrücke und Urteile über sie schildern lassen. So erfährt der Leser aus einer anderen Perspektive von ihrem wahren Charakter.«

Bedächtig neigte ich den Kopf. »So etwas wie ein Filter. Eine Doppelsicht. Das ist gut.«

»Einen Namen«, murmelte er und reckte sich. »Irgendeinen guten Namen braucht er, damit ich mir etwas unter ihm vorstellen kann.«

Scottie hatte mittlerweile die Klingeln entdeckt, mit denen die verschiedenen *fonctionnaires* des Hotels gerufen wurden. Unermüdlich stellte sie sich auf die Zehenspitzen, drückte auf den glänzenden Messingknöpfen herum und kicherte.

»Was macht er? Wenn er auf Long Island wohnt, muss er Geld haben.« Ich versuchte die Kleine mit einem zotteligen Teddybären abzulenken, hielt ihn an den Pfoten hoch und ließ ihn vor ihren Augen herumhüpfen.

»Ich denke, er hat mit Aktien und Wertpapieren zu tun, aber reich ist er nicht.«

Es klopfte an der Tür.

»Nick«, sagte ich nach kurzem Überlegen. »Nick Carraway.«

»Ist das der Name des Pagen, den unsere Tochter mit einer großen Kanne Kaffee auf das Zimmer geordert hat?« Scott schaute amüsiert zu Scottie hinüber.

»Mal im Ernst, der Cousin könnte so heißen.« Ich ließ den Bären kopfüber sinken, er gab ein tiefes, beleidigtes Brummen von sich. »Der Name weckt Assoziationen. Zum einen steckt das Wort *care* darin, zum anderen *carry away*. Klingt gewissenhaft, hat aber auch eine gewiefte Komponente, ganz so, wie es sich für einen Börsenhändler gehört.«

»Gar nicht übel«, sinnierte Scott. »Ich denke, er sollte auf jeden Fall ein Mensch sein, der sich durch die Zeit treiben lässt, der romantische Vorstellungen hegt und ein gewisses Selbstmitleid an den Tag legt.«

»Das wiederum klingt eher nach dir.«

Es klopfte energischer. Es war jener drängende Ton, der wichtige, unaufschiebbare Botschaften versprach.

»*Entrez!*«, riefen wir wie aus einem Mund und guckten uns fragend an.

Ein schlaksiger junger Mann in der klatschmohnroten Livree des Hauses trat mit einem Servierwagen ein. Ein wunderbarer Duft frisch gebrühten Kaffees und butteriger *viennoiseries* strömte durch den Raum. »*Bonjour!*«

»Endlich!« Mit wenigen Schritten war ich bei ihm, schenkte mir eine Tasse ein und goss heiße Milch hinzu.

»Er heißt *Bonjour*«, ließ uns Scottie mit wichtiger Miene wissen.

Während der Blick des Pagen verstohlen über das Chaos des gestrigen Abends bestehend aus Flaschen, Gläsern, Essensresten und verschobenen Möbeln schweifte, versuchte er uns etwas in gebrochenem Englisch mitzuteilen.

»Wie bitte?« Ich wischte mir mit dem Handrücken ein Stückchen Croissant vom Mund. Dabei rutschte mir das Hemd von der Schulter und entblößte für einen kurzen Augenblick meine Brust.

Der Angestellte errötete unter seiner leuchtenden kreisrunden Kappe. Unsicher wiederholte er seine sinnlos aneinandergereihten Wörter, die sich mit dem französischen Akzent anhörten, als würde man mit einem Silberlöffel in einer cremigen Melange herumrühren.

Scott setzte sich kerzengerade auf und zog die Laken ein Stück höher. »Wieso sprechen die Franzosen eigentlich so verdammt schlechtes Englisch? Man sollte meinen, sie geben sich beim Erlernen einer neuen Sprache nicht besonders viel Mühe. Hast du ihn verstanden, Darling?«

»Leider nicht. Klingt aber charmant.«

Die Kleine langte nach einem getrüffelten Stück Brathuhn auf einem der gestapelten Porzellanteller und rannte durch die offen stehende Tür hinaus auf den Korridor. Verwundert kam sie wieder hereingelaufen und rief kauend: »Da stehen ganz viele Frauen.«

»Himmel!«, stieß ich aus und schlug mir mit der flachen Hand vor die Stirn. »Das müssen die Gouvernanten sein, die sich auf die Zeitungsannonce eingefunden haben.«

»Wenigstens wissen wir jetzt, was der junge Mann uns mitteilen wollte.«

Der Page schien unseren Dialog zu erahnen, atmete sichtlich auf und wagte ein schüchternes Lächeln.

»*Merci*.« Ich gab ihm einige Münzen und Scheine an Trinkgeld – Centimes, Francs, ich hatte nicht den blassesten Schimmer vom Wert dieser Währung, die mir wie Spielgeld erschien. Dann begann ich mein Hemd zuzuknöpfen. »Das hatte ich nun wirklich vergessen.«

»Ich auch, dabei ist es der einzige Grund, warum wir überhaupt nach Paris gekommen sind.« Lustlos kroch Scott aus dem Bett und stöhnte. »Müssen wir uns jetzt diese verknöcherten alten Weiber antun?«

»Es gibt Gründe, warum dieser Beruf eine solche Spezies hervorgebracht hat, mein lieber Ehemann. Oder glaubst du etwa, ich würde eine Frau einstellen, die einen koketteren Hüftschwung hat als ich?«

»Warum eigentlich nicht?«

In den kommenden zwei Stunden lernten wir die kuriosesten Kindermädchen kennen. Verkatert, wie wir waren, versuchten wir ihren Vorstellungen trotzdem mit dem nötigen Ernst zu begegnen. Scott machte sich nach jedem Gespräch in seinem Haushaltsbuch Notizen, versah sie mit Sternchen, wenn ihm die Frauen gefielen.

»Warum tust du das?«, ahmte ich den Tonfall einer Bewerberin nach, die sich als ehemalige Kammerzofe des englischen Hofes präsentiert hatte.

»Ich bin ständig auf der Suche nach neuen Charakteren, Darling.« Er grinste. »Das Leben schreibt die herrlichsten Geschichten, und mehr Leben als das hier, das geht nicht.«

»Schillernde Hüllen, wann immer sich die Tür öffnet.« Lachend schenkte ich mir einen weiteren Kaffee ein. »Die russische Prinzessin mit dem eiskalt klirrenden Akzent lässt mir das Blut in den Adern gefrieren.«

»Dafür hat sie bei Chanel das Sticken gelehrt. Eine Fähigkeit, die du dir durchaus aneignen könntest.«

»Warum sehe ich mich gerade mit Elizabeth Bennett und ihren Schwestern in einem abgedunkelten Raum sitzen?«

»Was hältst du von der beseelten Schönheit, die aussieht, als würde sie Nacht für Nacht durch Montparnasse laufen?«

»Die Frage hast du dir soeben selbst beantwortet.«

»Die Cancan-Tänzerin mit den krummen Beinen?«

»Nein.«

Scott schien die illustre Runde in seinem Kopf Revue passieren zu lassen. »Vielleicht das in die Jahre gekommene Aktmodell? Ich meine, sie ist ein wenig zu grell geschminkt, aber –«

»Die scheint einer Zeichnung Toulouse-Lautrecs entstiegen.« Ich schüttelte den Kopf und schaute zu unserer kritischen Kleinen. »Was meinst du?«

»Die mit dem Schirm.«

»Diese biedere, mürrisch dreinblickende Londonerin mit dem Befehlston?« Stirnrunzelnd blätterte mein Mann in seinen Notizen. »Kein Stern. Immerhin stellt sie mit sechsundzwanzig Dollar die niedrigste Gehaltsforderung. Das käme unseren Sparmaßnahmen sehr entgegen.«

Die Frau namens Lillian Maddock gab vor, in den letzten zwanzig Jahren mit der vornehmen Gesellschaft durch Frankreich gereist zu sein. Als sie sich zögernd einverstanden erklärte, den heißen Sommer mit uns an der Riviera zu verbringen, engagierten wir sie auf der Stelle.

»Mir war nicht klar«, meinte Scott wenig später im Bad beim Rasieren, »dass unsere Tochter militärische Strenge und Disziplin bevorzugt. Vielleicht haben wir mit der bisherigen Erziehung etwas falsch gemacht, Zelda.«

»Die Frau spricht so lustig.« Scottie saß vergnügt im Bidet und klatschte in die Hände. »Yooo!«, rief sie mit tiefer Stimme.

»Ich weiß momentan noch nicht, wie wir mit dem Cockney umgehen sollen. Miss Maddocks Aussprache ist doch etwas gewöhnungsbedürftig.« Ich konnte mir ein Grinsen nicht verkneifen.

»Kein Problem«, entgegnete Scott und tupfte sich eine Portion Rasierschaum ins Gesicht. »Diese junge Dame hier kann schon bald fließend französisch sprechen, gesellt sich dann noch ein britischer Dialekt hinzu, wird Amerika sie nach unserer Rückkehr noch mehr lieben. Bei den Reichen und Schönen wird sie überall dazugehören, distinguiert und kultiviert wie eine zweite Lady Diana Manners.«

»Die Manners von der *Corrupt Coterie*? Gott steh mir bei.«

»Sprachgewandte Frauen haben durchaus etwas Anziehendes.« Er musterte unsere Kleine amüsiert. »Was treibt sie eigentlich in diesem Bidet?«

KAPITEL 9

Die Tage rieselten wie Sand durch meine Hände. Unsere Abreise stand bevor. Während Scottie in den späten Morgenstunden im einfallenden Sonnenlicht unter dem Fenster mit ihren Holzpüppchen spielte, lehnte ich auf der Chaiselongue und blätterte durch die letzten Seiten meines Tagebuchs. Ich betrachtete das Bild aus dem Schnellfoto-Geschäft, auf dem Scott und ich stolz unsere Kleine auf einem Pappmond sitzend präsentierten; meine Finger streiften die abgerissenen Billets des Moulin Rouge, des Eiffelturms und einer Kutschfahrt durch das Champ de Mars. Ich klebte noch einmal das glänzende Papier einer himmlischen Sorte Karamellbonbons fest und las die Notizen über unseren Besuch eines Rugby-Spiels im Stade Olympique, in dem nur ein riesiges Aufgebot der Gendarmerie einen tumultartigen Platzsturm hatte verhindern können. Ohne größere Vorkommnisse waren wir einmal am frühen Abend mit der Kleinen durch Montparnasse geschlendert, hatten hier und dort in den quirligen Cafés einen Blick auf Bohèmiens erhascht, die an ihren Bleistiften herumkauten, Löcher in die Luft starrten und auf Inspiration warteten. Wahrhaft interessante Begegnungen auf der *Rive gauche* blieben aus, brachte ich enttäuscht zu Papier, dafür schwappten täglich mehr Amerikaner in die Stadt. Und feierten und feierten. *Paris, ein Fest fürs Leben ...*

»Warum wagen Tausende Menschen wohl tatsächlich den Sprung über den Großen Teich?«, hatte ich Scott tags zuvor gefragt, als wir von einer dieser herrlichen Steinbrücken aus ein paar Alten am Ufer dabei zusahen, wie sie mit ihren Angelruten in der Abenddämmerung glitzernde Fische aus der Seine zogen. Das Wasser glänzte muschelrosa, dazwischen ein flirrendes Stück Orange.

»Wechselkurs, Prohibition, Nachkriegswehen …«, zählte er auf. »Die Allermeisten suchen hier wohl nach einem neuen Lebensinhalt. Denk nur an all unsere desillusionierten Soldaten. Sie mussten in Europa die Köpfe herhalten, um den Untergang der eigenen Ideale zu erleben. Die Jungs haben im Dreck gekämpft, harrten in Gräben aus, angeschossen, verrückt vor Angst. Und wofür? In der Heimat dankte man es ihnen mit einem Handschlag für hervorragende Tapferkeit und ging zum Alltag über. Ich kann die moralischen Skrupel unserer Männer verstehen.«

»Was bist du doch für ein Zyniker, Goofo, ich wollte etwas Romantisches hören.«

»Ach so.« Er gab mir einen Kuss. »Dann natürlich wegen der Liebe.«

»So ist es besser.« Ich deutete auf die gusseisernen Gaslaternen, die ringsumher schüchtern zu glimmen begannen. »Jede Wette, nicht zuletzt wegen dieser Laternen geraten selbst die sprödesten Amerikaner ins Schwärmen, wenn von Frankreich die Rede ist. Diese Beleuchtung ist magisch, findest du nicht auch? Sie erinnert mich an den Kerzenschein auf den Geburtstagskuchen meiner Kindheit.«

Gegen Mittag unseres letzten Tages in Paris kam Scott mit einem zerknitterten graublauen Brief ins Zimmer gelaufen und schwenkte ihn triumphierend durch die Luft. »Der Portier hat mir soeben ein *pneu* in die Hand gedrückt.«

Ich lag mit Scottie im Arm auf dem großen Bett, rauchte und blätterte in der Tiefdruckbeilage einer französischen Zeitung herum. »Was soll das sein?«

»Die Pariser Rohrpost.«

»Aha.«

»Eine Einladung zur Soiree bei Esther Murphys Bruder und seiner Frau.« Mit einer schnellen Bewegung zog er eine Notiz aus dem Umschlag. »*Voilà*! Heute Abend!«

»Wie wunderbar«, sagte ich mit einer Spur von Ironie in der Stimme, denn die vergangene Nacht hatte Spuren bei mir hinterlassen. »Ich brauche dringend Abwechslung, andere Gesichter. Die Partys in unserer Suite beginnen mich zu langweilen. Unter der Oberfläche der meisten Leute steckt nichts als schöner Schein.«

Scott wandte sich an die Kleine: »Deine Mom philosophiert über die orientierungslose Gesellschaft, die ihre soziale Leere mit Genusssucht zu füllen versucht.«

»Mommy hat einen Kater«, antwortete sie und hielt sich kichernd die schokoladenverschmierte Hand vor den Mund.

»Scottie!«, ermahnte mein Mann sie mit gespieltem Entsetzen. »Solch ein Kater ist aller Luxus Anfang.«

»Du redest wirr.« Ich schüttelte den Kopf und sah unsere Tochter an. »Hör nicht auf deinen Daddy.«

»Oh doch!« Er betrachtete Scotties Hände. »Woher hat sie eigentlich die Schokolade?«

»Hier liegt doch überall etwas herum.« Mit einer gleichgültigen Geste deutete ich auf die Unordnung im Zimmer. Halbvolle Gläser. Gestapelte Teller, darauf Streifen getrockneten Gewürzschinkens, Reste von Brathuhn und Mousse au Chocolat. Irgendein Spaßvogel hatte seine Manschettenknöpfe zwischen glasigen Shrimps in die Pfütze einer Cocktailsauce getaucht.

Scott runzelte die Stirn. »Wir sind den Anblick eines solchen Chaos dermaßen gewohnt, dass wir es schon gar nicht mehr wahrnehmen. So geht das einfach nicht. Warum rufst du nicht den Service, Zelda?«

»Weil ich jetzt keine Lust habe, Scott.« Ungehalten zündete ich mir eine Zigarette an. »Außerdem hättest du es ja auch längst getan haben können.«

Er überlegte. »Ich sollte denen auch gleich noch einen Schwung Hemden für die Wäscherei mitgeben. Wer weiß, wann diese armen Dinger das nächste Mal mit Waschsoda in Berührung kommen.«

Ich hasste diese unterschwelligen Anspielungen; sie endeten oft im Streit, fanden sich sogar in seinen Interviews mit großen Gazetten wieder. Wer in der weiten Welt wollte das lesen? Bevor eine weitere Litanei über den Sinn von Ordnung an mir hinabtropfte, sagte ich: »Esther wollte sich um eine Einladung für uns bemühen. Das hat also geklappt.« Rasch blätterte ich durch die Beilage und suchte einen reich bebilderten Artikel über die Murphys hervor, den ich gerade gesehen hatte. Auch wenn ich nicht jedes Wort des französischen Textes verstand, schien es ein schmeichelhafter Bericht zu sein. »Schau mal, was für ein hinreißendes Paar die beiden in ihren Räumlichkeiten abgeben. Den Fotografien nach zu urteilen dürften die Feste in ihren Salons legendär sein.«

»Ja, ich habe nun schon so viel über die beiden gehört, dass ich sie unbedingt kennenlernen möchte.«

Sanft strich ich Scottie übers Haar; es roch nach Paris, nach den Champs-Élysées, nach dem ganz großen Glück. »Selbst Esther meint, Sara und Gerald seien ein besonderes Paar. Unprätentiös und doch so schillernd. Mit ihrer charmanten Art würden sie alle in den Bann ziehen.«

»Picasso, Strawinsky, Léger. Kein Künstler, der nicht mit ihnen befreundet sein wollte.«

»Nun, ich bin gespannt.« Ich freute mich über die Einladung, denn ich war neugierig auf die Murphys. Doch schon im nächsten Augenblick schreckte ich auf. »Ich werde nicht mitkommen können.«

»Warum nicht?«

»Ich habe nichts zum Anziehen.«

»*Mon Dieu!*«, stöhnte Scott und warf sich mit einer dramatisch anmutenden Pose neben uns in die Kissen, die jedem Schauspieler zur Ehre gereicht hätte. Winzige Daunenfedern stoben auf, wirbelten umher und sanken friedlich schaukelnd zu Boden. »Warum weiß ich, dass mich dieses Problem gleich zweimal ereilt?«

Lachend nahm ich die Kleine von meinem Schoß und stand auf. »Komm her, kleine Lady. Heute Abend machen wir uns schick.«

Minutenlang inspizierte ich die Kleidung in meinen Schrankkoffern, die ich nicht ausgepackt hatte, suchte im Seidenpapier der vielen neu erstandenen Schachteln, die sich mittlerweile bedenklich auftürmten, irgendetwas Brauchbares für eine exquisite Gesellschaft. Ich fand wildlederne Handschuhe, Seidentücher, hauchzarte Dessous. Den Lippenstift mit der metallenen Hülle, den ich schon seit Tagen gesucht hatte. »Da ist nichts.« Resigniert nahm ich Scottie die Silberketten ab, die sie sich gerade um den Hals hängte, dann hob ich sie aus meinen teuren Cut-Outs mit den hohen Absätzen. »Ich werde heute Abend wie Dolly Varden herumlaufen.«

»Ist die schön?«, fragte Scottie und klappte den Deckel einer hellrot lackierten Spieldose auf, die wir ihr bei einem Straßenhändler auf der Île de la Cité vor dem Eingang Notre-Dames gekauft hatten. Eine liebliche Melodie erklang, und ein Püppchen drehte sich auf einer kleinen Schraube im Kreis.

»Wenn man gewöhnliche Kleider mit Blumenmuster mag, in deren Unterröcken sich die eigene Schwiegermutter verstecken könnte, dann ist sie schön.«

»Ich mag Blumenkleider.«

»Ich nicht.«

»Ladys«, ging Scott dazwischen, »diese Diskussion wird mir zu anstrengend. Charles Dickens wird sich schon etwas bei seiner Dolly gedacht haben.«

»Goofo!«, jammerte ich. »Ich muss dieses Kleid haben, das ich gestern bei Printemps in der Auslage gesehen habe. Das gasblaue, weißt du, das mit den lavendelfarbenen Perlen.«

»Dann kaufen wir es dir.«

Ich stutzte. »Dieser Tonfall klingt nach wahrem Reichtum …«, raunte ich zufrieden und schlug die Augen nieder. »… nach Geld.«

»Ein wundervoller Satz.«

»Oh, er geht noch weiter.« Nah beugte ich mich an Scotts Ohr und flüsterte ihm einige improvisierte Sätze hinein.

Wie elektrisiert richtete er sich auf. »Sag das noch mal.«

»Ich bin doch keine Souffleuse.«

»Bitte.«

Ich tänzelte auf den Zehenspitzen durch das Zimmer und sprang zwei, drei *pas de chats* in Folge. »Ich könnte ihn möglicherweise wiederholen, wenn … ja, wenn du mir die passende Strickkappe zu dem Kleid genehmigst.«

Wieder stöhnte er. »Was tut man nicht alles für ein verdammt gutes Manuskript.«

*

»Fünfundvierzig Minuten zu spät. Das macht keinen höflichen Eindruck.« Energisch klappte Scott den Deckel seiner Taschenuhr hinunter. Das metallische Klicken hallte durch das herrschaftliche Treppenhaus der Rue Gît-le-Cœur, eine der feinsten Adressen auf der *Rive gauche*. Das Licht der Lalique-Wandleuchten lag angenehm golden auf dem Treppengeländer aus dunklem Holz.

»Nun komm schon. Das ist noch nicht mal eine Stunde. Der Kleinen ging es nicht so gut, sie musste sich ein wenig ausruhen.«

»Hätte ich mit zweieinhalb Jahren einen Gin Fizz getrunken, ginge es mir wahrscheinlich heute noch schlecht.« Scott guckte mich ernst, beinahe strafend an. »Diese Unordnung muss aufhören, Zelda. Das hätte niemals passieren dürfen.«

»Es kann doch höchstens ein Schluck gewesen sein.« Vor dem Aufzug strich ich der blassen Scottie über den Kopf und rückte ihre Tüllschleife zurecht.

»Ich mag diese krummen Linien«, sagte sie tapfer und zeichnete mit dem Zeigefinger in der Luft die Schwünge des Art Nouveau nach. »Die tanzen.«

»Da hast du recht, mein Schatz.« Scott lächelte bemüht, während er mit ungeschicktem Handgriff das Scherengitter des Aufzugs schloss. »Hier tanzt alles, denn wir befinden uns im Quartier de la Monnaie, im Geldviertel.«

»Als Erbe der Mark Cross Company wird man sich das wohl leisten dürfen.«

»Sie haben *beide* ein Vermögen, das sie guten Gewissens unter die Leute bringen können. Bleibt die Frage, warum es hier keinen Liftboy gibt.«

Genervt rollte ich die Augen. »In noblen Kreisen gilt es als *recherché*, den Aufzug selbst zu bedienen. Noch nie davon gehört, dass es als aristokratische Geringschätzung des amerikanischen Kommerzdenkens gilt?«

»Wo hast du den Satz denn aufgeschnappt?«, sagte Scott trocken und legte den Schalthebel um.

Schweigend fuhren wir in die obere Etage. Je höher wir kamen, umso heftiger schlugen uns laute, fiebrige Jazzrhythmen eines Pianos entgegen.

»Und an dieser Schwelle findet das Fin de Siècle tatsächlich sein Ende«, begrüßte uns Sara Murphy freudestrahlend an der Eingangstür. »Herzlich willkommen, meine Lieben!« Sie trug ein alabasterweißes Seidenkleid mit Chiffonärmeln im Kimonostil, auf dem unzählige Pailletten blitzten. Eine lange, matt glänzende Perlenkette schmiegte sich in einer Art um ihren Hals, die – Fauxpas oder Statement? – seit Jahren nicht mehr modern war. Sie wirkte weniger schlank, als ich es erwartet hatte, ihre Bewegungen jedoch waren fließend, vornehm und selbstsicher. Wenngleich ich in ihren Zügen nicht wirklich etwas Besonderes entdeckte, so schien es ihr Charisma zu sein, das ihr Aussehen einprägsam machte. Beschwingt nahm sie meine Hand, führte uns in den bereits von der Pariser Bohème bevölkerten Salon und sah sich suchend um. Schließlich trat sie an der Bar an einen attraktiven, breitschultrigen Mann heran, der virtuos einen silbernen Cocktailshaker durch die Luft wirbelte. Sein perfekt sitzendes Dinnerjacket, dessen Qualität sich an jedem einzelnen Nadelstich erkennen ließ, machte die ausholenden Bewegungen zu einem imponierenden Anblick.

»Ich möchte euch meinen Mann Gerald vorstellen.« Dann kniete sie sich liebevoll zu unserer Kleinen hinunter und deutete auf drei hellblonde Haarschöpfe, die zu Füßen einer Männergruppe in ihr Spiel vertieft waren. »Dort drüben siehst du unsere Kinder. Honoria, Baoth und Patrick. Magst du dich zu ihnen setzen, Scottie?«

Gerald reichte uns zwei bauchige Gläser mit zuckrigem Rand. »Auf die Freundschaft, *mes chers*.«

»Wir lieben neue Bekanntschaften«, sagte Sara mit kokettem Glitzern in den Augen, als wir das Kristall aneinanderstießen. »Sie bereichern unser Leben, nicht wahr, Dow-Dow?«

Ihr Mann, dessen irisch-rötliches Haar ich wundervoll fand, nickte. »Neue Freunde bedeuten einen geistreichen Gedankenaustausch, divergente Meinungen, die die Sicht auf die Welt verändern.«

»Picasso hat mir letztens ein hübsches Gerücht über uns zugetragen.« Sie lächelte in die Runde, vergewisserte sich unserer Aufmerksamkeit. »Angeblich sammeln wir Freunde wie andere Leute Briefmarken.«

»Das hat Pablo gesagt?« Gerald hob fast unmerklich eine Augenbraue. »Nun, dann ist es ja umso belangvoller, dass wir endlich die legendären Fitzgeralds kennenlernen dürfen.«

»Oh, das Vergnügen liegt ganz bei uns.« Scott blickte Sara gebannt an. Der verführerische Charme dieser Erbin aus Ohio, von dem Esther gesprochen hatte, schien auch bei ihm erste Wirkung zu zeigen.

»Wir haben alles von euch beiden gelesen.« Sie zwinkerte mir zu und berührte dabei wie zufällig den Unterarm meines Mannes. »Hoffentlich werden wir heute Abend der Atmosphäre dieser glanzvollen Beschreibungen wenigstens ein bisschen gerecht.«

Die Party in dem weitläufigen Apartment war in vollem Gange. Überall standen und saßen Leute in anmutiger Abendgarderobe, bekannte und unbekannte Gesichter, tranken Cocktails in flammenden Farben und fügten sich nonchalant in das kühle, glatte Ambiente, das die Murphys kreiert hatten. Stilsichere Monochromie in Schwarz und Weiß, elegant blitzendes Nickel. Dutzende Blumenarrangements in irisierenden Vasen. Im Vorbeigehen strich ich über eine Lackkommode, bestaunte an den schlicht getünchten Wänden ein paar Radierungen Picassos und Braques, dann die stählerne Skulptur von Brancusi, die am Pilaster des Kamins lehnte und den Feuerschein widerspiegelte. Auf dem elfenbeinfarbenen Flügel thronte ein weiteres anmutiges Objekt. Es bestand aus mehreren gewaltigen ineinander verschlungenen Ringen.

»Ein Rodin?«, versuchte sich Scott als Kunstkenner.

»Ein Kugellager vom Schrottplatz«, erklärte Gerald mit jungenhaftem Vergnügen. »Ich habe es aufarbeiten lassen. Es schien mir die bessere Investition. Ein Rodin entpuppt sich womöglich als Fälschung. Der europäische Markt ist voll davon.«

»Jetzt habe ich mich aber ganz schön blamiert, was?«

»Kunst oder keine Kunst. Wer will das heutzutage noch beurteilen? Die Ismen hängen wie reife Früchte in den Bäumen, bereit, von jedem gepflückt zu werden.« Gerald wurde an die Bar gerufen. »Entschuldigt mich.«

Scott nahm eine dünne, schlicht gebundene Anthologie vom Sims, blätterte darin, betrachtete das Cover. »*Three Stories and Ten Poems*«, las er laut vor. »Spannend. Von diesem Autor habe ich nie gehört.«

»Unser Freund Robert McAlmon hat letztes Jahr hier in Paris einige Hundert Exemplare drucken lassen. Er sagt diesem Amerikaner eine bedeutende Karriere voraus.« Mit einer schwungvollen Geste schüttelte Sara ihren kinnlangen Bob auf. »Ich mag seinen innovativen Stil. Er schreibt in kurzen, prägnanten Sätzen.«

»Ernest Hemingway.« Bedächtig fuhr Scott mit dem Zeigefinger über den Buchrücken. »Ich werde mich einen Moment dort hinten in den Sessel zurückziehen und die ersten Seiten lesen. Die Neugier treibt mich um.«

»Literaten.« Ich zuckte mit den Achseln.

»Oh, ich hatte gehofft, irgendeine fantastische Person würde sich heute Abend für Hems Büchlein interessieren.« Sara wandte sich meinem Mann zu. »Du darfst es dir aber auch gern ausleihen, Scott.«

»Sehr zuvorkommend.« Als würde jemand an einem unsichtbaren Faden ziehen, spannte sich sein Körper in eine sehr gerade, nahezu absurd aufrechte Haltung.

»Ich gehe davon aus, dass wir uns in Zukunft öfter sehen. Meint ihr nicht auch?«

»Selbstverständlich«, erwiderte er.

Mein Blick fiel auf das Gemälde über dem Kamin. Die in der kraftvollen Bewegung erstarrten Maschinenteile schienen zum Anfassen nah, das dargestellte Metall glänzte. »Es sieht wahnsinnig echt aus.«

»Gerald hat es gemalt. Seit einiger Zeit nimmt er Unterricht. Diese technischen Details beschäftigen ihn derzeit am meisten«, erklärte Sara. »*Turbines* hing letztes Jahr im Salon.«

»Im Salon des Indépendants?«, rief ich überrascht. »Das klingt nach einem Ritterschlag!«

»Oh, das solltest du ihm unbedingt selbst mitteilen«, sagte sie. »An manchen Tagen steckt er voller Selbstzweifel und möchte alles aufgeben.«

»Das Gleiche könnte ich von Scott erzählen.«

»Ich habe es sofort gesehen.« Sie lächelte rätselhaft wie eine Sphinx, ein Lächeln, das ich in Zukunft noch oft zu sehen bekommen sollte. »Künstler sind zarte Seelen. Insbesondere die Männer geben sich nach außen stark, doch sie alle haben einen weichen Kern und bedürfen unserer Aufmerksamkeit.«

»Da magst du recht haben«, gab ich zurück, ohne ihren Worten eine tiefere Bedeutung beizumessen.

Das Lachen und Geplaudere der Gäste flirrte durch die Luft. Mir kam es vor, als würde alles um mich herum vibrieren wie in einer heiteren Sommernovelle, in der man beschwingt die Seiten umblätterte und überall etwas Neues entdeckte.

»Komm, ich stelle dich einigen Leuten vor.« Sara hakte sich bei mir unter. »Kennst du eigentlich die MacLeishs? Und den Grafen Étienne de Beaumont und seine reizende Gattin Édith?« Sie senkte die Stimme und beugte sich dicht an mein Ohr. »Die beiden sorgen ständig für irgendeinen Skandal.«

»Welcher Art?«, raunte ich. »Ich liebe Skandale.«

»Dreiecksgeschichten.«

»Wirklich?« Ihre Aussage versetzte mich in Erstaunen. »Ich dachte, in Paris wäre nichts mehr heilig, die Ehe schon gar nicht. Lockt man heutzutage mit einer Affäre noch die Katze hinter dem Ofen hervor?«

»Sie verbrennt sich sogar die Pfoten«, gab sie mit einem vielsagenden Augenaufschlag zurück. Die diamantenbesetzte Schließe ihrer Perlenkette funkelte im Schein einer Tischlampe auf, als wollte sie Saras Worten ungeahntes Gewicht verleihen.

»Klingt pikant.«

»Einer Frau wie dir dürfte das Buch von Raymond Radiguet gut gefallen«, schätzte sie mich mit prüfendem Seitenblick ein. »Es porträtiert die Schamlosigkeiten der beiden und wird bei Erscheinen kommenden Monat garantiert für einen veritablen Aufschrei in der Stadt sorgen.«

»Du hast es bereits gelesen, ja?«

Sara nickte. »Cocteau war so freundlich, mir die Druckfahnen senden zu lassen.«

Gemeinsam gingen wir durch die Räume. Hier wurde ein wenig getanzt, dort kamen sich zwei Verliebte näher. Die Gruppen waren dynamisch, klein und groß, bildeten sich immer wieder neu, wogten dahin. Tabletts mit bläulich schimmernden Gläsern schwebten an uns vorbei. Die proustschen Fragebögen fielen mir ein: *Ihr größter Fehler? Ihr Traum vom Glück? Was möchten Sie sein?*

Gegen Mitternacht saßen Scott und ich mit den Murphys auf einer schneeweißen Sitzgruppe, die Sara mit schwarzen Lammfellkissen von einer der vielen Reisen der beiden dekoriert hatte. Das Gespräch führte uns von den verschiedensten Kunstströmungen über die Freiheit bis zur Frage nach dem perfekten *savoir-vivre*. Anders als Scott und ich lieferte sich das Paar immer wieder gegenseitig Stichworte, winzigen Liebesbeweisen gleich; sie redeten nicht durcheinander, schienen nie in Konkurrenz.

»Dürfte ich euch beide mit nur drei französischen Wörtern versehen«, fasste Scott schließlich seine Eindrücke angeheitert zusammen, »dann würde ich mich wahrscheinlich für *le best couple* entscheiden.«

»Welch Kompliment, mein Freund«, bedankte sich Gerald. »Wir haben uns ein altes spanisches Sprichwort zur Maxime gemacht: *Gut zu leben ist die beste Rache.*«

»Wer könnte diese Worte aufrichtiger leben?«

»Wer wollte nicht Rache nehmen an den dunklen Schlieren des Krieges?«

Die Zeit verflog. Eine Weile lehnte ich mich an Cole Porters Schulter und trank eine *Pink Lady*. Während er seine Finger über die Tasten fliegen ließ und mit Hingabe *Within The Quota* spielte, konnte ich die Augen nicht von unseren neuen Freunden nehmen. Sie waren um ein Vielfaches interessanter, als die Fotografien der Beilage es hatten vermuten lassen. Die siebzehn Jahre ältere Sara erschien mir so lebendig. Nie war mir eine Frau Anfang vierzig auf diese Weise aufgefallen. Hatte ich nicht in meinem Artikel geschrieben, dass

Frauen sich in ihrer Blütezeit in Szene setzen, amüsieren und experimentieren sollten, um sich dann ab vierzig mit dem Alter abzufinden? Um alt zu werden? Ein Teil ihrer Jugendlichkeit musste sich tief in Saras Herzen verwurzelt haben. Ob der um einige Jahre jüngere Gerald sich wegen genau dieser ungeheuren Energie für sie entschieden hatte?

Linda Lee, Coles Frau, gesellte sich zu mir.

»Was macht die Murphys nur so perfekt?«, wandte ich mich an sie.

»Genau das – die Perfektion. So sieht es zumindest aus«, gab sie überlegen zurück. »In der Gegenwart von Sara und Gerald fühlt man sich besonders. Wie ein besserer Mensch.«

Édith de Beaumont, die mit dem Rücken zu uns gestanden hatte, drehte sich nun herum und lachte. Es waren tiefe, ungekünstelte Töne, in denen ein angenehmer Hauch von Erotik mitschwang. »Die Guten sind pariserischer als jeder Pariser, und doch geben sie den Ereignissen der Stadt eine ganz eigene intellektuelle Note. Man sollte einen Film über sie drehen. Oder ein Buch schreiben.«

Erneut gingen mir Saras Worte durch den Kopf. *Eine Dreiecksgeschichte*. Ich wollte mehr über diese Sache erfahren, und ich brannte darauf, schon bald den Radiguet zu lesen.

Honoria, mit ihren sechs Jahren das älteste der Murphy-Kinder, kümmerte sich auf ganz reizende Weise um unsere Kleine. Ausstaffiert mit glänzenden Organdykleidchen liefen die Mädchen Hand in Hand durch die Menge, tanzten und drehten sich glücklich herum, haschten in der Menge nach den Brüdern. Wann hatte ich meine Tochter je so zufrieden gesehen?

Sara und Gerald. Wie ein schmelzendes Stück Schokolade ließ ich mir ihre Namen auf der Zunge zergehen. Fast unweigerlich fokussierte ich im nächsten Moment meine eigene Ehe. Wie wirkten wir, Scott und ich, eigentlich auf andere? Und wie wirkte ich auf Scott? Ich stand auf und lief ziellos durch die Räume. Hinter jeder Flügeltür ein neues Gespräch, eine neue Wahrheit. Mein Mann stand unter dem Kronleuchter in der Mitte des Salons, gelöst, strahlend schön mit seinem brillantinedurchwirkten Haar, umringt von Leuten. Er war ein begnadeter Erzähler, betörte mit Worten, mit Gefühlen. Eine Frau mit hohen Wangenknochen, die ihr die Physiognomie einer Großkatze verliehen, schmachtete ihn aus jadegrünen Augen an und schien nur allzu bereit, sich in seine federweichen Sätze fallen zu lassen. Ich drängte mich zwischen die beiden und legte eine Hand auf seinen Arm. Er drehte sich um.

»Sind wir beide so besonders wie die Murphys?«, flüsterte ich ihm zu.

Kurz schien er irritiert, dass ich ihn in seiner Darbietung unterbrochen hatte, doch dann sagte er: »Das sind wir, mein Schatz.« In seiner Stimme schwang ein alkoholisierter Übermut mit, drängte meine Melancholie in die Ecke des Salons. Er küsste mich ungestüm, beinahe ungehalten, hart spürte ich seine Lippen auf meinem Mund. Ein reserviertes Lachen um uns herum. Lauthals rief er: »Zelda und ich sind das tollste Paar der Welt!«

Ja, dachte ich, wir waren das tollste Paar der Welt, aber würden wir je so glücklich sein wie die Murphys?

Plötzlich sprang die massive Eingangstür mit einem ohrenbetäubenden Knall auf und Serge Djagilew trat ein. Mir stockte der Atem. Wie viele Geschichten hatte ich im Laufe meines eigenen Unterrichts schon von dem legendären Leiter der *Ballets russes* gehört? Vom Théâtre des Champs Élysées, den aufwendigen Inszenierungen?

»Unser Impresario«, rief Gerald freudestrahlend und lief ihm mit ausgebreiteten Armen zwischen dem hereinströmenden Pulk heiterer Tänzer entgegen.

»Die Lichter auf der Bühne sind für heute erloschen, die Proben beendet.« Sein voluminöser Bass mit dem schweren russischen Akzent wirkte gewaltig, beinahe orchestral. Formte jeden Satz zu einem Kunstwerk. »Hier sind wir! Feiern wir!« Zum Auftakt ließ er den Korken einer Magnumflasche Pol Roger Brut durch die Luft fliegen. Der Champagner sprudelte.

Aufgekratzt von der im Juni anstehenden Premiere des außergewöhnlichen Stücks *Le train bleu* schwirrte das Ensemble ausgelassen umher und verlieh der Choreografie der Party einen ganz eigenen Charakter. Elegante Parfums umwehte nun der Geruch von Theaterschminke und einer Spur Tanzwachs; die Gespräche schienen noch kraftvoller. Der schelmische Anton Dolin, im wahrsten Sinne der *beau gosse* unter ihnen, vollführte tollkühne Pirouetten, waghalsige Salti und lief auf Händen durch das Apartment, als befände er sich weiterhin inmitten einer Strandkulisse, zwischen kubistischen Aufbauten, dem Rauschen des Meeres. Seine Perlouse, noch in ihrem sportlich-adretten Kostümentwurf von Chanel, verteilte derweil Küsse an ihre nächtlichen Verehrer.

»Wie die Kinder!«, polterte Diaghilev und raufte sich theatralisch das pechschwarze Haar. »Wenn ihr diese Energie nur ein einziges Mal im Rampenlicht investieren würdet!«

»Alle mal herhören, meine lieben Freunde! Hier habe ich einen heißen Import aus den Staaten.« Gerald legte eine Schellackplatte auf und kurbelte am Victrola. Man hörte ein Knacken, ein Knistern. Die ersten Töne erklangen. Es war genau mein Rhythmus. Dann erkannte ich die Melodie.

»Oh, mein Gott!«, rief ich Scott überrascht zu. »Das ist *Runnin' wild* vom Broadway Dance Orchestra.« Ich streifte meine Schuhe von den Füßen und begann mich sanft zu wiegen, fiel in den Takt und tanzte den neuen Charleston. Die komplizierten Schritte hatte ich mir während vieler schlafloser Nächte in Great Neck beigebracht, sie immer wieder geübt. Die Kunst bestand darin, sie nicht hektisch, vielmehr unaufgeregt auszuführen. Nun bewegte ich mich in der Menge, ließ meine Arme um den Körper gleiten, wogte mit leichtem, geschmeidigem Können vor und zurück. Die Meute applaudierte und pfiff, vielen Franzosen schien meine Darbietung exotisch, offenbar hatte der Charleston seinen Weg noch nicht über den Atlantik gefunden. Mein Kleid wippte auf und ab, ich zog es höher, entblößte meine Schenkel, den Strumpfhalter. Ich tanzte nur für mich, für mich allein, doch das Publikum war mein Spiegel, in dem ich all meine Erregtheit schillern sah.

»Wow!«, rief Dolin in die Musik hinein. »Du bist absolut hinreißend, *ma petite Américaine*. Hast etwas von einer Schwarzen im Blut, was?«

Voller Stolz hörte ich Scott neben mir auflachen. »Meine Frau ist von einer schwarzen Amme gestillt worden. Das eine oder andere Gen wird da schon mit durchgerutscht sein.«

»Ganz im Ernst. Das hübsche Ding gehört in unsere Truppe, sie könnte eine von uns sein.«

Ja, ich könnte eine von euch sein. Ich lächelte, schloss die Augen und drehte mich mit hoch erhobenen Armen im Kreis. Drehte mich immer schneller. Spürte die lavendelfarbenen Perlen des sündhaft teuren Kleides auf meiner Haut. Sie trommelten und klopften, wirbelten um mich herum, und dann schrie ich laut: »Ich liebe Paris!«

Alles tanzte, alles feierte. Dicht gedrängt schoben sich erhitzte Körper aneinander vorbei, wurden immer ausgelassener, wilder. Mein Blick fiel auf die weit geöffneten Flügeltüren, auf die gebauschten Brokatvorhänge, die der Wind sachte hereinwehte. Ich griff eine eisgekühlte Flasche Champagner und lief in meinen zarten Strümpfen auf den Balkon hinaus. Schlagartig wurde es ruhiger um mich herum. Da waren nur die Nacht und ich. Ein Rendezvous mit der Nocturne. Ohne zu zögern, setzte ich mich hoch über dem Häusermeer auf die steinerne Balustrade und trank einen großen Schluck; mein Blut rauschte. Die Stadt roch wunderbar. Unter der weiten Himmelsdecke funkelten die Sterne, wie Blumen hätte man sie pflücken können. Am Horizont woben sich erste Schlieren eines zarten Rosés in das Dunkel. In der Ferne dämmerte der Pont Saint-Michel im matten Schein gelber Laternen, schon in wenigen Stunden würden die *bouquinistes* ihre Bücher ausbreiten, damit die Leser darin blättern und die finsteren Romanhelden Émile Zolas und Eugène Sues aus den Zeilen klettern lassen konnten. Unter mir, am Quai des Grands Augustins, seufzte die Seine schwarz und glücklich; verliebte Worte eines eng umschlungenen Paares glitten sanft über das Kopfsteinpflaster, flossen im Rinnsal davon. Die Schönheit der Welt war kaum zu ertragen. Und dann liefen mir die Tränen über das Gesicht. Ich weinte hemmungslos.

»Was ist los, Darling?« Lautlos war Scott hinausgetreten und legte den Arm um meine Schulter. Sein Atem wog schwer.

»Ich will hier nicht weg.«

»Wir haben alles besprochen, Zelda. Im Süden kann ich meiner Arbeit mehr Aufmerksamkeit widmen.«

»Kannst du das Manuskript nicht in Paris schreiben? Scott, bitte«, flehte ich.

»An der Küste ist es ruhiger und preiswerter.« Ich verabscheute den sachlichen Klang seiner Stimme. »Die Murphys bauen ein Haus dort unten. Die beiden sagten, dass sie für dich da sein werden. Die Kleine wird Spielkameraden haben. Verlagern wir Paris doch einfach ans Meer.«

Ich wusste, dass ich verloren hatte, und doch konnte ich nicht aufgeben. »Ich möchte hierbleiben.«

»Mach keine Szene, Darling.« Er holte tief Luft. »Hier geht es gerade um mich.«

»Es geht immer nur um dich!«, stieß ich hervor. »Um dich! Um dich!«

Meine Worte verhallten in der Nacht. Scott antwortete nicht. Schweigend starrten wir ins Nichts, sein Arm fühlte sich kalt auf meiner Haut an. In diesem Moment legte sich ein Schatten über mich; jene Art Schatten, von dem ich wusste, ich würde ihn nicht wieder vertreiben können.

ZWEITER TEIL
SÜDFRANKREICH, 1924

Nobody has ever measured,
not even poets,
how much the heart can hold.

Zelda Fitzgerald

KAPITEL 1

Vielleicht hatten die Philosophen dieser Welt recht. Vielleicht war die Architektur erstarrte Musik, gefrorene oder vielleicht auch zu Stein gewordene Musik. Doch Schopenhauer, Schelling und Nietzsche kümmerten mich am darauffolgenden späten Nachmittag wenig, als wir auf dem Bahnsteig der Gare de Lyon standen und die mächtige Metallkonstruktion virtuos über unseren Köpfen in die Höhe ragte. Doch sie verzauberte mich nicht. Die Melodie erreichte mein Herz nicht. Ich war übernächtigt. Inmitten des hektischen Bahnhoftreibens, dieser elektrisierenden Aufbruchstimmung, fühlte ich mich wie betäubt. Als wäre ich immun gegen jene hochinfektiösen Krankheiten – Fernweh, Sehnsucht, Reisefieber –, stand ich in der Menge und konzentrierte mich auf das Gefühl, eine gute Ehefrau sein zu wollen. Eine, die Verständnis und Rücksicht für die Arbeit ihres Mannes aufbrachte, sich nach den harschen Worten der letzten Nacht in Demut übte.

Scott und ich hatten uns nach der Party bei den Murphys im Hôtel des Deux Mondes furchtbar gestritten. Er wollte mich nicht verstehen, und ich wollte seine Worte nicht wahrhaben. Sperrig und schwer verkeilten sich unsere Sätze ineinander. Blindlings schritten wir den Rändern des Unsagbaren entgegen, wagten uns immer noch ein Stück voraus.

»Schluss jetzt! Du fügst dich«, beendete er die Diskussion schließlich aufgewühlt. »Wir werden den Respekt nicht tiefer unter uns begraben!« Sein Gesicht glühte vor Hilflosigkeit, vor verzweifelter Wut. Dann hatte er sich demonstrativ auf das Sofa schlafen gelegt.

Diese Haltung schien das letzte Werkzeug seiner Macht, und tatsächlich zeigte sie Wirkung bei mir.

»Goofo, komm zurück.«

»Nein.«

»Goof?«

Das Bett war leer ohne ihn, sein vertrauter Geruch fehlte, seine Wärme. Ich wollte nicht ohne ihn sein. *Geliebter Scott.* Nur wenige Atemzüge später war ich am anderen Ende der Suite zu ihm unter die dünne, kratzige Wolldecke geschlüpft und hatte mich ganz dicht an ihn geschmiegt, meine Schenkel fest gegen seine gepresst, damit sie mir gehörten. Alles an ihm gehörte mir. Doch beim Erwachen am Morgen wusste ich, dass mir die Rolle der folgsamen Ehefrau nicht besonders lag, sie überforderte mich. Wir entwirrten unsere Glieder, wussten nicht wohin mit unseren Gefühlen. Tasteten nach einander. Ich wollte mehr. Ich dachte, so könnten wir alles vergessen. Die letzte Nacht, den Streit. Jeden Streit. Hauptsache vergessen. Langsam streifte ich mein Höschen hinunter, rieb meinen Fuß an seinen Waden. Unsere Körper sollten verschmelzen. Ich küsste seinen Hals, die Schultern, fuhr sanft über seinen Bauch. Wir stießen die halbvolle Champagnerflasche neben dem Sofa um, ein Poltern, Schäumen, Rollen.

»Ich liebe dich«, flüsterte er heiser, strich mir durchs Haar. Nahm meine Hand, war noch nicht so weit. Irgendwann schloss ich die Augen, schob ihm das Becken entgegen. Spürte sein Gewicht auf mir, spürte ihn in mir. *Ich muss dich fühlen.* Während er sich bewegte, schaute ich nach oben. Betrachtete einen Riss in der Decke, den Lüster. Das geschliffene Glas. Löste mich von meinem Körper. Folgte dem Spiel von Licht und Schatten, von Hell und Dunkel. Hell und Dunkel. Scott stöhnte. Kam. Dann lagen wir dicht nebeneinander. Eine eigenartige Stille schwebte durch den Raum. Sie war leer.

Er streichelte mir über den Kopf. »Mein braves kleines Kätzchen.«

In jenem Moment hätte ich mir nicht in die Augen schauen können, Augen voller geweinter und ungeweinter Tränen; ich hätte mich für die Zelda geschämt, die noch vor wenigen Tagen mit berauschtem Selbstbewusstsein über die Boulevards stolziert war. Konnte es möglich sein, sich mit wenigen Wimpernschlägen derartig zu verändern, dass man das eigene Ich kaum wiedererkannte?

Le Train bleu, der uns über Nacht an die Riviera bringen sollte, schien nervös wie ein hochgezüchtetes Rennpferd, schnaubte, scharrte, wartete ungeduldig auf den Startschuss. Lautsprecher forderten die Reisenden zum Einsteigen auf, verkündeten mit blecherner Larmoyanz die Namen ferner Städte. Marseille, Monte Carlo, Ventimiglia …

»Die Gute wird es in Kürze überwunden haben«, hörte ich Scott zu den Murphys sagen, die uns zwischen all unseren Koffern und Habseligkeiten am Gleis verabschiedeten. Seine Stimme klang ruhig und ausgeglichen, was mir seltsam erschien. »Zeldas Leidenschaft ist das Schwimmen. Sie wird das Mittelmeer lieben.«

Sara schloss mich in die Arme. »Nimm es nicht so schwer, Teuerste. Wir haben das *foreign resident* auch nicht in unsere Pässe stempeln lassen, um ewig in dieser turbulenten, lärmenden Großstadt zu weilen. Das Leben bietet unendlich mehr.«

»Ich werde sterben, sobald wir die Grenzen von Paris passieren.« Tatsächlich fühlte ich mich in diesem Moment wie ein Vogel, dem man die Flügel gestutzt hatte, um ihm für immer das Fliegen zu verwehren.

»Ja«, presste Scott plötzlich nur mäßig beherrscht hervor, »an deinem Hang zur Dramatik könntest du wahrlich sterben. Das hätte durchaus etwas Spektakuläres.«

»Die Küste ist wundervoll.« Sara ergriff meinen Ellbogen und drehte mich zur Seite. »Wir kommen nach, sobald es die Zeit erlaubt. Unser Haus wird noch nicht fertig sein, aber es gibt dort ganz in der Nähe unseres Grundstücks ein reizendes Hotel, in dem du uns jeden Tag besuchen kommen musst, wenn Scott mit dem Schreiben beschäftigt ist.«

»Wie heißt es?«

»Es ist das Hôtel du Cap in Antibes. Praktisch das einzige im Ort, das die heißen Sommermonate über ein paar Zimmer vermietet.« Sie zwinkerte mir verschwörerisch zu. »Wir haben den Besitzer mit Engelszungen überredet, uns sein Personal zu überlassen.«

»Gibt es irgendetwas auf dieser Welt, was ihr beide nicht bekommt?« Scott reckte das Kinn, als jonglierte er ein aufmüpfiges Vorurteil darauf, und sah das Paar gespannt an.

»Nein«, meinten sie wie aus einem Mund und lächelten milde.

»Wo werdet ihr euch niederlassen?«, fragte Gerald, während er der schmallippigen Miss Maddock ihr Handgepäck und einen schwarzen Regenschirm mit angehäkelter Spitzenbordüre durch das Fenster ins Abteil hineinreichte.

»Mein Lektor Max Perkins hat uns das Grimm's Park Hotel in Hyères empfohlen, vor Jahren hat er die Wintersaison dort verbracht. Von da aus machen wir uns zügig auf die Suche nach einer Unterkunft.«

»Verstehe. Das Buch muss geschrieben werden.«

»So ist es, alter Knabe.« Freundschaftlich klopfte er Gerald auf die Schulter. »Es wird wirklich Zeit abzureisen. Aus zwei Tagen, in denen wir eine Nanny organisieren wollten, sind neun geworden. Neun verrückte Tage, in denen wir von einer Party in die nächste gerauscht sind. Derzeit wüsste ich nicht, was New York von Paris unterscheidet.«

»Der fehlende Geruch von Methylalkohol?«

Die Männer lachten. Mein Augenmerk richtete sich auf eine nur wenige Schritte entfernte ätherische Schönheit. Im staubigen Matt der Gare de Lyon wirkte sie wie ein Kontrapunkt, sie gehörte nicht hierher. Das makellose Gesicht zierten tiefschwarze Wimpern, die den blassblauen Augen etwas unergründlich Laszives verliehen. Auf ihren Schultern ruhte eine Federboa. Bewegungslos stand sie in der Menge. Die verstohlen auf sie starrenden Menschen schien sie nicht wahrzunehmen. Den Kopf nun in den Nacken gelegt, schaute sie nach oben; ihr Blick folgte dem Flügelschlag einer Taube, die sich in die Bahnhofshalle verirrt hatte. Jung und schön hielt diese Frau nicht Ausschau nach etwas Gewöhnlichem, vielmehr schien es ihr um das Suchen des Besonderen im Einfachen zu gehen, um die ausgebreiteten Schwingen eines grauen Vogels. Ich war fasziniert von ihrem Anblick. Ihrer Schwerelosigkeit. Dem abperlenden Alltag. Und dann schlüpfte ich in ihre Haut, einen kurzen Moment nur. Ich wurde sie. Tief atmete ich ein, spürte ihre Energie und wusste plötzlich, dass alles gut würde. Ich musste es nur wollen. Wirklich wollen.

»Das Leben ist schon seltsam, nicht?«, riss ich mich aus meiner Fantasie und wandte mich wieder den Anwesenden zu.

»Wem sagst du das?« Als hätte Sara in meinen Gedanken gelesen, reichte sie mir zum Abschied ihre Perlenkette. Vorsichtig legte ich mir die schimmernde Kostbarkeit mit der aufwendig ziselierten Schließe um den Hals. »Trag sie am Strand, sie benötigt die Sonne.«

Mein Herz stolperte. Ergriffen küsste ich die Frau, die ich erst seit gestern Abend kannte. Doch wenige Stunden konnten eine Ewigkeit sein, so wie die Unendlichkeit manchmal nur Sekunden andauerte. Zeit ist relativ zum Schlag unseres Herzens. »Ich werde das gute Stück in Ehren halten. Versprochen.«

Ein langer, schriller Pfiff gellte durch unsere Worte, durchfuhr meinen Körper, und schon Augenblicke später schob sich der Zug unter mächtiger Anstrengung aus der Gare de Lyon. Er wälzte sich behäbig über die Gleise, während mein Blick den winkenden Murphys nachhing. Bald schon wurde ihr Bild durch das der zahllosen Fassaden einer unendlichen Stadt ersetzt, so weitläufig und verworren wie der Rauch der unzähligen Schornsteine. Nachdenklich ließ ich mich in das weiche Polster des Abteils sinken.

Wir fuhren durch die beginnende Nacht. Wildtulpenschwarze Felder flogen wie Flickenteppiche an uns vorbei. In der Ferne stob eine Schar Fledermäuse aus ihrem Quartier und verschwand in einer eleganten Formation im Nichts. Dann schoben sich einige Wolken vor den silbrig glänzenden Mond, und das Schauspiel war vorbei. Die Dunkelheit war schon immer mein Zuhause gewesen. Leise summte ich *Au clair de la lune* und beobachtete Scott, der im schwachen Licht der Leselampe über seine Notizen gebeugt saß. Lautlos bewegte er immer wieder seine Lippen, las den Text, strich Wörter, ganze Zeilen, suchte nach neuen.

»... mon ami *Pierrot*«, sang ich nun hörbar. Unvermittelt grub sich eine Falte in seine Stirn. »*Prête-moi ta plume. Pour écrire un mot* ...«

»Könntest du das bitte unterlassen, Zelda?«

»Aber die Nacht ist so wunderbar. Ob unsere Kleine nebenan schon schläft? Oder sieht sie wohl den Sternen noch beim Funkeln zu?«

»Sie wird schlafen. Alle braven Mädchen schlafen jetzt.«

Gedankenversunken ließ ich die Perlenkette durch meine Finger gleiten. Die wertvollen Kugeln klangen anmutig, wenn sie einander berührten, so vornehm. »Wie findest du die beiden?«

Zerstreut sah er mich an. »Wen?«

»Na, die Murphys.«

»Sie sind anders als wir.«

»Ich möchte so sein wie sie.«

»Warum?« Scott zögerte, als würde er den gestrigen Abend Revue passieren lassen. »Die beiden sind feine Leute, aber sie geben furchtbar an mit ihrem Geld, mit all ihren Bekanntschaften.«

»Unsinn«, sagte ich. »Sie sind einfach wesentlich reicher als wir. Und sie teilen ihre Lebensfreude.«

»Welche Ironie, ausgerechnet jetzt solche Menschen kennenzulernen. Bitter lachte er auf, schob sein Geschriebenes zurecht und begann, ungeduldig mit dem Bleistift darüberzuwischen. »Wir sind mit siebentausend Dollar in den Staaten losgefahren, und in Paris ist die Summe bereits auf sechstausendfünfhundert zusammengeschmolzen.«

»Ein kleiner Eisberg.«

»Eher ein großes Problem. Allein dein gasblaues Kleid hat ein Vermögen gekostet, Wechselkurs hin oder her. Das ist doch absurd.«

»Was sind schon zweihundertfünfundsechzig Dollar? Ich war die schönste Frau des Abends«, verteidigte ich den Kauf irritiert.

»Und du liebst es, wenn mich alle bewundern.«

»Natürlich, Darling.« Scott wandte den Kopf zur dunklen Glasscheibe, hinter der beinahe nur noch das Schwarz der Nacht zu sehen war. Schatten legten sich auf seine Gesichtszüge, zeichneten harte Kontraste, weiche Linien. »Aber kannst du nun verstehen, dass ich Geld verdienen muss? Dass ich arbeiten muss?«

»Ich verstehe.« Die Aussage versetzte mir einen Hieb. Warum nur musste er ständig über seine Arbeit sprechen? Warum ging es nie um uns? Um unser Leben? Unsere Leidenschaft? Getroffen holte ich den Lippenstift hervor und zog mir in der Spiegelung des Fensters die Form meines Mundes rot nach. Dann stieg ich auf die Polster, um die wollene Stola aus der Ablage zu nehmen. »Du findest mich im Salonwagen«, sagte ich kühl.

»Ach, mein Schatz.« Scott legte seine Notizen auf die Bank und erhob sich. »Sei doch nicht immer gleich so empfindlich.«

»Ich habe mich vollkommen unter Kontrolle.«

»Alles, worum ich dich bitte, ist ein wenig Verständnis. Du weißt, dass ich etwas Großartiges zustande bringen möchte, etwas Außergewöhnliches, Atemraubendes. Etwas sehr Simples, was sich als raffiniert erweist. Keats! Keats!« Er holte tief Luft. »Mir geht immer wieder John Keats durch den Kopf.«

»Heute ist es Keats, gestern war es Butler.«

»Ganz genau. Niemand beschreibt das Paradox mit der Präzision eines Samuel Butler. Oder denk an die weiten, schwülen Himmel von Conrad, die grollenden Sonnenuntergänge von Hitchens und Kipling, das dramatische Zwielicht von Chesterton. Ich möchte wie sie in der Lage sein, Worte zu beherrschen, Welten entstehen zu lassen.«

»Was für ein Vortrag.«

»Zelda, ich möchte endlich ein ernsthafter Künstler werden und mit anspruchsvollen Texten Geld verdienen.« Plötzlich sah er unendlich traurig aus, wirkte beinahe wie ein verwundetes Tier. »Aber all das ist anstrengend, verstehst du? Momentan benötige ich eine ruhige, bedächtige Ehefrau an meiner Seite, die mich und meine Arbeit unterstützt.«

»Und ich benötige einen Mann, der sich ab und an auch mal mit mir amüsiert.«

»Warum nur bist du so selbstsüchtig?«

»Deine Romanheldinnen tanzen auf dem Vulkan, während ich als alte Jungfer versauere. Ich bin *jetzt* jung, ich will *jetzt* Spaß haben. Die Vergangenheit lässt sich nun mal nicht wiederholen.« Verärgert drehte ich mich um und verließ das Abteil.

»Zelda!«, hörte ich ihn rufen. »Zelda, jetzt sei doch nicht so!«

Aber es gab kein Zurück für mich. Seine Worte polterten den Gang entlang, schlugen gegen die vibrierenden Wände und verschwanden mit mir im monotonen Rattern des Zuges. Ambivalente Gefühle fraßen ein Loch in mein Herz, groß, ohne klar erkennbare Form, wie das Leben, durch das ich zu stolpern schien. Ich gehörte an seine Seite und doch fühlte ich mich fremd an diesem Platz. Was war nur in mich gefahren? Scotts Vorstellungen einer idealen Wegbegleiterin waren die einer Frau gewesen, die er ganz offensichtlich bewunderte, geradezu verehrte. Sie ähnelten der besonnenen Sara Murphy. Nicht mir.

Ich setzte mich an den letzten freien Tisch im Salonwagen und schaute mich um. Die Atmosphäre drohte in einem gediegenen Samtblau zu ersticken. Gedämpfte Stimmen, klassische Musik. Ein Leichenschmaus wäre vergnüglicher gewesen. Rauchende Herren beäugten mich über den Rand ihrer Brillengläser, taxierten mein Aussehen, meine Gesten. Nickten mir zu. Ich ignorierte sie, orderte bei dem fließend Englisch sprechenden Kellner ein Glas Champagner und zog meine Zigarettenspitze hervor. Ein aufmerksamer Dandy mit grau melierten Schläfen trat an den Tisch, um mir Feuer zu geben, aber ich winkte ihn mit einer unzufriedenen, harschen Handbewegung davon. Ich wollte allein sein.

Mit geschlossenen Augen begann ich, meine Emotionen zu filtern, schüttete sie in Gedanken durch ein engmaschiges Sieb. Argwohn, Misstrauen, Zweifel, alles rutschte hindurch. Und schließlich lag da nur noch entblößte Eifersucht vor mir. Chromgelb und gefährlich nagte die Empfindung an meinem Stolz, war eine der hässlichsten, die den Menschen ereilen konnte. Sie machte unberechenbar. Doch ich war nicht eifersüchtig auf irgendeine Frau dort draußen in der Welt. Nein, das Problem lag viel dichter an mir dran, es war ganz nah. Ich musste mir eingestehen, dass ich eifersüchtig auf Scotts Schreiben war. All seine Worte stahlen uns gemeinsame Zeit. Kostbare, wertvolle Lebenszeit. Sie raubten mir meinen Ehemann.

Im Gegensatz zu mir hatte er eine Aufgabe. Das war vielleicht der Kern des Problems: Ich wollte nicht er sein, ich wollte *wie* er sein. Dieser Gedanke erstaunte mich, ich betastete ihn im Geist wie ein dunkles, fremdes Ding. Solch eine ehrliche Aussage hatte ich mir seit Ewigkeiten nicht gestattet. Dabei hatte mich mein Vater mein halbes Leben lang dazu angehalten. *Du wirst es nicht weit bringen, wenn du deinem Ich nicht täglich die Treue schwörst, Zelda.*

Versunken drehte ich die Zigarettenspitze zwischen meinen Fingern.

»Sie haben schlechte Laune«, riss mich eine tiefe Stimme aus meinen Überlegungen. Ein Mann in einem anthrazitgrauen maßgeschneiderten Anzug, ungefähr Ende zwanzig, stand vor mir und versperrte mir die Sicht in den Waggon.

»Oh ja«, hauchte ich leicht verwundert, da er mich offensichtlich gleich als Amerikanerin erkannt hatte. Irgendetwas gefiel mir an ihm. Wortlos klickte sein metallenes Feuerzeug auf. Ich hielt die Zigarette in die Flamme, inhalierte den Rauch. »Danke.«

»Gern geschehen.«

»Woran haben Sie es bemerkt?«

»*La petite dépression*. Schöne Frauen haben in solchen Momenten eine besondere erotische Ausstrahlung.«

»*Touché*.« Lächelnd schlug ich die Beine übereinander. Ohne hinzuschauen, wusste ich, dass meine Strümpfe im Schein des elektrischen Lichts glänzten, die Linien schlanker Schenkel nachformten, auf die ich immer stolz gewesen war.

»Darf ich mich zu Ihnen gesellen, schöne Frau mit schlechter Laune? Ich gebe den nächsten Drink aus.«

»Dieser Champagner schmeckt entsetzlich fade.«

»Nun, ich denke, man sollte Champagner grundsätzlich nur flaschenweise ordern.« Er winkte dem Kellner.

»Sie gefallen mir immer besser.« Mit leicht gesenkten Lidern zog ich an der Zigarettenspitze und betrachtete ihn. Er war nicht sonderlich hochgewachsen, mittelblond. Das Gesicht strahlte etwas Gewieftes und etwas zu Makelloses aus. Seine ganze Person wirkte interessant, kultiviert. Durchtrieben. »Wie heißen Sie?«

»Wir werden uns nach diesem Abend hier nie wiedersehen«, meinte er leichthin, »folglich sind unsere Namen nebensächlich. Wo sind Sie geboren?«

»Warum sollte ich Ihnen das verraten?«

»Ach, kommen Sie. Seien Sie keine Spielverderberin.«

»In Alabama.«

»Ich in London. Nennen wir uns also Alabama und London.«

Der Zug fuhr in einer großen Kurve durch die verheißungsvolle Mitternacht. Das Kristall auf den Tischen klirrte bedenklich. Wir hielten unsere Gläser fest umschlossen, stießen miteinander an.

»Jeder Mensch hat eine besondere Tugend, Alabama.« Seine wässrig blauen Augen versprachen etwas, das mich reizte, geradezu herausforderte; seine Art, Konversation zu betreiben, passte genau in meine Stimmung: rätselhaft und ein bisschen düster. »Welche haben Sie?«, fragte er mich.

»Ich bin eine schlechte Ehefrau.«

»Böses Mädchen.« Er lachte leise. Ein schmaler goldener Ehering blitzte im Schein des flackernden Lichts an seiner linken Hand auf. »Warum?«

»Ich küsse gern wildfremde Männer.« Mit provozierendem Augenaufschlag leerte ich mein Glas. Unverzüglich griff er zu dem silbernen Kühler, um mir nachzuschenken.

Tatsächlich unterhielten wir uns eine ganze Weile angeregt, streiften auch die Literatur. Er mochte Wilde, wusste ihn wunderbar zu zitieren. »Die moralisierende Frau ist ohne jeden Reiz.« Seine Schlagfertigkeit war für den Augenblick erheiternd, doch dann begann er mich zu langweilen. Alle Männer langweilten mich irgendwann. Was interessierten mich ihre Berufe, ihre Häuser, die unerwähnten Ehefrauen, die sich an dieses nichtssagende Stück Metall an den Ringfingern klammerten? Schließlich stand ich auf, schwankte mit Anmut, als kultivierte ich Champagner auf leeren Magen, und verabschiedete mich mit einem leicht hingeworfenen *Adieu*. Ich würde ihn nie wiedersehen, da hatte er recht. Doch London folgte mir mit schnellen Schritten in den schummrigen Gang, der mir plötzlich endlos erschien. Er griff nach mir, und ich war nur allzu bereit, stehen zu bleiben und seine Nähe zu spüren. Was würde wohl mit meinen Sorgen passieren, wenn ich ihn küsste? Würden sie mehr? Weniger? Schon presste er mich an die Wand, drückte seinen warmen, erregten Körper an mein Becken. Er atmete schwer. Zwei korpulente Frauen drängten sich an uns vorbei. Ich vernahm das Rascheln ihrer Röcke, die despektierlichen Blicke. Ihre aufdringlichen Parfums rochen surreal, erinnerten mich an eine Zeit vor dem Krieg, etwas Unschönes, Bedrohliches. Sie flüsterten, verschwanden, und ich wünschte, ich hätte sie augenblicklich vergessen können.

»Oh, mein Gott«, stöhnte London und grub sein Gesicht in mein Haar. Er fuhr mit der Zungenspitze in mein Ohr, über mein Ohrläppchen, den Hals entlang. »Küss mich.«

Leicht wandte ich mich ab, verweigerte ihm meinen Mund. Doch seine Berührungen fühlten sich gut an, leidenschaftlich, verlangend. Sinnlich. Ich spürte, dass ich mehr wollte, sehr viel mehr. Und dann drückte ich meine Hände gegen seinen Brustkorb und stieß ihn abrupt von mir.

»Du bist krank«, schrie ich. »Du bist nichts als eine kranke Spielfigur in der Scharade meines Lebens.« Rasch wich ich zur Seite und richtete die Wollstola.

Er starrte mich an, als sei ich eine Verrückte. Dann schüttelte er den Kopf, etwas wie Abscheu zeigte sich auf seinen Zügen. Ohne ein weiteres Wort kehrte er um und verschwand mit ausladenden Schritten durch den Waggon.

Ein gellender Pfiff stieß in die beginnende Dämmerung. Als wäre der Zug mit seinen Passagieren aus dem Pariser Perlmuttgrau regelrecht geflohen, drängte er mit immensem Tempo in die farbenfrohere Farbpalette des Südens, ließ müden Staub und Mattigkeit hinter sich. In den frühen Morgenstunden touchierten wir Marseille. Als ich mich in dem winzigen Bett aufrichtete, schwirrten meine Gedanken wild umher. Scott stand an dem schmalen Waschbecken unseres Schlafwagenabteils und spritzte sich bei laufendem Hahn einige Wassertropfen ins Gesicht.

»*Bonjour*, mein kleiner Nachtschwärmer«, sagte er und lächelte mich mit wachen, freundlichen Augen an. »Ich habe dir einen starken Kaffee geordert. So wie du ihn magst.«

»Vielen Dank.« Beklommen zog ich mir die steife weiße Decke bis unter die Nasenspitze. Er war so nett. Ich wünschte, er wäre wegen unseres Streits missmutig, verärgert. Er hätte mich anschreien sollen. Zurechtweisen. Ich brauchte irgendeinen Grund, mich wegen dieser Sache mit London, die eigentlich gar keine Sache gewesen war, nicht zu schlecht zu fühlen. Ich hatte das Gefühl, mich rechtfertigen zu müssen. Doch er gab mir keinen Grund dazu. Heute war er wieder der liebevolle Scott. Mein treuer Ehemann.

»Es tut mir leid, dass ich gestern Abend so unwirsch gewesen bin.« Er setzte sich auf die unbequeme Bettkante und legte meine Hand in seine. Sie war warm, weich. »Ich habe ehrgeizige Pläne und stehe ziemlich unter Druck. Mir war nur nicht klar, wie groß dieser Druck wirklich ist. In Zukunft werde ich besser achtgeben, dass ich meine Laune nicht an dir auslasse, Zelda. Ich liebe dich.«

Ich hasste mich. Wollte im Erdboden versinken, mich wie eine Maus verkriechen. Einfach verschwinden.

»Darf ich dir ein paar Zeilen vorlesen, die ich …«, er zögerte, »die ich gestern Abend noch geschrieben habe?«

Ich nickte und schloss die Augen. Der Schmerz brandete mir ins Herz. *Ich bin eine schlechte Ehefrau.* Scott las drei, vier Sätze vor, fragile Kompositionen, nach Liebe suchend, nach Sehnsucht greifend. Dann sah er auf, machte eine kurze, bedeutungsvolle Pause, in die sich nicht der leiseste Atemhauch hätte einfügen können. In meiner Vorstellung betrat seine Figur Daisy das Abteil. Daisy, mit ihrem melancholischen, hübschen Gesicht. Sie lächelte. Ihr fein geschwungener Mund wirkte in der Morgenröte wie aus Marzipan modelliert. Mit der zartfühlenden Melodie ihrer Stimme betörte sie mein Ohr. Raunte von Abenteuern, von flirrenden Partys in lauen Nächten, glitzerndem Mondlicht, hellem Lachen und Musik. Von schönen, betörenden Dingen, die gerade geschehen waren, die wieder geschehen könnten.

Betörende Dinge. Scotts Worte rauschten durch mich hindurch, sie waren wundervoll. Gleichzeitig schlugen sie mir ins Gesicht, nichts anderes hatte ich verdient, oder? Die Sanftmut hinter seinen Sätzen machte mich schwindelig. Daisy begann nach mir zu tasten. Wie in seinen bisherigen Romanen suchte eine Frau meine Nähe, imitierte meinen Charakter, meine Launen, meine Lebendigkeit. Im Laufe seiner Geschichte würden wir uns immer ähnlicher werden, miteinander verschmelzen. Wir würden später nicht mehr wissen, wer Zelda war, wer Daisy. Doch vorerst lag ich unter einer Decke in einem Schlafwagenabteil, einem sicheren und warmen Kokon, und wollte von all dem nichts wissen; vielleicht war das besser so. Ich spürte, wie Daisy meinen wahren Charakter zutage förderte; hinter ihrem verbindlichen Charme würde sich nichts als Oberflächlichkeit und Zynismus finden lassen. Scott konnte detailliert ihr gelangweiltes, zielloses Umherstreifen beschreiben, ihre Apathie akribisch vorführen. Er wusste mehr über mich, als ich zugeben wollte. Nur wusste er nicht, dass er an jemandem wie Daisy eines Tages zerbrechen würde.

KAPITEL 2

Brütende Mittagshitze. Ein heißer Wind strich durch die duftenden *pins maritimes*, kroch über die schmale, staubige Straße zu uns in die Pferdedroschke. Lange Wedel windzerzauster Palmen säumten das holperige Kopfsteinpflaster. Die Sonne blendete. Schützend hielt ich meine Hand vor die Augen und betrachtete in dem gleißenden Licht, das so ganz anders war als in Paris, die großblättrigen Feigenbäume, die kurzen, harten Schatten, Scherenschnitten gleich. An dieser Küste gab es nach jeder Kurve etwas Unerwartetes, Neues zu sehen. Am weiter unten gelegenen Meeressaum hörte ich die Wellen in einem kräftigen, gleichmäßigen Rhythmus rauschen.

»Halten Sie an, guter Mann«, sagte Scott und tupfte sich mit seinem Taschentuch den Schweiß von der Stirn. »Wir möchten die Aussicht von den Anhöhen Hyères' aus genießen.«

Der alte Kutscher schüttelte unter seinem zerfransten Strohhut den Kopf und knurrte ein paar hart klingende, unverständliche Worte.

»Was hat er gesagt, Miss Maddock?«

»Zwar bereise ich das Land seit zwanzig Jahren, Mr. Fitzgerald«, brachte sie spitz unter ihrem aufgespannten Regenschirm hervor, »aber ich hatte nur wenig Gelegenheit, die Sprache zu erlernen.«

»Sie sprechen kein Französisch?«

»In den Familien der gehobenen Gesellschaft hatte ich wichtigere Aufgaben zu erledigen.«

»*Bella vista!*«, rief Scott dem Kutscher zu.

Der Alte schnalzte ein paarmal mit der Zunge, dann brachte er das Pferd zum Stehen und schaute uns abfällig vom Kutschbock herab beim Aussteigen zu.

»Eine Engländerin spaziert nicht durch den Glutofen.« Angestrengt neigte Miss Maddock den Kopf und begann am obersten Knopf ihrer Bluse zu nesteln. »Oft habe ich mit den Herrschaften in Cannes ein Winterquartier bezogen, im Frühjahr haben wir uns jedoch stets –«

»… ins kühle Deauville begeben?«, ergänzte ich den Satz, den ich schon von ihr kannte.

»Korrekt, Madam«, erwiderte sie. »Überdenken Sie Ihre Entscheidung.«

»Mit der werden wir noch unseren Spaß haben«, flüsterte Scott mir mit einem vielsagenden Blick zu und hob die Kleine zwischen den vielen Gepäckstücken von der Sitzbank hervor.

In der Luft lag ein salziger, ein sehr lebhafter Geruch. Aufgeregt rannten wir mit Scottie zu einer flachen Sandsteinmauer, vor der sich leuchtende Heliotropen den Olivenzweigen entgegenreckten. Dahinter erstrahlte das endlos blaue Meer schöner als auf jeder Postkarte.

»Was für eine Farbe.« Scott war zutiefst beeindruckt. »Für dieses Blau gibt es keine Namen, kann es gar nicht geben. Das ist Sehnsucht, das ist Weite.«

»Ich finde, es kommt dem Blau von Matisse nah.«

»Oder deinen blauen Augen, Zelda.«

Geschmeichelt lächelte ich. »Am liebsten möchte ich auf der Stelle hineintauchen und in der Ferne den Horizont berühren.«

»Bald, Darling, bald.« Er wirkte gelöst, spürte vielleicht, dass ich ersten Gefallen an der Küste fand.

Ich hatte mir fest vorgenommen, keinen weiteren trübsinnigen Gedanken an Paris zu verschwenden. Die Zukunft würde andere Abenteuer für mich bereithalten.

»Ich mache rasch noch eine Aufnahme von euch, dann fahren wir ins Hotel und stürzen uns in das *laisser-faire* Südfrankreichs.«

»Die erste Erinnerung!«

Er holte seinen Fotoapparat aus der ledernen Hülle hervor, pustete über die Linse und delegierte Scottie und mich in die richtige Position. »Stellt euch dort drüben an die Kakteen, bitte.«

Ich zog unsere rotgesichtige Tochter in den Schatten der sich bizarr auftürmenden Gewächse und wartete, bis sie sich ihre Schuhe von den Füßen gestreift hatte.

»Sehe ich hübsch aus, Daddy?« Scottie lachte und wackelte vor Vergnügen mit den nackten Zehen.

»Sehr hübsch, meine Süße. Du wirst später mal eine Berühmtheit auf dem Laufsteg.« Scott dämpfte die Stimme und wedelte mit der Hand. »Kannst du sie ein bisschen ins Profil drehen, Zelda? Ihre Pausbäckchen wirken dann etwas schlanker.«

*

»Gibt es noch etwas, was wir in diesen drei Tagen nicht gesehen haben?« In der Hotellobby fächelte ich mir mit einem zerknitterten Fahrplan der letzten Saison Luft zu und versuchte nachzudenken. Die Flügel der Ventilatoren über uns surrten unentwegt. Durch die weit geöffneten Türen zum Salon sahen wir einen grauhaarigen Kellner die wenigen Gedecke des Dinners forträumen, ein anderer kehrte im schwunglosen Takt der 1890er Staub unter den Teppich. »Irgendeine Kleinigkeit, die wir außer Acht gelassen haben?«

»Wir haben alles gesehen«, entgegnete Scott.

Missmutig kreiste ich mit einem kleinen goldenen Stift den Zwölf-Uhr-fünfzehn-Zug Richtung Paris ein und begann, Gänseblümchen an den Rand zu kritzeln, während Scott – vielleicht um einen letzten Anschein von Intellektualität zu wahren – in einer Dezemberausgabe der *Illustrated London News* herumblätterte.

Hyères war ereignislos. Mühsam schob sich das Leben an uns vorbei. Die Hitze begrub den mediterranen Ort unter einer dicken Schicht Trägheit, und das Quecksilber in den Thermometern stieg beständig. Die Straßen waren menschenleer, die Geschäfte hinter dichten Rollläden versteckt. Von der Sonne ausgeblichene Schilder priesen deftige, winterliche Mahlzeiten und English Breakfast Tea an. Nur auf dem Dorfplatz saßen im Schatten eines ausladenden Olivenbaums betagte Frauen auf einer morschen Holzbank und schienen sich dort niemals fortzubewegen. Zupften stoisch die Federn geschlachteter Hühner, deren schlaffe Hälse ihnen über die Knie fielen. Ziegen auf staksigen Beinen liefen meckernd im weißen Staub umher.

»Die armen Viecher kommen dann wohl morgen unter das Messer«, mutmaßte Scott während eines weiteren langatmigen Spaziergangs und verzog die Mundwinkel. »Wenn das Fleisch doch nicht so zäh wäre.«

»Ich bin fürwahr in diesem Land herumgekommen«, das Kindermädchen rümpfte pikiert die Nase, »aber Ziegenfleisch, das hat mir noch keiner vorgesetzt, Mr. Fitzgerald.«

»Ziegenfleisch«, imitierte Scottie den Dialekt der Britin. Fröhlich patschte sie die klebrigen Händchen zusammen und sang: »Heiß, heiß, heiß.«

»Du hast recht, meine Kleine. Es ist sogar sehr heiß. Dein Daddy sollte uns schleunigst ein gemütliches Zuhause an einem kühlen Ort suchen.« Mit einer manierierten Geste öffnete sie ihren Schirm. »Hier ist es unerträglich.«

Das Café l'Univers an der Place Massillon schien uns wie ein flirrender Lichtblick in der Trostlosigkeit. Das Lokal war nicht besonders aufregend, doch ab dem frühen Abend stellte der Besitzer ein Victrola auf mehrere übereinandergestapelte Obstkisten vor den Eingang und kurbelte mit seinen stämmigen Armen ein paar Foxtrottklänge an. Wir saßen an einem wackeligen Holztisch unter der

Markise, tranken Pastis aus dickwandigen Gläsern, an denen das Wasser in dicken Tropfen hinabperlte. Ich rauchte und schaute Scott gelangweilt beim Verfassen einiger Zeilen auf einer Postkarte zu.

»Schreibt man Invalide eigentlich mit h?« Abschätzend betrachtete er das Wort, als könnte er sich nicht entscheiden.

»So wenig, wie man Riviera mit drei r schreibt«, neckte ich ihn wegen seiner miserablen Rechtschreibung. »Für wen ist die?«

»Für Max.« Er trank einen Schluck, nahm einen Zug von meiner Zigarette, dann las er vor: »Lieber Max, mir ist jetzt klar, warum Sie diese britische Bastion im Winter besucht haben. Wir sehnen uns nach kühlen Temperaturen. Sind umgeben von Invaliden und Einheimischen mit Kropf. Ihr ergebener Scott Fitzgerald. PS: Komme prächtig mit dem Manuskript voran.«

»Eine literarische Meisterleistung.«

Ich befeuchtete eine Briefmarke und klebte sie in die rechte obere Ecke. »Irgendwie hat Miss Maddock recht. Die Hitze ist tatsächlich kaum auszuhalten. Findest du nicht?«

Scott wischte sich den Schweiß von der Stirn, nickte dann. »Ich bekomme jedes Mal ein schlechtes Gewissen, wenn sie von diesen *hivernants* redet. Allein das Wort macht mich schwindelig.«

»*Hivernants*?« Ich schob die Karte unter den Aschenbecher und betrachtete meine Hände, die von der Wärme rot und geschwollen waren. »Die sind schlau, reisen ins kühle Deauville und genießen das Leben.«

»Ja, ja, die feinen Herrschaften. Du kannst dir nicht vorstellen, wie teuer dieser Ort ist.«

»Gestern Mittag hatte ich plötzlich ein Bild vor Augen, wie sie alle am stürmischen Ärmelkanal ihre Pelzstolen um die Schultern winden und heiße *Pharisäer* trinken. Ich war neidisch auf meine eigenen Gedanken.«

»Wann flüchten die eigentlich von hier?« Scott schaute mich skeptisch an. »Gibt es da irgendeinen technischen Apparat, der ihnen mit seismografischer Genauigkeit den Aufbruch nach Norden benennt?«

»Deine Fantasie in allen Ehren, Darling. Miss Maddock meint, man verlässt die Küste, sobald die Orangenbaumblüte beginnt.«

»Feiglinge! Wir werden uns an dieses Klima gewöhnen.«

»Aber ist es dir hier nicht auch ein bisschen zu … ruhig zum Arbeiten?« Verstohlen biss ich mir auf die Unterlippe und schaute zwei gebrechlichen Alten hinterher, die im unscheinbaren Beige einer Hausfassade verschwanden. »Fehlt dir hier nicht die Inspiration? Das gewisse Etwas?«

»Edith Wharton wohnt in den Hügeln. Ich hatte so sehr gehofft, dass sie uns hier irgendwo einmal über den Weg läuft.«

»Die ist hundert Jahre alt«, rief ich entsetzt.

»Pulitzerpreis 1921«, hielt Scott dagegen.

Im Hintergrund kratzte die Nadel über eine abgegriffene Schellackplatte, dann tönte *Yes! We Have No Bananas* aus dem Trichter. Zwei junge Frauen standen auf und begannen, sich unbeholfen zu der Stimme von Billy Jones zu bewegen.

Scott wippte mit dem Fuß zum Takt des Schlagers. »Ist doch fast wie am Broadway hier.«

Ich verdrehte die Augen, trank mein Glas in einem Zug leer und stellte es unsanft auf den Tisch.

»Du hast ja recht«, gab er zu. »Hier ist es wirklich *triste*, um das Lieblingswort des Maklers aufzugreifen.«

»Purer Euphemismus! Was für eine Umschreibung für die Villen, die wir bisher besichtigt haben.«

»Zu klein, zu heiß, zu schmutzig.«

»Oder zu gruselig«, ergänzte ich. »Glaubst du eigentlich, dass auf dem Anwesen, das wir gestern gesehen haben, tatsächlich der Geist eines Marquis herumschwebt?«

»An diesem Ort ist alles möglich.« Scott unterdrückte ein Gähnen, dann sah er mich nachdenklich an. »Zelda, wir müssen hier weg.«

Gegen Mittag des darauffolgenden Tages saßen die Kleine und ich auf den Stufen des Hoteleingangs und warfen Steinchen in die kubistisch anmutenden Schatten unter einer Dattelpalme, als plötzlich ein heiseres Hupen die Stille durchbrach. Scott fuhr in einem offenen mausgrauen Renault um das Blumenrondell herum und hielt mit rasselndem Motor vor uns in der Kiesauffahrt.

»Ich fühle mich wie ein Riese in diesem winzigen Ding«, rief er hinter dem Steuerrad hervor und schwenkte seinen Strohhut. Er stieg aus und hielt den Wagenschlag einladend geöffnet. »Betrachte es als Fluchtwagen, Darling. Der Alte im Tabakwarenladen vermutet in der Gegend um Nizza ein paar große und preiswerte Villen.«

»Nizza!«, geriet ich augenblicklich ins Schwärmen. »Oh, ich wünsche mir ein Haus in den Hügeln mit Blick auf die Baie des Anges. Oder etwas Schickes in Monte Carlo.«

»Die Suche kann endlich beginnen.«

Neugierig balancierten Scottie und ich auf dem breiten Trittbrett, kletterten schließlich in das Wageninnere und hüpften auf den verschlissenen Polstern herum. »Ein Rolls Royce ist es ja nun nicht gerade«, stellte ich lachend fest. Mir ging plötzlich der gemietete Luxusschlitten durch den Kopf, in dem wir nachts mit unseren Freunden durch die Dünen Long Islands gebrettert waren. Ob man uns drüben vermisste? Rasch drängte ich den Gedanken wieder beiseite. »Wie schnell fährt der denn?«

»Ich habe keine Ahnung, es gibt keinen Geschwindigkeitsmesser. Aber eine gute Handvoll Pferdestärken sind es schon, meinte der Kerl, der ihn mir verkauft hat.«

»Damit lässt sich doch etwas anfangen.«

»Das genaue Alter der Pferde ist mir allerdings unbekannt«, fügte er vorsichtig hinzu. »Außerdem ist die Treibstoffanzeige defekt. Und die Verriegelungen fehlen.«

»Braucht kein Mensch.«

»Ganz meine Meinung.« Stolz klopfte Scott auf die Blechhaube. »Und das alles für nur siebenhundertfünfzig Dollar. Jetzt musst du mir nur noch versprechen, nicht gleich wieder über einen Hydranten zu preschen.«

»Also wirklich, mein Lieber. Ich bin die perfekte Selbstfahrerin!« Mit gespielter Empörung stemmte ich die Hände in die Hüfte.

»Ich muss dich also nicht an deine Fahrversuche mit dem Marmon erinnern? An den Hydranten, den Laternenpfahl oder die Aschetonnen, die jedes Mal mit lautem Getöse die Ausfahrt hinuntergerollt sind?«

»Du hast die Mauer an der Kirche vergessen«, ergänzte ich seine Aufzählung. »Goofo, das war in Westport. Das ist alles eine verdammte Ewigkeit her.«

»Und doch so wahr …«

»Kein Mensch außer dir und mir hat es bemerkt.«

»Bis auf die wenigen, die uns ihre Reparaturkosten zugeschickt haben.« Er grinste mokant. »Warum bist du eigentlich so unaufmerksam beim Fahren?«

»Damals war ich mit zu vielen Dingen gleichzeitig beschäftigt, aber das ist jetzt anders.« Energisch steckte ich die Blüte in meinem Bob fester und schob eine Strähne hinter das Ohr. »Ich bin sogar eine ziemlich geschickte Frau hinter dem Steuerrad. Ich habe eine Menge Talente.«

»Woher weißt du das?«

»Weil ich es noch nie ausprobiert habe.«

Schon früh am nächsten Morgen hatten wir all unsere Gepäckstücke und die komplette Encyclopædia Britannica (die Scott noch immer nicht abbezahlt hatte) im Automobil verstaut, das fortan nur noch *la voiture* hieß, und dem staubigen Hyères den Rücken gekehrt.

»*Vive la France*!«, schmetterte ich in das Himmelsblau hinauf, während Scott in den nächsthöheren Gang schaltete.

Verliebt sah er mich von der Seite aus an und schüttelte den Kopf. »Du verrücktes Ding.«

Zu viert erkundeten wir die Küste, fuhren über die Corniche d'Or, die sich wie ein endlos langer Seidenschal durch die Landschaft schlängelte. Scottie liebte den Anblick der schroffen, majestätisch anmutenden Alpen, an deren Spitzen leuchtend weiße Wolken wie Wattebäusche klebten. Mir gefielen besonders die Felsformationen des Massif de l'Esterel, die in der Abendsonne wie achtlos dahingeworfene Rubine leuchteten, und manchmal war ich gewillt, auszusteigen und sie alle in einem Weidenkörbchen einzusammeln.

»Nun verstehe ich die Welt ein bisschen besser«, sagte ich einmal verträumt in den Hügeln Mentons, als wir auf das Treiben der Altstadt hinunterschauten.

»Weil du sie mit anderen Augen siehst?«

»Nein, weil ich sie fühle.« Ich nahm Scotts Hand und drückte sie gegen meine Brust. Mein Herzschlag pochte gleichmäßig, glitt in seinen Takt, sekundenlang.

Wir waren eins. *Scott und ich. Ich und Scott.*

Die Kalenderblätter fielen mit einem Seufzer zu Boden. Die Kirchturmglocken läuteten nachmittags viermal, fünfmal, und eigentlich war es egal, ging es doch um das *savoir-vivre*, nicht um Zeit. Die Tage vergingen, und ich ertappte mich bei dem Gedanken, dass alles so bleiben sollte, wie es war. Wo immer wir eine herrliche Bucht fanden, hielten wir nach den Hausbesichtigungen einfach an und holten die Badesachen hervor. Es bereitete mir mächtigen Spaß, der Kleinen die ersten Schwimmzüge beizubringen. Sie jauchzte vor Vergnügen und zeigte keinerlei Furcht. Unermüdlich sprangen wir beide gemeinsam in die glasklaren blauen Fluten, während Scott auf den glattgewaschenen Kieseln am Ufer zurückblieb und höchstens seine Zehen hineintauchte.

»Komm herein, Goofo. Kaltes Wasser wird nicht wärmer, wenn du später springst.«

»In diesem Leben werde ich keine Wasserratte mehr. Es reicht, wenn jemand wie ich ab und zu sein Mütchen kühlt.«

Oft drehte ich mich auf den Rücken und schwamm weit hinaus. Gab es eine bessere Ablenkung, als in der Mitte der Welt auf den Wellen herumzutreiben? Das fiebrige Paris verblasste allmählich, die hübschen Tänzerinnen schwirrten nicht mehr unentwegt durch meinen Kopf, und diverse Pläne gerieten in den Hintergrund. Mir schien, als hätte ich mich gehäutet, und darunter war eine einfache, klare Zelda mit wenigen Ansprüchen zum Vorschein gekommen. Der Augenblick fand statt, ich vertraute ihm – ihm und dem Rhythmus des Alltags. Ich gewöhnte mich an die südfranzösische Langsamkeit, an die Melodie der Sprache, die hier unten an der Küste härter klang als anderswo im Land.

»Du bist eine bezaubernde Ehefrau«, sagte Scott einmal am Strand von Juan-les-Pins dicht neben mir auf dem Badetuch, als wir allein unterwegs waren. Die Sonne neigte sich dem Abend entgegen und färbte seine Worte in ein romantisches Orange. Sanft strich er mit dem Finger über das getrocknete Salz auf meiner leicht gebräunten Haut. »Stimmt nicht. Du bist die bezauberndste Ehefrau.«

Scott war nach wie vor fest entschlossen, einen großen Roman zu schreiben, sprach gelegentlich auch von weiteren Ideen und Vorstellungen, setzte sie jedoch nicht in die Tat um. Ich liebte seine uneingeschränkte Aufmerksamkeit, sein ausgeglichenes Wesen. Wenn er an seinen Büchern gearbeitet hatte, kämpfte er mit allen möglichen Launen; wie Dämonen schienen sie dann an seinem Selbstbewusstsein zu zerren und ihm immer wieder zuzuraunen, dass er nicht gut genug sei. Blass und müde war er an manchen Tagen gar nicht ansprechbar; an anderen mündete seine Unzufriedenheit in Diskussionen, die zu hitzigem Streit zwischen uns führten. Die Kurzgeschichten hingegen, mit denen er wesentlich mehr Geld verdiente, schrieb er zwar nicht gern, aber er tat es effektiv und schnell. Sie belasteten unseren gemeinsamen Alltag nicht. Unsere Ehe fühlte sich in solchen Momenten wie ein pastellfarbenes Seidenkissen an, glatt und schön und perfekt. Wäre es denn so schlimm, wenn er nur noch gut bezahlte Storys an irgendwelche Zeitungen verkaufte?

»Wirst du ihn irgendwann schreiben?«, fragte ich mit unschuldigem Augenaufschlag. »Oder werden wir weiterhin einfach das Leben genießen?«

»Was für eine Frage, Zelda. Sobald wir eine Villa gefunden haben, werde ich den Roman natürlich schreiben.«

»Ich mag es, wenn du nur für mich da bist«, versuchte ich, meinen Gedanken anzubringen.

»Bitte sag so etwas nicht. Ich bin auch für dich da, wenn ich meiner Arbeit nachgehe.«

»Aber dann muss ich dich mit anderen teilen.«

»Mit wem?«, fragte er verwundert.

»Mit Gatsby, mit Daisy und Jordan und Myrtle und wie sie alle heißen.«

»Lauter interessante Menschen.« Mit umständlichen Bewegungen brachte er seine Glieder in den Schneidersitz. Auf dem orientalisch gemusterten Tuch sah er aus wie ein Fakir, der sich ein wenig zu lange in der Sonne aufgehalten hatte. Zu seinem Leidwesen wurde Scott nicht richtig braun. Seine Haut rötete sich und changierte täglich in einem anderen Ton. »Gestern habe ich Max telegrafiert, dass ich hier gut mit der Story vorankomme.«

»... was nicht der Wahrheit entspricht. Hattest du das neulich nicht auch schon auf der Postkarte erwähnt?«

»Notlügen erhalten die Freundschaft. Irgendetwas muss ich schreiben; ich hatte versprochen, mich regelmäßig bei ihm zu melden.« Er zuckte die Achseln. »Außerdem sichert mir die Korrespondenz den Halt zur New Yorker Szene.«

»Ich wünschte, wir wären so reich, dass du niemals mehr arbeiten müsstest.«

»Und ich wünschte, wir würden eine Unterkunft finden, damit ich arbeiten kann, um reich zu werden.« Scott seufzte und ließ den Sand durch seine Hände rieseln. »Wir brauchen endlich eine günstige Bleibe, damit ich in Ruhe anfangen kann.«

»*Villas, yes, we have no villas today*«, begann ich zu trällern, um meine Enttäuschung zu verbergen; heute würde ich mit meinem Vorschlag kein Gehör bei ihm finden.

»Lass uns morgen nach Saint-Raphaël ins Hôtel Continental ziehen«, sagte Scott plötzlich und streckte seinen Arm Richtung Westen über die Bucht, als würde er die Stadt durch die Gischt hindurch in weiter Ferne ertasten wollen. »Mein Gefühl sagt mir, dass wir dort etwas Geeignetes finden.«

»Ist das eigentlich der letzte Ort, den wir an diesem Küstenstreifen noch nicht besichtigt haben?« Ich kramte in meiner Tasche nach dem Baedeker, einer uralten Ausgabe von 1914, und blätterte durch die Seiten.

»Fast kommt es mir so vor.« Scott drehte sich herum und biss mir in den Nacken.

»Hey!« Abgelenkt ließ ich den Reiseführer fallen und lachte. Wir rangelten ein wenig auf den grauen Kieselsteinen, sie knackten und knirschten unter unseren Körpern und drückten sich in meine Haut, während nur wenige Fuß neben uns zwei riesige Möwen um die schwarz glänzenden Schalen einer Miesmuschel stritten.

Schließlich verliebten wir uns in die *Villa Marie* in Valescure, einem winzigen Ort auf einem Hügel oberhalb Saint-Raphaëls gelegen. Kühl und sauber räkelte sie sich in einem traumhaften Garten voller Zypressen, Pinien und Olivenbäumen, durch den sich ein schmaler Kiesweg wand, und passte genau in unser Budget. Der Makler, ein tatkräftiger Engländer mittleren Alters, hatte unsere kleine *ma-*

demoiselle zuerst in die Kammer unter dem Dach geführt, in der ein hübsch bemaltes Holzschaukelpferd und ein Puppenwagen auf sie warteten. Verzückt schaute sie umher, und ich konnte ihr an der Nasenspitze ansehen, dass sie am liebsten gleich mit dem Spielen beginnen wollte. Als wir das abgedunkelte Schlafzimmer im Obergeschoss betraten, vernahm ich den Duft von Lavendel und atmete ihn tief ein. Die azurblau gestrichenen Fensterläden pendelten im Wind. Mit beiden Händen stieß ich sie weit auf und erblickte die leuchtend roten Dächer des fröhlichen Hafenstädtchens. Karmesin, Zinnober, *rouge oriental* – die Ziegel flirteten in allen Schattierungen mit den Flugzeugen hoch über ihnen, Punkte nur, die vor meinen Augen zu tanzen schienen.

Bei Anbruch der Dunkelheit fuhren wir in die Stadt hinunter, strömten mit den Einheimischen durch die schmalen Gassen. Mädchen mit geflochtenen Zöpfen boten an Häuserecken ihre selbst gepflückten Hasenglöckchen feil, überall tönte das kurze metallische Klacken von Boulekugeln auf. Rund um die im byzantinischen Stil errichtete Basilika mit ihren zwei stolzen Türmen saßen Menschen in den Cafés, tranken Rosé und lauschten den Klängen des Akkordeons. Es war eine subtile, eine zart anklingende Atmosphäre artistischen Treibens, eine Zirkusmanege.

»Ist es nicht das, was wir die ganze Zeit gesucht haben?«
»Ja«, sagte ich. »Das ist es.«

Fünf Wochen, nachdem wir New York verlassen hatten, begannen sich endlich unsere Träume zu erfüllen. Scott und ich waren guter Dinge. Anfang Juni 1924 waren wir uns ganz nah, und mittlerweile spürte ich, dass uns auch das Schreiben nicht auseinanderbringen würde. Ich konnte nicht genau erklären, warum ich mich mit Scotts Plänen versöhnt hatte; vielleicht war es dieser hoffnungsvolle Blick in seinen Augen oder die Macht der Literatur, wer weiß? Gatsby, dieser große Gatsby, würde uns noch weiter zusammenschweißen, das erschien mir gewiss. Immer wieder vertraute Scott mir seine Sätze an, ganze Seiten. Dann hatte er ein Kapitel verfasst, es klang wundervoll, ja, es irritierte mich beinahe, und ich versuchte mir vorzustellen, wie es wohl tief in seiner Seele aussehen mochte. Wer das Leben mit solcher Schönheit beschrieb, musste irgendwo in seinem Innersten zerrissen sein, eine Verletztheit erfahren haben.

Die Abendsonne legte einen roséfarbenen Schimmer auf meine Perlenkette. Langsam ließ ich sie durch meine Finger gleiten, dachte an die Zugfahrt und an die Sache mit dem Fremden. Ich war so froh, keinen Unfug getrieben zu haben. Schon Keats, jener Keats, den Scott so verehrte, hatte gesagt: »Touch has a memory …«

Während ich hauptsächlich mit Schwimmen und Sonnenbaden beschäftigt war, arbeitete mein Mann an seinem Roman. Er schrieb beständig, Tag für Tag, und ich sollte nicht bemerken, dass das nächste Kapitel unserer eigenen Geschichte längst begonnen hatte.

KAPITEL 3

Ich erwachte, als der provenzalische Gärtner seinen Rechen in gleichmäßigen Schwüngen über den Kies zog. Das Licht fiel in matten Streifen durch die Holzlamellen, erstreckte sich über die zartblau getünchten Wände, berührte den Stuhl, auf den ich gestern Abend achtlos meine Sachen geworfen hatte. Es klopfte zweimal leise an der Tür, und ohne ein *entrez* abzuwarten, kam Jeanne, unsere *femme de chambre*, herein und stellte ein Tablett mit Kaffee, duftenden Brioches und Honig auf Scotts Nachttisch. Eine Pfingstrose in einer gläsernen Miniaturvase verströmte ihren intensiven Geruch. Ungefragt legte sich das Mädchen mein zerknittertes Leinenkleid und die lachsfarbene Stola über den Arm und verließ das Zimmer. Mittags würde alles frisch gebügelt in meinem Kleiderschrank hängen. Auf Zehenspitzen schlich ich um das Bett herum, schenkte mir eine Tasse Kaffee ein und trank einen Schluck; er war stark und cremig, so wie ich es liebte. Dann langte ich nach der Brioche und biss hinein. Ich schlüpfte wieder zu Scott unter das Laken und hielt ihm die buttrige Köstlichkeit unter die Nase.

»Hmmmm«, murmelte er verschlafen und öffnete ein Auge. Streckte Daumen und Zeigefinger, die sich beinahe berührten, in die Höhe und meinte: »Ich bin so nah dran am Paradies. So nah!«

»Ich wüsste, wie du hineingelangst«, flüsterte ich, schmiegte mich an ihn und küsste seinen Hals.

Er gab einen zufriedenen Laut von sich. »Die Villa ist ein Traum, der Gärtner nennt mich *Milord* und sogar mein Töchterchen hält mich für einen geistreichen Menschen. Was sollte noch geschehen?«

Ich begann, über seinen Bauch zu streicheln, berührte die Härchen an seinem Nabel. Meine Hand wanderte tiefer, ich wusste, dass er mehr wollte. Schon im nächsten Moment setzte ich mich rittlings auf ihn und ließ ihn in mich hineingleiten.

Scott stöhnte, schien überwältigt vom Moment. »Was tust du?«, flüsterte er. »Was ...?«

Ich drückte einen Finger auf seine Lippen, bewegte mich langsam. Legte den Kopf in den Nacken und schloss die Lider. *Ich muss dich fühlen.* Wir bewegten uns schneller, ich spürte warme Haut, feuchte Haut, einen Schweißtropfen, der seinen Hals entlangrann. Scott geriet außer Atem, weiter und weiter, und dann war es vorbei. So wie es immer vorbei war. Mein Kopf lehnte an seinem Brustkorb. Ich betrachtete die sachte hereinwehenden Vorhänge, spürte seinen Puls, der sich langsam beruhigte. Er strich mir übers Haar, legte die Hand auf meine Stirn. Alles war so vertraut. *Ich bin ein braves Kätzchen.*

»Weißt du eigentlich, dass deine Augen danach leuchten?«
»Du siehst sie doch gerade gar nicht.«
»Brauche ich nicht. Es ist ein besonderes Leuchten. Jedes Mal.«

Im Garten sangen die Amseln. Mir fiel *Der scharlachrote Buchstabe* ein; er fiel mir oft ein, wenn irgendein kleiner Vogel seinen hübschen Gesang am frühen Morgen anstimmte. Marjorie, meine sittsame Schwester, hatte das Buch in der hintersten Ecke ihres Nachtschranks unter Schachteln voller Haarnadeln und einer Dose Drops versteckt. Ich liebte Geheimnisse; nicht die süßen, zarten, ich liebte die empörenden, schmutzigen. Die entlarvenden. *Wo eine Leidenschaft ist, da ist auch eine andere.* War es nicht seltsam, dass uns Assoziationen immer wieder in die Vergangenheit führten?

Draußen auf der Straße hörte ich eine Fahrradklingel gegen den Fahrtwind anschellen. Lachen. Scott entzündete sich eine Zigarette, blies den Rauch in die Luft. Gab mir den nächsten Zug. Schweigend reichten wir sie einander hin und her.

Schließlich drückte er sie im Aschenbecher neben dem Bett aus und räusperte sich. »Wir müssen reden, Zelda.«

Mich durchfuhr ein leichtes Schaudern. Wie ernst er plötzlich klang. Ich setzte mich kerzengerade auf, wickelte das Laken um meinen Körper, wartete.

Er suchte nach Worten, ein quälendes Ringen, tastete nach meiner Hand. Wiederholte meinen Namen und machte erneut eine erdrückend lange Pause. »Ich schlafe wirklich gern mit dir ...«

Sein Zögern war eigenartig. »Aber ...?«, setzte ich an, zu verwirrt, um den Satz zu beenden.

Er holte tief Luft. »Das war heute das letzte Mal.«

Der Satz traf mich wie ein Schlag auf den Kopf. Unvorbereitet und heftig. Ich spürte, wie mir die Gesichtszüge entglitten.

»... für einen längeren Zeitraum ...« Scott hob die Hände.

»Wie bitte? Was soll das denn?«

Er wand sich erneut, stand schließlich auf und schenkte Kaffee in die Tasse. Seine Haut, noch immer feucht von der Anstrengung, schimmerte im Licht. Ich betrachtete den Körper, der mir so vertraut war. Die Wölbungen. Die Senken, in denen sich die Helligkeit gerade wie in Pfützen zu sammeln schien.

»Ich muss meine Männlichkeit für mich behalten.«

»Was?«

»Ich muss mein ... meine Flüssigkeit zurückhalten«, meinte er eine Spur ungeduldiger. »Während des Schreibens ist das besser.«

»Warte!« Ich sprang aus dem Bett und starrte ihn ungläubig an. »Du willst nicht mehr mit mir schlafen, weil du an einem neuen Roman arbeitest? Verstehe ich das richtig?«

»Ja. Sie enthält Substanzen, die nun mal die Kreativität fördern. Und du weißt, dass ich literarisch mein Bestes geben muss.«

»Spinnst du, Goof?« Aufgebracht tippte ich mir an die Stirn. »Woher kommt dieser puritanische Blödsinn? Oder wirst du jetzt katholisch? Hast du zu viel Apollinaire gelesen?«

»Als ob ich der Mondkönig wäre!« Beleidigt griff er nach seinem Morgenmantel, der an einem Haken neben der Tür hing, warf ihn über, verhedderte sich im Ärmel. Gurtete ihn schließlich energisch um die Taille. »Schluss mit der Diskussion. Ich muss mich doch vor meiner Ehefrau nicht rechtfertigen, unter welchen Bedingungen ich zu arbeiten gedenke.«

»Du schließt mich aus deinem Leben aus. Nein!«, rief ich scharf, »aus meinem eigenen.«

»Vielleicht ist es umgekehrt?«

»Unfug.«

»Wer von uns beiden verdient das Geld, Zelda? Wer sorgt dafür, dass wir uns all das hier leisten können?« Seine Stimme klang ungehalten, duldete keine Antwort. »Also lass mich in den nächsten Monaten in Ruhe schreiben, hörst du? Fass mich bitte nicht mehr an.«

Ich zitterte vor Wut. War vollkommen perplex und wusste nichts weiter auf seine Phrasen zu erwidern. Scott hatte uns ein Zölibat auferlegt, und ich hatte mich zu fügen, musste stillhalten, bis er unter den letzten Satz seines Romans das Wort ›Ende‹ geschrieben hatte. Wie lange würde er diesmal brauchen? Würde er ihn überhaupt beenden?

Dabei hatte mir die Sache eigentlich nie wahre Freude bereitet. Ich erinnere mich an die ersten Male, als Scott und ich miteinander geschlafen hatten. Meine Enttäuschung war grenzenlos gewesen. Sollte das alles sein? Diese unglaublich weltbewegende Angelegenheit, über die damals in Harry's Milchbar unentwegt getuschelt worden war, schien nicht viel mehr als ein langweiliges, fades Etwas. So temperamentvoll wir auch sein mochten, an diesem Punkt versagten wir. Es gab keine Magie in diesem Spiel. Scott fehlte die entscheidende Zutat: ein sexueller Drang.

In den Wochen nach der Veröffentlichung seines zweiten Romans hatte ich Tallulah an einem regnerischen Frühlingstag von einer

Theaterprobe abgeholt. Wir setzten uns mit einer Flasche Selbstgebranntem hinter die Kulisse, und ich schüttete ihr mein Herz aus. »Ich schwöre, er ist am Akt der Liebe kaum interessiert.«

»Du meinst, er mag nur die Idee von Sex?« Geräuschvoll zog sie sich die falschen Wimpern von den Lidern und blinzelte mehrmals in eine Lichtschneise hinein. »Dabei verarbeitet er ihn so kühn in seinen Geschichten.«

»Er ist für ihn die perfekte Kulisse, und ich bin immer die Statistin darin.«

»Sprecht ihr darüber?«

Ich nahm einen großen Schluck aus der Flasche und hustete. »Dann kommt er immer mit seinem Jazz.«

»Jazz?«

»Ja, Jazz ist für ihn Sex. Dann Tanz und dann erst Musik. Ich kann mit ihm nicht über solche Themen reden, er ist prüde.«

»Wenn er wirklich der Ansicht ist, scheint es mir tragikomisch, dass er sich vor der ganzen Welt als Jazz-Age-Chronist brüstet.«

Das Gespräch noch in den Ohren, schnaubte ich verächtlich, stieß die Fensterläden zur Seite und trat auf den kleinen steinernen Balkon hinaus. Historische Kletterrosen schoben neugierig ihre Blütenköpfe zwischen den moosüberwucherten Pilastern hindurch. Ich dachte an Romeo und Julia, an die Tragödien des Lebens. Dachte an mich. Ach, Shakespeare …

Das Sonnenlicht schien warm auf meinen nackten gebräunten Körper. Ich setzte mich auf die Balustrade und sah in den Garten hinunter. Im Schatten des Bambushäuschens wehten unsere Badeanzüge auf der Wäscheleine im Wind. Scotts und Scotties und meiner. Die neue Puppe mit dem wilden Haar lag im Sandhaufen, am Zaun daneben lehnte die wuchtige Rasenwalze. Dann schaute ich in den Himmel. Mehrere Flugzeuge flogen *d'aplomb* über den fünf Meilen entfernten Hangar in Fréjus hinweg, ihre metallenen Häute glänzten, fügten sich frech in das Blau, das am Horizont in einer dunstigen Linie mit dem Meer verschwamm. *Wie lange wirst du es tatsächlich ohne mich aushalten, mein Lieber?*

*

Schwermütige Eichenmöbel. Häkeldeckchen und Zierkissen, unter die sich die Geräusche des Alltags verkrochen zu haben schienen. Die Stille des Speisezimmers wurde von dem geschnitzten Kuckuck in der Standuhr durchbrochen.

Scott sah am Kopfende des langen Tisches von seinem Ledger auf, runzelte die Stirn und ließ seinen Blick flüchtig über die dunkle holzgetäfelte Decke und die Tapete mit den altmodischen Chinoiserien schweifen. Mit konzentriertem Gesichtsausdruck beugte er sich wieder über seine Zahlen, verfiel in die üblichen Selbstgespräche und kreiste mit einem roten Farbstift etwas ein. »Tja«, sagte er, »nachdem ich nun die komplette Miete und den dazugehörigen Rattenschwanz im Voraus gezahlt habe, besitzen wir nur noch dreitausendfünfhundert Dollar.«

»Sind die Angestellten eigentlich eine Aufmerksamkeit des Hauses?«

»Wovon träumst du nachts, mein Schatz?«, verspottete mich Scott. »Jeanne bekommt monatlich dreizehn Dollar für ihre Arbeit, die Köchin sechzehn. Außerdem musste ich die Mädchen versichern, weil das die Vorschriften in Frankreich verlangen.«

»Das wusste ich nicht.« Ich klappte mein Tagebuch zu, verknotete es mit dem schwarzen Satinband und ließ die Enden durch meine Finger gleiten.

»Ich auch nicht. Aber wenn den beiden hier etwas passiert, bin ich offensichtlich verantwortlich.« Er rieb sich über die Nasenspitze. »Eine Sache habe ich nicht verstanden.«

»Welche?«

»Der Makler meinte, dass die Köchin die Einkäufe erledige und erwarte, dabei einen kleinen Profit herauszuschlagen. Was bedeutet das?«

»Ich habe nicht die geringste Ahnung«, gab ich nach kurzem Überlegen zurück. »Vielleicht bringt sie sich ein paar Kräuter vom Markt mit. Oder Blumen. So teuer wird es schon nicht sein.«

»Hast du bitte ein Auge auf die Ausgaben?«

»Das sind ja mal ganz neue Töne«, sagte ich. »Aber natürlich, wenn du es für nötig hältst.«

Als habe sie geahnt, dass wir über sie sprachen, kam Marthe in das Zimmer gestapft. Sie trällerte fröhlich »coucou«, wie man es Kleinkindern entgegenruft, denen man ein Lächeln abringen möchte, und servierte uns das Frühstück auf riesigen Porzellantellern. Rührei mit Speck, fingerdick geschnittene Scheiben goldenen Toasts sowie saftige, reife Tomaten, beträufelt mit Olivenöl und frischen Kräutern der Provence. Dazu reichte sie uns *jus d'orange frais* in schimmernden Kelchen, die mit den verschnörkelten Initialen des Vermieters graviert waren.

»*Merci beaucoup*, Marthe. Das sieht köstlich aus.«

»*Je vous en prie*, Madame.«

Mit einem lächerlichen Knicks reichte sie Scott die Post, die sie sich hinter die gewickelten Bänder ihrer weißen, gestärkten Schürze vor den Bauch geklemmt hatte, und verschwand wieder zur Tür hinaus. Eine Melodie summend hörte ich sie die Treppenstufen in das untere Geschoss hinabsteigen, in dem sich die Küche und die Vorratskammer befanden.

»Beine wie Mortadellawürste«, murmelte Scott, öffnete zuerst den Umschlag des Telegramms mit seinem Messer und überflog die Nachricht. »Die Murphys reisen Sonntag an.«

»Das ist ja wunderbar!«, rief ich entzückt. »Wir müssen die beiden so schnell wie möglich besuchen. Mein Leben ist so ereignislos.«

»Du fährst jeden Tag hinunter zum Schwimmen und sonnst dich, deine Bräune ist von der der Einheimischen kaum noch zu unterscheiden. Du liest. Außerdem hast du die Kleine um dich.« Verständnislos sah er mich an. »Ich wünschte, ich wäre du, Darling.«

»Mir ist langweilig«, erwiderte ich und fuhr mit gekränktem Blick fort: »Scottie möchte nur noch mit der Nanny spielen. Ständig unternehmen die beiden etwas ohne mich. Sie basteln und malen. Und ich stehe dumm daneben.«

»Wirst du etwa eifersüchtig auf die Maddock und ihr britisches Protektorat?«

»Irgendwann schon.«

»Versuch dich als Köchin«, schlug Scott vor. »Marthe könnte dir ein paar kulinarische Tricks der südfranzösischen Küche beibringen.«

»Ich darf mir da unten noch nicht mal ein Glas aus dem Schrank nehmen.« Achselzuckend steckte ich mir ein knuspriges Stück Speck in den Mund. »Sie hat mich gleich wieder hinauskomplimentiert. Die Küche sei ihr Reich. So klang es jedenfalls.«

»Diese Französinnen.« Belustigt nahm Scott den zweiten Umschlag zur Hand. »Dann vertreib dir die Stunden mit Briefeschreiben. Berichte deinen Schwestern und deiner Mutter, wie gut du es hier hast. Sie würden sich bestimmt über ein Lebenszeichen von dir freuen.«

Seine Worte versetzten mir einen Stich im Herzen. Ich hatte ihnen allen bereits mehrere Nachrichten geschickt, in denen ich sie bat, uns in Europa besuchen zu kommen. Bisher war noch keine Antwort eingetroffen, keine einzige, nicht einmal von Marjorie. Sie waren so weit entfernt. Ich vermisste meine Familie mehr, als ich vor Scott zugeben mochte, also verschwieg ich die Zeilen. Stattdessen ließ ich mich in mein Selbstmitleid sinken. »Ich habe keine Aufgabe.«

»Du benimmst dich wie ein Kind. Zelda. Du musst lernen, mit deiner Zeit allein etwas anzufangen.«

Lieblos deutete ich auf die Chinoiserien, die sich an einigen Stellen von den Wänden zu lösen begannen. »Selbst diese dicken Frauen haben mehr zu tun als ich. Die wogen den ganzen Tag durch den Park von Versailles.«

»Wie bitte?« Scott kniff ein Auge zusammen und betrachtete das dünnlinige, in blassen Rottönen gehaltene Szenario genauer. »Diese Tapete ist grauenvoll. Wer erfindet solchen Schwachsinn?«

Draußen im Garten hörte ich Scottie vergnügt kichern. Schnellen, aufgeregten Schrittes lief sie die wenigen Stufen zur Beletage hinauf, rannte über die Veranda mit den handbemalten blauen Kacheln und stieß die halb geöffnete Lamellentür zu uns ins Speisezimmer auf. Die Sonne ergoss sich als leuchtendes Viereck über den Boden. Im Gegenlicht wirkte Scotties blonder Schopf wie ein heller Wattebausch. Unter ihren nackten Füßchen klebten Piniennadeln, die sie nicht zu bemerken schien.

Sie hielt die Puppe mit dem wilden Haar über ihren Kopf und rief in einem Ton, der keinen Widerspruch duldete: »Goldlöckchen heißt jetzt *Merci*.« Dann setzte sie sich auf meinen Schoß und betrachtete interessiert die Seiten, die Scott gerade auseinanderfaltete.

»Der Brief ist von Max«. Er begann zu lesen.

Ich zählte langsam bis fünf. »Und? Was gibt es Neues?«, fragte ich gespannt.

»Bei Scribner's ist ein erster Coverentwurf vorbereitet worden.« Scott runzelte die Stirn. »Obwohl er nicht den blassesten Schimmer vom Inhalt des Buches hat, ist er optimistisch und zuversichtlich, dass es gut wird. Für den Fall einer Veröffentlichung im Herbst gewinnt der Verlag auf diese Weise mehrere Wochen an Zeit, schreibt er.«

»Im Herbst!«, rief ich überrascht. »Wie willst du das schaffen?«

»Das weiß ich auch noch nicht.« Geistesabwesend schob er die Zeilen unter die beigefügte Skizze, strich mehrmals über den gefalzten Bogen, stand plötzlich auf und hielt ihn mit kritischem Blick in die Lichtquelle neben der geöffneten Tür. Er wirkte bewegt. Nervös? Erregt? Tatsächlich konnte ich seiner Mimik lange Sekunden nicht entnehmen, was in ihm vorging. Schließlich räusperte er sich und reichte mir das Blatt. »Was sagst du?«

Ein Augenpaar sah mir aus dem Königsblau entgegen. Die Lider leicht gesenkt hatte der Ausdruck etwas Melancholisches, barg in meiner Vorstellung irgendein Geheimnis. Wurde ergänzt durch einen rot geschminkten Mund. Auf der Wange Tränen, seichte Schlieren im beherrschenden Blau, offensichtlich die Nacht und der Hintergrund für eine angedeutete Jahrmarktszene – ein Riesenrad, elektrische Punkte in tanzendem Gelb, darunter weitere Lichter, strahlend hell. Karussells, Häuser, Automobile vielleicht. Über allem prangte ein weißer Schriftzug: *Der große Gatsby*.

»Das ist wundervoll«, flüsterte ich. »Goof, das ist ein fantastisches Cover.«

»Max schreibt, ein Künstler namens Cugat habe es entworfen. Francis Cugat.« Er neigte den Kopf und betrachtete die Skizze erneut. »Ist das nun Kunst? Ich meine, es ist schön, aber –«

»Scott«, schnitt ich ihm barsch das Wort ab, »das *ist* Kunst. Alles im Leben ist Kunst. Was du machst, ist Kunst. Was du sagst. Wie du deine Romane schreibst. Deine Gefühle. Unsere Tochter. Das Leben ist Kunst.«

Er schenkte mir ein flüchtiges Lächeln, tippte jedoch sogleich missbilligend auf die Buchstaben in der Zeichnung. »Mir ist nicht klar, warum Max den Entwurf mit diesem Titel versehen hat. Ich habe während unseres letzten Telefonats im April klargemacht, dass ich das Buch *Zwischen Aschehügeln und Millionären* nennen werde.«

»Ihr wart in eine längere Diskussion vertieft«, korrigierte ich seine Erinnerung, »die offen endete.« Seine Bedenken waren tagelang unser Gesprächsthema in Great Neck gewesen, immer wieder hatte er sie angeführt.

»Ich bin skeptisch.«

»Ganz ehrlich, Scott? *Der große Gatsby* klingt viel aufregender. Vertraue Perkins. Der Titel ist perfekt.«

»Denkst du dabei nicht an irgendeine historische Figur? Alexander der Große? Oder Friedrich?« Nachdenklich rieb er sich das Kinn. »Er ist irreführend.«

»Gar nicht«, widersprach ich heftig. »Ich bringe dieses Attribut eher mit Magiern und Unterhaltungskünstlern zusammen.«

»Der große Houdini«, warf Scott augenblicklich ein, als hätte er den Gedanken zuerst gehabt.

»Genau. Mit einem einzigen Wort kannst du das Trügerische und Unwirkliche in Gatsbys Charakter betonen. Du wolltest ihn dem Leser doch als mysteriöse Persönlichkeit nahebringen.«

»Er muss auf jeden Fall etwas Rätselhaftes haben.« Sekundenlang haderte er mit seinen Gefühlen, wog bedächtig den Kopf. »Ich sehe ihn einfach noch zu verschwommen, da ist nichts Greifbares. Kein Aussehen. Keine Vergangenheit. Wo kommt er her? Was macht er?«

»Das ist doch normal«, meinte ich beruhigend und rief ihm seine vorangegangenen Figuren ins Gedächtnis. »Denk an Amory Blaine und Anthony Patch. Die beiden hast du auch allmählich entwickelt.«

»Saumseliger Mist! Dieser Gatsby hat noch nicht mal einen Vornamen.« Scott schloss die Augen und versuchte sich zu konzentrieren. »Nichts. Ich habe den Eindruck, dass du ihn besser kennst als ich, Zelda.«

»Und wäre das so schlimm?«

»Ich bin ein Schriftsteller ohne Ideen. Ich kann es nicht.« Seine Stimme klang plötzlich leiser. Deutlich vernahm ich die Unsicherheit darin, die noch vor wenigen Tagen, als er mir einige Seiten zum Lesen gegeben hatte, nicht vorhanden gewesen war. »Und den Titel muss ich auch noch einmal überdenken.«

»Das musst du ja immer.«

Ich langte nach dem letzten Tomatenstück auf dem Teller und biss hinein. Es schmeckte reif, süß, voller Sonne. Auf einmal lavierten sich blasse Bilder aus Montgomery in meine Gedanken. Mutter, die das verlockende Gemüse in einem Korb auf die Veranda brachte. Wie die Kinder aus der Nachbarschaft und ich uns auf Zehenspitzen um den morschen Holztisch drängten. *Machst du uns ein Tomatensandwich, Mom?*

Seufzend betrachtete ich den geöffneten Umschlag auf der Tischkante. Was bedeuteten Perkins' Zeilen? Nach all den Postkarten, Telegrammen und Briefen, in denen Scott gegenüber seinem Lektor sein Vorankommen mit geschwollenen Worten beteuert hatte, musste dieser unweigerlich denken, dass das Manuskript schon bald als neuer Bestseller auf den Markt zu bringen sei. Der Verlag wartete gespannt auf einen nächsten Roman, doch dahinter – und das schien das wesentlich größere Problem – wartete die ganze Welt. Die Leute brauchten neuen Stoff, wollten wissen, wie die Ehe der Fitzgeralds weiterging. Wie meinte Marthe doch letztens, als sie feststellte, dass der Milchmann unsere Lieferung vergessen hatte? *La situation est un peu délicate.* Nun, diese Angelegenheit war es ebenso, und Scott musste zusehen, wie er aus dem Schlamassel herauskam. Er würde viele Nachtschichten einlegen müssen; er würde mehr arbeiten müssen als je zuvor. Und was sollte ich jetzt mit meinem angebrochenen Leben tun? Ich hatte niemanden in Saint-Raphaël, mit dem ich abends in den Bars ein Glas Wein trinken oder zu Akkordeonklängen tanzen konnte. Hier gab es keine Menschenseele, mit der ich mich hätte vergnügen können. Die Vorstellung erschien mir grässlich, geradezu unerträglich. Ich bin nie gut im Alleinsein gewesen; für dieses Gefühl hatte ich jedoch stets anderen Leuten die Schuld gegeben. Als ich jünger war und sich die schwülen Tage des Südens mit enervierender Zähigkeit an mir vorbeischoben, wäre es mir nicht in den Sinn gekommen, dass das

Leben selbst diese ereignislose Langsamkeit produzierte; für mich war es der Richter gewesen, der mich damals mit strenger Hand um den Überschwang brachte, den meine Jugend verdiente. Jetzt machte ich Scott für dieses Gefühl der Verlorenheit verantwortlich. Mir selbst überlassen versank ich oft in Langeweile. Sie fühlte sich eintönig an, war von schlaffer Konsistenz. Und sehr, sehr grau.

»Wie soll ich mich heute Abend amüsieren? Und morgen und in den nächsten hundert Jahren?«, rutschte es mir heraus.

»Darling, was redest du da?«

*

Der hautfarbene Badeanzug von Annette Kellerman, das Badetuch mit den Fransen, die Sonnenbrille. Flink packte ich am späten Vormittag meine Sachen in die Korbtasche, um die ich den zartgrünen Seidenschal mit den aufgenähten Jadesteinchen geflochten hatte, schaute noch einmal prüfend in den Spiegel. Steckte mir *à la fin* eine Orangenblüte in das Haar. Durch dämmrige Streifen Lichts lief ich das Treppenhaus der Villa hinunter, nahm zwei Eichenstufen auf einmal, blieb schließlich vor der Tür des Louis-XVI-Salons, dem ehemaligen Herrenzimmer, stehen. Sie war einen Spaltbreit geöffnet. Der Geruch verstaubter Bücher und muffigen Tabaks waberte heraus, schien die gewichtigen Meinungen ergrauter Herren mit Monokel hinter sich herzuziehen. Auf dem Schreibtisch lagen Papier und gespitzte Bleistifte, waren exakt im rechten Winkel zueinander ausgerichtet, daneben eine geschliffene Karaffe mit Wasser. Als ich eintrat, schenkte sich Scott einen Sherry an der Hausbar ein.

»Kommst du voran?«

»Wie du siehst«, gab er bissig zur Antwort und erhob sein Glas. »Prost!«

Stumm betrachtete ich ihn. Er hatte noch nie mit engen Terminvorgaben umgehen können; sie erzeugten jenen Druck, dem er wie einem Erzfeind aus dem Weg zu gehen versuchte. »Warum teilst du Max nicht mit, dass du mehr Zeit benötigst? Er hätte Verständnis.«

»Sicher nicht.« Kurz wich er meinem Blick aus. »Ursprünglich sollte das Manuskript im Juni fertig sein.«

»Jetzt?«, fragte ich entsetzt. »In diesem Monat?«

»Das schaffe ich schon!«, platzte es schroff aus ihm hervor.

Erschrocken wich ich einen Schritt zurück. »Du liebe Güte!«

»Mach dir keine Sorgen«, meinte er und fuhr dann in einem seltsam großspurigen Ton, der wohl eher ihn als mich überzeugen sollte, fort: »Der Herbst ist Monate entfernt. Bis dahin wird noch eine Menge passieren.«

Hoffentlich. »Kann ich dir irgendwie behilflich sein? Etwas recherchieren? Oder Korrektur lesen?«

»Nein, ich werde dir nicht mehr alles vorlegen, Zelda. Das ist eine meiner furchtbarsten Angewohnheiten. Nichts sollte vorgelegt werden, bevor es nicht vollendet ist. Meine Geschichten gehören fortan bis zur Fertigstellung einzig und allein mir.« Hastig leerte er sein Glas. »Dieses viele Reden über meine Texte strengt mich an. Ich muss meine Balance finden, nach dem Fiasko letztes Jahr wieder mehr Selbstvertrauen entwickeln, damit ich meinen Figuren eine Stimme verleihen kann, verstehst du?«

»Natürlich«, sagte ich um des Friedens willen, versuchte mir meine Verwunderung nicht anmerken zu lassen.

»Ich spüre eine ungeheure Energie in mir erwachen, stärker als je zuvor, aber ich durchlaufe hier gerade einen Prozess, der nur langsam vorankommt.« Er griff zu der Flasche, schenkte sich erneut ein. Seine Bewegungen reproduzierten sich in den Verspiegelungen der Bar Dutzende Male. »Ich möchte mit jeder Faser meines Körpers besser werden. Ein brillantes Buch schreiben. Keinen Alkohol trinken. Kein Getöse.«

»Du bist erregt, Scott. Du solltest dich am Meer beruhigen, durchatmen und morgen frisch ans Werk gehen.«

»Morgen! Morgen!« Aufgebracht lief er zum Schreibtisch hinüber. »Ich muss jetzt arbeiten. Und ich muss mich abschotten.«

»Dann fährt deine Muse nun also allein zum Strand hinunter und lässt dich einen besseren Menschen werden«, konterte ich, drehte mich um und ließ ihn in der Gediegenheit seiner Worte stehen.

Was war in ihn gefahren? Diese unkontrollierte Wut. Die Sätze, die wie auf ein Zeichen aus ihm hervorgesprudelt waren, viel zu schnell, zu überlegt. Meine einzige Erklärung war die, dass er sie sich bereits zurechtgelegt haben musste. Beim Verlassen des Hauses hörte ich, wie er sich einen weiteren Sherry einschenkte. Rasch lief ich zum Wagen, schleuderte meine Tasche auf die Rückbank und drehte den Schlüssel im Zündschloss herum. Mehrmals würgte ich den Motor ab. Dreimal, viermal. Fluchte. *Gottverdammtes Automobil.* Nach dem fünften Versuch brachte ich den Renault zum Laufen, er bockte und ruckte die kiesbestreute Auffahrt entlang. Mit meinen Fahrkünsten stand es noch immer nicht zum Besten. Dann endlich rollte er. Die Nachbarskatze huschte über die Straße, hatte ein Junges im Maul.

Ich war aufgewühlt, brauchte dringend einen Moment für mich. Scott strengte das Reden über seine Texte an. Mich strengte das Reden mit ihm an. Abermals steckte er voller Selbstzweifel. Wir rotierten im Kreis, kreiselten immerfort um das gleiche Thema herum, einer endlosen Abfolge von Nichtigkeiten. Scott, Scott. *Scott.* Würde ich mein ganzes Leben lang Kraft aufwenden müssen, um seine trüben Launen in heitere Gestade zu ziehen? Würden wir nie wieder gemeinsam etwas Aufregendes erleben? Es musste doch noch irgendetwas da draußen in der großen weiten Welt geben, das nicht mit seinem Schreiben zusammenhing, oder?

Die Franzosen sprachen von *la canicule*, das Wort schien die ganze Küste entlang in aller Munde. Hundstage. Heiße Luft flirrte über der Blechhaube des Wagens, wehte mir staubig und trocken ins Gesicht. Der Fahrtwind bot keine Erfrischung. Es mussten um die hundert Grad Fahrenheit sein. Während ich an den mit Kakteen gesäumten Serpentinen nach Saint-Raphaël hinunterfuhr, dachte ich über Scotts Anwandlung im Herrenzimmer nach und rekapitulierte auch unsere Gespräche der vergangenen Tage. Wahrscheinlich hatte er recht, wenn er sagte, dass er mit seinen siebenundzwanzig Jahren weitaus mehr persönliche Erfahrungen in seinen Büchern verarbeitet hatte als jeder andere Schriftsteller. Dickens und Thackeray waren um die vierzig gewesen, als sie ihre wichtigen Werke veröffentlichten. Scott hingegen hatte den Literaturmarkt bereits mit Mitte zwanzig mehrfach aufgemischt. Verglichen mit der exzentrischen Gloria Patch und ihrem Mann Anthony erschienen mir *Copperfield* und *Pendennis* wie züchtige Waisenknaben. Er musste diese althergebrachte Riege erneut übertreffen, um im Gespräch zu bleiben. Das bereitete ihm ganz offensichtlich Angst, führte zu Unmut, gedanklichen Verrenkungen wie Enthaltsamkeit oder auch dem Verschluss seiner Texte. Was für einen perfiden Unsinn würde sich dieser Mann wohl als Nächstes ausdenken?

Nach Minuten des Nachdenkes spürte ich die Gelassenheit zurückkehren. Ich bog von der Hauptstraße ab und parkte das Automobil am Quai in der Nähe einer Reihe schmaler, windschiefer Häuser vergangener Jahrhunderte. Ausgemergelt schienen sie sich aneinanderzuklammern. Dazwischen funkelte ein winziges Café mit einer leuchtenden aquamarinfarbenen Fassade. Zierliche Metallstühle in unterschiedlichsten Blautönen standen in einem großen Durcheinander vor dem Eingang, kein Mensch war zu sehen. In der Ecke ein paar aufeinandergestapelte Kisten. Hinter allem strahlte die byzantinisch anmutende Silhouette der Stadt im hellen Licht. Als hätten die Uhren beschlossen, ihre Zeiger nicht mehr weiterzudrehen und im ewigen Stillstand zu verharren, gehörte diese Szenerie einer anderen Welt an. Es war ein friedliches Bild; ausgewogen und unbekümmert.

Ich griff die Korbtasche von der Rückbank und schlenderte im Schatten des grob behauenen Steinwalls am Hafenbecken entlang. Betagte Kähne ruhten vertaut an Pollern. Masten wogten seicht dahin. Wettergegerbte Fischer flickten ihre Netze, schrubbten Holzkarren, an denen noch die letzten schuppigen Reste ihrer silbrig schillernden Beute klebten. In der Nähe des Torbogens schaukelten schlichte Holzboote auf den Wellen, trugen verwitternde Schriftzüge wie *Hoffnung*, *Melodie* oder *Windsbraut*. Dahinter, am Stadtrand, erstreckte sich ein meilenlanger, herrlich weißer Sandstrand. Badehäuser dösten in der Mittagshitze, vor den Felsen ein verlassener Tanzpavillon. War es ein Kontrabass, der an der Reling lehnte? Niemand war zu sehen. Sanfte Wellenkämme rollten stetig an. Ich lief zum Meeressaum hinunter. Das Wasser war glasklar, jeder noch so kleine Kieselstein deutlich zu erkennen. Schnell knöpfte ich mein Kleid auf, ließ es in den Sand fallen und schlüpfte in den Badeanzug. Dann schwamm ich mit gleichmäßigen Zügen hinaus, konzentrierte mich nur auf mich und meinen Körper. Es war wunderbar. Befreiend. Immer wieder drehte ich mich auf den Rücken, schaute in den wolkenlosen Himmel. In der Ferne steuerte ich den Ponton des Grand Hôtels an. Atmete entspannt durch, als ich die hölzerne Leiter erreichte, und stieg hinauf. Meine Füße berührten die glitschigen Entenmuscheln, die Algen, die sich sogleich um meine Zehen schlangen. Ich legte mich auf die sonnenerwärmten Planken und schloss die Augen. Die Möwen kreischten, sie erinnerten mich an das Spektakel, das sie Abend für Abend über unserem Haus in Great Neck vollführt hatten. Sie waren laut und aufdringlich, und trotzdem wollte ich sie immer wiedersehen. Meine Gedanken schweiften zurück nach Long Island …

Nach dem geglückten Interview mit der *Baltimore Sun* im vergangenen Herbst hatte ich voller Freude mit dem Schreiben einer neuen Geschichte begonnen. Tagelang entwarf ich in den Dünen *Unsere Leinwandkönigin*. Beharrlich hatte ich den Charakter der jungen Gracie Axelrod geschliffen, ihrem Aussehen ein Detail hinzugefügt, ein anderes entfernt. Sie briet Hühnchen in einem heruntergekommenen Diner New Heidelbergs, träumte aber von einer bedeutenden Karriere beim Film, und jemand, der viel vom Leben erwartete, sollte in meinen Augen auch viel vom Leben bekommen. Als ich die Geschichte mehrmals überarbeitet und schließlich für gut befunden hatte, klappte ich mein Tagebuch zu, wickelte das Satinband darum und stürzte mich im Sonnenuntergang in das rötlich schimmernde Meer. Es war wundervoll, etwas Schöngeistiges geschaffen zu haben. Drehte sich nicht die ganze Welt um Ästhetik? Am nächsten Morgen schrieb ich die Geschichte auf mein fliederfarbenes Briefpapier und steckte die Seiten in einen Umschlag, den ich mit ›Ellis Lardner‹ beschriftete. Auf ein paar angefügten Zeilen bat ich sie um ihre Meinung. *Was für eine atmosphärisch dichte Story, Zelda! Sie ist von hinreißender Poesie, virtuos im Stil und voller großartiger Metaphern! Du musst sie unbedingt veröffentlichen!* Scott war anderer Meinung gewesen, der Höhepunkt fehle, meinte er, und irgendwann verblasste Gracie, die mir während des Schreibens eine gute Freundin geworden war, in meinen Gedanken. Schließlich war sie ganz aus meinem Leben verschwunden. Ich vermisste ihr flachsblondes Haar, das sie aufdrehte und über den Ohren feststeckte, vermisste ihre kleinen Zähne. Ihr Lachen. Vielleicht sollte ich mir eine neue Freundin erschaffen, eine, die sämtlichen Meinungen trotzte, so wie diese besonderen Frauen in Paris?

Der Ponton schwankte, und ein sportlicher, braun gebrannter Mann Ende zwanzig betrat das Plateau. »*Bonjour*«, sagte er, während er sich das Salzwasser aus dem kurzen schwarzen Haar schüttelte, dann wechselte er mit einem weichen Akzent ins Englische. »Sie müssen Amerikanerin sein, nur dieses Land bringt solch hübsche Damen wie Sie hervor.«

»Sie schmeicheln mir«, entgegnete ich beim Aufrichten und schirmte meine Augen mit der Hand gegen die blendende Sonne ab. Seine Gesichtszüge verrieten Arglosigkeit, die wachen Augen Selbstbewusstsein. »Mehr davon.«

Er spendete mir mit seinem Körper Schatten und lachte. Ich betrachtete die Tätowierungen auf seinen durchtrainierten Armen. Ein Segelschiff, Anker, Schwalben. »Mir gefällt Ihr Badeanzug. Er steht Ihnen vorzüglich, wenngleich ich aus der Ferne dachte, eine nackte Frau anzutreffen.«

»Und? Sind Sie nun enttäuscht?«

»Nein«, erwiderte er. »Es ist alles gut, so wie es ist. Aber Sie wissen schon, dass Sie mit diesem hautfarbenen Stück Stoff allen Franzosen den Kopf verdrehen, oder?«

»Das wird sich zeigen.«

»Sie sind noch nicht lange in der Stadt?«

»Seit ein paar Tagen, aber wir bleiben eine Weile. Mein Mann schreibt ein Buch.«

»Ein Schriftsteller? Das klingt interessant.« Er strich sich mit beiden Händen das Haar zurück, hatte nun Ähnlichkeit mit meinem Jugendfreund Jack aus Montgomery. »Und was machen Sie?«

»Ich bin die starke Frau an seiner Seite.«

»Das klingt noch interessanter. Wir Franzosen lieben bedeutsame Frauen.«

»Tatsächlich?«

»*Mais oui.* Denken Sie an Madame de Pompadour. Joséphine, Napoleons erste Frau. Oder diese Kiki, die Nacht für Nacht wie eine Königin durch Montparnasse tanzt.«

Wir führten ein ungezwungenes Gespräch über die kulturellen Unterschiede zwischen Amerika und Europa, New York und Paris. Als wären wir gemeinsam in einen Fesselballon gestiegen, schwebten wir über diesen Städten, verloren uns in Ansichten und Auffassungen, um schließlich wieder sanft in Saint-Raphaël zu landen.

»In der Sommersaison ist bei uns nicht allzu viel los, aber wir machen das Beste daraus.«

»Mir gefällt dieser Teil der Erde, es ist alles sehr idyllisch hier«, sagte ich und schaute auf den Horizont. Es waren fast die gleichen Worte, mit denen ich unserem Freund Edmund Wilson gerade erst in einem Brief unser neues Leben beschrieben hatte. *Es tut mir gut, dem ganzen Wahnsinn New Yorks entkommen zu sein. Doch könnte es bitte irgendjemanden auf der Welt geben, der dieser verrückten, überhitzten Stadt dort drüben von unserem idyllischen Dasein in Südfrankreich berichten würde?* Manchmal fühlte ich mich wie ein Niemand in diesem Land. Eben noch waren die Klatschreporter in Scharen hinter mir hergelaufen, hatten meine Verrücktheiten auf Schritt und Tritt verfolgt, und nur wenige Atemzüge später unterhielt ich mich in der vollkommenen Stille auf dem Meer mit einem Fremden. Über Beschaulichkeit.

»Gestatten Sie mir, dass ich mich endlich vorstelle.« Er verbeugte sich mit vollendeter Höflichkeit. »Mein Name ist Jean, ich bin der Besitzer eines kleinen Bistros gleich unten am Hafen. Das Café de la Flotte.«

»Ist es etwa das mit der hübschen aquamarinblauen Fassade?«

»Genau das, Madame. Gutes Essen. Ein bisschen Musik, ein bisschen Tanz.« Er gestikulierte charmant, gab seinen Worten Gefühl. »Mit den Piloten der Marine haben wir oft wunderbare Abende. Kommen Sie doch mal mit Ihrem Mann vorbei. Ich würde mich freuen.«

Er verabschiedete sich und hechtete mit einem galanten Sprung ins Wasser. Dann tauchte sein Kopf wieder auf. »Wie heißen Sie eigentlich, schöne Unbekannte?«

»Zelda«, sagte ich. »Ich heiße Zelda.«

Die Vier-Uhr-Welle erreichte die Küste. Der Wind frischte auf. Ich nahm auf der Heimfahrt einen kleinen Umweg durch die Stadt, chauffierte *la voiture* durch die engen Gassen mit alten Häusern, zwischen denen hoch über mir kreuz und quer Wäscheschnüre gespannt waren, als hätte jemand versucht, den Himmel festzuzurren. Blütenweiße Laken wehten dahin. In ihrem schaukelnden Schatten spielten Kinder, trieben Holzreifen mit Stöckchen auf holperigen Wegen voran. Die Temperaturen sanken, und die Leute kamen *peu à peu* wieder aus ihren Häusern hervor, belebten Saint-Raphaël. Am Casino passierte ich ein nostalgisches Karussell mit goldbemalten Gondeln, Drehorgelmusik schwoll an, wurde leiser. Ja, es war wirklich eine Idylle. Und über allem lag der ätherische Duft der nahe gelegenen Pinienwälder, rollte wie eine meeresgrüne Brandung in den Ort, verebbte, rollte heran. Schließlich bog ich auf die Serpentinen ein und fuhr den Hügel nach Valescure hinauf.

»Endlich.« Scott kam mir in der Auffahrt mit einer Zigarette in der Hand entgegengelaufen, wirkte angespannt. »Mein Gott, wo bist du so lange gewesen, Zelda? Ich habe mir Sorgen gemacht.«

»Warum? Ich war am Strand, und dann bin ich noch ein bisschen durch die Gegend gefahren.«

»Aber du kommst heute später zurück.« Vorwurfsvoll sah er mich an, holte seine Taschenuhr hervor. »Viel später als sonst.«

»Was ist schon dabei? Du hast gerade erst gesagt, dass du nicht arbeiten kannst, wenn ich in deiner Nähe bin.«

»Aber ich kann auch nicht arbeiten, wenn du länger als zwei Stunden fort bist.« Er öffnete mir den Wagenschlag. »Ich muss dann ständig an dich denken. Wo könntest du hingehen? Was könntest du machen? Ich brauche dich, Zelda.«

Ich schenkte ihm ein warmherziges Lächeln. »Das fasse ich jetzt mal als Liebeserklärung auf.«

»So war es auch gemeint.« Er gab mir einen Kuss, dann nahm er meine Hand und zog mich sanft, aber bestimmt wie ein kleiner Junge hinter sich her. »Komm, wir setzen uns auf die Veranda. Ich werde dir bei einem Glas Wein erzählen, was ich heute alles geschafft habe.«

Wir öffneten einen Chablis, der elegant und würzig schmeckte, redeten, lachten, ließen uns in die korallenrote Farbe des Abendhimmels sinken. Noch einmal gingen mir seine Worte durch den Kopf, die Stunden zuvor im Herrenzimmer gefallen waren. Vielleicht ist es eine Schwäche von unsicheren Männern, Frauen gegenüber groß und mächtig erscheinen zu wollen. In manchen Situationen galt das auch für Scott. Die Ehe war ein Drahtseilakt, ohne Netz balancierte man auf einem Hochseil voller Emotionen, immer die Ungewissheit vor Augen. Voran, voran. Während er mir erläuterte, nach welchen Personen er Daisys Ehemann Tom und ihre Freundin Jordan Baker in seinem Roman gestalten wollte, dachte ich, dass zwei Menschen – so sehr sie sich auch liebten – immer wieder mal über ihre Gefühle stolpern mussten, sie konnten nicht immer das Gleiche empfinden. Man konnte gar nicht eins sein. Er sprach von einem Polospieler, von Pferden und einer apart aussehenden Frau, die an kleineren und größeren Golfturnieren teilnahm. Sie sei nicht ganz ehrlich. Und ich dachte, für diesen Gedanken musste ich fast vierundzwanzig Jahre alt werden. *Man kann nicht eins sein.* Das Licht schimmerte nun blassrot, verlor an Intensität. Und irgendwann zündeten wir die Kerzen an.

KAPITEL 4

Die größte Herausforderung eines Schriftstellers mag die Tatsache sein, dass er nicht bemerkt, was schon geschrieben wurde; er sieht nur, was noch zu schreiben bleibt. Scott hatte auf dem Parkett des Herrenzimmers eine Menge Papier ausgebreitet, Seiten, die er mit verschiedensten Stichworten betitelte, ständig neu arrangierte. ›Traum und Realität‹. ›Schein und Sein‹. ›Verantwortung und Desinteresse‹. Auf diese Weise, hatte er mir erklärt, versuchte er sich dem Charakter Gatsbys zu nähern und seine Beziehung zu Nick zu verdichten. Er schien hoffnungsvoll, was sein Manuskript betraf, wähnte sich dennoch unter Zeitdruck. Rauchte mehr, trank den morgendlichen Sherry, um – wie er stets betonte – in Schreiblaune zu kommen. Mir fielen Dorothy Parkers Worte ein, als sie einst zu später Stunde im Algonquin vom Stuhl gefallen war: »Ich bin keine Schreiberin mit einem Trinkproblem, ich bin eine Trinkerin mit einem Schreibproblem«.

Klang ganz nach Scott. Ich muss gestehen, dass wir die drohende Gefahr damals alle unterschätzt hatten. Alkohol bedeutete für uns grenzenlose Freiheit; er war das Quäntchen Aufmüpfigkeit, das uns ausgelassen auf den Rändern der Vergangenheit herumtanzen ließ. Wir verschlossen unsere Augen vor Abhängigkeit, vor Krankheit. Schlimmes ereilte stets die anderen, nicht wahr? In jenen Monaten begann mir Scotts Trinkerei nur lästig zu werden, weil ich an mich dachte, an mich und diese endlosen Gedanken, die mein Leben umkreisten. Sie setzten zu täglich größerem Höhenflug an, von dem ich nicht einmal hätte sagen können, wohin er mich brächte.

Die Kleine kam immer wieder mal aus dem Garten hereingelaufen, hüpfte zwischen den Notizen umher, verteilte überall Piniennadeln, die ihr wie eine zweite Haut unter den Füßchen klebten. Zu ihren liebsten Beschäftigungen gehörte es gegenwärtig, hübsche Muster mit den Nadeln auf das Geschriebene zu legen.

»Sie soll das lassen, Zelda.«

»Sie möchte deine Arbeit schmücken, Scott«, gab ich milde lächelnd zurück. »Schau, welche Mühe sie sich gibt.«

Wie so oft wusste ich, dass es nur eine Frage der Zeit sein würde, bis Scott explodierte.

»Zum Teufel!«, hörte ich ihn schon am darauffolgenden Morgen schimpfen, als er nach dem Frühstück das Herrenzimmer betrat, um seine Arbeit aufzunehmen.

Es folgte ein impulsives Wortgefecht, in dem sich englische und französische Flüche zu einer Katastrophe aufzuwiegeln drohten. Erschrocken legte ich die Bürste auf den Frisiertisch und lief zur Treppe. Jeanne kam mir laut schluchzend entgegengerannt, hielt sich den Ärmel vor das Gesicht, rannte wieder hinunter und verschwand durch die Eingangstür. Mit lautem Knall fiel sie ins Schloss.

»Was ist passiert, Scott?«

Verärgert hielt er mir einen Papierstapel entgegen. »Diese Frau hat mir meinen Grundkonflikt zerstört!«

»Ich denke eher, du produzierst einen.« Missbilligend ließ ich meinen Blick durchs Zimmer schweifen. Die Gute musste Scotts Chaos in aller Frühe ein Ende bereitet haben. Fein säuberlich hatte sie die Notizen zusammengeräumt und sie, nach Scotts üblicher Gewohnheit, rechtwinklig auf dem wuchtigen Schreibtisch platziert. Hatte den Boden gefegt und gewischt, auch den kleinen runden Perserteppich ausgeklopft. Alles erstrahlte blitzblank, nirgendwo lag mehr eine Piniennadel herum.

»Seit Tagen versuche ich hier, Gatsbys Vergangenheit und Gegenwart unter einen Hut zu bekommen, aber es scheint ja niemanden zu interessieren.« Mit einer dramatischen Geste schleuderte er den Stapel in die Luft. Die Blätter segelten umher, verteilten sich auf Tischen, Stühlen, hingen selbst im Leuchter.

»Du benimmst dich wie ein Tyrann.« Vorwurfsvoll schaute ich ihn an. »Was denkst du dir eigentlich dabei?«

Scottie steckte schüchtern den Kopf zur Tür herein. Ich schob sie an den schmalen Schultern hinaus, griff den Knauf und zog die Tür hinter uns zu. Dann nahm ich sie auf den Arm und suchte mit ihr gemeinsam im Garten nach dem Hausmädchen. Noch immer schluchzend saß das verängstigte Ding zwischen den Rosenhecken auf einer Bank und wischte sich mit dem Handrücken die Tränen fort. Wir versuchten sie zu trösten. Scottie reichte ihr ein Gänseblümchen von der Wiese, strich mit den erdigen Fingern über die Wange der Frau. Welch liebevolles Kind. Mir ging das Herz auf. Waren es nicht jene Gesten, die das Leben zum Leuchten brachten?

Jeanne lächelte. »*Merci, mon petit trésor.*«

Ich versuchte mich für das flegelhafte Benehmen meines Mannes zu entschuldigen. Niemand sollte sich für die Taten eines anderen entschuldigen, aber es erschien mir in jenem Moment unangebracht, es nicht zu tun. Über ein oft gesagtes *pardon* kam ich jedoch kaum hinaus; mein kläglicher Wortschatz reichte einfach nicht aus. Ich ärgerte mich, die Landessprache noch nicht besser erlernt zu haben, und beschloss, meiner Trägheit ein Ende zu bereiten. Schon gleich wollte ich mit der Kleinen ein Dictionary in einer reizenden kleinen Buchhandlung besorgen, die ich gestern im Vorbeifahren nahe der Basilika entdeckt hatte.

»Was für ein Tag«, sagte Scottie und schaute mich mit altklugem Blick an, als wir alle drei gemeinsam wieder die Eingangsstufen zur Villa hinaufgingen.

»Da hast du wohl recht, mein kleines Ich.« Gerührt strich ich ihr übers Haar, denn dieser Satz war eine meiner Phrasen.

»Ich muss alles Nanny erzählen.« Sie lief die kühle Halle dem Hauptsalon entgegen, in dem ich Miss Maddock in einem plüschigen Sessel mit Nadel und Faden werken sah.

Stellt man eine Kinderfrau ein, sollte man damit rechnen, dass sich das eigene Kind Hals über Kopf in diese fremde Person verliebt. Scottie hatte in ihrem kurzen Leben schon einige jener Damen kennengelernt, keine aber war ihr je so ans Herz gewachsen wie diese spröde Engländerin. Eigenartigerweise konnte ich den Geschmack unserer Tochter nicht nachvollziehen. Auch wenn ich versuchte, diese Frau zu mögen, gab es doch immer wieder Situationen, in denen ich sie nicht mögen konnte.

»Zieh rasch die Schuhe an, Süße«, rief ich ihr laut hinterher. »Wir wollen in die Stadt fahren.«

Miss Maddock kam mir mit schnellen Schritten entgegengeeilt. »Aber Sie können das Mädchen nicht in die Stadt mitnehmen, Madam.« Fassungslos ließ sie das Nähzeug sinken und schaute mich über den Rand ihrer Nickelbrille hinweg an. »Es ist viel zu heiß für einen Einkaufsbummel mit einem kleinen Kind. Es wird einen Sonnenstich bekommen.«

»Das lassen Sie bitte meine Sorge sein.«

»Ihre Tochter besitzt noch nicht mal ein Hütchen.« Mit ihren knochigen Fingern deutete sie auf Scotties Nase. »Sehen sie nur all diese Sommersprossen, es werden täglich mehr.«

Ich drückte Scottie einen Kuss auf die braune Nasenspitze. »Du bist mein Sonnenschein.«

»*Oui.*« Sie begann wie ein Vogeljunges um mich herumzuflattern, hob und senkte die Arme und bot einen niedlichen Anblick.

Aus dem Herrenzimmer ertönte der hölzerne Ruf des Kuckucks zur vollen Stunde. Elf Uhr. Ich hängte mir die Korbtasche über die Schulter und streckte der Kleinen die Hand entgegen. »Los geht's!«

»Ich bin nicht einverstanden, Madam«, sagte Miss Maddock bestimmt.

»Seit wann interessiert mich die Meinung einer Nanny?«, gab ich zurück und schlüpfte an der Tür in meine Segeltuchsandalen.

»Mr. Fitzgerald würde es gewiss ebenfalls nicht gutheißen.«

»Miss Maddock«, rief ich im Hinausgehen und lachte auf, obwohl mir nicht danach zumute war, »ich bin nicht einfach nur eine Ehefrau, ich bin eine raffinierte Ehefrau. Ich kann meinen Gatten so weit beeinflussen, dass er denkt, er würde es gutheißen.«

In den kommenden Stunden sollte Scottie mir gehören. Während ich draußen den grünen Schal mit den Jadesteinchen vom Korb zog und ihn ihr wie eine Art Turban um den Kopf wickelte, dachte ich, dass diese Frau wie ein Schachtelteufel sei. Nichts ahnend drehte man an der Kurbel einer Kiste und lauschte der Melodie von *Pop! Goes the Weasel*, und plötzlich sprang ein lachender Clown auf einer Sprungfeder hervor. Die Maddock war das mürrische Modell, sprang in unser Leben, herrschte. Beherrschte. War ständig mit der Kontrolle unserer Familie beschäftigt. Nein, sie war mir unsympathisch.

Vorsichtig verknotete ich die langen Stoffenden in Scotties Nacken, sodass sie frech im Wind flattern konnten. »*Voilà*«, sagte ich. »Kein kleines Mädchen braucht einen Sonnenhut, wenn es mit diesem Modell wie eine Dame der Bohème aussehen kann.«

Vergnügt fuhren wir die Serpentinen hinunter. Wann immer ich in den falschen Gang schaltete, der Wagen ruckelte und paffte, lachten wir uns an. Ich brachte Scottie ein einfaches Kinderlied bei, das sie noch nicht kannte. Fröhlich klatschte sie in die Hände und sang mit mir:

All around the cobbler's house,
The monkey chased the people.
And after them in double haste,
Pop! Goes the weasel.

Scottie lernte schnell, sie war hübsch und klug, und einen verträumten Moment lang malte ich mir ihre Zukunft aus, die ganz anders aussehen sollte als meine. Welche heranwachsende junge Frau würde in einigen Jahren nur noch Ehefrau und Mutter sein wollen? Die Welt veränderte sich, wirbelte unser Denken auf. Ich sah meine Tochter als Rennfahrerin, als Pilotin, die über den Atlantik flog; sie konnte Wissenschaftlerin werden, eine Professorin wie Marie Curie, und kein Artikel würde sie als »Intellektuelle« oder als »sonderbare Frau« beschimpfen. Boulevardblätter waren gnadenlos. Scottie würde einfach ihrer Arbeit nachgehen können, wie Männer es taten. Frauen mussten heute noch immer für ihre Ziele kämpfen, die Gesellschaft drängte sie in die Rollen im Haushalt, ins Stillhalten. Eine liebreizende, nicht besonders talentierte Frau, dachte ich bitter, hatte wahrscheinlich die größten Chancen auf Spaß im Leben, war es nicht so? Begriffe, die sich mit der eigenen Entfaltung und Selbstständigkeit beschäftigten, blieben Fremdwörter für sie, fremde Wörter, deren Sinn sich auch mir leider erst spät – vielleicht zu spät – erschlossen hatte. *Ich will einfach nur schön sein und den Richtigen finden.*

Schon kurz darauf passierten die Kleine und ich am Park das Karussell mit den goldbemalten Gondeln. Ich drosselte die Geschwindigkeit, damit wir es bewundern konnten. Auf der Mittelsäule prangten silberne Vignetten, aus denen Fabelwesen in blassen Farben herausschauten. Elfen, Feen, Meerjungfrauen mit glitzernden Flossen. Hunderte Glühlämpchen säumten die Szenerie wie eine filigran gestickte Naht, schienen nur darauf zu warten, in der Dämmerung funkeln zu dürfen. In der Bewegungslosigkeit wirkte das Karussell aus der Zeit gefallen, hatte etwas Magisches, etwas Melancholisches, das wieder einmal an meine Kindheit rührte.

Scottie liebte es. »Ohhh,« sagte sie verzückt und verrenkte sich den Hals auf dem Beifahrersitz. »Wie ein Märchenschloss. Darf ich einmal mitfahren?«

»Es ist noch zu früh, um ein *billet* zu kaufen, mein Schatz.« Als ich ihr enttäuschtes Seufzen hörte, vertröstete ich sie. »Ich verspreche dir, dass du am Abend fahren darfst, ja?«

Wir parkten nur ein kleines Stück weiter am Kasino und machten uns auf den Weg zu der kleinen Buchhandlung. Überquerten ein paar Straßen, dann den großen Platz vor der Basilika und tauchten in das geschäftige Treiben des Vormittags ein. Mütter mit ihren Kinderwagen, Männer in weißem Leinen von der Marine. Ein Leierkastenmann, dem ein kreischendes Äffchen auf der Schulter saß. In der Ferne rauschte das Meer, als wollte es sich in Erinnerung bringen.

Der Laden war ein Kleinod. Pinkfarbene Bougainvilleen rankten sich um das hübsch dekorierte Schaufenster an der Fassade entlang und leuchteten mit der Markise um die Wette. Beim Eintreten überraschte mich eine angenehme Kühle.

Die Titel standen schnurgerade in den Regalen, waren ausnahmslos weiß und cremefarben wie die Seiten. Ich streifte umher, nahm einige von ihnen heraus und blätterte darin. Wie würde sich Scotts nächstes Werk in diesen Reihen machen? Wie würde es heißen? Der grandiose Gatsby? *Gatsby le Magnifique?* Ich mochte den Geruch, der mich umgab – Papier, Tinte, Kleber –, er faszinierte mich. Literatur hatte etwas Lebendiges, Einzigartiges und bot uns alle Möglichkeiten, der Welt einen Moment lang zu entfliehen. Immer wieder schaute ich zu Scottie, die artig am Eingang Postkarten auf einem Drehständer betrachtete, gähnte. Ich ging mit einem Dictionary zum Verkaufstresen. Direkt neben der Kasse lag ein hoher Bücherstapel, kunstvoll aufgefächert, sodass er wie eine Hochzeitstorte aussah. *Le bal du Comte d'Orgel.*

»Was für ein Zufall«, sagte ich zu dem Buchhändler, der mich hinter seiner Hornbrille aus blitzgescheiten Augen anzusehen schien, nahm es zur Hand und schlug die erste Seite auf. »Eine Freundin hat mir Raymond Radiguet erst kürzlich empfohlen. Schreibt er gut?«

»Es ist der Roman der Stunde, Madame.« Sein Englisch war perfekt.

»Werde ich damit meine Französischkenntnisse erweitern?«

»So oder so.« Leicht hob er eine Augenbraue und fügte mit mehrdeutigem Lächeln an: »Das verspreche ich Ihnen.«

Ich bezahlte. Mit geschickten Händen wickelte der Mann die Bücher in bräunliches Packpapier und legte noch einen roten Dauerlutscher hinzu.

»Sieh mal, Scottie«, rief ich und wandte mich mit der süßen Überraschung zum Eingang. Der Postkartenständer drehte sich im Wind, quietschte ein wenig. Das Kind war verschwunden. »Scottie?«

Ich lief hinaus, guckte nach links, nach rechts. Schaute die gegenüberliegende Straßenseite entlang. Ein Lieferwagen donnerte über das Kopfsteinpflaster, wirbelte Staub auf, dahinter ein zweiter. Was für ein Verkehr. Mein Herz klopfte bis zum Hals. Angsterfüllt rief ich immer wieder ihren Namen. Rannte auf den großen Platz vor der Basilika. »Scottie? Scottie?« Atemlos blieb ich stehen. Der Leierkastenmann gaffte mich fragend an. »Haben Sie mein Kind gesehen?« Er zuckte die Schultern, lupfte seinen Hut. Kurbelte die Melodie an. Das Äffchen kreischte, lachte, verhöhnte mich. Kreischte lauter. Panisch rannte ich voran, sah mich stetig um. Meine Lungen brannten. »Patricia? Bist du hier irgendwo?« Ich rannte durch die Menschenmenge, rempelte Passanten an, stolperte über Kabel, spürte die Tränen auf meinen Wangen, heiß. Schuldig. Mein Kind blieb verschwunden. An der nächsten Kreuzung machte ich Halt, versuchte mich zu orientieren, wusste nicht, wo ich war. In der Ferne glitzerte das Meer. Schlagartig durchfuhr mich ein Stich, schnellte durch den ganzen Körper. »Oh, mein Gott«, rief ich. Weinte. »Patricia? Bist du hier irgendwo?« Plötzlich hatte ich das Undenkbare vor Augen. Was, wenn ...

»Wie alt ist das Mädchen?« Drei kräftige breitschultrige Männer in weißen Uniformen standen wie aus dem Nichts vor mir, redeten in mehr oder weniger gutem Englisch beruhigend auf mich ein. »Beschreiben Sie das Kind.«

»Sie ist ungefähr so groß.« Ich hielt die Hand in Hüfthöhe, konnte nicht aufhören zu schluchzen. »Und sie hat ein grünes Tuch um den Kopf gewickelt, ein zartgrünes. Wie einen Turban.«

Der ältere von ihnen pfiff einige Male laut auf den Fingern. Die Töne gellten durch die Luft, schienen ein Zeichen zu sein. Mehrere Männer in Montur kamen angelaufen. Wie Schatten nahm ich sie wahr, Schemen, aus denen sich Epauletten und funkelnde Knöpfe bohrten. Mit knappen französischen Anweisungen kommandierte er den Trupp, hatte einen Befehlston, die Stimme tief, gelassen, als wäre er Aufgaben in brenzligen Situationen gewohnt. Seine Leute schwärmten aus.

»Wir werden den Ausreißer gleich gefunden haben, Madame«, wandte er sich an mich. »Vertrauen Sie uns.«

»Bitte finden Sie die Kleine.«

»Rühren Sie sich nicht vom Fleck. *D'accord?*«

Ich nickte. Wischte mir immer wieder die Tränen aus dem Gesicht. Die Sonne brannte heiß vom Himmel. Das Geläut der Kirchturmglocken drang an meine Ohren. Ein Flugzeug. Alles schien so weit entfernt, so unwirklich. Sekunden wie Minuten. Minuten wie Stunden. Ich versuchte stark zu sein, redete mir unablässig ein, dass alles gut würde, und dennoch geriet meine Nervosität ins Unermessliche. Stetig sah ich umher. Schließlich entdeckte ich in der Menge eine herannahende Person. Die Uniform leuchtete. Mit ausladenden Schritten kam der Mann mit der tiefen Stimme auf mich zugelaufen. Auf seinen Armen das Kind. Der blonde Schopf. Die Glieder schlaff, leblos. *Wie eine welke Rose.* Die Beine baumelten bei jeder Bewegung vor seinem Körper. Sie war tot. Meine Tochter war tot. Starr vor Entsetzen konnte ich mich nicht bewegen.

»Ist das Ihr Mädchen?«, rief er mir von der gegenüberliegenden Straßenseite zu, ließ ein Automobil passieren, bevor er herüberkam.

Der Unbekannte hielt das Bündel wie eine Kostbarkeit, die ihm gehörte, sah es liebevoll an. »Sie trägt keinen Turban.«

Ich konnte nicht antworten.

»Sie schläft.«

In mir waren keine Worte.

»Ich habe sie in einer der goldenen Gondeln gefunden, Madame. Hinten am Casino in dem Karussell.« Der Mann schenkte mir ein einfühlsames Lächeln. »*Elle est une princesse.*«

Mit zitternder Hand strich ich meiner Kleinen über den Kopf. Spürte ihren gleichmäßigen Atem. Als würde sie hundert Jahre schlafen, tief, ganz fest.

»Sie heißt Patricia?«

»Scottie«, brachte ich hervor. »Meine Tochter heißt Scottie.«

»*Wollen wir sie nicht Patricia nennen, Liebster? Mein Leben lang hatte ich den Traum, einem Mädchen diesen Namen zu geben. Heilige Patricia.*«

»*Das klingt albern. Sie wird Frances heißen. Frances Scott Fitzgerald, genannt Scottie.*«

»Ich wünschte, mein Mann würde nie von dieser Dummheit erfahren.«

»Warum sollte er?«

»Könnten Sie diese Sache für sich behalten? Ich meine, falls …« Verlegen fuhr ich mir durchs Haar.

»Es bleibt unser Geheimnis, Madame.« Mit durchdringendem Blick sah mich der Fremde an. Seine Augen hatten etwas Intensives, Bernsteinfarbenes. Er erinnerte mich an jemanden, den ich gut kannte. »Vielleicht bleibt es nicht unser Einziges, *qui sait?*«

*

Das Leben lässt sich nicht planen wie ein Roman, wer wusste dies besser als ich. Ich saß mit meinem Tagebuch auf der kleinen Mauer an der Veranda. Der Gärtner goss die Petunien in den Terrakottakübeln, Marthe hockte im Gemüsebeet auf einem umgestülpten Blecheimer und flocht Knoblauch zu langen Schnüren. Ich kaute auf meinem Stift herum, starrte Löcher in die Luft.

Scott wollte sein Manuskript in neun Teilen schreiben. Gestern hatte er mir während eines Spaziergangs am Strand erläutert, dass er dabei sei, den Spannungsbogen symmetrisch um das zentrale fünfte Kapitel zu komponieren. In jenem Moment erschien mir das Wort schwulstig – wer machte sich schon an die *Komposition* eines Romans, wenn man ihn doch konstruierte? –, aber bei näherer Betrachtung traf es das Wort perfekt. Scott entwickelte eine Art Klanggemälde aus Personen, Begegnungen und Auseinandersetzungen um den emotionalen Höhepunkt, in dem Gatsby und Daisy sich wiedersahen. Anfang und Ende des Romans schwangen als Erzählrahmen um die restlichen Kapitel, die gleichmäßig in leisen oder lauteren Tönen miteinander korrespondierten. Harmonierten.

Ich beobachtete Marthe, die nun eine der Knoblauchschnüre zum Trocknen an den rostigen Zaun knotete. Nachdenklich streifte ich das Satinband von meinem Tagebuch und klappte es auf. Scott schrieb an einer literarischen Symphonie, sie begann tatsächlich in meinen Ohren zu klingen, hinterließ Spuren. Doch während er auf den Höhepunkt seiner Geschichte hinarbeitete, entwickelten sich die dramaturgischen Elemente meines Lebens in die andere Richtung. Langeweile, Unzufriedenheit und eine stete Unruhe zogen mich in die Tiefe. Ich war nicht in der Lage, auch nur eine einzige Stunde am Stück auf meine Tochter aufzupassen, ohne dass ihr etwas zustieß. Oder einen Haushalt zu führen. Ich wusste nicht einmal, wie man ein verdammtes Ei kochte. Was Miss Maddock, Jeanne und Marthe scheinbar spielerisch erledigten, war für mich eine Herausforderung, fast eine Bürde. Warum? Vielleicht wollte ich es gar nicht können?

Ich las eine Menge; vielleicht war es das, was mir am meisten lag. Der Roman von Radiguet gefiel mir ausgesprochen gut, wenngleich ich auch ständig im Dictionary nach Begriffen suchen musste. Aber das Lesen war die eine Sache, es war wie Einatmen. Schreiben war Ausatmen. Das eine funktionierte nicht ohne das andere, oder? Gedankenverloren strich ich über die Wörter in meinem Tagebuch, fühlte, wie sie sich durch das Papier drückten. ›Liebe‹ stand da, immer wieder ›Liebe‹, in kleinen und großen Lettern, unterstrichen, ummalt. Es war ein Wort, das ich oft gebrauchte, war Teil jener Sätze, die Scott nur allzu gern zu seinen machte. Meine täglichen Gedanken und auch die unzähligen Briefe, die ich ihm geschrieben hatte, dienten ihm häufig als Inspirationsquelle. In diesen Zeilen fand sich mein Herz, mein Schmerz, befand sich all mein Leben. Seit wir uns kennengelernt hatten, schien Scott begeistert, schwärmte von meiner Eloquenz, von Redewendungen, die anders seien als alles, was er je gelesen habe. Schon nach kurzer Zeit begann mein Tagebuch zu verschwinden – *Du bist zerstreut, Darling, liegt es nicht neben dem Bett?* –, war Stunden, manchmal Wochen in seinem Arbeitszimmer unter dicken Nachschlagewerken versteckt. Später tauchten meine Einfälle leicht verwandelt in seinen Geschichten wieder auf. Schwarz auf weiß erlebten seine Romanhelden dann, was ich erlebt hatte. Was ich gedacht und gefühlt hatte. Mittlerweile blätterte Scott ganz ungeniert in meinen Seiten herum, kommentierte, unterstrich, als wären sie seine. Er übernahm mein Geschriebenes, ohne sich auch nur ansatzweise die Mühe zu machen, es einer Veränderung zu unterziehen. *In einer Ehe gibt es kein Plagiat.* Er brauchte meine Worte. Er brauchte mich. Hin und wieder war ich mir dieser Macht bewusst. Aber was sollte ich mit ihr anfangen? Zwischen uns beiden hatte sich etwas eingependelt, das mir die Kraft nahm. Wo war mein Stolz, meine Würde? Sein Verhalten ließ mich leerer werden, und bisweilen fühlte ich mich wie ein Kokon, aus dem ein zartgliedriges Geschöpf längst geschlüpft war.

Marthe begann eine Melodie zu summen. Der Gärtner rief ihr ein paar scherzende Worte zu, sie errötete und sagte: »*Oh là là!*«

Die Vorstellung, etwas erschaffen zu wollen, das nur mir gehörte, fesselte mich zunehmend. Die Gefahr dahinter war immens, der Ärger unausweichlich. Doch so sehr ich den Gedanken in der Vergangenheit auch zu unterdrücken versucht hatte, ich spürte immer deutlicher, dass ich unter meinem Namen veröffentlichen und Geld verdienen wollte. Worüber aber sollte ich schreiben, wenn mein Mann mich all meiner Ideen beraubte? Mir selbst die leisesten Gedanken stahl? Ich schaute in den Himmel hinauf. Dann schloss ich die Augen. In Scotts Geschichten fanden sich mutige und starke Frauen, verletzliche Frauen. Ich kannte sie alle. Es waren jene Frauen, die mir immer öfter ins Ohr raunten, dass ich meine eigenen Heldinnen benötigte. *Wir brauchen dich, Zelda.*

KAPITEL 5

Die Abenddämmerung legte sich über den Strand. Möwen kreisten umher. Jene Stunden im Juni, bevor die Sonne das Meer touchierte, flanierten die Menschen am Meeressaum entlang. Es war ein besonderes Schauspiel. Sie schienen von überallher zu kommen, strömten aus dem Tanzpavillon, dem Casino, berauscht vom Glück, vielleicht auch nur dem Traum davon. Alle waren im Pariser Weiß gekleidet, variierten den Ton nur um Nuancen. Die Herren in legeren Anzügen, die Hosenbeine hochgekrempelt, die Damen in flatternden Sommerkleidern mit tief sitzender Taille, Unmengen von Perlenketten am Hals, am Handgelenk. Standen in Gruppen, saßen in Deckchairs. Tranken Champagner, parlierten, lachten. Scott und ich woben uns in die Gesellschaft, die mich entfernt an die Party bei den Murphys denken ließ, doch die Atmosphäre war weniger greifbar, hatte beinahe einen mystischen Charakter. Einige Paare tanzten zu den Klängen eines Saxofons. In ihrem Hedonismus schienen diese Menschen den längsten Tag des Jahres herbeizusehnen, um ihn dann achtlos verstreichen zu lassen. Nach Sonnenuntergang waren sie verschwunden. Hinterließen eine Dunkelheit voller Rätsel. Nur das Rauschen des Meeres und die Erinnerung blieben gewiss.

»Als wären diese Stunden nicht wahr gewesen«, sagte ich zu Scott und schob mit dem Fuß ein paar Kammmuscheln durch den kühlen Sand.

»Das Beruhigende daran ist, dass es viele Wahrheiten gibt.« Er schaute auf das Meer hinaus und trank einen letzten Schluck Champagner. »Die Idee unseres Lebens ist nur eine davon.«

Nachdenklich lehnte ich meinen Kopf an seine Schulter. Seine Worte hallten nach. Was, wenn er recht hatte? Wenn sich diese Theorie endlos fortsetzen ließe?

Eine frische Brise wehte über das Meer heran. Ich fröstelte. Scott legte mir sein Jackett um die Schultern und nahm mich schützend in den Arm, wie er es lange nicht getan hatte. Wir schlenderten im matten Licht der Gaslaternen am Quai entlang.

»Weißt du was?«, sagte ich in das Summen und Surren tanzender Insekten hinein. »Ich bin froh, dass du heute Abend mit mir an den Strand gegangen bist.«

»Wir sollten das öfter machen. Ich mag es, wenn du dich amüsierst.« Im Schlagschatten wirkten die Konturen seines Gesichts hart und klar.

»Das hast du schon immer gesagt.«

»Wenn ich dich glücklich sehe, weiß ich, warum ich schreibe.« Er drückte meine linke Hand mit dem Ehering, drehte sachte an ihm. »Dann weiß ich, warum ich all das tue.«

Solche Sätze waren gefährlich, ich erlag ihnen. »Ich wäre gern so toll wie du, Goof.«

»Du bist die beste Version deiner selbst.«

Schließlich standen wir vor dem Café de la Flotte. Gedämpfte Musik quoll unter einem Vorhang am Eingang hervor. Eng umschlungen küsste sich ein Liebespaar vor der aquamarinfarbenen Fassade, ihre helle Kleidung wirkte surrealistisch vor dem schwach beleuchteten Blau, schien zu schweben.

»Zärtlich sind die Nächte, die der Jugend die Sinne betören.« Scott seufzte theatralisch.

»Nehmen wir noch ein Glas?«, sagte ich und deutete mit dem Kopf auf die weit geöffnete Tür. »Wir könnten deine Philosophien vertiefen.«

»Schon immer waren leere Gläser voller Geschichten.«

Als wir den schweren Samtvorhang zur Seite schoben, schallten uns lässige Jazzrhythmen entgegen, die mir sogleich unter die Haut fuhren. Der Geruch von Salzwasser und Tang, von unreifen Bananenstauden lag in der Luft. Unter meinen Sohlen knackten leere Nussschalen. Orientalische Papierlaternen hingen von der Decke, meine Augen mussten sich an die rötliche schimmernde Dunkelheit gewöhnen. Der Raum war klein, fast höhlenartig. Ich sah Krummsäbel an den Wänden, afrikanische Figuren. Hohe, bauchige Trommeln, auf denen Bretter mit eingebrannten Intarsien als Ablage dienten. Eine junge Frau mit langen schwarzen Haaren, um die sie wie eine Piratenbraut ein Stirnband geknotet hatte, saß auf einer Holzkiste neben dem Victrola, wachte über die Schellackplatten auf ihrem Schoß. Die Bar erinnerte mich an die exotische Atmosphäre eines Überseehafens.

»*Les Américains!*« Freudestrahlend kam uns der Besitzer entgegen und küsste mich auf die Wangen.

»Scott, das ist Jean, von dem ich dir erzählt habe.«

Die Männer begrüßten sich wie alte Bekannte.

Jean schenkte uns einen Pastis ein und goss einen Schuss Wasser aus einer eisgekühlten Karaffe hinzu. Seine Bar sei so etwas wie der abendliche Stützpunkt der französischen Luftwaffe, meinte er scherzend und stellte uns einige Freunde vor, die dicht gedrängt am Tresen standen. Leutnant Paulette und seine Frau Marie, die mit ihren weiß gepuderten Gesichtszügen und den mandelförmigen Augen einem Gemälde Tamara de Lempickas Modell gesessen haben konnte, Jacques Bellandeau, Robert Montague. Schließlich die Jüngsten unter ihnen, Réne und Bobbé aus Saint-Raphaël. Zu allen erzählte Jean winzige Geschichten, zwei, drei Details, die diese Menschen charakterisierten. Dann sah er sich suchend um. »Wo ist der Schönste unseres Elitetrupps?«

»Der sitzt da hinten.« Eine Frau mit dunkel geschminkten Augenlidern deutete mit einem Kopfnicken in die Ecke.

Mein Blick folgte ihrer Richtung und blieb an jemandem hängen, der sich gerade eine Zigarette anzündete. Er inhalierte einen tiefen Zug, die Glut leuchtete hell auf. Verglomm.

»Komm rüber, Jozan«, rief Jean laut gegen die Musik an. »Ich will dich mit den Fitzgeralds bekanntmachen.«

Der Mann stand auf und bewegte sich langsam durch den Raum auf uns zu. Er war hochgewachsen, hatte eine athletische Figur, dunkles Haar. Ein Beau, der um sein Aussehen wusste.

»Édouard Jozan – Zelda und Scott«, stellte Jean uns einander vor.

»*Enchanté*, Zelda«, sagte er und hauchte mir einen formvollendeten Kuss auf die Hand. Bedachte Scott mit einem knappen, doch aufmerksamen Nicken.

Mein Mann orderte drei Flaschen Graves Monopole Sec als Einstand. Die Runde applaudierte. Einer der Piloten begann mit scharrendem Geräusch, Eissplitter aus einer Kiste in die Champagnerkühler zu schaufeln.

Jozan, den alle nur mit seinem Nachnamen anredeten, lehnte an der Theke, rauchte scheinbar teilnahmslos, wandte den Blick nicht von mir.

Ich mochte es, genoss es. Schaute in einen blinden Spiegel an der Wand, um mein Haar zu richten. Es war entsetzlich lang geworden, ich sollte den Scheitel auf der anderen Seite tragen. »*Combs, yes, we have no combs today*«, sang ich und zupfte mit den Fingern einige Strähnen zurecht.

»Darf ich Ihnen meinen Kamm anbieten?« Er hielt mir ein Modell aus schimmerndem Horn entgegen.

»Wie aufmerksam.«

Plötzlich durchfuhr es mich wie ein Blitz. Eine Uniform, Epauletten, funkelnde Knöpfe. Diese tiefe Stimme mit dem weichen Akzent, die charismatische Erscheinung. Er wirkte gänzlich anders in dieser Umgebung, dieser Kleidung, doch zweifellos war das der Unbekannte, der unsere Kleine in der Gondel gefunden hatte. Das

Malheur hatte ich Scott nicht gebeichtet, und solange sich unsere Tochter weder bei ihm noch der Nanny in verräterischen Andeutungen erging, wollte ich die Sache auch für mich behalten. Sofort spürte ich das schlechte Gewissen in mir aufsteigen, hielt in der Bewegung inne, sah mein erschrockenes Gesicht im Spiegel. Sah seins.

»Sie haben wunderschöne Augen.« Als spürte er, welche Gedankenkaskaden in jenem Moment durch mich hindurchrauschten, begegnete er ihnen mit Anstand und Charme. »Augen wie diese sind voller Geheimnisse.«

Scott drehte sich um und lachte. »Glauben Sie mir, die ganze Frau ist ein Geheimnis.«

»Ist das so, Madame?«

*

»Diese Fliegerbande gefällt mir richtig gut«, sagte Scott, als ich den Wagen am späten Nachmittag auf der Corniche Richtung Antibes chauffierte. »Die haben alle etwas erlebt. Mit denen kann man diskutieren.«

»Sie haben eine andere Lebensauffassung als du.«

»Das ist das Spannende. Sie sind von Erlebnissen des Krieges geprägt, glauben an Tapferkeit, an Ruhm und Ehre.«

Ich nickte, während ich das Tempo drosselte, um eine Haarnadelkurve zu passieren. »Als du versucht hast, ihnen deinen Standpunkt über die Welt zu erläutern, die nach dem Krieg aus den Fugen –«

»Zelda!«, unterbrach er mich mit lauter Stimme. »Schau, wohin du fährst. Wir sind nah am Abgrund.«

»Das sind wir doch sowieso«, winkte ich ab und lenkte auf die Straßenmitte zurück. »Jedenfalls haben die Jungs dich bewundert.«

»Als amerikanischer Staatsbürger kenne ich natürlich alle Aspekte der Marktwirtschaft«, meinte er geschmeichelt. »Sozialer

Status, der Einfluss des Geldes. Ich denke aber eher, dass sie dich bewundern, mein Schatz. Jede Wette, die jüngeren drei Flyboys werden sich ein bisschen in dich verlieben.«

»Wie kommst du darauf?«

»Alle Männer verlieben sich in dich, wenn sie dich kennenlernen.« Ich spürte seinen Blick auf mir. »Ich bin dann immer stolz auf dich.«

»Nicht eifersüchtig?«

»Warum? Du heißt ja nicht Becky Sharp«, spielte er auf eine meiner liebsten Romanfiguren an. »An meiner Seite führst du das Leben, das dir diese Jungs niemals bieten könnten. Und ich denke, das weißt du sehr genau.«

»Auf dem Jahrmarkt der Eitelkeiten gibt es eine Menge zu bedenken …« Ohne mir über den tieferen Sinn dieser Worte Gedanken zu machen, schaltete ich in den nächsten Gang hinauf.

Schon am ersten Vormittag nach unserem Besuch im Café de la Flotte war ich einer Einladung der Piloten an den Strand gefolgt. Im Schatten eines Badehäuschens hatte ich mich gemeinsam mit René, Bobbé und Jozan wunderbar vergnügt. Wir erzählten uns Geschichten, alberten herum. Aus dem Fruchtfleisch einer Wassermelone schnitten sie mit ihren Taschenmessern schmale Streifen heraus, die saftig und süß und herrlich erfrischend schmeckten. Die drei gehörten der L'Aviation d'Escadre an, einer 1919 gegründeten Eliteeinheit, die das Starten und Landen von Flugzeugen auf Schiffen testete. Tatsächlich waren es ihre einmotorigen Maschinen, die ich ständig am Himmel über Saint-Raphaël sah. Viele ihrer Manöver trainierten sie auf einer Landezone in Fréjus, hatte Bobbé mir erklärt, die aus der Luft wie ein Champagnerkorken aussehe und den Abmessungen irgendeines wichtigen Flugzeugträgers entspreche.

»Wir haben nur wenige Flugstunden in diesem Sommer zu absolvieren. Also bleibt genügend Zeit, uns mit Ihnen zu amüsieren, Zelda.«

Sätze, die ich hören wollte. Tatsächlich schien es, als machte mich die Clique zum Mittelpunkt ihrer Gesellschaft.

»Stell dir vor, Scott«, sagte ich und rieb mit dem Finger über einen Fleck auf der Windschutzscheibe, »Jozan will mir in den nächsten Tagen den Hangar zeigen.«

»Ich freue mich für dich.« Er legte den Kopf auf meine Schulter und sagte in verschwörerischem Ton: »Pass auf, am Ende des Sommers kennst du sämtliche Geheimnisse der französischen Marine.«

»Die glücklichen Fügungen einer Muse.«

In Théoule-sur-Mer überholten uns auf gerader Wegstrecke ein paar Raser. Ich bremste, verschaltete mich, der Wagen heulte auf, bockte.

»Jetzt weiß ich, warum es *femme fatale* heißt. Kein Mann würde einen Steuerknüppel derartig lieblos betätigen.« Scotts Worte waren von Häme durchtränkt. »So schwierig ist es doch gar nicht.«

»Spar dir deine Kommentare, oder ich erzähle den Murphys, dass du ein verkaterter Schriftsteller bist, der es vorhin mit seinem dicken Schädel nicht hinter das Steuerrad geschafft hat.«

»Untersteh dich!« Er schnappte im Wind nach den Enden meines hellen Seidenschals, den ich mir um den Kopf gebunden hatte, und strich gedankenversunken durch die Fransen.

»Schade, dass wir nun jedes Mal eine zweistündige Autofahrt hinter uns bringen müssen, um zum Cap zu gelangen«, sagte ich nach einigen Meilen des Stillschweigens und schaute flüchtig auf die defekte Tankanzeige. »Ich wünschte, Sara und Gerald würden um die Ecke wohnen.«

»Wir sind ja bald da.« Scott streckte den Arm aus, deutete über die Bucht. »Gleich erreichen wir Cannes. Dort musst du dem Schild Richtung La Bocca folgen.«

»Mache ich.«

Aus heiterem Himmel begann er, über Marie zu reden, die Frau Leutnant Paulettes. Sie habe irgendetwas an sich, meinte er, das ihn als Autor interessiere. Das wallende rote Haar, diese gesenkten Lider, die üppigen Formen. »Sie ist überhaupt nicht schön, aber ich sehe etwas Sinnliches in ihr. Da ist Energie, da berührt mich ein Funke.«

Mir schwebte ihr dunkelblaues Kleid aus Crêpe-de-Chine durch den Kopf, die altmodischen Tüpfel. »Eine Vollschlanke, Mitte dreißig?«, rief ich ungläubig, rutschte mit dem Fuß vom Gaspedal, trat kräftiger durch. Ein Gewirr von Schildern kreuzte nach der nächsten Biegung auf. Ich verengte die Augen zu schmalen Schlitzen, um die Schrift schärfer zu stellen.

»Zelda, du musst links abbiegen«, rief Scott aufgebracht. »Kannst du nicht lesen? Links!«

Ungelenk zog ich den Wagen in die andere Spur, plötzlich hupte es, dann ein markerschütterndes Reifenquietschen. »Hilfe!«, kreischte ich, schloss die Augen, spürte, wie Scott hektisch ins Steuerrad griff, schlingernd auf den Seitenstreifen lenkte, über Grasnarben und Steine holperte, bis der Renault zum Stehen kam.

»Bist du wahnsinnig?« Fassungslos sah er mich an. »Willst du uns umbringen?«

Ich zitterte am ganzen Körper. »Die Schilder waren verschwommen. Ich konnte sie nicht erkennen.«

»Und die Automobile? Hast du die auch übersehen?«, fragte Scott verärgert. »Hast du einen Augenfehler?«

»Ich fürchte, ja«, stammelte ich, hielt mir die Hände vors Gesicht und begann zu schluchzen.

»Rutsch hinüber«, sagte er schroff, stieg aus, ging kopfschüttelnd um das Automobil herum und nahm meinen Platz ein. »Du bist eine miserable Fahrerin.«

»Die anderen sind mir doch ausgewichen. Zu einem Unfall braucht es zwei.«

»Bravo!«, brachte er wutschnaubend hervor. »Du schaffst es immer wieder, dich aus der Verantwortung zu ziehen.«

Wie so oft strafte er mich eine Weile mit Ignoranz. Ich hasste diese Momente, wenn er mich mit meinen Fehlern im Regen stehen ließ und ich darin aufweichte.

Stumm lenkte er den Wagen auf die Straße, fädelte sich souverän in das verzweigte Straßensystem Cannes ein, fasste sich einige Male gequält an die Schläfen, um mich seinen Kopfschmerz nicht vergessen zu lassen. Diese Gestik rieb mich zusehends auf; jeder Kater endete in diesem leidenden Gesichtsausdruck, wurde zum nervösen Mittelpunkt unserer Ehe. Scott fand seine Sprache erst wieder, als wir die felsigen Ausläufer des Cap d'Antibes erreichten, die sich sanft in den Wellen räkelten, etwas Meditatives ausstrahlten.

»Ich wollte vorhin darauf hinaus, dass ich aus dieser Marie Paulette Teile meiner Myrtle konstruiere. Ihr Aussehen macht sich sicher gut als Geliebte des grobschlächtigen Tom Buchanan.« Mit einem Ruck brachte er den Wagen vor dem Hotelgelände, in dem die Murphys abgestiegen waren, zum Stehen und zog die Handbremse mit einem knarrenden Geräusch an. »Eine einfältige Frau aus dem Tal der Asche flüchtet sich in die Welt des Geldes und gerät an einen rücksichtslosen Egoisten.«

»Und dafür benötigst du sinnliches Fleisch, ja?« Ich zündete mir eine Zigarette an, betrachtete ihn abschätzig von der Seite.

»Mir gefällt es.«

»Ich finde es lächerlich, viel zu klischeebehaftet.«

»Warum?«

»Eine Geliebte bedeutet bei euch Männern immer gleich dralle Rundungen und Dümmlichkeit. Das ist langweilig.«

»Es ist folgerichtig.«

»Das wird ja immer schlimmer.« Ich legte den Kopf in den Nacken, stieß den Rauch angestrengt in die Luft. »Weißt du was, Scott? Das Frauenbild, das dir durch den Kopf zu geistern scheint, beginnt mich zu nerven.«

»Törichter Unsinn! Du redest ja plötzlich wie eine dieser Suffragetten daher. Entwickle jetzt bloß keinen Weiblichkeitswahn.«
»Eher eine gleichberechtigte Ader«, konterte ich.
»Emmeline Pankhurst lässt grüßen.« Scott lacht gequält auf. »Schmeißt du dann auch bald Schaufensterscheiben ein?«
»Was kann man gegen kluge und zielstrebige Frauen sagen, die für eine größere Sache kämpfen?« Ich schnippte meine Zigarette in hohem Bogen von mir, beobachtete, wie sie langsam im Kiesbett verglomm. »Deine ganze Geschichte nervt.«

Als hätte ein Regisseur sein Megafon zur Hand genommen und laut *Klappe, die nächste!* gerufen, stiegen wir aus dem Automobil und schritten durch das schmiedeeiserne Tor dem Hôtel du Cap entgegen. Mondän und erhaben leuchtete uns die vierstöckige Villa strahlend weiß entgegen, hatte nichts von den müden gräulichen Fassaden der Grand Hôtels in Nizza oder Cannes, die sich im Vergleich wie alternde Diven ausnahmen. Die Schindeln des Mansardendaches glänzten inmitten dieser prachtvollen Kulisse in einem dezenten Schiefergrau. Nichts schien dem Zufall überlassen. Die kontrastreichen Farben schmiegten sich in das satte Grün des gepflegten Parks, der trotz steigender Temperaturen eine angenehme Kühle ausstrahlte. Ausladende Pinien säumten den Weg wie ein riesiger Baldachin. Weit entfernt hörten wir aus der Richtung des Meeres Kinderlachen.

Vor dem Eingang stand ein auffälliger zitronengelber Sportwagen, von dem ich wusste, dass er den Murphys gehörte. Wir stiegen die imposante Freitreppe hinauf und betraten die menschenleere Lobby. Scott betätigte eine Glocke am Tresen; der hohe Ton schien über den hochglanzpolierten Marmorboden zu schlittern, verhallte zwischen den konkaven Furchen mächtiger Säulen. In der Stille versuchten wir unseren Unmut zu verbergen, flüsterten, doch unsere Worte zischten und brodelten, warteten unter der Oberfläche nur darauf, explodieren zu dürfen.

»An manchen Tagen fürchte ich meine Kritiker. An anderen fürchte ich meine Abgabetermine, Schreibblockaden, schlechten Smalltalk. Aber weißt du, was ich am meisten fürchte, Zelda? Dein Geschwätz.«

Aufgerieben schluckte ich meinen Ärger hinunter. Ich hatte mich für diesen Mann entschieden, für dieses Leben. Da ich um seine Launen oft besser wusste als um meine eigenen, war mir klar, dass er sich gleich wieder beruhigte. Sobald ich meine Meinungen scheinbar glättete und mich wieder in die Zelda verwandelte, die er vor einigen Jahren geheiratet und zu seinem Flapper geformt hatte, wäre alles in bester Ordnung.

Sara trat im oberen Geschoss an die Balustrade. »Guten Tag, meine Lieben«, begrüßte sie uns mit ihrer aristokratischen Stimme und schritt die Treppe hinunter. Sie trug ein langes, hauchdünnes Trägerkleid, das ihr auf den Stufen hinterherfloss. Ihr Haar hatte sie mit einem cremefarbenen Seidentuch zu einem legeren Knoten aufgebunden, die Arme zierten diverse Reife aus Elfenbein. »Gerade noch las ich während des Ruhens in deinen Kurzgeschichten, Scott. *Der Eispalast* erschien mir in der Hitze wie ein Antidot. Eine wundervolle Story, insbesondere die Beschreibungen des Friedhofes sind dir perfekt gelungen.«

»Ach? Die habe ich mir gewissermaßen aus dem Handgelenk geschüttelt.« Er lächelte verlegen, bedachte mich mit einem flüchtigen Seitenblick. »Nichts Besonderes.«

Erinnerst du dich, dass Der Eispalast von der ersten Zeile an meine Idee gewesen ist? Dass du die Beschreibungen meinem Tagebuch entnommen hast?

»Doch, doch.« Sara warf ihre Perlenkette schwungvoll über den tiefen Rückenausschnitt, strich Scott daraufhin mit jener aparten Geste über den Unterarm, die sie zu kultivieren schien. Ich war beeindruckt, wie gekonnt sie meinen Mann um den kleinen Finger wickelte. »Du gehörst zu den größten Literaten unserer Zeit.«

Der Satz stach mir ins Herz. Es war der Moment, in dem ich die Tatsachen zumindest ein bisschen ins rechte Licht hätte rücken können. Ein erster Schritt in die Selbstständigkeit, in die Freiheit. Doch ich blieb stumm. Ich konnte ihm nicht wehtun, ohne mich selbst zu verletzen.

»*Dieser* Mann scheint mir das wahre Talent.« Scott zog die Anthologie der Contact Editions aus der Innentasche seines Jacketts und strich über den schmalen Schnurrbart, den er sich neuerdings stehen ließ. »Schreibt anders als ich, dieser Hemingway, aber er ist verdammt gut. Wenn er sich stilistisch in diesen Bahnen weiterentwickelt, könnte man ihn irgendwo im Dunstkreis von Sherwood Anderson oder Ford Madox Ford einordnen.«

»Gertrude Stein und Pound haben ihn unter ihre Fittiche genommen. Wir sind gespannt, welchen Einfluss die beiden auf ihn nehmen.«

»Sie werden seine Kunst des Weglassens präzisieren.«

»Das passt. Hem ist ein impulsiver Kerl, rau und unverblümt. An verschnörkelten Sätzen verzweifelt er.« Sara wandte sich mir lachend zu. »Ich liebe ihn, aber mit seiner Frau möchte ich nicht tauschen.«

»Wie ist sie?«, fragte ich höflich, obwohl mich eine Antwort wenig interessierte.

»Nun, Hadley ist eine reizende Person«, erwiderte sie nach kurzem Zögern, »aber sie ist auf eine amerikanische Art sehr schüchtern, ein Fremdkörper in Paris. Unser Ernesto benötigt wohl eher eine starke Frau an der Seite, um solch eine Karriere voranzutreiben. Wie jeder Schriftsteller. Aber was rede ich? Gehen wir zu den anderen, ich habe im Pavillon einen Umtrunk vorbereiten lassen.«

Während wir den schnurgeraden Weg zum Meer hinunterliefen und uns mit jedem einzelnen Schritt auf dem knirschenden Kies von der eigenen Welt entfernten, erzählte uns Sara von den Geschehnissen der letzten Wochen. Geralds Bruder Fred sei seinen

Kriegsverletzungen Ende Mai erlegen, und obwohl die Familie damit gerechnet habe, sei alles sehr traurig gewesen. Sie bat uns, ihrem Mann die Verschlossenheit nachzusehen.

»Er konserviert seine Gefühle momentan wie ein Insekt im Bernstein«, meinte sie. »Am liebsten würde er sich nur noch in seinem Atelier aufhalten und malen. Ich habe in diesem Sommer die ganze Expatszene zu Gast, um ihn von seinen trüben Gedanken abzulenken.«

»Es tut mir leid, das zu hören«, versicherte ich ihr mein Mitgefühl. »Wir unterstützen dich, wo wir können.«

»Wenigstens kommen die Arbeiten in der Villa voran.« Sie deutete über das Cap in Richtung Norden. »Zwischen all den Zementsäcken plane ich eine Party unter der riesigen Linde, wo später einmal das ganze Familienleben stattfinden soll. Ihr werdet doch kommen, meine Lieben?«

Wenige Augenblicke später erreichten wir den Pavillon auf einem Felsen namens Eden Roc, dort oben bot sich ein fantastischer Blick auf das *mer Méditerranée*. Die vorgelagerte Terrasse war sanft geschwungen, wurde von flatternden mitternachtsblauen Markisen beschattet. Ich stellte mich an die Reling und schaute auf den salzwassergefüllten Pool, den man in den Basalt gesprengt hatte. Gerald stand am Beckenrand und ließ die Arme in großen Schwüngen um seinen Körper kreisen, offenbar erteilte er seinen beiden braun gebrannten Jungs gerade eine Lektion im Schwimmen. Ihre blonden Schöpfe leuchteten unter den knallroten Gummireifen hervor. Die burschikose Honoria turnte an einer seichten Stelle auf einem Trapez über dem Meer. Sie wirkte, als wollte sie hoch hinauf in den Himmel klettern, um nach den Wolken zu greifen.

Die Zeit verstrich. In der arroganten Selbstgefälligkeit des Nachmittags tranken wir aus geschliffenen Kristallschalen eisgekühlten Champagner, dazu reichte Sara dunkelrote Erdbeeren, deren Spitzen sie in zartbittere Schokolade hatte tauchen lassen.

»Alles hier erscheint paradiesisch«, sagte ich in das Rascheln der hohen Ziergräser hinein, die ringsherum in Terrakottakübeln die Terrasse säumten. Ich beugte mich aus dem Deckchair hervor, um mir eine weitere Frucht vom Silbertablett zu nehmen.

»Das einzige Paradies ist das verlorene Paradies.« Gerald sah mit leerem Blick aufs Meer hinaus. »Ich denke, Proust hat recht mit seiner Aussage.«

»Ach, der Kerl hat sich zu lange mit der verlorenen Zeit beschäftigt«, versuchte Scott in seinem üblichen *argot* einen Scherz. »Diesseits vom Paradies lebt es sich besser.«

Doch niemand lachte. Nicht alle Gedanken waren es wert, in Worte gehüllt zu werden.

Vielleicht mochte es Scotts unsensible Art gewesen sein, vielleicht auch meine innere Unruhe, die mich aus einem Impuls heraus aufstehen und rufen ließ: »Ich muss einen Moment allein verbringen.« Ohne auf die mahnenden Rufe der anderen zu achten, lief ich über einen schmalen Pfad zu einem abseits gelegenen Steilhang hinüber, an dem die Gischt verheißungsvoll über die rauen Kanten sprühte. Das Wasser wogte, schäumte, warf sich immer wieder an den glänzenden schwarzen Felsen. Es hatte etwas Riskantes, das mich in den Bann zog. Wie in Trance entledigte ich mich meiner Segeltuchsandalen, streifte das Kleid vom Körper und sprang kopfüber in die Fluten. Mit kräftigen Bewegungen schwamm ich gegen die Strömung an. Schwamm weit hinaus. In den Wellen konnte ich vergessen, konnte all meinen aufgestauten Frust verdrängen. Ich drehte mich herum und schaute zum Pavillon. Scott entnahm dem Kühler den Champagner und schenkte unseren neuen Freunden ein weiteres Mal nach. Aus der Distanz wirkte er harmlos, beinahe unschuldsvoll. Genau wie der Mann, den ich damals geheiratet hatte.

KAPITEL 6

Ich erwachte im Morgengrauen vom Gesang der Vögel und schlich hinunter in die Küche, wo mir der Geruch frisch gerösteter Kaffeebohnen in die Nase strömte. Marthe räumte gerade die leeren Milchflaschen in einen Weidenkorb.

»*Café crème*, Madame?«, fragte sie und strich geschäftig über ihre Schürze. Ohne meine Antwort abzuwarten, stellte die Köchin mit routinierten Handgriffen die Espressokanne auf die Gasflamme, schlug dann mit einem Schneebesen die Milch in einem metallenen Gefäß auf. Schon im nächsten Augenblick reichte sie mir eine große Tasse dampfenden Kaffees mit einer zitternden Schaumhaube.

»Was würde ich nur ohne Sie machen, Marthe?«

Im Herrenzimmer setzte ich mich mit angezogenen Beinen in den gemütlichen Ohrensessel am Schreibtisch und wartete auf die ersten Strahlen des Sonnenaufgangs. Es war wunderbar anzusehen, wenn sich das Licht am frühen Morgen von einem matten Grau in einen luziden Orangeton verwandelte, für Momente gar ein feuriges Rot annahm. Mein Blick schweifte über Scotts Notizen, die er spät in der Nacht nach unserer Rückkehr aus Antibes noch geschrieben haben musste. ›Daisy‹ stand da. Immer wieder Daisy, Daisy. Dann Daisy Fay. Neben den vertrockneten Rändern eines Sherryglases lag mein aufgeschlagenes Tagebuch, daneben Keats' *Ode an eine Nachtigall*. Sein Vorbild schien ihn tatsächlich zu beeinflussen. Gestern hatte Scott den Murphys vollmundig erzählt, dass er in seinem Manuskript immer wieder Anklänge an bedeutende Werke der englischen Lyrik einfließen lassen wollte.

T. S. Eliot. Joseph Conrad. Keats sei ihm wegen des Sprachstils und des romantischen Lebensgefühls wichtig. Ich blätterte mich weiter durch Seiten mit Scotts säuberlicher Handschrift, den gleichmäßigen Ober- und Unterlängen, an einen aufgezeichneten Herzschlag erinnernd. Las Ginevras Name. Mein Name. Wörter, die uns charakterisierten. Es war sonderbar, auf diese Weise etwas über mich zu erfahren. Ich war zart, aber zäh. Ich war modisch. Aber war ich manipulierend und konventionell? Eine gewöhnliche Frau? Ernüchtert seufzte ich. Scott schien mich nicht annähernd für so besonders zu halten, wie ich gedacht hatte. *Nun, Enttäuschungen beruhen wohl oft auf Gegenseitigkeit, mein Freund ...* Fay, offensichtlich Daisy Buchanans Mädchenname, konnte man von *fairy* ableiten, doch ich war mir sicher, dass es eine literarische Anspielung auf Keats' Gedicht sein musste. Ich kannte die Ode sehr genau, ich hatte sie oft gelesen. Sie beschrieb die Zerrissenheit zwischen der realen Welt des Dichters und der durch die Nachtigall dargestellten idealen Welt der Schönheit. Kurz schloss ich die Augen und versuchte motivische Zusammenhänge herzustellen. Die betörenden Melodien des Vogels waren am Ende nichts anderes als ein hübscher, vergänglicher Traum. Das Manuskript bekam also einen düsteren Sinn. Was wollte Scott tatsächlich damit ausdrücken? *Lebewohl! Lebewohl! Deine elegische Hymne verklingt ...* Ich erschrak. War es Daisy, die mir die Worte zuraunte oder hatte ich nur laut gedacht?

*

Wenn Scott seine Arbeit gegen sieben am Abend beendete, nahmen wir unser Dinner mit der Kleinen ein und brachten sie oft gemeinsam zu Bett, lasen ihr mit verstellten Stimmen *Alice im Wunderland* oder *Peter Pan* vor und gaben ihr zum Schluss einen Kuss auf die geröteten Schlafbäckchen.

»Fliegt ihr jetzt wieder ins Nimmerland?«, fragte sie einmal kurz vor dem Einschlummern und berührte ehrfürchtig die glitzernde Strassbrosche in meinem Haar.

»Ich wünschte, es wäre so, mein Schatz«, flüsterte Scott, schloss die Holzläden und verriegelte das Fenster. Rüttelte sogar nochmal am Griff. Ich war mir sicher, dass in seiner Antwort mehr Wahres steckte, als er je in seinem Leben zugeben würde.

Nach diesem Ritual fuhren wir häufig hinunter ins Café de la Flotte und vergnügten uns mit den Einheimischen zu neuen Jazzklängen. Es war mein Highlight des Tages. Zweimal in der Woche trat eine Drei-Mann-Kapelle aus Marseille auf und füllte den Raum mit ungestümen Rhythmen, in denen immer wieder mal fremdartige afrikanische oder arabische Töne mitschwangen. Die älteren Bellandeau und Montague, die mit ihren dunklen buschigen Brauen und den gezwirbelten Schnurrbärten wie Zwillinge aussahen, entpuppten sich als hervorragende Musiker, griffen hin und wieder zu Trompete, Klarinette oder dem Schlagzeug und heizten der ausgelassenen Truppe mit ihrer ganz eigenen Darbietung ein. Die Atmosphäre war stets großartig. Die oft überdrehte Marie und ich erfanden spaßige Tanzschritte, schüttelten unentwegt unsere Schultern, ließen die Hüften kreisen.

»Das Hinternwackeln nennt man in den Staaten *Hootchy-Kootchy*«, rief ich ihr zwischen den aufgekratzten Klängen zu, und wenn die Französin das Wort lachend nachsprach, hatte es etwas von einer klebrigen Süßspeise auf der nachmittäglichen Buffetkarte des Ritz. Tanzten wir nicht, kreierten wir amerikanische Cocktails, die Scott mit Fantasienamen wie *East Egg* und *West Egg* versah.

Die Vormittage verbrachte ich allein mit den Jungs von der Marine am Strand. In der Ferne sahen wir manchmal die schwarz gekleidete Miss Maddock mit Scottie an der Hand spazieren gehen. Wir dehnten die gemeinsamen Stunden, als wäre das Nichtstun unsere *raison d'être*. René und Bobbé waren zu allerlei Scherzen aufgelegt, doch war das Meer launisch, spiegelten ihre Augen jene Gräueltaten des Krieges wider, die Worte nicht auszudrücken vermochten. In ihnen sah ich die letzten Schlieren jener Jahre. Das rußige Schwarz ausgebombter Städte, den schlammigbraunen Ton der Schlachtfelder, auf denen einst die Toten gelegen hatten, die Glieder verrenkt. Die Perspektive der Flieger musste verheerend gewesen sein, erreichte sie doch hoch oben am Himmel jene Distanz, die rohe Wirklichkeiten überschaute. René und Bobbé hatten den Krieg nur noch in seinen letzten Atemzügen erlebt, doch diese Ausläufer schienen gereicht zu haben. Sie alle sprachen in meiner Gegenwart niemals über diese Themen, ich hatte sie aber mit Scott darüber diskutieren hören. Das Schweigen mir gegenüber schien eine Art Gelübde der Soldaten; wenn es jedoch eine Steigerung des Schweigens gäbe, dann beherrschte Jozan diese vollkommen. Nicht einmal seine Augen verrieten die geringste Andeutung. Mit ihrer tiefgründigen Melancholie degradierten sie den Krieg zu einer nebensächlichen Chimäre. Als hätte er nie stattgefunden – hatte er?

Ich mochte die höflichen Manieren der Jungs, die Wertschätzung, die sie mir entgegenbrachten. Sie beteuerten immer wieder, dass ich Großstadtglanz in ihren provinziellen Kreis gebracht hätte. Bewunderten mich für meine überbordende Lebenslust. Oft redeten sie voller Inbrunst über guten Wein, Kunst und Literatur. Mein Französisch wurde täglich besser, und ich entwickelte einen enormen Ehrgeiz, all die geschmeidigen Laute *avec beauté* auszusprechen. Natürlich suchten wir nach Worten in der einen oder anderen Sprache, füllten Lücken mit Gesten, mit Mimik, doch eigentlich funktionierte die Verständigung recht gut.

»Arthur Rimbaud ist ein Wunder«, meinte René mit der Verve einer Künstlerseele, während er mit den Fingern ein wellenartiges Muster in den Sand harkte. »Zwischen all seinen Zeilen spüre ich die ständige Suche nach Identität.«

»Die Welt hat bessere Dichter hervorgebracht«, entgegnete Bobbé.

»*Mais non*! Kann doch gar nicht sein.«

»Doch«, gab er beharrlich zurück. »Ich brauche mehr Drama, Gefühle, den ganzen Wahnsinn des Lebens.«

Jozan und ich tauschten einen verschwörerischen Blick aus und unterdrückten ein Lächeln. Seine Grübchen versanken in einem dunklen Bartschatten. Er hatte ein wohlgeformtes Gesicht voller Symmetrie, das ich gern betrachtete. Wenn er mit geschlossenen Augen neben mir lag, spürte ich in seinen Zügen dem Goldenen Schnitt nach, studierte die Abstände zwischen Augen, Nase und Mund, sogar seine geschwungenen Nasenflügel erschienen mir perfekt. Diese Anmut faszinierte mich. Wie konnte man nur so schön sein?

»Du meinst doch nicht etwa Goethe?« Aus jedem Wort sprach Betroffenheit. René setzte sich auf, strich energisch den feinkörnigen Sand von seinen Handflächen. »Der Mann ist ein rhetorisches Luder, ein hervorragendes Argument, wenn man die Literatur im Keim ersticken will.«

»*Die Leiden des jungen Werther* ist große Dichtkunst. Das Buch hat damals unzählige Menschen in den Freitod getrieben.«

»Na toll.«

Bobbé sah mich an. »Sie sind vertraut mit dem Leben in Paris und der restlichen Welt. Was sagen Sie dazu, bezauberndste aller Frauen?«

»Warum riskieren Sie beide nicht mal etwas ganz anderes?« Ich zog das Buch von Radiguet aus meiner Korbtasche, das ich mithilfe des Dictionarys bereits zu zwei Dritteln gelesen hatte. Niemand beschrieb die Abgründe zwischenmenschlicher Herzensangelegenheiten tiefgehender. Ich wollte es ihnen ausschließlich mit französischen Worten nahebringen, aber wie sollte ich ein solches Epos mit meinen Kenntnissen zusammenfassen? »Eine *ménage à trois* mit mächtigen Komplikationen«, wagte ich einen Versuch. »Dankbarkeit und Freundschaft werden mit Liebe verwechselt.«

»Klingt nach Tragödie.« Bobbé nahm das Buch zur Hand und blätterte in den Seiten herum.

Plötzlich schaute René erschrocken auf seine Armbanduhr und mahnte seinen Freund zum gemeinsamen Dienstantritt. »Wir müssen nach Berre hinüber. *Vite, vite*, du Träumer!«

Hastig packten die beiden ihre Sachen zusammen, schlüpften in ihre Hosen, warfen die zerknitterten Leinenhemden über.

»Ich liebe die Leidenschaft!«, rief Bobbé beim Fortgehen über seine Schulter hinweg. »Und ich liebe Sie, Zelda Fitzgerald!«

Lachend warf ich den Jungs zum Abschied eine Kusshand zu. »Bis heute Abend!«

»Vergeben Sie ihnen die Albernheiten, sie sind jung und unerfahren. Viel mehr als die Küsten Frankreichs haben die Grünschnäbel noch nicht gesehen.« Jozan deutete auf das Handtuch. »Darf ich?«

Ich rutschte ein Stück zur Seite, damit er sich neben mich legen konnte. »Scott hasst es, in nassen Sachen am Strand zu liegen.« Ungeniert schob ich die Träger meines Badeanzugs von den Schultern.

»Aber er hasst es nicht, wenn Sie mit anderen Männern flirten? Hat er keine Angst um Sie?«

»Nein.« Ich lachte. »Falls es Sie genauer interessiert, Eifersucht ist für ihn ein erregendes Gefühl. Er meint, es macht mich attraktiver, wenn sich Männer in mich verlieben.«

»Dabei sind Sie die strahlendste Schönheit überhaupt.«

Jozan roch nach Sonne und Salz und Abenteuern, es war ein ehrlicher Geruch. Ich nahm die Wärme seines Körpers dicht an meiner Haut wahr, spürte die muskulösen Oberarme, die voller Tätowierungen waren wie die von Jean. Ein Nautical Star, gekreuzte Kanonen, Schildkröten.

»Erzählen Sie mir mehr von diesem Buch.«

»Es geht um eine Frau und zwei Männer«, begann ich und verspürte plötzlich ein stärkeres Herzklopfen in meiner Brust. »Ich weiß noch nicht, wie es ausgeht, aber da ist die große Liebe im Spiel.«

»Haben Sie Ihre große Liebe gefunden?«

»Natürlich«, hörte ich mich zögernd antworten. Ich liebe Scott.«

»Der intelligente Scott Fitzgerald«, sagte er betont langsam, Silbe für Silbe, als suchte er hinter dem Namen nach etwas Tiefgründigem, irgendeinem Geheimnis. Dann schwieg er eine Weile. Nur die Möwen und das Rauschen des Meeres betörten den Augenblick. »Sie wissen nicht, was wahre Liebe bedeutet.«

»Warum nicht?«

»Weil Sie noch nie einen Franzosen geliebt haben.«

Jozan drehte sich herum und begann mich zu küssen. Es war der Hauch eines Kusses, sachte, ganz zart, der schnell leidenschaftlicher wurde. Weiche Lippen. Die Geschmeidigkeit seiner Zunge. Das Gefühl sollte nicht enden. Ich vergaß alles um mich herum. Es gab keine Zeit, kein Gewissen, nur diesen Kuss. Einzigartig. Atemraubend. Und irgendwann kam der Moment, in dem ich wusste, nichts würde jemals wieder so sein, wie es einmal gewesen war.

Als Scott am Abend den Renault vor dem Café parkte, stapelte Jean gerade die Metallstühle aufeinander und schob sie dicht an die Holzkisten vor der aquamarinblauen Fassade. Spontan kam mir ein dadaistisches Kunstwerk von Duchamp in den Sinn.

»Der Mistral ist im Anmarsch«, meinte er und wischte sich mit dem Unterarm den Schweiß von der Stirn.

Prüfend streckte mein Mann seinen Zeigefinger in die Luft. »Ich spüre nichts. Kein Windhauch.«

»Die Sichtweite nimmt zu. So geht's los.« Der Barbesitzer schaute besorgt in den Himmel hinauf. »Es war sehr trocken in den letzten Monaten, da werden sich schwere Waldbrände im Hinterland entfachen.«

Im Inneren ertönten erste Klänge von Al Jolson.

»Ooooh.« Hingebungsvoll schloss ich die Augen. »Ist er nicht bedeutender als Jesus Christus?«

»Wer?«, fragte Scott irritiert.

»Na, Al.« Beim Aussteigen strich ich über mein mehrlagiges Kleid aus Crêpe-de-Chine mit den eingewebten Metallfäden und fühlte noch einmal nach der Pfingstrose im Haar. Ich hatte mich sorgfältig für diesen Abend zurechtgemacht, mein schönstes Make-up aufgelegt, mich kurz vor der Abfahrt ein weiteres Mal in eine Parfumwolke gehüllt. Das Herz klopfte mir bis zum Hals. Mit einem Ruck schob ich den schweren Samtvorhang am Eingang zur Seite, drehte mich tanzend über knackende Pistazienschalen in das rötlich schimmernde Licht des Raums hinein und sang den Refrain zu *Toot, Toot, Tootsie*. Wirbelte meine lange Perlenkette mit Schwung umher, eine Koketterie, die ich mir bei einer hohlwangigen Schauspielerin in einem Stummfilm abgeschaut hatte. Aus den Augenwinkeln sah ich Jozan mit einem Drink in der Hand am Tresen lehnen, flankiert von anderen Männern, spürte seine verlangenden Blicke auf meinem Körper. Alles kribbelte in mir. Nach dem Song stellte ich mich erhitzt neben ihn und bestellte einen Champagner auf Eis. Ignorierte ihn mit Bestimmtheit. Erwartungsvoll.

»Warum orderst du keine Flasche, mein Schatz?«, rief Scott mir zu. »Mein Manuskript kommt voran. Das müssen wir feiern.«

Marie klatschte in die Hände und warf ihr rotes Haar zurück. »Sie sind ein Guter, *mon cher*!« Der Musselinstoff des braunen geblümten Kleides spannte über den kurvigen Hüften, als sie sich ihrem Mann zuwandte. »Nun hol schon ein paar Gläser, damit man sich hier mal amüsieren kann.«

Während der Leutnant den Graves Monopole Sec einschenkte, konnte ich beobachten, dass Scott Marie studierte, sich Mimik und Bewegungen der Fliegergattin genauestens einzuprägen versuchte. Er formte sie zu seiner Myrtle.

»Oh, mein Lieber«, sagte sie mit ihrer kehligen Stimme und befeuchtete die Lippen, »Sie beide müssen uns unbedingt besuchen kommen. Wir haben einen Welpen gekauft.«

»Was für einen?«

»Ich wollte einen Schäferhund«, sie zog einen Schmollmund und bedachte ihren Mann mit einem Seitenblick, der wohl etwas Beleidigtes zum Ausdruck bringen sollte, »aber jetzt haben wir so eine Art Airedale.«

»Zweifellos hatte da auch irgendein Airedale die Pfoten im Spiel.« Paulette schnaubte missbilligend auf.

Wieder tanzte ich. Eine gefühlte Ewigkeit später spürte ich endlich Jozan in der Menge verschwitzter Körper dicht an meinem Rücken. Unauffällig glitt seine Hand über die vielen Lagen meines Kleides, berührte durch den Stoff die Metallschließe des Strumpfhalters. »Ich warte draußen auf dich«, raunte er mir ins Ohr und verschwand.

Minuten später trat ich vor die Tür, ein angenehm seichter Windhauch streifte mein heißes Gesicht. Gedämpfte Geräusche. Die Nacht lag in mattem Schwarz vor mir. Es war jene Dunkelheit, die Schatten verdrängte. Am Ende der Häuserzeile glomm eine Zigarette auf. Die hohen Absätze meiner Schuhe hallten über das Kopfsteinpflaster. Jozan lehnte mit angewinkeltem Bein an der Mauer, das Hemd weit aufgeknöpft, sodass ich sein Brusthaar erkennen konnte, die Muskeln darunter erahnte. Leicht neigte er den Kopf, stieß den Rauch in die Luft, reichte mir wortlos die Zigarette. Zug um Zug wechselten wir uns ab. Lauschten dem Meer, dem endlosen Rhythmus der Wellen.

»Ich habe dich vermisst, Zelda.« Er schaute mir in die Augen, im fahlen Licht des Mondes schimmerte seine Iris topasfarben, hell und dunkel. Sanft begann er meinen Hals zu küssen, tastete ein weiteres Mal nach meinem Schenkel, dem Strumpfhalter. »Ich will mehr«, flüsterte er.

»Ich bin verheiratet, Jozan.«

»Er vernachlässigt dich.«

»Wie kommst du darauf?«

»Nichts wäre heute Vormittag geschehen, wenn er mit dir schlafen würde.«

Ich atmete tief ein.

Zärtlich strich er mir über die Wange und lächelte. »Das Leben wird nicht an der Zahl unserer Atemzüge gemessen …«

Es zählten die Momente, die uns den Atem nahmen. Behutsam drückte er mich in den Winkel der Quaimauer. Der behauene Stein bohrte sich in meinen Rücken, es schmerzte ein wenig, doch dann waren da nur noch seine Hände, sein Körper. Sein Geruch. Fest schlang ich mein Bein um sein Becken. Ein *pas de deux*. Bilder von Balletttänzern rauschten durch meinen Kopf, ihre kraftvollen Bewegungen. Sehnen, Geschmeidigkeit. Die Intensität, mit der sie ihren Gefühlen Ausdruck verliehen. Harmonie. *Ich fühle dich.* Ich erinnere mich an die funkelnden Sterne dicht über uns, ich hätte sie greifen können, und alles andere geriet in weite, weite Ferne.

Später liefen wir zum Strand hinunter, streiften die Kleidung ab und ließen uns in die Brandung fallen. Sie umspülte mich weich. Die schmale Sichel des Mondes warf eine silberhelle Linie auf das Meer. Als befände ich mich in einem nie endenden Traum, streckte ich den Arm aus, wollte sie berühren.

Jozan betrachtete mich liebevoll. »Soll ich sie dir als Andenken an diesen wunderbaren Abend herausfischen und um dein Handgelenk binden?«

»Ich würde sie nie wieder ablegen.«

»Zelda?«, unterbrach Scotts Stimme entfernt die Nacht. »Zelda, bist du hier irgendwo?«

Erschrocken blickte ich zu Jozan, doch er schüttelte nur sachte den Kopf und legte den Finger auf die Lippen. »Alles gut.«

Wir verließen das Wasser, kleideten uns an und gingen den Schemen entgegen. Mit fahriger Gebärde versuchte ich einige gelöste Strähnen zu richten, die Blüte fehlte. Ich drehte mich um, sah sie leuchtend weiß auf den dunklen Wellen tänzeln. Plötzlich spürte ich meinen Herzschlag in den Ohren pochen, er wurde laut, mit jedem Schritt lauter. Wurde unerträglich.

»Habt ihr im Meer gebadet? Jetzt?« Scott kam schwankend näher gelaufen und hielt eine Flasche Champagner in die Höhe. Einen unerträglich langen Moment musterte er den Piloten, dann lachte er. »Habe ich es Ihnen nicht gesagt, Josanne, meine Frau ist ein verrücktes Ding. Muss immer irgendetwas Besonderes machen.«

Jozan zündete sich eine Zigarette an, schob sie in den Mundwinkel, um sich mit beiden Händen das nasse Haar zurückzustreichen. Leutnant Paulette, seine Frau, René und Bobbé drängten lautstark diskutierend aus dem Café de la Flotte heraus.

Maries Haar glüht im Schein der Gaslaterne, als hätte es Feuer gefangen. »Was ist jetzt mit dem Rührei bei euch?« Übermütig kletterte sie auf das zurückgeschlagene Verdeck des Renaults. Inmitten der vielen Stofffalten sah sie aus wie eine Puppe auf einem viktorianischen Sofakissen. Ihre tropfenförmigen Ohrringe glitzerten mit jeder Bewegung aufdringlicher. »Steigt endlich ein! Ich habe Hunger!«

»Josanne fährt.« Scott warf ihm den Zündschlüssel zu. »Wollen wir doch mal sehen, was ein Pilot am Boden so alles kann.«

»Er heißt Jozan«, korrigierte ich Scott.

»Mir egal, wie dieser Mr. Irgendwer aus Irgendwo heißt.« Besitzergreifend legte er den Arm um meine Schulter und küsste mich hart auf den Mund. Ich spürte seine Zähne, die raue Zunge, die sich angestrengt einen Weg bahnte. Sein Atem roch nach Alkohol. »Den Kerl werden wir bei unserer Abreise in die Staaten längst vergessen haben, mein Schatz.«

»Sie sollten weniger trinken, Scott«, sagte Jozan ruhig und deutete auf den Champagner. »Der da wird Ihnen alles rauben.«

»Ich bin schon bald der größte Schriftsteller der Welt«, schrie er mit siegessicherer Pose in den Himmel hinauf. »Mir kann keiner was!«

»Täuschen Sie sich nicht.«

»Fordern Sie mich zu einem Duell heraus, alter Knabe?« Er zielte mit den Fingern auf Jozan. »Peng! Peng!«

»Ach, Scott, halt die Klappe und schütte das Zeug weg«, unterbrach ich ihn und wischte mir angewidert seinen Speichel von den Lippen. »Oder weißt du was? Trink einfach weiter, dann wirst du vielleicht erträglicher.«

Jozan fuhr die Serpentinen in halsbrecherischem Tempo nach Valescure hinauf, nahm die Kurven eng, schaltete oft, ließ den Motor absichtlich aufheulen. Reifen quietschten. Der Lärm hallte durch die Mitternacht, scheuchte Schwärme von Fledermäusen auf, die hektisch durch die Lüfte kreisten. Immer wieder hörte ich Maries kehliges Lachen in meinem Nacken. René schmetterte ein Seemannslied, sang von der großen Liebe, die irgendwo hinter den Ozeanen auf ihn wartete. Fast hatte ich den Eindruck, Jozan wollte den Wagen von der Straße bringen, uns alle absichtlich in den Tod fahren, um einem verrückten Wahnsinn zu entgehen. Ich liebte dieses gefährliche Spiel. Diese Unberechenbarkeit. *Ich möchte dich noch einmal fühlen.* Dicht gedrängt saßen Scott, mein Liebhaber und ich auf dem Vordersitz. Genüsslich schloss ich die Augen und ließ mich von einem Mann zum anderen schleudern.

KAPITEL 7

»Mit der Welt stimmt etwas nicht.« Scott raschelte mit den aufgeschlagenen Seiten einer *New York Times* der letzten oder vorletzten Woche, tastete, ohne aufzusehen, nach der Kaffeetasse. Sie war leer. »Schenkst du mir bitte nach, Darling?«

»Warum?« Entgeistert starrte ich auf das schwebende Stück Papier mit den altmodischen Lettern.

»Weil ich denken muss«, antwortete er im Bemühen, seine Ungeduld zu unterdrücken. »Der Pulitzer-Preis ging dieses Jahr an Margaret Wilson. *The Able McLaughlins* ist ein ganz und gar scheußlicher Roman.«

Widerwillig erhob ich mich von meinem Stuhl, ging um den gedeckten Frühstückstisch herum und goss ihm aus der dickbauchigen Porzellankanne nach. Füllte einen Schuss Milch hinein, dann noch ein Stück Würfelzucker, obwohl ich wusste, dass er seinen Kaffee schwarz trank.

»Gott sei Dank pflichtet mir die *Times* bei. Sie schreiben, sie sei eine wenig geübte Erzählerin, ungelenke Handlungsabläufe. Wieso bekommt diese Frau einen Preis für schöngeistige Literatur?«

Über allem, was er sagte, lag ein Schleier, hauchdünnes Gewebe, das sich von einer seichten Brise angetrieben durch den Raum zu bewegen schien. Vergangene Nacht hatte ich lange wach gelegen, an Jozan gedacht. *Jozan*. Seine Berührungen, die Zärtlichkeit. Hatte seine Stimme im Ohr gehabt, die so sanft klang, wenn er mir etwas ins Ohr flüsterte, wenn er *love* mit seinem französischen Akzent wie *lahve* aussprach. Ich war berauscht. Von meinen eigenen Gefühlen so überrascht, dass ich nicht wusste, was ich denken sollte.

Oder wollte. Auf eine seltsame Art und Weise nahm ich mich als erhöht wahr. Kostbar. Musste ich ein schlechtes Gewissen haben, wenn mich ein Mann begehrte? Wenn er mich spüren ließ, dass er mich mehr schätzte, als es ein anderer je getan hatte?

»Diese Nachrichten zeigen mir, dass um uns herum ein ungeahntes Sodom und Gomorrha herrscht.« Scott stöhnte auf. Dann ließ er die Zeitung sinken und schaute mich aus seinen verkaterten Augen, unter denen sich dunkle Schatten abzeichneten, an. Er wirkte alt mit diesem müden Gesichtsausdruck, der fahlen Haut. So anders als Jozan.

»Wahrscheinlich lässt sich die Moral nur noch in einem Vakuum aufrechterhalten.«

Noch nicht einmal dann, mein Schatz.

»Kommende Generationen werden es schwer haben, sich in diesem Dickicht der Verworfenheit zurechtzufinden.« Scott erging sich in einer Litanei der Skandale, Betrügereien und Korruptionen, sprach von Behördenschlampereien, der Prohibition. Die Worte glitten an mir hinab, fühlten sich an wie ein Sommerregen, störten mich nicht, mein Interesse galt der Sonne. Harold Ober, drang irgendwann zu mir durch, habe ihn gebeten, einen Artikel für die *Woman's Home Companion* zu schreiben. Er müsse ihn jedoch Ende der Woche abschicken, da er schon in der Juli-Ausgabe erscheinen solle. »Gewichtige Themen vermittelt man in Frauenmagazinen am besten über die Mutterrolle«, dozierte er. »Deswegen habe ich mich für folgende Überschrift entschieden: *Warten Sie nur, bis Sie Kinder haben.*«

»Was für ein Unglück«, entgegnete ich trocken und biss in mein Croissant. Dann legte ich meine nackten Beine auf den Tisch, sah die leichten Schrammen auf den Schenkeln, Druckstellen, die sich zu verfärben begannen. Spuren der Nacht. »Warum schreibst du das überhaupt? Ist dein Buch fertig?«

»Natürlich nicht, aber wir brauchen Geld.« Eingeschnappt langte er nach dem Baguette und brach es unsachte entzwei, Krümel stoben über den Tisch. »Bleiben wir beim Thema Zivilisation und Missstände in der Zukunft. Die Frau. Was wäre tatsächlich dein größtes Unglück?«

»Wenn ich mir meine schönste Unterwäsche anziehen würde und dann passierte nichts.«

»Zelda!«, rief er verärgert und deutete mit einer Brothälfte auf mich, als hielte er einen moralischen Taktstock in der Hand. »Kannst du nicht einmal in deinem Leben ernsthaft eine Meinung äußern? Ich möchte einen guten Artikel abliefern.«

»Dann schreib ihn doch einfach. Du bist der Schriftsteller, Scott«, gab ich zurück. »Du bist der Schriftsteller, der Autor, der Kurzgeschichtenschreiber. Ich bin nur der dumme Flapper an deiner Seite.« *Fliegen Sie! Sie sind jung ...*

»Deine Stimme trieft vor Sarkasmus.«

»Was erwartest du von einer Frau, die ständig von ihrem Mann in den Schatten gedrängt wird?«, wurde ich energischer. »Die bei allem, was sie macht und sagt, einer Kontrolle unterliegt?«

»Du genießt alle Aufmerksamkeit dieser Welt.« Irritiert sah er mich an. »Freiheiten natürlich auch.«

»Tatsächlich?« Mein ersticktes Lachen musste Bände sprechen. »Warum erlaubst du mir dann nicht, meine eigenen Sachen zu veröffentlichen? Meinen Namen unter meine Ideen zu setzen?«

»Du hattest diesen Beitrag in der *Tribune*.«

»Das war eine dämliche Rezension für deinen zweiten Roman.«

»... bei der ich nicht besonders gut weggekommen bin.«

»Ich habe lediglich ein paar ästhetische Mängel kritisiert.«

Nach *Friend Husband's Latest* hatte tagelang der Haussegen schief gehangen, da ich darin das erste Mal auf mokante Art infrage stellte, ob das mysteriöse Verschwinden meines Tagebuchs mit den mir vage vertrauten Zeilen im Buch zusammenhing. Glorias Charakter fasziniere mich, schrieb ich, aber einer Frau, die im Februar, im Mai und an weiterer Stelle noch einmal im September Geburtstag habe, würde ich im wahren Leben durchaus mit Skepsis begegnen. Und was sei mit diesem Rouge, das doch eine recht bemerkenswerte Wirkung hätte? Oder den seltsamen variierenden Haarfarben? So schön und klug sie auch sei, monierte ich abschließend, scheine mir Gloria nicht von dieser Welt.

»Ich spreche von eigenen Artikeln, eigenen Geschichten.«

»Du weißt sehr genau, dass die Honorare wesentlich höher sind, wenn *mein* Name unter den Texten steht«, erwiderte Scott düster.

»In was für Zeiten leben wir eigentlich, in denen ein Mann noch immer denkt, er sei mehr wert als eine Frau?« Ich schüttelte den Kopf und korrigierte mich: »Nein, in denen mein eigener Mann mich behandelt, als wäre er etwas Besseres?«

»Das stimmt doch gar nicht.«

»Nicht?«

Ich sah, wie seine Schultern herabsackten. Plötzlich wirkte er desolat, verletzlich. Entblößt. Es war ein Stich ins Herz gewesen, ich hatte ihn an seiner schwächsten Stelle getroffen. Nun hatte ich ihn in der Hand. Ich spürte, dass ich nicht nur den Artikel in der *Woman's Home Companion* beeinflussen konnte, nein, irgendetwas in mir wusste schlagartig, dass es das ganze Manuskript war. Ich konnte bestimmen, ob er es weiterschrieb – oder nicht. Allzu oft hatte ich ihn von der Arbeit ferngehalten, weil ich mit ihm ausgehen wollte, und Scott war ein Mensch, der schlecht ein ›Nein‹ über die Lippen brachte. Doch das hier war etwas ganz anderes. Ein irrationaler Augenblick. Als hätte eine unsichtbare Person die Karten auf den Tisch gelegt und jede einzelne langsam herumgedreht, blickten wir plötzlich schonungslos ehrlich und offen auf das Ergebnis: eine klaffende Wunde. Scott und ich waren in unserer Ehe an einem Punkt angelangt, an dem er zu realisieren begann, dass er ohne meine Ideen nicht weiterkam. Dass er schwächer war als ich. Seine Karriere hing an einem seidenen Faden, genau genommen hing sie an einer hauchdünnen silberhellen Schnur, die man in einer sternenklaren Nacht aus dem Meer fischen konnte, *n'est-ce pas?* Er brauchte mich dringender denn je für seine Texte. Er brauchte meine Kreativität, aber auch meine Liebe, die ihm ein Gefühl der Sicherheit und Geborgenheit vermittelte. Wie selbstverständlich hatte er sich immer dieser Zutaten bedienen können. Der Rausch der Wörter hielt ihn vom Selbstzweifel ab, er trank weniger. Schrieb besser. Es war ein empfindlicher Kreislauf, so sensibel, dass er sich binnen weniger Wimpernschläge in einen Teufelskreis verkehren konnte. Und nun?

»Seit Tagen bringe ich keine vernünftige Zeile zu Papier. Was soll ich denn machen?« Missmutig rieb er sich die Schläfen. »Der Erwartungsdruck ist wahnsinnig hoch.«

Ein Gefühl der Überlegenheit stieg in mir auf. Sekundenlang betrachtete ich Scott, verfolgte die kreisenden Bewegungen seiner Finger, meinte plötzlich all die Gedanken sehen zu können, die ihn mehr und mehr zermürbten. Ich war sein Antrieb, sein Regulativ, sein Korrektiv. Seine Ehefrau. Ich war die Person, die ihn ein weiteres Mal aus seinem Selbstmitleid herausziehen musste.

Mag sein, dass ich mein Erlebnis der letzten Nacht auf diese Weise rechtfertigen wollte, vielleicht wollte ich mich auch einfach dahinter verstecken; ich wusste nicht, warum ich es tat, aber ich tat es, wenngleich auch emotionsgeladener als sonst. »Poetisiere dich!« Schockierend heftig haute ich mit der flachen Hand neben meinen Teller. Das Geschirr vibrierte, eine Gabel fiel zu Boden.

Scott riss die Augen auf. Seine Gesichtszüge spiegelten Erstaunen und Verstörung zugleich. »Wie?«

Ich schubste den Radiguet, den ich gerade zu Ende gelesen hatte, über den Tisch zu ihm hinüber. »Es ist brillant.« Als ginge es um das Verhandeln einer Ware, fügte ich streng hinzu: »Reden wir über Gefühle.«

In den folgenden Minuten erzählte ich ihm *en détail* die Geschichte, die Anfang des Jahrzehnts in der Pariser Gesellschaft spielte. Ich hatte sie tief in mich aufgesogen, zehrte noch immer von den Sätzen. Sie brachten mich zum Denken, zum Weiterdenken, mehr konnte ein Buch nicht bei mir erreichen. Der für seine Kostümbälle bekannte Comte d'Orgel lerne die gleichgültige Liebe zu der wesentlich jüngeren Ehefrau Mahaut erst zu schätzen, meinte ich, als ein attraktiver Student sich in die Kreolin verliebe. Tatsächlich hatte ich mich immer weiter in die Offenbarungen und Missverständnisse dieser Dreiecksbeziehung fallen lassen – so wie Sara es vorhergesagt hatte –, da Radiguet pointiert zu beschreiben wusste, was in den Köpfen seiner Figuren vorging. Er sezierte ihre Verhaltensweisen, Entscheidungen, beleuchtete selbst situative Lücken, sodass ich beim Lesen immer wieder aufs Neue eine Gänsehaut bekam. Ich fühlte mit ihnen. Litt mit ihnen.

»Es ist unglaublich spannend«, schloss ich meine Schilderung und suchte nach einem passenden Begriff. »Vielleicht ist es eine psychologische Romanze. Oder ein romantisches Psychologiebuch.«

»Ein brillanter Emporkömmling.« Scott blätterte durch die Seiten. »Ich muss Perkins von diesem Radiguet berichten. Genau wie von Hemingway. Er sollte die beiden für Scribner's an Land ziehen.«

»Radiguet ist tot. Im vergangenen Dezember mit gerade mal zwanzig Jahren an Typhus gestorben.« Ich nahm Scott das Buch aus der Hand und klappte es zu. »Cocteau hat übrigens ein ziemlich bewegendes Vorwort für seinen Liebhaber geschrieben.«

»Dieser verrückte Dadaist hat seine Finger auch überall im Spiel.«

»Der Dadaist ist jetzt ein Surrealist.«

»Und das macht einen Unterschied?« Mit einem abfälligen Schnauben versuchte er Zeit zu schinden, wollte einen weiteren Satz anfügen.

»Ist es nicht seltsam?«, kam ich ihm zuvor, um seinen ungelenken Phrasen über Homosexualität zu entgehen. »Die Besten gehen zuerst. Immer.«

»Vielleicht nicht das Schlechteste.« Scott starrte mehrere Sekunden ins Leere, schließlich schob er seinen Stuhl mit einem lauten Scharren über das Parkett und erhob sich. »Ich muss noch tiefer in das Seelenleben meiner Figuren eintauchen.«

»Und den Artikel schreiben.« Ich tastete nach der Schachtel Bicarbonat in den Taschen meiner Strickjacke und hielt sie ihm mit ausgestrecktem Arm entgegen, als reichte ich sie einem Fremden, der über Unwohlsein klagte.

»Danke, dass du mich immer wieder aus dem Sumpf ziehst, Zelda. Du bist mein besseres Ich.« Ein müdes Lächeln huschte über sein Gesicht. »Deine Augen leuchten.«

Ich stieß ein klirrendes, falsches Lachen hervor. *Ein Ehemann ist so lange blind, bis die Hörner auf seinem Kopf zu schmerzen beginnen.*

»Und du lachst wie Daisy.«

»Oder sie wie ich?«

Er nahm die Tabletten und verließ den Raum wie ein alter Mann, gebeugt, hustend. Der altmodische Morgenmantel mit dem scheußlichen Muster und die Pantoffeln machten es noch schlimmer. Es kam mir so vor, als hätte Jozan ihm wie eine überirdische Macht alle Energie entzogen.

*

Die Vorboten des Mistrals sorgten seit Tagen für einen dunkelblauen wolkenlosen Himmel. Miss Maddock, die dazu übergegangen war, Scotties Moskitostiche akribisch in Anzahl und Beschaffenheit in ein altes Schulheft einzutragen, konzentrierte sich nun wieder mehr auf ihr eigenes Befinden.

»Dieser Wind soll verrückt machen, Madam.« Sie tupfte sich mit einem nassen Tuch über die Stirn und bedachte mich mit einem wirren Blick, der ihr Gesicht noch knochiger erscheinen ließ. »Die Köchin hat es schon erwischt«, flüsterte sie.

»Marthe hat Ihr selbst gekochtes Ragout entsorgt, weil es versalzen war.«

»Ein Kind benötigt Salz.«

»Aber Scottie ist keine Ziege.«

Ich hatte kein Auskommen mit dieser Frau, und ihre Besserwissereien und Nörgeleien führten zu immer neuen Spannungen zwischen uns beiden, doch unsere Kleine liebte die Engländerin und fand diebischen Gefallen an dem Cockney, das sie unentwegt imitierte und in ihren Wortschatz integrierte, verschluckte das H, betonte das I.

Als sie einmal laut kichernd von der Veranda *Don't tell porkies, Daddy!* – ein spezieller Rhyming Slang auf das Wort *lies* – in das Herrenzimmer hineinrief, um Scott einer wohlgemeinten Lüge zu bezichtigen, sah er kurz von seinen Notizen auf und meinte lakonisch: »Bemerkenswert ist, dass unsere Tochter deinen Südstaatenakzent vollkommen ignoriert, Zelda. Findest du nicht?«

»Gebildete Frauen haben eben ihren eigenen Kopf.« Ich öffnete meine Arme. »Komm her, du süße Lady Manners.«

Genau wie die drei kleinen Murphys lernte unsere Scottie neben dem Cockney auch die französische Sprache in rasanter Geschwindigkeit. Ich fand es beeindruckend, wie aufnahmefähig Kinder sind, und stellte mir vor, wie sie die umherschwärmenden Wörter mit einem Schmetterlingsnetz aus der Luft fingen und ihrer geheimen Sammlung hinzufügten. Wenn wir mehrmals die Woche gemeinsam unter den gestreiften Sonnenschirmen am Strand von Antibes saßen, hörte ich sie alle unentwegt während des Spielens neue Vokabeln plappern. »*Dis, tu veux jouer avec moi?*«

La Garoupe, die winzige halbmondförmige Bucht am Cap, die Gerald jeden Morgen mit einem rostigen Rechen vom angespülten Seetang befreite, war bis zu jenem Tag, als die Murphys sie entdeckten, ein menschenleerer, beschaulicher Ort gewesen. Die Bucht grenzte im Süden an das Grundstück des Paares und bot einen fantastischen Blick auf Nizza und den bewaldeten Schlosshügel, der mich in seiner harmonischen Form an die Brust einer Frau erinnerte. Während Miss Maddock in ihrer hochgeschlossenen schwarzen Baumwollbluse und dem langen Rock abseits im Schatten Wollpullover mit viktorianischem Muster strickte, räkelten Sara und ich uns in Badeanzügen im Sand und trugen unsere Perlen zur Schau. Scott blieb zurzeit meist daheim in Valescure, um zu schreiben, doch an Gesellschaft mangelte es nie. In diesem Sommer schaute halb Paris an der Küste vorbei. Mit ihrem anziehenden Charisma schafften es die Murphys, ein einsames kleines Fischerdorf in einen quirligen Treffpunkt der Künstlerszene zu verwandeln. Schriftsteller, Kritiker, Regisseure, Schauspieler, Maler, Musiker – ich lernte eine Menge neuer Leute kennen. Fernand Léger, Georges Braque und Igor Strawinsky waren besonders häufig zu Gast. Jean Cocteau, ein feingeistiger Tausendsassa mit den traurigsten Augen, die ich je gesehen hatte, stieß ebenfalls gern auf ein Glas dazu. »Hey, Schöne des Südens! Wie geht es Ihnen?«, fragte er bei einer unserer ersten Begegnungen, um sich sogleich nach Scott zu erkundigen. »Hat er tatsächlich diese seltsame Angewohnheit, während des Schreibens im Raum herumzulaufen und nach korrekt klingenden Wörtern zu suchen?«

»Mittlerweile begleitet er sich auf dem Glockenspiel.«

Er lächelte auf jene Art, die einem Zuversicht suggerierte, obwohl an der nächsten Häuserecke eine Depression wie eine Dirne unter der Straßenlaterne lauerte.

Oft schauten auch der Dramatiker Philip Barry und seine Frau vorbei. Die beiden lebten in der Nähe der Murphys in einer glamourösen Villa, die Helen von ihrem Vater geerbt hatte. Barrys Komödie *You and I* lief gerade am Broadway, ein Riesenhit, den er nicht müde wurde, mit Cole Porter zu diskutieren. Es amüsierte mich, sie auf den bunten Strandtüchern mit den zotteligen Fransen die nass glänzenden Haarschöpfe zusammenstecken zu sehen. Wie die Schlote rauchten sie einen Zigarillo nach dem nächsten und verschwanden im Dunst ihrer Ansichten.

»Am Ende des zweiten Akts hättest du ein paar dramatische Elemente einbauen können«, hörte ich Cole einmal vorschlagen. Mit tiefer Stimme begann er eine Melodie zu summen: »Ungefähr so: Tamm-tamm-tammm tata tatataaaa ...«

»Auf gar keinen Fall!« Entrüstet schob Phil seine zierliche Nickelbrille auf die Stirn. »Wo denkst du hin?«

Dann waren da noch die Myers mit ihrer kleinen frechen Fanny. Dick, ein aufstrebender Musiker, verbreitete gemeinsam mit Alice Lee eine wunderbare Laune. Genau wie Scott wussten sie fabelhafte Geschichten zu erzählen, denen stets eine skurrile Note anhaftete. Irgendetwas war immer los. Gegen elf Uhr streifte Gerald sein blau-weiß geringeltes Shirt über seine Badekleidung, als zöge er sein bestes Dinnerjacket an, und reichte den Erwachsenen auf einem kleinen Silbertablett trockenen Sherry in zierlichen Kristallgläsern, dazu einige *biscuits sablés*. Die Kinder tranken Saft mit Fruchtstücken. Unter der Woche schnaufte zur Mittagsstunde eine altmodische Dampflok mit zwei verblichenen roten Waggons in der Ferne an uns vorbei. Mit schrillem Pfiff stieß sie eine Rußwolke in den ungetrübten Himmel, passierte Antibes Richtung Menton an der italienischen Grenze und war für unsere Sommerbohème das Zeichen zum Aufbruch.

»Lunchtime!«, rief Sara dann mit einem zackigen Händeklatschen und begann, einige Strandsachen in ihren geflochtenen Korb zu räumen. Dann verknotete sie die Zipfel einer leichten Baumwollbluse vor dem Bauch und wandte sich mir zu. »Begleitet ihr uns heute noch ins Hotel? Scottie könnte in Honorias Zimmer ruhen und nachher zusammen mit den anderen am Schwimmunterricht im Pool teilnehmen. Spätnachmittags gibt es nichts Herrlicheres, als am Eden Roc eine Runde Bridge zu spielen und dabei ein Glas Champagner zu genießen.«

»Ich bin mir nicht sicher.« Demonstrativ schaute ich auf meine Platinuhr mit den winzigen Diamanten, die Scott mir einst nach dem Verkauf von *Kopf und Schultern* an MGM geschickt hatte.

»Hast du Termine?«, fragte Sara erstaunt. »Du wirkst unruhig.«

»Die Kleine und ihre Nanny werden gern mitgehen. Aber mein Haar sieht scheußlich aus, ich muss dringend zum *coiffeur*«, flunkerte ich. »Kannst du mir einen empfehlen?«

»Monsieur Trassé kommt alle zehn Tage zu uns ins Haus. Ich lasse ihn gern anrufen.«

»Mach dir keine Umstände«, lehnte ich ihr Angebot ab. »Wenn du mir seine Adresse verrätst, fahre ich jetzt gleich zu ihm.«

»Was erwartest du von einem Ort, in dem sogar das Cinema nur einmal wöchentlich eine Vorführung bietet? Antibes ist nicht Paris, Süße.« Amüsiert legte sie ein sorgfältig zusammengefaltetes Tuch in die Korbtasche und schwang die langen Lederriemen über ihre Schulter. »Den Südfranzosen ist die Mittagspause heilig. Selbst die junge Dame im Fernmeldeamt schließt die Türen zwei, drei Stunden während der großen Hitze und genießt das *laisser-faire*.«

»Ich kann also auch kein Gespräch anmelden?«

»Nein, dein Göttergatte muss ausnahmsweise noch eine Weile ohne dein Liebesgeflüster auskommen. Und deswegen gehörst du jetzt ganz mir.« Sie hakte sich bei mir unter und zog mich zu dem schattigen Parkplatz, wo Miss Maddock bereits mit der schlafenden Scottie auf dem Schoß im Renault auf uns wartete und sich Luft zufächelte. »Ich möchte unsere Party mit dir besprechen. Du solltest dir unbedingt die Gästeliste ansehen, ich habe die Crème de la Crème eingeladen.«

»Natürlich.« Ich schluckte meine Enttäuschung hinunter.

»Was hältst du davon, wenn wir sie auf den 13. Juli legen? So wären wir dem Nationalfeiertag um eine kokette Nasenlänge voraus. Das verschafft uns Möglichkeiten.«

»Warum bist du nur so herrlich perfekt, Sara?«

Das Licht fiel in sanften Linien durch die Fensterläden des Hôtel du Cap, schmiegte sich auf das mondäne Pfauenblau der Sessel. Der matte Glanz des Samtstoffes harmonierte wundervoll mit den in hohen Vasen arrangierten Schwertlilien, die überall im Raum verteilt waren. Ein kräftiges Amethyst, ein blasseres Lavendel. Nach einer erfrischenden Dusche lag ich in Saras Morgenmantel gehüllt auf einem Diwan und bediente mich an den Veilchenpastillen in einem Glasschälchen neben mir. Sie schmeckten süß und seltsam und sehr französisch. Mein Blick schweifte durch den Raum, über den Stapel Bücher, die auf dem wuchtigen Kaminsims lagen. Ich erkannte Scotts Bücher, den Radiguet, einiges von Ezra Pound und T. S. Eliot. Natalie Clifford Barney. Die türkisfarbene gebundene Ausgabe von *Ulysses*.

»Hast du Joyce gelesen?«, rief ich durch die weit geöffneten Schiebetüren, Scotts abfällige Meinung in den Ohren. Sara stand im Nebenraum vor den Lamellenschränken ihrer Ankleide und suchte nach einem passenden Nachmittagskleid, das – wie sie sagte – virtuos mit der Stimmung eines Sonnenuntergangs Mitte Juni harmonieren müsse.

»Ich hätte es wohl ignoriert, wenn Sylvia Beach es mir nicht ausdrücklich ans Herz gelegt hätte.« Sie lachte mit dieser wohlklingenden Stimme, der in meiner Vorstellung immer ein feudales Perlenklickern folgte. »Für diese Veröffentlichung ist sie mit bemerkenswerter Ausdauer in den Kampf gezogen. Frauen wie sie verdienen unsere Hochachtung.«

»Scott hat mir erzählt, dass sich die Schriftsteller in ihrer Buchhandlung die Klinke in die Hand geben.«

»Shakespeare and Company ist der Treffpunkt für Literaten schlechthin in Paris.«

»Aber magst du die Story?«, kam ich auf Joyce zurück. Ich erhob mich aus dem Polster und ging barfuß über die weichen übereinanderliegenden Perserteppiche durch den Salon. Der Deckenventilator verteilte die Luft in rhythmischen Schwüngen, blies immer wieder sachte ein gemustertes Seidentuch Saras, das sie bei einem ihrer Besuche in der *Villa Marie* um die Schultern gelegt hatte, über ein paar vor der Wand lehnenden Gemälde auf.

»Ich liebe Leopold Bloom«, behauptete sie. »Joyce lässt ihn auf eindringliche Art durch den Tag schreiten, seziert jeden seiner Gedanken, jeden Augenblick. Dann und wann hadere ich damit, ob ich Penelope aus der *Odyssee* oder doch lieber seine Molly sein möchte.«

»Warum?«, hakte ich nach, während ich das Tuch von den Bildern nahm und nacheinander langsam die Leinwände betrachtete. Frischer Farbgeruch. Picassos Signatur. Sara in Öl gemalt, Sara gezeichnet. Sitzend. Stehend. Liegend.

»Treue oder Nichttreue, das ist der Hauptunterschied zwischen den beiden Frauen, nicht wahr?« Ich hörte sie mit einem Parfumflakon hantieren. »Mollys Affäre scheint mir in all ihren Andeutungen wahnsinnig aufregend zu sein.«

Sara nackt. Nur mit einer Perlenkette um den Hals galt die kraftvolle, expressive Strichführung ihrer Körperformen der puren Erotik, Begierde und Wollust. Laszivität. Ich hatte einen untrüglichen Instinkt für Details dieser Art: Pablo Picasso hatte ihr nachgespürt.

»Morgen ist der 16. Juni, Blooms Tag, an dem er durch die Stadt gewandert ist. Ich habe so etwas wie ein *déjeuner Ulysses* am Strand im Sinn, was meinst du, Zelda?« Mit erhobenen Armen trat sie in einem luftigen, raffiniert geschnittenen Organzakleid und einer marzipanfarbenen Rose im Haar zwischen den Schiebetüren hervor. Sah mich vor den Bildern stehen.

Momente lang schauten wir einander schweigend an.

»Die traurigsten Menschen«, sagte sie schließlich in ihrer rätselhaften Art, »sind diejenigen, die keine wahre Liebe erfahren.«

KAPITEL 8

In der Luft lag der Geruch brennender Pinien und Eukalyptusbäume. Die Waldbrände im Massif de L'Esterel beherrschten die örtlichen Gazetten. Der Wind wurde kräftiger, rauschte durch die mächtigen Palmwedel. Ihre trockenen Spitzen oszillierten in matten Farbtönen. Ich hatte noch eine gute Stunde Zeit bis zu meinem Rendezvous und ließ mich durch die schmalen Gassen nahe der Basilika treiben. Vor dem Schaufenster eines *coiffeurs* blieb ich stehen, betrachtete in der Spiegelung kritisch meine Silhouette, das länger gewordene Haar. In der Auslage hatte jemand mit größter Sorgfalt schneeweiße Seifenstücke zu einer Pyramide aufgestapelt; daneben lag ein dunkelrotes Samtkissen, auf dem ein paar Zeitungsausschnitte mit Haarnadeln befestigt wurden. Sie zeigten Gloria Swanson, Pola Negri und weitere Diven, die ich schon in den Lichtspielhäusern New Yorks bewundert hatte. Der Stummfilm war meine Leidenschaft. Das Drama der Liebe in all seinen Facetten, untermalt von herzzerreißenden Klängen im Orchestergraben. Der Glamour im Saal. Würde ich Scott je verzeihen, dass er nicht mit mir gemeinsam die Hauptrollen für die Verfilmung seines zweiten Romans angenommen hatte? Das Vorsprechen in Hollywood war damals ein wahres Abenteuer gewesen. »Du bist die Schöne und Verdammte, *babygirl!* Hast das Zeug zu einer großen Schauspielerin«, prophezeite mir der feiste Regisseur zwischen zwei Szenen, in denen ich immer wieder durch das aufwendig gestaltete Set mit den goldbespannten Wänden schreiten musste. Mein anschließender exotischer Fächertanz war sogar dem ganzen Team einen Applaus wert. Verführerische Posen gehörten zu meinen funkelndsten Accessoires. Die Schmeicheleien legten sich mir zu Füßen wie ein roter Teppich auf den Stufen eines Filmpalastes. Spielte nicht jeder die Rolle seines Lebens, so gut er konnte? *Diese surrenden Kameras! Diese albernen Maskeraden! Du bist die Frau eines berühmten Schriftstellers, Zelda, keine Varietékünstlerin!*

So oder so, dachte ich, als ich die Tür zu dem kleinen Laden aufstieß und ein helles Glöckchen bimmelte, ich brauche eine Veränderung. Wie hatte man Coco Chanel in der *Vogue* doch gleich zitiert? »Eine selbstsichere Frau verwischt nicht den Unterschied zwischen Mann und Frau – sie betont ihn.«

»Was darf es sein?« Der smarte Glatzkopf mit dem blütenreinen Kittel legte mir einen Frisierumhang über die Schultern und sah mich herausfordernd an. An der Art, wie die Wörter über seine Zunge rollten, erkannte ich sogleich den Kalifornier in ihm. Lässig schnippte er mit seiner Schere in die Luft. *Orchid Bob? Coconut Bob? Egyptian Style oder Charleston Cut?* »Wir von der Westküste haben alles gesehen, *my blond beauty*.«

Mehrmals schraubte ich mich auf dem Frisierstuhl um die eigene Achse, drehte mich schnell und schneller. Als würde man einen endlos langen Zelluloidstreifen aus einer Filmrolle ziehen, verwischten die Bilder vor meinen Augen zu einem Traum. Es war ein herrliches Gefühl, ich hätte die Welt umarmen wollen.

Der *coiffeur* hob mit konspirativem Schwung die Augenbraue, dann raunte er mir zu: »Verliebte Frauen sind meine Spezialität, Madam.«

Auf der Küstenstraße Richtung Fréjus sah ich tief hängende Rauchwolken über den Bergen, die den Horizont zu verdunkeln begannen. Dräuende Schwaden zogen schleppend nach Norden und nahmen dem Himmel den Glanz. Hinter dem Amphitheater bog ich rechts ab und steuerte den Wagen einige Meilen über unbefestigte Pfade an trockenen Sträuchern vorbei. Immer wieder schlugen die Zweige mit einem lauten Geräusch gegen das Blech, das nur wenige Male von den dröhnenden Motoren der dicht über mir fliegenden Propellermaschinen übertönt wurde. Schließlich erreichte ich den Hangar und parkte auf einem Seitenstreifen neben dem Rollfeld. Mehrmals betätigte ich die Hupe und warf einen letzten Blick in den Spiegel meines Puderdöschens. Zufrieden klappte ich es zu. Die Tür des hohen Schuppens mit dem Wellblechdach wurde zur Seite geschoben. Dahinter erschien Jozan. Sooft ich ihn sah, begann mein Herz zu flattern. Seit Kurzem war es ein Spiel mit dem Feuer, dessen Hitze ich ignorierte. Ich spürte nur die Schmetterlinge in meinem Bauch und ahnte damals nicht im Geringsten, dass diese zarten Wesen dem Menschen das gefährlichste Tier werden konnten.

»Bist du es tatsächlich?«, rief er im Näherkommen und fuhr sich mit dem Ärmel über das Gesicht. Er trug einen ölverschmierten olivfarbenen Fliegeroverall, dessen Knopfleiste nachlässig bis zur Brust geöffnet war. Es war unglaublich, welch gewaltige Faszination dieser Mann auf mich ausübte.

»*Bonjour*«, sagte ich.

»Was für eine Überraschung.« Zur Begrüßung gab er mir einen zärtlichen Kuss über den Wagenschlag hinweg. Dann nahm er mich genauer in Augenschein. »Dein Haar ist wundervoll. Willst du mir den Kopf verdrehen?«

Ich wischte ihm einen schwarzen Streifen von der Wange, vernahm den leichten Kerosingeruch, den ich schon einmal an ihm bemerkt hatte, als wir uns nach seinem Dienstschluss an einem nahe gelegenen See geliebt hatten. »Ich dachte, das hätte ich schon längst getan, schönster aller Mechaniker.«

»Die Tankzuleitung bereitet mir Sorgen«, entschuldigte er sich für sein Aussehen. »Solche Dinge kontrolliere ich lieber, bevor mir die Kiste noch ins Meer stürzt.«

Die Worte ließen mich auf der Stelle erschaudern. »Hast du niemals Angst beim Fliegen?«

»Dort oben hat man eine ganze Menge Gefühle, aber man muss durch sie hindurchfliegen.« Er schenkte mir sein bezauberndes Lächeln, das die Grübchen zum Vorschein brachte. »Aber am Boden ist es nicht anders, oder?«

»Klingt mir für den Augenblick zu unromantisch.«

Mit einer galanten Handbewegung half mir Jozan aus dem Renault und küsste mich noch einmal. »Du schmeckst wunderbar.«

Wieder donnerte eine Maschine über unsere Köpfe hinweg, scheuchte eine riesige Schar Krähen aus den Feldern auf. Gemeinsam flogen sie der Weite des Meeres entgegen. Ich nahm den Proviantkorb mit der Flasche Rosé und den anderen Köstlichkeiten, die Marthe mittags zubereitet und in Wachspapier gewickelt hatte. Wir liefen eine Weile durch das hohe golden schimmernde Gras, das der Wind gemeinsam mit den Wolken unentwegt landeinwärts kämmte, und breiteten im Schutz eines steil aufragenden Felsens eine Wolldecke aus. Dann streiften wir uns gegenseitig die Kleidung hinunter und liebten uns schnell und heftig. Ein Verlangen, das mir in dieser Intensität fremd gewesen war. Ich fühlte, dass mein Körper ihn jedes Mal mehr begehrte; gleich einer Sucht konnte ich mir das Leben nicht mehr ohne ihn vorstellen. Warum elektrisierte mich jede einzelne Berührung Jozans, verursachte ein Kribbeln, das ich bei Scott nie verspürt hatte? Alles war anders. Beseelt. Es fühlte sich vollkommen an.

»Ich bin verdammt gern in dir, weißt du das?«

»Hast du das allen Frauen gesagt, wenn du mit ihnen zusammen warst?«

»Noch keiner.«

»Schwörst du?«

»Hoch und heilig.« Er küsste mich innig, so wie jede von uns wenigstens einmal im Leben geküsst werden will, und wieder war es ein bisschen, als ob die Welt für einen Augenblick den Atem anhielt.

»Ich liebe dich, Jozan.«

»Ich liebe dich auch.« Sanft fuhr er mit dem Finger über meine Brüste. Berührte mein Haar, das wahrscheinlich ganz zerzaust war. »Wie heißen doch gleich die Pfingstrosen, die dich so verführerisch aussehen lassen, in deiner Sprache?«

»Peonys.«

»*Exactement.*« Er nickte. »Hiermit taufe ich deinen Haarschnitt auf den Namen *peony cut*.«

Als die Strahlen der Sonne beinahe den Felsen berührten, tranken wir den Wein aus Gläsern, die ich in Jeans Café übermütig in meine Tasche hatte fallen lassen, aßen Sandwiches mit aufgeschnittenem Entenbraten und schmale Streifen einer *pissaladière*. Es schmeckte herrlich. Immer wieder wischten wir einander mit dem Handrücken die Krümel fort. Erzählten uns die lebhaftesten Geschichten, alberten herum. Irgendwann stellten wir fest, dass wir an zwei aufeinanderfolgenden Tagen Ende Juli Geburtstag hatten.

»Uns trennen also genau ein Jahr und ein Tag«, meinte ich. »Das muss etwas bedeuten.«

»Alles im Leben hat einen bestimmten Sinn.« Jozan reckte das Kinn Richtung Himmel. »Aber vielleicht versteht man so etwas erst, wenn man so oft wie ich in tiefdunkler Nacht den Gestirnen vertrauen muss.«

»Du bist der mutigste Mann, dem ich je begegnet bin.«

»Das wollte ich hören.« Verschmitzt lächelte er, streckte seine Arme Richtung Horizont, setzte Faust über Faust, sprach von Polaris und dem Kleinen Bären, Quadranten und Sextanten.

»Erklärst du es mir noch einmal in einer sternenklaren Nacht?«

»Wenn dein Tag in meinen gleitet und der Vollmond das Firmament erleuchten lässt.«

Klang nicht alles, was er sagte, wahnsinnig sensibel und perfekt? Vollkommen eins mit der Welt ließ ich mich zurückfallen und schloss die Augen. Seufzte.

»Geht es dir gut?«

»Still«, wisperte ich beinahe nicht hörbar. »Ich sammle schöne Momente.«

»Du bist anders als französische Frauen.« Ich vernahm das Klicken eines Feuerzeugs, dann stieß Jozan den Rauch seiner Zigarette entspannt in die Luft. »Du bist nachgiebiger, wo sie hart sind, andererseits gibst du dich befreiter, zugänglicher. Man spürt sehr genau, dass du aus Amerika kommst.«

»Dabei wünschte ich, eine von ihnen zu sein. Ich würde gern für immer hierbleiben.«

»Erzähl mir mehr von dir«, bat er. »Warst du als junges Ding auch schon so frech und ungeniert?«

Lachend setzte ich mich auf und strich mir das Haar zurück. »In Montgomery gab es zwei Arten von Mädchen«, meinte ich, »diejenigen, die sich nachts mit dem Automobil durch die Gegend fahren ließen, und diejenigen, die das nicht taten.«

»Diese Entscheidung machst du mir leicht.«

»Irgendwie musste ich doch meinem Namen gerecht werden. Kennst du die Bücher von Francillon?«

»Nein.«

»*Zelda's Fortune* ist Mutters Lieblingsroman aus längst vergangenen Tagen. Ich bin nach der Heldin benannt worden, eine stolze Vagabundin«, erklärte ich. »Oft habe ich an sie gedacht, während ich durch die Dunkelheit gezogen bin, ich fühlte mich dann stets so fessellos und lebendig wie sie.«

»Ich kann mir schon vorstellen, wie du das Leben in Alabama auf den Kopf gestellt hast«, sagte Jozan. »Du betörst, bist klüger als die meisten Männer.«

»Oh, ich bin häufig zur Schönsten und Beliebtesten meiner Klasse gekürt worden.« Mit kokettem Augenaufschlag sah ich ihn an. »Sehr zum Leidwesen meines strengen Vaters.«

»Das glaube ich gern«, erwiderte Jozan und ließ mich an seiner Zigarette ziehen.

»Es gab aber auch schlimme Situationen.« Kurz überlegte ich, ihm die Sache mit John Sellers und Peyton Mathis anzuvertrauen, keine Menschenseele hatte je davon erfahren. Nicht Mutter, nicht Scott. *Komm schon, Baby ...* Doch sobald ich daran dachte, verschloss sich mein Herz, nicht bereit, das Innerste preiszugeben. Stattdessen erzählte ich Jozan von meinen beiden Verehrern, die auf einem nahe gelegenen Stützpunkt als Piloten stationiert gewesen waren. Mit jugendlichem Imponiergehabe hatten sie sich in ihren Maschinen zu den tollkühnsten Formationen über unserem Haus hinreißen lassen. Beeindruckt schaute ich den Flugkünsten hinterher, bewunderte die Courage. Doch am Ende war der waghalsige Leichtsinn zu einer fatalen Tragödie geworden.

»Sie sind an der Schnellstraße abgestürzt und innerhalb von Minuten in einem Flammenmeer verbrannt«, schloss ich die Schilderung knapp. *Verbrannt.* Das Wort verursachte mir noch immer Unbehagen; damals hatte ich einen solchen Schock erlitten, dass man mir tagelang Morphium verabreichte und die Zeitungsberichte vor mir verbarg.

»Diese Anfänger.« Fassungslos schüttelte Jozan den Kopf und nahm mich in den Arm. »Erzähl mir von den schönen Sachen.«

»Ach, ich habe stets das gemacht, was ich wollte. Habe mich danebenbenommen, wann es mir passte.« Mehrere Atemzüge lang ging mir meine hungrige Abenteuerlust durch den Kopf. »Vor allem war ich ganz ich selbst.« Diesen Satz hatte ich nie zuvor ausgesprochen; vielleicht hatte ich ihn nicht einmal gedacht. Er schien mir plötzlich bedeutsam. Ich konnte damals nicht ahnen, dass er den Rest meines Lebens bestimmen sollte.

Später liebten wir uns ein weiteres Mal auf der Decke, wie ich es noch nie getan hatte. Das Licht veränderte sich. Der Wind drehte, die Böen nahmen zu, und Jozan sah immer wieder besorgt in den Himmel hinauf, der nun von dichten schwarzgrauen Schlieren durchwoben war. Ein verkohlter Geruch stieg mir in die Nase.

»Es ist besser, wenn wir aufbrechen.« Wir kleideten uns an. Jozan griff in die Brusttasche seines Overalls und holte ein schlichtes silbernes Lederband hervor. Er schlang es mehrmals um mein Handgelenk und verknotete es. »Ich habe es in Agay entdeckt.«

Die silberhelle Linie auf dem Meer. Gerührt strich ich mit den Fingerspitzen darüber. Kein Diamant auf dieser Welt konnte kostbarer sein. »Ich muss es ihm sagen, Jozan.«

Er zögerte. »Das wäre nicht gut«, meinte er schließlich in sachlichem Ton. »Es würde uns beiden Schaden zufügen.«

Eng umschlungen liefen wir durch das hohe Gras zurück zum Hangar. Im Windschatten einer Propellermaschine verabschiedeten wir uns mit einem letzten leidenschaftlichen Kuss voneinander. Als wir unsere Umarmung lösten, war mir, als hätte ich aus den Augenwinkeln einen gelben Sportwagen in einer Staubwolke davonfahren sehen.

»Der Kerl ist öfter hier«, winkte Jozan ab. »Lässt sich regelmäßig von den anderen Piloten Platten aus den Staaten einfliegen. Sergej hat ihm letztens sogar ein paar Kisten Kaviar auf Eis am Kaspischen Meer besorgt, weil das Zeug sonst auf den langen Zugfahrten verdirbt. Kein Mensch isst Kaviar im Sommer.«

Kein Mensch außer den Murphys und Scott und mir.

*

Der späte Vormittag hatte etwas Zermürbendes, war voller *ennui*. Unerbittlich pfiff der Wind um die *Villa Marie*, klapperte an den Fensterläden, sodass man sein eigenes Wort kaum verstand.

Scott ließ sich nicht aus der Ruhe bringen, er saß am Schreibtisch und feilte im sechsten Kapitel an seiner Daisy.

»Wie hatte Josanne deinen wunderbaren Haarschnitt doch gleich genannt, Darling?«, rief er in die Eingangshalle, wo ich mit der Kleinen und Miss Maddock auf den Stufen Schwarzer Peter spielte.

»*Peony cut*. Warum?«

Er trat aus dem Herrenzimmer, lehnte sich in den Türrahmen und erklärte, Gatsby erzähle Daisy auf einer Party, ihr neuer Haarschnitt würde einer gefeierten Schauspielerin gefallen, und würde den Namen des *coiffeurs* erfragen. »Pass auf, was er sagt, Zelda!«, rief Scott und verstellte die Stimme: ›Hier ist die Chance auf Berühmtheit. Wenn sie deinen *peony cut* trägt, könnte es schon bald überall *en vogue* sein.‹ Doch sie antwortet: ›Das ist mein Geheimnis.‹«

Ich ließ meine Karten auf den Schoß sinken und betrachtete ihn im Gegenlicht, das hart und klar seine Konturen umriss. Ganz ähnlich hatte meine Unterhaltung mit Leutnant Paulette und Marie im Café de la Flotte geklungen. Obwohl es nicht sonderlich viele Friseure in der Stadt gab, hatte ich die Adresse nicht preisgeben wollen, der *peony cut* gehörte mir allein, nein, Jozan und mir.

Für seine Recherchen machte Scott mittlerweile vor keiner Intimität mehr halt, kroch mir und unseren Freunden immer tiefer in den Kopf. Seine Fragen kannten kein Pardon, denn er war der festen Meinung, dass seine Verhöre bestes Material zum Schreiben lieferten. Bereits kurz nach dem Kennenlernen versuchte er Leutnant Paulette auszuhorchen. *Habt ihr schon vor der Hochzeit miteinander geschlafen? Und wie verhütet ihr?*

»Wann fahren wir endlich an den Strand?« Gelangweilt ließ Scottie ihre letzte Spielkarte auf den Stapel fallen. »Die Puppe muss schwimmen lernen.«

»Heute ist es zu kalt, um im Meer zu baden.« Miss Maddock erhob sich von den Stufen, strich ihren Rock glatt und vertröstete die Kleine: »Vielleicht morgen wieder.«

»Aber ich will zum Meer.«

»Sie ist so unruhig bei diesem Wind, Nanny«, gab ich zu bedenken. »Lassen Sie uns trotzdem hinunterfahren und ein bisschen frische Luft schnappen. Seit Tagen ist sie nicht vor die Tür gekommen.«

»Nicht einmal die Piloten kreuzen noch am Himmel, Mrs. Fitzgerald.«

»Ihr Wort in Gottes Ohr«, flüsterte ich ins Halbdunkel der Holzvertäfelung und begann auf dem unteren Treppenabsatz die Strandsachen zusammenzupacken. Ich biss mir auf die Lippen und tastete nach dem Zettel, den ich mir hinter das Strumpfband geklemmt hatte.

Gestern Mittag hatte ein dröhnendes Motorengeräusch den gleichmäßigen Tagesrhythmus der Villa durchbrochen. Neugierig waren wir alle zum Fenster gelaufen und hatten eine Propellermaschine entdeckt, die mit ihren weit ausgestreckten Tragflächen wie ein Adler über unsere Köpfe hinwegkreiste. Minutenlang vollführte sie dramatische Kunststücke, ließ sich vom Himmel fallen, um sich sogleich wieder hoch hinaufzuwinden und mit tollkühner Verve erneut auf uns herabzustürzen. Die Maschine war zum Greifen nah, fast hätte man sie berühren können. Der Pilot warf schließlich einen flachen Gegenstand in die Rosenhecken, winkte uns gelassen zu und flog davon.

»Dieser Josanne ist ein Idiot!«, brüllte Scott mit hochrotem Gesicht und ballte die Fäuste in die Luft. »Er bringt uns noch alle unter die Erde.«

»Er steckt voller Fähigkeiten«, widersprach ich beeindruckt und schaute der funkelnden Hülle hinterher, bis sie als lichter Punkt entschwunden war.

»Das ist nichts als Prahlerei.«

Wenige Minuten später kam Jeanne atemlos ins Zimmer gelaufen. »Madame! Madame!«, rief sie und überreichte mir ein ledernes Kuriermäppchen.

»Sie scheint mir Frau genug, um zu wissen, dass eine Maschine, die so dicht über mein Haus fliegt, nichts für den Hausherrn abzuwerfen hat.« Scott sah mich spöttisch an.

Mit fahrigen Händen öffnete ich die Schnallen, holte einen aus einem Notizbuch gerissenen Zettel hervor und las die offensichtlich hastig zu Papier gebrachten Worte.

»Was schreibt dir der Kerl?«

»Ein Gruß.« Schnell faltete ich die Botschaft zusammen und ließ sie in den Ärmel meiner Strickjacke gleiten.

»Manchmal tut es auch ein Telegramm, aber diese Franzosen müssen ja aus jeder Kleinigkeit ein Drama machen.« Grimmig marschierte Scott ins Herrenzimmer und schenkte sich mit gefährlich lautem Klirren einen Drink ein.

NI VOUS SANS MOI, NI MOI SANS VOUS. J

Der Strand war menschenleer. Scottie saß mit einem dicken Wollpullover bekleidet im Sand, spielte selbstzufrieden mit ihren Blechförmchen. Miss Maddock und ich standen in einiger Entfernung nebeneinander, beide die Arme eng um die Körper geschlungen, und betrachteten das aufgewühlte Meer. Es war ein tosendes Schauspiel. Überall lag angespültes Treibholz herum, Seetang, zerrissene Fischernetze voller Unrat. In der Ferne sah ich Jean in der harten, klaren Luft eine Fahne vor seinem Bistrot hissen. Ein Matrose und sein Mädchen trotzten dem Wind, gingen in der sich auftürmenden Schwärze dicht aneinandergeschmiegt an uns vorbei.

»Vielleicht«, sagte Miss Maddock plötzlich leise, ohne den Blick vom dunklen Wasser zu wenden, »liegt der wahre Reiz einer Frau in ihrer Ehe.«

Befremdet musterte ich sie von der Seite, versuchte ihrer Aussage einen tieferen Sinn zu entnehmen.

»Unverheirateten Männern erscheinen sie attraktiv, weil sie genau wissen, dass die Geliebte zu ihrem Gatten zurückkehren wird.« Angestrengt schaute sie weiterhin auf den Horizont, als suchte sie dort draußen etwas. »Freude ohne Verantwortung.«

»Warum erzählen Sie das?«

»Ich habe kürzlich irgendwo darüber gelesen«, gab sie zurück, langsam, sehr geduldig, als erklärte sie jemandem wie mir ein kompliziertes Strickmuster. »Ist es nicht interessant, dass der Franzose eine Affäre als kleines Abenteuer ohne Folgen betrachtet? So ganz anders als der Brite und der Amerikaner. *Petite aventure* sagt man hier.«

Ich konnte mir keinen rechten Reim auf ihre Worte machen, sie konnte unmöglich von Jozan und mir erfahren haben. Wir waren vorsichtig genug. Einzig der junge Leutnant, mit dem sich Jozan ein kleines Apartment in Fréjus teilte, wusste davon. Aber warum sollte Nicolas einen Kameraden verraten? Wen interessierte, dass wir uns dort hin und wieder hinter verschlossenen Türen liebten?

Aus den Augenwinkeln sah ich zwei Marinesoldaten aus dem Café de la Flotte auf uns zukommen. René und Bobbé stellten sich mit bekümmerten Gesichtern zu uns, selbst die goldenen Knöpfe ihrer Uniformen spiegelten nur mit mattem Glanz das kapriziöse Wolkenmeer wider. Mir war in jenem Moment, als wüssten die beiden um unser Geheimnis.

»Ihr Jungs seht aus, als lastete das Gewicht des Himmels auf euch.«

»Haben Sie die Fahne auf Halbmast gesehen?«

Ich nickte und wandte den Kopf noch einmal in die Richtung der blauen Fassade. »Was hat sie zu bedeuten?«

»Jemand ist ums Leben gekommen.« René stockte. Richtete sich mit einer nervösen Bewegung sehr gerade auf, als müsste er Haltung demonstrieren. »Jemand meinte, es sei Jozan. Er ist trotz des Mistrals geflogen, um die Brände zu kontrollieren.«

»Unser bester Mann«, schob Bobbé leise hinterher. »Immer vorsichtig gewesen.«

»Ich habe ihn doch gestern noch gesehen …« Mir wurde schwindelig. Als hätte man die Welt angehalten, wurde es augenblicklich still um ich herum. Kein Geräusch mehr, kein Leben. Tonlos hörte ich mich sagen: »Ich muss zu meinem Mann.«

Scott raste die Küstenstraße entlang, schien die dichter werdenden Rauchwolken vor sich herzuschieben. Beharrlich versuchte eine harte Böe nach der nächsten den Renault gegen die Felsen zu drängen, sprühte Gischt auf, die wie Schlagregen auf uns niederprasselte. Als in der Nähe des Hangars endlich ein Schild Richtung Hauptquartier vor uns auftauchte, meinte er angespannt: »Ich habe keine Ahnung, warum ich das hier eigentlich mache.«

Doch seinem besorgten Gesichtsausdruck war anzusehen, dass ihn die Sache ebenfalls mitnahm. Mir war übel. Auch auf dem kargen asphaltierten Vorplatz des Militärgeländes wehte eine Fahne auf Halbmast.

Wann hatte ich das letzte Mal eine solche Angst verspürt? Hatte ich sie je verspürt? Scott hielt vor einem Tor, das von einer Mauer aus dunklen Quadern flankiert war. Der Mistral fauchte durch die Oleanderbüsche, peitschte die Zweige gegen den Stein. Blütenblätter wirbelten auf.

Ein Wachposten kam heraus und salutierte knapp. »Monsieur?«

»Ein Pilot der Marine ist verunglückt«, rief Scott über das Steuerrad hinweg. »Können Sie uns Auskunft darüber geben, um wen es sich handelt?«

»*Non*, Monsieur.«

»Es scheint ein Freund von uns zu sein. Können Sie den Namen nicht nennen?«

»Es tut mir leid. Ich bin nicht befugt, militärische Informationen herauszugeben.«

Verzweifelt hielt ich mir die Hände vors Gesicht und begann zu weinen. Nie würde ich erfahren, auf welch qualvolle Weise mein Geliebter ums Leben gekommen sein konnte. War er über dem Meer abgestürzt? Über den Bergen? War er direkt ins Feuer geflogen? *Man muss durch die Angst hindurchfliegen …*

»Ist es Leutnant Édouard Josanne?«, versuchte es Scott noch einmal. »Bitte!«

Der Mann sah, wie ich mir die Tränen von den Wangen wischte. »*Attendez!*«, meinte er schließlich und verschwand hinter dem mächtigen Eisentor.

Die Minuten vergingen, wurden zu Jahren, einer Ewigkeit. Wie betäubt stieg ich aus, lehnte mich an den Wagen. Rauchte. Schaute den ziehenden Wolken nach. Vielleicht hätte ich in jenem Augenblick über all die Dramen reden sollen, die auf meinem Herzen lasteten, doch waren es nicht die unausgesprochenen Worte, die mehr sagten als die gesprochenen? Eine Möwe stieß einen spitzen Schrei aus. Nichts schien wirklich. Ich hatte nur die Momente mit Jozan vor Augen. Wie er mir die Sterne erklärte. Wie er lachte, wie er tanzte. Mich berührte. *Ich kann dich fühlen.*

»Das kann alles nicht wahr sein.«

»Mein armes Kätzchen.« Scott legte den Arm um mich. Ich drückte mich fest an seine Schulter, wollte mich wie eines dieser Fellknäuel zusammenrollen und in einer weichen Mulde seines Körpers verschwinden. Stattdessen starrte ich nun apathisch auf den Eingang und wartete darauf, dass etwas geschah. Endlich hörte ich hinter der hohen Mauer Schritte auf dem Kies. Mit undurchdringlicher Miene öffnete der Wachmann das Tor. Jozan trat hindurch. Selbstsicher und strahlend schön. Seine gestärkte weiße Uniform leuchtete, die Bügelfalten messerscharf. Die Kappe auf dem dunklen Haar verlieh ihm etwas Offizielles. Unnahbares.

Als er näher kam, marschierte Scott mit ausladenden Bewegungen um den Wagen herum. Klopfte zweimal hart auf die Blechhaube. »So«, sagte er entschlossen, »nun hast du den Kerl gesehen. Steig ein, Zelda.«

»*Bonjour*«, begrüßte mich Jozan und nahm meine Hand.

Ich schluchzte, war unfähig, etwas zu sagen. Zu denken.

Wütend ließ Scott den Motor aufheulen. »Damit das klar ist, mein Freund, jede einzelne dieser Tränen gehört mir.«

»Geht es dir gut, Zelda?«

Ich liebte diese ruhige Stimme. »Du siehst so schön kühl aus«, brachte ich hervor. »Du siehst immer so schön kühl aus.«

Fassungslos schwenkte Scotts Blick von Jozan zu mir, dann wieder zu Jozan, als versuchte er das Surreale der Situation zu begreifen. »Verdammt nochmal, Josanne!«, schrie er plötzlich und schlug mit der Faust gegen das Armaturenbrett. »Was soll das hier werden? Willst du dich mit mir schlagen?«

Gelassen sah mir Jozan in die Augen, ließ den Blick wie bei unserer ersten Begegnung im Café nicht von mir und meinte leise: »Ich schlage mich nicht mit ihm. Ehemänner haben etwas Schwaches an sich.« Er drückte meine Hand fester, als wollte er sie nie wieder loslassen. Formte mit den Lippen meinen Namen. *Zelda*. Dann drehte er sich um und ging, ohne ein weiteres Mal zurückzuschauen.

In der Nacht stand ich auf dem kleinen Balkon, die wollene Stola fest um meine Schultern gewickelt. Ich zündete mir eine Zigarette an, trank aus der Flasche den Portwein, den Paulette oder Bellandeau oder irgendjemand mitgebracht haben musste, als wir wieder einmal bis spät in die Nacht zusammen in unserem Garten gefeiert hatten. Er schmeckte viel zu süß. Über den Bergkuppen sah ich das orangerote Leuchten des Feuers. Es schien weit in den Himmel hinein, hatte etwas Unheimliches, das dem Schwarz all seine Farbe entzog. Der Mistral wehte und heulte. Ein Klagelied. Die Leute sagten, wenn der Wind sich selbst bemitleide, sei es bald vorbei.

KAPITEL 9

Nur wenige Tage später kam Scottie nach einem ausgiebigen Mittagsschlaf aus ihrem Zimmer zu uns gelaufen. Das kleine Gesicht war noch auf reizende Weise zerknittert, und ihr blondes, von der Sonne aufgehelltes Haar kringelte sich an den Ohren. Sie hielt ein Bild, das sie gestern an einem wackeligen Tisch vor dem Bambushäuschen gemalt hatte, hoch über ihren Kopf und rief: »Gleich ist die Ausstellung!«

»Richtig, mein Spatz.« Ich legte die Puderdose auf den Frisiertisch, zog sie auf meinen Schoß und strich ihr über den Kopf. »Heute findet der Salon de Jeunesse statt.«

»Nur für Kinder«, meinte sie mit wichtiger Miene und begann, mir die krakeligen dunkelbraunen Striche auf dem Papier zu erklären. »Das sind Würstchen.«

»Warum malst du keine Blumen?«, fragte ich. »Eine bunte Sommerwiese?«

»Weil Würstchen besser sind.«

»Den Starrsinn hat sie von dir, Zelda.« Belustigt stieg Scott in seine Anzughose und befestigte die Hosenträger, dann nahm er den seidenen Querbinder aus dem Schrank und schwenkte ihn durch die Luft. »Müssen wir uns für diesen Anlass wirklich derart in Schale schmeißen?«

»Ja. Ist das nicht wunderbar?« Ich setzte Scottie neben dem Stuhl auf den Boden und streifte mir die zarten Strümpfe über die Beine. Mein Blick fiel auf die Karte mit Saras fein geschwungener Handschrift, die hinter dem Rahmen des Spiegels klemmte: ›Dinner-Flowers-Gala‹. Die Murphys hatten zu einer Party geladen, die an ein prachtvolles Captain's Dinner auf einem Luxusliner erinnern sollte. »Die beiden nutzen die kleinste Gelegenheit für eine glamouröse Show.«

»Je besser ich sie kennenlerne, umso dringender verspüre ich den Wunsch, hinter das Geheimnis ihrer Besonderheit zu kommen.« Scott strich mit einer weichen Bürste über sein Jackett und ging zum Fenster, um den Stoff im einfallenden Sonnenlicht zu begutachten. »Die beiden sind meine Vorbilder. Manchmal denke ich sogar, sie sind ein bisschen wie die Eltern, die ich gern gehabt hätte.«

»Großer Gott! Kommst du jetzt wieder mit deinen faden Lieblingsattributen daher? Ausgeglichenheit und Harmonie?«

»Rangiert auf meiner Skala guter Charaktereigenschaften nicht ganz unten«, verteidigte er sich. »Ich liebe ihre geschliffenen Manieren, diese fast überkorrekte Ausdrucksweise.«

»Und ich frage mich die ganze Zeit, was dahinterstecken könnte«, murmelte ich. Tatsächlich konnte ich nur ahnen, wie es wohl unter der schillernden Oberfläche der Murphys aussah. Ich dachte an den Akt Picassos. Saras zärtliche Gesten, die Gerald in scheinbar unbeobachteten Momenten am Strand nur schwer ertrug, gar abwehrte. Seine Blicke, wenn ein attraktiver Mann an uns vorbeilief ... Vorsichtig schlüpfte ich in das schwanenweiße Seidenkleid, auf das mir Jeanne für den heutigen Anlass an Schultern und Saum in stundenlanger Arbeit helle Federn genäht hatte. Prüfend strich ich mir vor dem Spiegel über die Hüften, drehte mich herum. »Was meinst du? Kann ich so gehen?«

»Selbstverständlich, Darling«, raunte er plötzlich dicht hinter mir und küsste meinen Hals. Strich mit einem Finger den nackten Rücken entlang. Wirbel für Wirbel. »Dieser tiefe Ausschnitt ist betörend.«

Seine Begierde ließ mich erschaudern. Seit ich Jozan kannte, waren Scotts Berührungen die eines Fremden, fühlten sich unangenehm und aufdringlich an. »Dann wollen wir beide hoffen«, meinte ich kühl, »dass du heute Abend der Einzige bist, der das so sieht. Deine Eifersucht ist in letzter Zeit etwas anstrengend.«

Er wusste sofort, dass ich auf die Begegnung mit Jozan vor dem Hauptquartier anspielte. »Ich hätte mich mit dem Kerl geschlagen, das schwöre ich dir.«

»Und du hättest verloren«, hielt ich entschieden dagegen. »An Lächerlichkeit war dieser Auftritt kaum zu überbieten.«

»Dein Vertrauen in mich scheint ja tief verankert.« Verärgert spuckte er auf seine Lackschuhe und wienerte sie mit dem Ärmel blank. »Du weißt nicht, wozu ich fähig bin, Zelda.«

»Vielleicht nicht«, mutmaßte ich und schnappte mir beim Hinausgehen eine ältere Ausgabe des *Town Tattle* vom Tisch. »Vielleicht unterschätzen wir beide uns aber auch gegenseitig.«

Scott verwehrte mir den Zugang zum Dasein als Schriftstellerin; auch wenn ich es selbst nicht erfahren hatte, so wusste ich natürlich von diesen magischen Momenten, in denen sich die Figuren aufrichteten und Wirklichkeit wurden. In jenen Tagen begann er, seinem Text Atem einzuhauchen. Ich spürte, dass er weitaus mehr Zeit in der literarischen Welt zubrachte als in der realen. Schon bei seinem letzten Roman war er immer tiefer zwischen die Zeilen gerutscht, hatte mich gelegentlich sogar mit ›Gloria‹ angeredet, während ich meinen Namen einige Male in seinem Manuskript durchstrich und durch ihren ersetzte. Unsere Charaktere verschmolzen. Gerade wusste er, was Daisy tat, kontrollierte ihr Wachen, ihr Schlafen. Doch Zelda war eine andere – dieses Mal würde er mich nicht bekommen. Er wusste nicht, was ich tat, ahnte es wohl nicht einmal. Wenn mir Männer die Langeweile vertrieben, bedeutete das für ihn freie Zeit zum Schreiben. Wenn sich diese Männer in mich verliebten, erheiterte es ihn regelrecht, ja, er fühlte sich sogar geschmeichelt, war er sich doch sicher, dass ich ihm gehörte. Nie hätte er damit gerechnet, dass ich die Gefühle anderer einmal erwidern könnte. Ein schlechtes Gewissen hatte ich nicht, schließlich schwärmte er auch ständig von Sara. Redete über ihre Gelassenheit, ihre kühle Eleganz, die sie mit energetischem Charme zu verbinden wusste. Die Bewunderung, die sie ihm entgegenbrachte. Es schien mir wie eine Ironie des Schicksals, dass sich diesem Schriftsteller, der sich in seinen Büchern über das Liebesleben raffinierter Frauen ausließ, das wahre Leben von uns beiden nicht erschloss. Wann würde ich ihm von meinem Geheimnis erzählen? Würde ich es überhaupt tun? Langsam schritt ich die gewendelten Stufen des Treppenhauses hinunter. Auf dem Absatz blieb ich stehen und betrachtete meine Spiegelung in dem schmalen Fensterglas. Sie stand mir gut zu Gesicht, diese Überlegenheit, nicht wahr? Bedächtig strich ich über die Federn, sie raschelten. Vorerst war mir nur klar, dass ich mich endlich wieder einmal in exquisiter Gesellschaft amüsieren wollte. Ich hatte Lust auf einen glamourösen Auftritt, auf nette Leute, gute Gespräche. Auf verrückte Dinge.

Die Murphys hatten ihre Gäste für fünf Uhr nachmittags auf das Grundstück der *Villa America* gebeten. Mit nur wenigen Minuten Verspätung erreichten wir das Cap d'Antibes. Das sieben Morgen große Anwesen lag abseits zwischen zwei wenig befahrenen Feldwegen. Niemand hätte dort ein weiteres Paradies vermutet, doch als wir vor dem verwitterten Portal zwischen den anderen Automobilen hielten, erlag ich allein dem Duft unzähliger Heliotrope, Kamelien, Lilien und anderer Blüten. Überall erblickte man harmonisch arrangierte Palmen, Eukalyptus- und Pfefferbäume. Auf dem Weg zum Hauptgebäude steckte unsere Kleine immer wieder ihre Nase in die wohlriechenden Kräuter, die in Tontöpfen neben leuchtenden Tomaten und Beeren Spalier standen.

»Ich bin wie paralysiert.« Scott breitete fasziniert die Arme über die terrassenförmig angelegten Gärten aus, die den Hügel mit geometrischem Feingefühl kreuzten und sanft zum Meer hin ausliefen. »Dies ist der Himmel auf Erden, oder?«

Sara kam uns in einem roséfarbenen Chiffonkleid auf den Steinstufen entgegengelaufen. Ihr sorgsam onduliertes Haar zierte ein perlenbesticktes Bandeau in Korallpink. Sie schien mir wie eine außergewöhnliche Blume inmitten der Pracht. »Meine Lieben, haben wir nicht ein wahnsinniges Glück mit dem Wetter?« Wir küssten einander auf die Wangen. »Ich habe täglich gebetet, es möge so sein.«

»Mir kam das Gerücht zu Ohren, ihr hättet dem Mistral höchstpersönlich den Befehl zum Abmarsch erteilt«, scherzte Scott.

»Oh, mit dieser göttlichen Gabe würden wir gewiss auch die Waldbrände im Hinterland löschen.«

»Zuzutrauen wäre es euch beiden allemal.«

Mit nonchalanter Geste deutete Sara in einiger Entfernung auf den zur Hälfte abgetragenen Dachstuhl. »Ich wünschte, es wäre schon alles fertig. Aber wir haben uns nun mal ein zweites Stockwerk und ein flaches Dach in den Kopf gesetzt.«

»Weiß getüncht hätte es Anklänge an die tunesische Architektur«, sagte ich. »Eine Reiseimpression?«

»Genau das habe ich im Sinn, Zelda«, sagte sie erstaunt. »Kommt, ich führe euch herum.«

Während wir den labyrinthischen Weg zur obersten Ebene hinaufschritten, nickte ich einigen festlich gekleideten Gästen freundlich zu; sie fügten sich harmonisch ins Bild, als hätte Sara sie bewusst platziert. Maßgeschneiderte Eleganz, offenkundige Arroganz. Obwohl wir uns auf einer Baustelle befanden, war alles bereits derartig schick, dass ich unweigerlich nach einem grünen Leuchtschild mit dem Aufdruck *Bühneneingang* suchte. Sara erläuterte uns die nächsten Etappen der Sanierung, hatte präzise Vorstellungen von der Zimmeraufteilung, den Möbeln, selbst die Gemälde hingen vor ihrem geistigen Auge schon an den Wänden. Dieser Perfektionismus und das unbedingte Interesse an einem schönen Heim waren mir unheimlich, gleichzeitig aber verspürte ich einen winzigen Giftstachel im Herzen. Er traf mich unvorbereitet in meinem heiß geliebten Nomadentum, diesem obsessiven Herumziehen von einem Ort zum nächsten. Vielleicht war es all die Jahre nur eine Flucht gewesen, ein Davonlaufen vor der Langeweile, der Verantwortung, der Welt. Vor mir?

Neben der Villa hatten die Murphys im Schatten einer mächtigen alten Linde ein herrliches Buffet anrichten lassen. Gegrillter Hummer, Kaviar auf Eis, bunte Salatkompositionen. Sommerliche Blumenarrangements flankierten unzählige Tellerchen mit überbackenen Käseschnitten. Die Gäste bedienten sich bereits an den Köstlichkeiten, und endlich entdeckte ich in der Menge ein bekanntes Gesicht: Robert McAlmon.

»Eure Dampferidee in allen Ehren, Sara. Aber das hier ist für mich Paris, Paris!«, schwärmte er über die Köpfe der anderen hinweg. »Auf Montparnasse, unser Tollhaus!«

»Das Rezept habe ich mir von Jimmie geben lassen.« Sie strahlte. »Wusstet ihr, dass er jetzt im Dingo arbeitet?«

»Jimmie, der Barmann«, sagte Robert. »Unser sanfter, streitbarer Held.«

Gerald lachte. »Ich habe größten Respekt vor seiner professionellen Rechten.«

»Zänkische Gäste sind seine Spezialität«, gab er zurück. »Bryher erzählte mir letztens von einem Querulanten, den er mit nur einem Schlag ins Koma befördert hat. Als der arme Kerl wieder zu Bewusstsein kam, klopfte er ihm höflich den Staub von den Schultern und bestellte ein Taxi. Auf eigene Kosten!«

»Kein Wunder, dass wir ihn alle vergöttern.«

Vor dem aufgeschütteten Erdreich, wo später eine mondäne Marmorterrasse entstehen sollte, hatten die Murphys Korbstühle und Tische aus dem Hotel aufstellen lassen und mit bunt gemusterten Tüchern dekoriert.

Rasch kurbelte Gerald noch einmal das Victrola auf einer Steinmauer an, dann mixte er uns einen Drink mit Cognac und Kirschwasser, den er für den heutigen Anlass kreiert hatte. Mit flinkem Griff steckte er rot-weiß-blaue Papierfähnchen an langen Holzstäben in die Gläser. »Herzlich willkommen in der *Villa America*.«

Wir prosteten mehreren Gästen zu, die mit ihren Cocktails bedächtig durch den Garten flanierten. Möwen kreischten, und die Atmosphäre erinnerte mich in jenem Moment tatsächlich an einen Deckspaziergang auf einem Luxusliner.

»Die Kinder dürfen jetzt ihren Salon aufbauen«, bestimmte Sara mit einem gebieterischen Händeklatschen, das jeglichen Widerspruch verwehrte. »In einer Stunde lasse ich sie alle von unserer Mam'selle und Vladimir abholen und ins Hotel bringen. Die Erwachsenen werden hier ein wenig feiern und den Abend drüben am Pool ausklingen lassen.«

Während die Kleinen aufgeregt ihre Zeichnungen vor den aufgestapelten Zementsäcken ausbreiteten, schirmte ich die Augen mit der Hand ab und betrachtete in der Ferne die Hügelketten.

»Sieht das Meer nicht aus wie brünierter Stahl?«, meinte Gerald in seinem perfekt artikulierten Yale-Englisch, mit dem er niemals bei seinen Freunden anecken würde.

Ich nickte abwesend. »Ja.«

»Hatte Ihr Kleid nicht eine ganz ähnliche Farbe, als wir uns das letzte Mal sahen?«, hörte ich eine dunkle, mit Selbstsicherheit getränkte Frauenstimme neben mir sagen. »Dieses Gasblaue?«

»War es nicht wunderschön?« Kurz dachte ich an die Zeit in Paris, blickte dann in die melancholischen Augen Édith de Beaumonts. Schwer zu glauben, dass eine Frau mit solchen Augen die burlesken Launen der Avantgarde dirigierte.

»Ihr gleicht Tag und Nacht, meine Hübschen«, trällerte Sara und hielt ihre Kodak an einem langen Lederriemen in die Höhe. »Ich muss eine Fotografie von euch beiden machen.«

Mein schwanenweißes Kleid passte perfekt zu der gewählten Abendgarderobe der Gräfin. Ihr Kleid war schwarz, hatte lange, sehr eng anliegende Ärmel mit eher züchtiger Wirkung, gleichzeitig waren die Knie geradezu schamlos kurz bedeckt. Es war außergewöhnlich, entsprach genau wie Saras Stil keinem Trend. Wahrscheinlich hätte die Gräfin jedem Kartoffelsack einen Anschein von Bedeutung verliehen, doch dieses Stück wies tatsächlich eine versteckte Sinnlichkeit auf, die sich erst auf den zweiten Blick offenbarte. Fast so raffiniert wie das Buch, das Radiguet nach ihrem Vorbild geschrieben hatte. Während Sara uns ins Visier nahm, schoss mir ein Gedanke durch den Kopf: *Ehebrecherinnen.* Und plötzlich wurde mir klar, dass ich mich selbst inmitten einer solchen Geschichte befand. Jozan und Scott und ich. Zwei Männer, eine Frau. Leidenschaften. Hatte mir *Le bal du Comte d'Orgel* deswegen so gut gefallen? Und welchen Ausgang würde meine Geschichte nehmen?

»Ein mutiger Roman.« In der Gewissheit, dass nur die Wenigsten ringsumher mit diesen Worten eine Affäre in Verbindung brachten, lächelte ich in den gleißend hellen Magnesiumblitz.

»Wir denken zu viel und fühlen zu wenig«, entgegnete Édith und verschwand mit einer melodramatischen Drehung an der Hand des Grafen in der Menge. Nie hatte ich wohlgeformtere Beine gesehen, die so fließend in die Absätze teurer Mary Janes übergingen.

»Was hat sie gesagt, Darling?«

»Das wahrlich Richtige, Scott.«

Der Garten füllte sich mit illustren Gästen aus Adel und Kultur. Ich entdeckte die Barrys, die Myers; sogar Lawton Campbell und Ludlow Fowler waren mit ihren besten Sommeranzügen aus Paris angereist, versprühten einmal mehr jenen jungenhaften Charme, als wären sie weiterhin die Kommilitonen von damals.

Laut hörte ich Scott rufen: »Hey, Lud, reicher Junge! Wenn ich mal viel Zeit habe, werde ich dir eine Story auf den Leib schreiben.«

Fernand Léger und Georges Braque übernahmen die Preisverleihung für das schönste Bild der Ausstellung, und unter mächtigem Applaus wurden die stolzen Kinder schließlich alle mit selbst gebastelten Papierkronen auf dem Kopf von Geralds Assistenten ins Hotel gefahren. Die Abenddämmerung legte sich golden über die feiernde Gesellschaft, und ich mochte kaum glauben, dass es noch immer Menschen gab, die diese wunderbare Jahreszeit nicht am Meer verbringen wollten. Eiswürfel klirrten in beschlagenen Cocktailgläsern. In den langen Strahlen der Sonne gerieten Konturen zu kunstvollen Schatten, die sich geheimnisvoll unter die Leute mischten, als wären sie *Tausendundeine Nacht* entsprungen. Auch John Dos Passos, der uns damals bei der Haussuche in Great Neck geholfen hatte, war zurück in Europa, um an seinem Großstadtroman zu arbeiten. Mit seinem eigensinnigen Humor zu jedem Spaß bereit, gehörte er wie die Lardners zum harten Kern unserer Long-Island-Truppe.

»Ich wollte mich vergewissern, ob dein Mann auch wirklich feiert und nicht hinter dem Schreibtisch versauert, Zelda.«

»Du Lackaffe«, meinte Scott spöttisch, leerte seinen Drink und winkte den Kellner mit dem Tablett herbei. »Du bist in Sorge, dass ich dir das Wasser abgrabe, was?«

»Die Literatur ist ein weites Feld«, konterte Dos ruhig.

»Allerdings«, warf ich ein. Im vergangenen Jahr hatte er mir seine Story bei mehreren Highballs in der Plaza Bar erläutert. »Eure Themen könnten unterschiedlicher nicht sein. Kommst du mit deinem Manuskript voran?«

»Ich habe einen ganz guten Lauf, ja. Mittlerweile gibt es auch einen Titel: *Manhattan Transfer*.«

»Mit diesen beiden Worten führst du die Handlungsstränge perfekt zusammen.«

»So soll es sein.« In seinem Blick lag Anerkennung. »Klingt nach einer Frau mit Ahnung.«

»Herzlich willkommen im neunzehnten Jahrhundert.« Genervt drehte sich Ada MacLeish mit ihrer langen Zigarettenspitze aus geschnitztem Elfenbein herum. Ihre Augen funkelten gefährlich zwischen den dichten Wimpern hervor. »Frauen mit eigenen Ansichten bitte hinten anstellen.«

»Gute Güte! So hatte ich es nicht gemeint, Ada. Wir alle wissen um Zeldas wertvolle Meinung in der Literatur. Außerdem«, Dos zwinkerte mir bedeutungsvoll zu, »wäre es gar nicht möglich, einer Frau wie ihr den Mund zu verbieten.«

»Da hörst du es mal wieder, Darling.« Scott nickte in meine Richtung, wandte sich dann wieder an Dos. »Also, wann bringst du dein Baby auf den Markt?«

»Ich schätze, Mitte des nächsten Jahres.«

»Ach«, winkte mein Mann ab und verkündete großspurig: »Bis dahin werde ich einen Roman veröffentlicht haben, der bedeutender ist als alles, was je zuvor in den Staaten gelesen wurde.«

»Sicher?«

»Ich bin der Seismograf der modernen Konsumgesellschaft. Mit meinem Gatsby erschaffe ich neue Strukturen, nach denen Joyce und Stein noch Ewigkeiten suchen werden.«

»Dann hechle nicht länger der Wharton hinterher«, lockte Dos ihn aus seiner Selbstgefälligkeit. »Du kannst nicht über das moderne Leben schreiben, ohne deinen Stil bahnbrechend in eine neue Richtung zu entwickeln.«

»Bin schon sehr gespannt auf die Kritiken über deinen Sermon, Mister Henry James.«

»Wir werden sehen, Kamerad.« Mit einer lässigen Geste rieb unser Freund ein Streichholz an der Mauer entlang, zündete sich eine Zigarette an und stieß den Rauch in langsamen Stößen in die Luft. Im Feuerschein der Fackeln gerieten die Schwaden zu gespenstischen Gebilden, die hoch und höher flogen.

Während Scott wahllos einen Drink nach dem nächsten in sich hineinlaufen ließ und überall um Aufmerksamkeit buhlte, kurbelte Gerald die neuesten Hits der Saison an. Die Stimmung wurde ausgelassener, doch niemand tanzte. Gleich, so dachte ich, würden sie alle in einem *tableau vivant* erstarren. Diese ›Dinner-Flowers-Gala‹ drohte an ihrer eigenen Gefälligkeit zu ersticken.

Als endlich ein Charleston ertönte, drückte ich einem erstaunten Herrn mit runder Hornbrille mein Glas in die Hand und sprang auf die niedrige Steinmauer an der Linde: »Alle mal hersehen! So geht das!« Tollkühn fiel ich in den Rhythmus und spürte, wie sich die Augenpaare auf mich richteten. Die Gesichter der Frauen spiegelten aristokratisches Entsetzen. *Quel scandale!* Ich wusste genau, dass mein Verhalten hier und heute inmitten dieser erlesenen Gesellschaft nicht erwünscht war – Ungehorsam, der mir seit Wochen gefehlt hatte. Ich weigerte mich entschieden, langweilig zu sein, ich war es nie gewesen. Lasziv kreiste ich mit den Hüften, drehte mich um die eigene Achse, war ganz bei mir. Die Federn an meinem Kleid wehten auf und ab, reagierten auf jede meiner Bewegungen. Ich zog das Kleid höher, sodass mein Strumpfhalter mit der metallenen Puderdose hinter dem Band hervorblitzte, dann mein schwarzes Spitzenhöschen. Eigentlich machte ich nichts anderes als sonst, doch ich fühlte mich von Sekunde zu Sekunde großartiger unter den schockierten Blicken, den empörten Gesten. Drehte mich schneller, noch schneller. Wirbelte herum. Die Federn flatterten im Wind. Als die Töne verklangen, sanken sie wie das Gefieder eines Schwans sachte an mir herab. »*Noblesse oblige*, meine Lieben!«, rief ich atemlos über die pikierte Menge hinweg und verbeugte mich.

Alexander Woollcott, der füllige Journalist, schob sich händeklatschend durch die Stille. Dicht vor mir nahm er seinen breitkrempigen Strohhut ab und wedelte sich Luft in das rot glänzende Gesicht. »Na, Mädchen, Ihnen ist schon klar, dass Sie die feudalen Herrschaften hier mit Ihrer Darbietung in Dantes äußeren Höllenkreis locken, oder?«

Von oben herab küsste ich ihn auf die Stirnglatze. »Dann habe ich etwas falsch gemacht. Ich hoffte auf den inneren.«

Er sah mich belustigt an. »Ihr Fortgang hat drüben eine eklatante Lücke ins System gerissen. Das amerikanische Feuilleton verkommt ohne Sie zu einer seriösen Berichterstattung.«

»Das nehme ich als Kompliment.«

Seine kleinen dunklen Schweinsaugen klebten an mir. »Schickes Höschen übrigens.«

Nervöses Gelächter schwoll an.

»Nicht wahr? Es ist mein bestes. In diesem will ich eines Tages tot aufgefunden werden.« Ich strich das Kleid glatt und stieg von der Mauer. Erhitzt griff ich nach einer Flasche Champagner und schüttete mir die prickelnde Flüssigkeit über den Rücken.

»Wir müssen reden.« Sara trat zwischen den anderen hervor, nahm mich mit sanfter Bestimmtheit an die Hand und zog mich zum Brunnen hinter der Terrasse. Eine Kühle legte sich um meine Schultern. Eindringlich schaute sie mir in die Augen. »Bist du dir dessen gewiss, das Richtige zu tun?«

»Was meinst du?«, fragte ich mit unschuldigem Blick und begann mein Haar zu richten. »Du siehst aus wie eine Rose, weißt du das?«

»Stell dich nicht dumm.« Augenblicklich begann ihre Geduld zu zerrinnen. »Ich habe dich mit diesem Piloten durch Antibes laufen sehen. Am nächsten Tag lagst du eng umschlungen mit ihm am Strand.«

»Wie eine zarte, duftige Rose.«

»Selbst Gerald hat euch am Hangar gesehen«, redete sie unbeirrt weiter. »Jeder hier weiß es, Zelda. Allein dein Ehemann lässt sich von dir zum Narren halten.«

»Warum hast du den guten Pablo heute Abend eigentlich nicht eingeladen?« Ich senkte meine Lider und strich mit den Fingern über das Moos auf dem verwitterten Brunnenrand. »Ist er nicht eine eurer teuersten Briefmarken?«

»Unterlass diese Anspielungen«, meinte Sara harsch. »Es ist ein großer Unterschied, ob man sich malen oder verführen lässt.«

»Picasso beherrscht die Kunst einer einzigen Linie.«

»Was willst du damit andeuten?«

Ich lachte leise. *Niemand, der glücklich ist, begibt sich auf den wandelnden Pfad der Liebe.* Sollte ich aussprechen, was ich womöglich besser wusste als die Murphys selbst?

»Sara? Liebe Sara?«, tönte es durch die Dunkelheit. Scott wankte mit einer Silberschale voller Kaviar die Stufen zu uns hinauf, strauchelte mehrmals. »Ich muss ein Buch über dich schreiben. Ich verehre dich so sehr.«

»Du hattest zu viel Champagner, Scott.«

»Er macht nicht betrunken, weißt du? Und Frauen reiben ihn mir gern ins Haar«, widersprach er und ging vor ihr auf die Knie. Das Gefäß fiel mit einem dumpfen Poltern zu Boden, die Kostbarkeit perlte lackschwarz über ihre hellen Satinschuhe. »Du bist so klug und schön …«

»Scott, steh auf. Bitte!« Sara bewegte sich nicht, versuchte ihre Contenance zu wahren, sah ihn nur streng an. »Du benimmst dich wie ein Kleinkind.«

»… und immer für mich da.« Er umklammerte ihre Beine, hinterließ dunkle Abdrücke auf ihren Seidenstrümpfen und jammerte: »Ich brauche dich, Sara.«

Einen Augenblick lang schienen wir alle unsere Gefühle auf der scharfen Klinge eines Messers zu balancieren, schwankten zwischen Lächerlichkeit und Schande. Hielten den Atem an. Lauerten. Dann geriet die Situation in allzu groteske Bahnen. Wutentbrannt kehrte ich den beiden den Rücken. Schlug mit großen Schritten eine Schneise durch das blaue Licht des Abends und dachte, dass ich diesen Mann nicht länger ertragen konnte.

Weit nach Mitternacht ließen die Murphys die Gala am Eden Roc ausklingen. Sara hatte sich in einen apricotfarbenen Kimono aus bedruckter Seide umgekleidet und die fleckigen Cut-Outs gegen ein neues Paar in der passenden Farbe – zwei, drei Nuancen dunkler – getauscht. Mit geradezu verstörend süßem Lächeln ließ sie ihren Gästen im Mondschein starken Kaffee und Mandelgebäck servieren und tat, als hätte das peinliche Intermezzo mit Scott nicht stattgefunden. Es war ein Trick der Reichen und Schönen, sich hinter ihrer kultivierten Sorglosigkeit zu verstecken. Strahlte sie nicht unendliche Überlegenheit aus? Während Cole am Flügel vor dem Pavillon ein paar leise Melodien anstimmte, wurden wir alle wieder nüchtern oder benahmen uns zumindest so. Nach *Three o'Clock in the Morning*, einem langsamen, melancholischen Walzer, verabschiedeten sich die Ersten ins Hôtel du Cap, wo die Murphys die ganze Gesellschaft einquartiert hatten. Ich lehnte rauchend an der Balustrade, das nahe Geschehen im Rücken, und schaute auf das Meer hinaus. In der nächtlichen Brise wogte es wie eine zähe, sirupartige schwarze Masse vor und zurück.

»Wenn Gerald es wollte, würden sich die Wellen nicht mehr bewegen.« Als holten ihn schon nach wenigen Stunden die Gewissensbisse ein, drängte sich Scott dicht an meinen Körper, biederte sich regelrecht an. Strich über die Federn meines Kleides. »Reiche schaffen das.«

»Du spinnst doch.« Weiterhin verärgert stieß ich den Rauch in die Luft, vernahm den fischigen Geruch des Kaviars an ihm.

»Nein, das ist mein voller Ernst.«

»Wie dein geschmackloses Varieté vorhin?« Ich schnippte die Zigarette über die Klippen und lachte heiser. »Manchmal denke ich, dass du eine Schwuchtel bist. Nur Schwuchteln benehmen sich wie du.«

Er zuckte zusammen, und als ich seine beklommene Miene sah, war mir klar, dass ich ins Schwarze getroffen hatte. »Bloß weil ich eine feminine Ader habe und sie für sinnliche Beschreibungen nutze? Ich bin keiner von denen.«

»Dann beweis es mir.« Seelenruhig streifte ich das Kleid von den Schultern, ließ auch mein Höschen fallen.

»Zelda, lass es gut sein für heute. Du ziehst schon wieder alle Blicke auf dich.«

»Ist das nicht immer dein Begehr gewesen?«

»Zelda, bitte.«

Splitterfasernackt lief ich über den verschlungenen Kiespfad zu dem Steilhang hinüber, an dem ich schon vor einigen Wochen ins Meer gesprungen war. An dieser Stelle ballte sich die Energie, hier war Leben, Abenteuer. Ich schaute in die Tiefe. Es mussten um die fünfunddreißig Fuß sein. Die Gischt sprühte auf, glitzerte im Mondlicht. Klatschte laut und ungestüm auf den Felsen. Ich kletterte noch ein Stück höher. Scharfkantig bohrte sich der Basalt in meine Fußsohlen.

»Du bist völlig wahnsinnig, Zelda!«, hörte ich Scott gegen das tosende Spektakel anschreien.

Ich drehte mich noch einmal um, sah in der Ferne den Leuchtturm blinken. An und aus und an.

»Zelda, lass den Unsinn!«, stießen jetzt auch Gerald und einige andere angestrengt hervor. »Diese Brandung ist gefährlich!«

War das Angst in ihren Stimmen? Aufreizend streckte ich die Arme in die Höhe und schloss die Augen. Atmete tief durch, dann ließ ich mich mit lautem Gelächter in die Ungewissheit fallen. *Fliegen Sie! Sie sind jung ...*

Ich jagte den nachtkühlen Wind. Als Nächstes spürte ich eine Woge über mir, die gewaltig zog und zerrte, meinen Körper schon Momente darauf mit einem weiteren Schwall wieder auswarf. Ein endloser Rhythmus.

Lang gab ich mich dem Treiben der Wellen hin, genoss meine Lebendigkeit, diese unglaubliche Freiheit.

Schließlich kletterte ich die Felsen wieder hinauf, strich mir einige nasse Haarsträhnen aus dem Gesicht und forderte Scott auf, es mir gleichzutun. »Na, los! Setz dir den goldenen Hut auf, Geliebter.«

Er war bleich, zitterte. Doch er entkleidete sich bis auf die Shorts und stellte sich neben mich an den Abgrund. »Wir sollten mit diesen Spielchen aufhören, Zelda. Irgendwo ist Schluss.«

»Wusste ich es doch!« Meine Nerven glühten wie Telefondrähte. Berauscht vom Adrenalin stürzte ich mich ein wiederholtes Mal mit schrillem Lachen in die Fluten, schwamm zur Küste zurück und wartete. Sah Scott dort oben noch immer mit seinen Gefühlen hadern. Die Überwindung musste für einen furchtsamen Menschen wie ihn enorm sein. Doch er sprang. Wie in Zeitlupe sah ich seine fahlen Glieder die Klippen hinabfallen und in den Wellen verschwinden. Die Sekunden verstrichen. Ein zerschelltes Beiboot schaukelte verloren auf dem Meer. Bizarr geformtes Treibholz. Wirres Geäst, das sich zu Nestern gruppierte und schillernde Muscheln mit sich schliff. Was, wenn er nie wieder auftauchte? Ich erschrak angesichts meiner Gedanken, die mir plötzlich krude durch den Kopf pulsierten, zu immensen Chimären wurden. Als Scott nach einer Ewigkeit an die Oberfläche kam, prustete und schnaufte er, schlug panisch mit den Armen um sich.

»Bravo!«, empfing ich ihn mit einem Anklang von Spott in der Stimme. Ich lag vor einem schwarz glänzenden Felsausläufer, auf dem das Mondlicht meine Nacktheit perfekt wie ein Bildhauer modellieren musste. »Du bist mutiger, als ich dachte. Und trotzdem gehört mein Herz fortan einem anderen.«

Er starrte mich an, die Lippen dunkelblau. »Was?«, fragte er lahm und zog sich mit letzter Kraft aus dem Wasser. Wenig später empfing uns die verbliebene Gesellschaft mit betroffenem Schweigen oben an der Klippe. Im matten Schein der Dunkelheit wirkten ihre Konturen wie eine Staffage, wie Bühnengestalten, die auf den Schlussvorhang warteten. Adas tizianrotes Cape mit dem Peter-Pan-Kragen bauschte sich dramatisch im Wind. Perlenketten schwenkten. Die Zigarren einiger Herren glommen auf.

Aufgebracht trat Sara aus dem Schatten ihres Mannes hervor und reichte mir meine Sachen: »Willst du euch beide umbringen, Zelda? Mein Gott, ihr hättet ertrinken können.«

Ich suchte mein Höschen aus dem Stoffknäuel hervor und reichte es dem verdutzten Woollcott mit einem Kuss auf die Wange. »Ein Abschiedsgeschenk.«

»Donnerwetter!«

»Aber Sara«, wandte ich mich dann der Freundin mit einem frechen Grinsen im Gesicht zu, »wusstest du es noch nicht? Wir glauben nicht ans Konservieren.«

*

»Es ist völlig taktlos, dich in einen Franzosen zu ... zu vergucken.« Einem Nervenbündel gleich lief Scott am nächsten Morgen um den runden Esstisch in unserem Hotelzimmer herum.

Die knusprigen Baguettes, das Rührei *avec ciboulette* und die frisch aufgeschnittenen Tomatenscheiben blieben unberührt auf den großen Porzellantellern liegen. Im Erdbeergelee zitterte ein Löffel. Noch immer trug er seinen zerknitterten Anzug. Über dem Hemd mit den abgerissenen Knöpfen baumelte der Querbinder am Hals.

Er war übernächtigt, wirkte hinter seinem Bartschatten leichenblass und aufgezehrt. »Ich verbiete es dir.«

»Es ist längst geschehen, Scott.« Mit gekreuzten Beinen saß ich auf einem pfauenblauen Polstersessel am Fenster und hielt meine Kaffeetasse mit beiden Händen fest umschlossen.

»Ach, rede keinen Unsinn.«

»Ich liebe ihn.«

»Dieser impertinente Kerl ist schon die ganze Zeit um dich herumgeschlichen. Seit Tagen denke ich, dass da etwas nicht stimmt.« Mit fahrigen Händen steckte er sich eine Zigarette an, brüllte plötzlich: »Zum Teufel! Seinem Argwohn sollte man stets trauen.«

«Würdest du bitte leiser reden?«

Wir schweigen. Der Geruch des ofenfrischen Brotes und das Zwitschern der Vögel suggerierten Harmonie, die uns vor Langem ein Fremdwort geworden war.

»Das geht so nicht.« Fassungslos schaute er mich an, schnaubte, lief zur weit geöffneten Lamellentür und schmiss das heruntergebrannte Streichholz im hohen Bogen in den Park. »Ich arbeite in diesem Land an einem bedeutsamen Roman, endlich hatte ich den Einstieg gefunden, war voller Kraft und Energie. Die Ideen sind nur so aus mir herausgesprudelt.«

»Dann setz dich nachher wieder an dein Manuskript. Niemand hält dich ab.«

»Weißt du, was ich Wilson gerade erst geschrieben habe?«, ignorierte er meine Worte und lachte bitter auf. »Dass es hier fantastisch ist, Zelda. Das Meer! Die Luft! Mein Buch! Alles ist gut, und nun zerstörst du es.«

»Das stimmt doch nicht.«

»Ich habe mir mit Gatsby einen älteren Bruder erfunden. Mit Teilen von mir, Teilen von diesem amerikanischen Polospieler, diesem Tommy Hitchcock. Aber da war durchaus auch ein feiner Zug von Josanne im Spiel. Das werde ich alles streichen. Nein«, korrigierte er sich mit einer heftigen Geste, als durchschlüge er einen unsichtbaren Gegenstand, »ich werde das Schlechteste aus ihm herausholen.«

»Ach, Scott …« Ich verzog das Gesicht und stellte die Tasse auf das schmale Fenstersims neben dem Blumengesteck. Ein Lichtstrahl huschte über das silberhelle Lederband an meinem Arm.

»Warst du mit ihm zusammen?«

»Diese Frage werde ich dir nicht beantworten.«

»Hast du mit dem Kerl geschlafen?« Scott betonte jede einzelne Silbe seines Satzes, wie er es seit Ewigkeiten tat, wenn er seine Unsicherheit zu verbergen versuchte. Abrupt hielt er in der Bewegung inne und starrte mich an. »Oh, du hast es getan.«

»Spielt das eine Rolle?« Ich stand auf und öffnete die Reisetasche neben dem Sessel, um meine wollene Stola hervorzuholen.

»Natürlich!«, rief er. »Du gehörst mir. Ich bin derjenige, der mit dir schläft.«

»… sagt der Mann, der sich Enthaltsamkeit verordnet hat.« Jetzt war ich es, die höhnisch auflachte. »Ich muss dir wegen jeder Kleinigkeit hinterherlaufen.«

»Willst ausgerechnet du mir jetzt Schuldgefühle in die Schuhe schieben? Eine Frau, die mir ein lebenslanges Versprechen gegeben hat, macht mich zum Sündenbock, obwohl ihre eigene Untreue das Vergehen ist?«

»*Au contraire*, mein Lieber.«

»Lass mich mit diesem Französisch!« Theatralisch hielt er sich die Ohren zu. »Ich kann es nicht mehr ertragen. Dieses ganze Frankreich geht mir auf die Nerven. Diese Froschschenkel, diese … diese Männer!«

»Beruhige dich. Oder willst du, dass auch der Letzte hier im Haus von unseren Streitigkeiten erfährt?«

»Ich will eine Aussprache mit dem Galan. Ein Duell. Das ist es, was ich will. Der soll wissen, dass man amerikanischen Frauen keine unmoralischen Angebote macht.«

Einen langen, durchdringenden Moment sah ich ihn an. Tausende von Gedanken berührten mich, verließen mich. Dann wusste ich, was ich zu sagen hatte. »Ich möchte die Scheidung, Scott.«

Etwa eine halbe Stunde später stand ich auf den Stufen vor dem Hotel, das Schwanenkleid achtlos über den Arm geworfen, und rauchte. Wartete auf Scott, der in der Kiesauffahrt unser Gepäck im Automobil verstaute und mich endlich von diesem Ort fortbringen sollte. Auf eine seltsame Art fühlte ich mich befreit, ganz leicht, und dann doch wieder nicht. Indem ich ausgesprochen hatte, was ich wollte, war meine Liebe zu Jozan etwas Wahres geworden. *Wirklichkeit*. Ich erinnere mich sehr genau an dieses eine Wort inmitten der noch kühlen, taufrischen Luft, dem Summen der Bienen. Wäre es weniger real gewesen, wenn ich es nicht über die Lippen gebracht hätte?

Sara trat mit Scottie und Baoth an der Hand aus der Halle in das blendende Vormittagslicht hinaus. In ihrem weißen Dress wirkte die Gastgeberin unglaublich rein, das Haar frisiert, selbst die Perlen mit der aufwendigen Schließe umspielten bereits ihren Hals. Ich fühlte mich unbehaglich. Was für eine jämmerliche Kreatur ich doch nach dieser Nacht neben ihr abgeben musste. Auch unsere Kleine trug ein adrettes, gestärktes Trägerkleidchen, das wohl Honoria gehörte. In der Welt der Murphys herrschte Ordnung, und wenn sie aus gebügeltem Leinen bestand.

Stolz kam Scottie auf mich zugelaufen und zeigte mir das Sandspielzeug, das sie gestern im Salon de Jeunesse für ihr Bild gewonnen hatte. »Ich male die besten Würstchen, Mommy. Das hat Mesjöh Braque gesagt.«

»Wenn Monsieur Braque das sagt, musst du die allerbeste Würstchenmalerin auf der Welt sein.« Ich strich über ihr weiches Haar, lächelte. »Ich habe gehört, dass du heute mit Dow-Dow auf Schatzsuche gehst?«

»Ja«, flüsterte sie und legte einen Finger auf den Mund. Ich liebte dieses kleine unschuldige Gesicht, in dem jede Regung Wahrheit zeichnete. »Aber die Piraten dürfen es nicht hören.«

»Verstehe«, erwiderte ich verschwörerisch, küsste sie zum Abschied und spürte Tränen der Rührung in mir aufsteigen. Rasch gab ich ihr einen sanften Klaps auf den Po. »Ab mit euch! Findet eine Truhe voller Schmuck.«

»Gold und Diamanten!«, attackierte Baoth plötzlich unser Zusammensein, und die Kinder rannten mit lautem Gejohle über die Freitreppe davon.

»Aber macht euch nicht schmutzig, Kinder!«, rief Sara ihnen hinterher.

»Ich bin mir nicht sicher, ob unsere Tochter die Regel befolgt«, gab ich zu bedenken. »Gebote dieser Art kennt sie nicht .«

»Nun, sie wird es lernen.«

Noch vor Ausklang des Abends hatte Sara mir angeboten, Scottie einige Tage bei ihnen verbringen zu lassen. Geschickt wusste sie die heikle Angelegenheit in Gastfreundschaft zu verpacken, erwähnte unsere Eheprobleme mit keinem Deut, obgleich sie auf der Hand lagen. »In Antibes hat eure Tochter die Gesellschaft anderer Kinder, und unsere Mam'selle kümmert sich hervorragend um ihr Wohl.«

Dankbar hatte ich den Vorschlag angenommen, wahrscheinlich konnte unserem Kind gerade nichts Besseres widerfahren, auch wenn ich es jetzt schon vermisste. Scott versuchte mehrmals vergeblich, den Motor zu starten, und fluchte. Vladimir, Geralds Assistent, eilte ihm mit einem Werkzeugkasten zu Hilfe. Seufzend drückte ich meine Zigarette auf der Sandsteinmauer aus und betrachtete den Aschefleck. Er nahm sich auf der hellen Fläche wie ein Makel aus, wie ein maliziöser Fehler meines Lebens, den es zu entfernen galt.

»Lass mich lediglich ein Zitat von Proust anbringen, Zelda«, sagte Sara plötzlich, nahm meine Hand und drückte sie fest. »*On n'est jamais aussi malheureux qu'on croit.*«

Man ist nie so unglücklich, wie man glaubt.

Auf dem Rückweg nach Valescure sprachen Scott und ich kein Wort miteinander. Die Sonne strahlte gleißend hell wie ein Scheinwerfer auf die Corniche d'Or, leuchtete die ungeschönten Verhältnisse zwischen uns aus. Überall an den Straßenrändern flatterten Fähnchen in den Farben der Trikolore im Wind, gut gelaunte Menschen sangen Lieder, winkten unserem vorbeifahrenden Automobil. Die Feierlichkeiten für *la fête nationale* hatten begonnen. In der *Villa Marie* stritten wir unerbittlich weiter. Scott weigerte sich, den Tatsachen ins Auge zu sehen, dem Ende unserer Ehe zuzustimmen.

Doch ich hatte meinen Entschluss gefasst. Koste es, was es wolle, ich würde diese Trennung durchziehen. Ich konnte nicht mein ganzes Leben lang am Rande eines Abgrunds taumeln und mir bei meinem eigenen Verkümmern zuschauen.

Am frühen Nachmittag, als noch längst nicht alles gesagt und getan war, hatte er das Gefecht unerwartet abgebrochen. »Du wirst nirgendwo mehr hinfahren.« Mit feindseligem Blick verlangte er nach dem Wagenschlüssel und begab sich in das Herrenzimmer.

Dieses Vakuum zwischen uns war intensiv und demonstrativ. Voller Macht. In den kommenden Stunden saß ich wie in Trance vor dem Spiegel des Frisiertisches im oberen Geschoss. Ein Weltkrieg, ein Justizskandal, auch eine Naturkatastrophe wären an mir vorübergezogen, ohne dass ich sie bemerkt hätte. Zeit schien nur eine Belanglosigkeit. Ich betrachtete im Gegenlicht flirrender Staubpartikel mein verweintes Gesicht. Drückte lindernd meine kühlen Handflächen auf die roten, aufgequollenen Wangen. Kämpfte gegen weitere Tränen an. Entfernt drang ein geschäftiges Klappern aus der Küche an mein Ohr. Marthes Trällern. Irgendwo schimpfte eine Amsel, schimpfte lang und frech und wollte gar nicht mehr davon lassen. Unentwegt hörte ich Scott unten mit schweren Schritten über das Parkett laufen und nach klingenden Formulierungen für seinen Roman suchen. Ich beneidete ihn, konnte er sich doch in diesem Moment an etwas klammern, woran er glaubte. Helden, die er formte, immer wieder neu erfand, sodass sie zu seinen Verbündeten wurden. Und woran sollte ich glauben, wenn nicht an die große Liebe? Ich ging zum Fenster und sah hinaus. Der Himmel war wolkenlos, der Mistral verschwunden. Doch er hatte dem Sommer seinen Beginn genommen. Wann war er gewesen, der längste Tag des Jahres? Ob die Menschen ihn am Strand herbeigesehnt hatten? Oder ließen sie ihn achtlos verstreichen? Bilder ihrer weißen Ensembles rauschten durch meinen Kopf, die rückenfreien Kleider, hochgekrempelte Hosen, Strohhüte mit flatternden Bändern;

diese ganze aparte Welle, die Scott und mich am späten Abend vor das Café gespült hatte, in dem es zwischen Jozan und mir funkte. *Wissen Sie, was ein* coup de foudre *ist, Madame?*

Meine Ehe war in Hunderte von Scherben zerbrochen, scharfkantig und spitz lag sie am Boden. Diese Einsicht hätte ich mir weitaus eher eingestehen sollen. Niemand drehte sich nach einer anderen Person um, wenn man sich in den Armen des eigenen Partners geborgen fühlte. Ich begehrte Jozan. Ich musste ihn sehen, ihm mitteilen, dass ich mich scheiden ließe. Ich wollte frei sein für ihn, für ein Leben mit ihm. Wir könnten zusammen in Nizza wohnen, irgendwo in den Hügeln ein Haus mieten. Jeden Morgen würden wir auf das trubelige Geschehen in den engen Gassen der Altstadt hinunterblicken, die Kuppeln der Kirchtürme zählen. Uns lieben.

Zaghaft klopfte es an der Tür. »Sie sind traurig«, stellte Jeanne beim Eintreten fest und hängte das gebügelte Seidenkleid mit den irisierenden schwanenweißen Federn an die Schranktür. »Was kann ich machen, dass alles gut wird?«

»Leihen Sie mir heute Abend Ihr Fahrrad.«

Ich schminkte mich sorgfältig, legte das Haar in Wellen und malte mir einen so sinnlichen Amorbogen auf die Lippen, dass noch nicht einmal Scott ihn mit Worten hätte beschreiben können. Was sollte ich anziehen? Ich strich mit dem Zeigefinger über all die Kostbarkeiten auf den Holzbügeln. Schlüpfte schließlich vor mich hinlächelnd in das Kleid im Alice-Roosevelt-Blau. *Eine Regelbrecherin bleibt eine Regelbrecherin bleibt eine ...* Dann griff ich nach den zierlichen T-Straps, schlich auf Zehenspitzen aus dem Haus und radelte in der Abenddämmerung Richtung Strand hinunter. Akkordeonklänge begleiteten mich, Gesang. Die Franzosen liebten dieses Fest. Kurz vor der Basilika hielt ich an einem stark duftenden Busch, pflückte eine weit aufgeblühte Pfingstrose und steckte sie mir ins Haar. Ein alter Mann belud seinen Marktkarren für den kommenden Tag, stapelte Holzkisten voller Himbeeren und schenkte mir ein bewunderndes Lächeln. Als ich das Café de la Flotte betrat, war ich bereit für einen Neubeginn. Fast alle waren da, man tanzte, man trank, versuchte wohl auch den Vorfall mit dem Piloten, der den Tod auf grausame Weise ein Stück greifbarer gemacht hatte, mit ausgelassener Stimmung ins Vergessen zu drängen.

»Wo ist Jozan?«, fragte ich Jean irgendwann an der Bar, als ich ein Glas Champagner orderte und mich im Takt zur Musik des Victrolas wiegte. »Sie sind heute so kurz angebunden. Schlechte Laune, Chef?«

Er runzelte die Stirn, schaute zu Leutnant Paulette und seiner Frau, die dicht nebeneinander standen und die Köpfe wie zwei dieser unzertrennlichen Lovebirds zusammensteckten. »Marie?«, forderte er sie knurrend auf, deutete auf mich.

Sie seufzte laut. Umständlich begann sie die Falten ihres plissierten Chiffonkleides zu sortieren, als wollte sie auf diese Weise Zeit gewinnen, und kam dann zu mir herüber. »Gehen wir vor die Tür, Zelda.«

Ich war verwirrt, folgte aber ihren wogenden Hüften nach draußen. Das Mittelmeer rauschte beruhigt, definierte sich wieder über eine schnurgerade Linie am Horizont.

»Wir dachten nicht, dass es etwas Ernsteres zwischen euch war.« Sie biss sich auf die Lippen, schien die Worte offenbar nicht aussprechen zu wollen. »Alle hier hielten es für einen harmlosen Flirt.«

»Wie?« Verständnislos sah ich sie an. Ihr schweres Parfum hatte ich nie gemocht, doch jetzt begann mich die Mischung aus würzigem Patchouli und blumiger Süße regelrecht zu betäuben.

Mit schnellem Griff öffnete sie ihre Handtasche, überreichte mir eine Fotografie von Jozan und einen verschlossenen Briefumschlag mit meinem Namen. »Er wird in Indochina stationiert.«

»Wann?«

»Es kam alles sehr plötzlich. Schon heute Morgen hat man ihn nach Marseille gefahren, damit er dort bei der nächsten frei werdenden Passage an Bord gehen kann.« Sie atmete erleichtert auf. »So, nun habe ich es Ihnen gesagt.«

»Ich verstehe nicht.«

»Es tut mir wirklich leid, Zelda.« Marie drehte sich auf ihren klappernden Absätzen um, schüttelte das Haar zurecht und ging wieder hinein zu den anderen. In weiter Ferne ein Feuerwerk; blaue, weiße und rote Sterne glühten in ständig neuen Formationen über dem nachtschwarzen Meer. Die Bastille, der Sturm. Die Befreiung. Als hätte diese Szene eben nicht stattgefunden. Als wäre sie nicht wahr gewesen, oder?

Dann ein Dröhnen in meinen Ohren. Es wurde lauter. Ich wollte schreien, aber selbst wenn ich es gekonnt hätte, wären es nur stumme, verzweifelte Hilferufe geworden. Im schwachen Licht der Gaslaternen lief ich den Quai entlang und setzte mich am Hafen neben einen rostigen Poller. Ich hatte mich noch nie so verlassen gefühlt. Zwischen den Masten alter Kähne schaukelte der Mond. Taue knarzten in gleichmäßigen Zügen, so als schliefen sie. Ich strich mit den Fingern über die Fotografie, die eindrucksvollste, die ich je besessen hatte, danach öffnete ich den Brief. Er war lang. Drei Seiten, eng beschrieben mit französischen Sätzen, die vielleicht von der Liebe erzählten, von Sehnsucht oder Schmerz, wer weiß? Ohne mein Dictionary konnte ich sie nicht verstehen. Zusammen mit meiner Hoffnung zerriss ich sie in kleinste Stücke. Ließ sie auf das dunkle Gewässer gleiten. Schließlich presste ich einen Augenblick lang das Bild an meine Brust, küsste es zum Abschied und warf es hinterher. Sah zu, wie es versank. Es brach mir das Herz, doch es war vorbei. Was auch immer ich mir gemeinsam mit diesem Mann erträumt hatte, es befand sich auf dem Weg nach Indochina. *Von all den Lügen, die ich gelebt habe, warst du die schönste, Jozan.*

KAPITEL 10

Niemand konnte messen, wie viel ein Herz auszuhalten vermochte. Nicht einmal der feinfühligste Dichter würde in Worte fassen können, welch unfassbare Leere in mir herrschte.

Ich spürte Gleichmut, Enge, Einsamkeit, hing wieder und wieder denselben Gedanken nach. Das ganze Leben schien ein Labyrinth; ich lief von einer Sackgasse in die nächste und fand am Ende stets nur ein erstarrtes *Warum*.

In den kommenden Tagen nahmen die Streitigkeiten zwischen Scott und mir kein Ende. Irgendjemand aus der Clique musste ihm mehr über meine *amour fou* erzählt haben, denn er hörte nicht auf, mich zu beschimpfen. Seine Tiraden begannen beim Aufwachen, waren nur von wenigen Pausen aussichtsloser Schreibversuche unterbrochen und endeten erst, wenn wir völlig betrunken und erschöpft gegen Mitternacht zu Bett fielen. Sie alle handelten von Eifersucht, verletztem Stolz, Enttäuschung. Nach ungezählten Gläsern Chablis hatte ich gestern am späten Abend meine Unterwäsche in den Koffer geworfen, ihn auf die unbeleuchtete Straße geschleppt und mich danebengesetzt. Hatte auf kaputte Gaslaternen und Schlaglöcher gestarrt. Irgendjemand würde mich holen kommen. Holte mich nicht immer jemand?

Die Minuten vergingen. Ich dachte an das nächtliche New York, an die Hochbahnpfeiler, die sich in kühnem Zickzack durch die Stadt fädelten. Deren Schatten im grellen Licht der Leuchtreklame wie Finger nach uns griffen, als wir champagnerbeschwingt in die Brunnen sprangen, auf den Simsen der Hotelfassaden herumturnten. Um jeden Preis mussten wir Konventionen brechen, die gewagtesten Selbstdarstellungen inszenieren. Alles für die Aufmerksamkeit, für die Liebe. In dieser Reihenfolge, oder? Dann hatten wir uns für ein neues Leben in Europa entschieden, wollten diesen ganzen Verrücktheiten entfliehen, und nun war alles schlimmer als zuvor.

Das Herz wurde mir mit jeder verstreichenden Sekunde schwerer. Ich begann zu frieren. Lauschte dem Rascheln und Scharren der Dunkelheit. Eine Igelfamilie trollte sich durch die Büsche, verschwand im trockenen Laub der Nachbarn. Nach einer gefühlten Ewigkeit kam Scott aus der Villa gelaufen, schwankte leicht, blätterte in den Seiten seines Ledgers und hielt ihn mir unter die Nase:

13. JULI DIE GROSSE KRISE

»Du hast einen verdammt großen Fehler gemacht, und nun müssen wir beide sehen, wie es weitergeht.« Mit einem tiefen Seufzen setzte er sich neben mich in den Straßenstaub. »Aber falls es Vergebung ist, die du erwartest, muss ich dich ernüchtern.«

»Ich will nicht, dass es weitergeht.« Verzweifelt legte ich meinen Kopf auf die Knie und fing an zu weinen. »Nichts soll weitergehen.«

»Natürlich willst du das, Zelda. Du bist meine Ehefrau.«

»Was weißt du schon über mich?«

»Eines weiß ich genau.« Mehrmals strich er sich mit einem kratzenden Geräusch über die Bartstoppeln, bevor er fortfuhr. »Ich hätte dich niemals heiraten dürfen.«

Ungläubig sah ich auf. Alles drehte sich vor meinen Augen. »Wie bitte?«

»Schockieren dich meine Worte?« Er lachte heiser und angelte nach einer Zigarette in seiner Hosentasche. »Vor langer Zeit hatte ich einen Traum …« Rauchend ließ er sich auf den Asphalt zurückfallen, schaute in den Sternenhimmel und begann zu erzählen. Schon während des Krieges habe er in seinen Träumen gelebt, sie entwickelt und Menschen zum Zuhören gebracht. Als er mich heiratete, platzten sie einer nach dem anderen. Von meiner Mutter allzu sehr verhätschelt, wusste er schon wenige Tage nach der Trauung, dass er mit mir nicht die richtige Wahl getroffen habe, doch nach einer Weile habe er sich mit der Situation abgefunden und gelernt, mich auf andere Weise zu lieben. »Und noch immer willst du, dass ich nur für dich arbeite und nicht für meinen Traum.« Er richtete sich auf und klopfte den Schmutz von den Ärmeln. »Arbeit ist Würde, verstehst du?«

»Ist das so, ja?«, erwiderte ich tonlos, wie betäubt. Dann stand ich auf und schlich mit hängenden Schultern zum Gartentor. Ich wollte schlafen, meinen Kopf fest in das Federkissen drücken, tief in etwas versinken, das mich nicht mehr losließe.

»Menschen sind kompliziert, Zelda. Sie stecken voller Widersprüche«, rief er mir durch die Dunkelheit hinterher. »Du genau wie ich.«

»Was weißt du wirklich über mich?«, wiederholte ich kaum hörbar. Ich erwartete keine Antwort. Ich erwartete eigentlich nichts mehr vom Leben.

»Nun, im Moment weiß ich, dass ich arbeiten muss«, raunte er plötzlich dicht hinter mir, als wäre er mir wie mein eigener Schatten gefolgt. »Aber ich kann entweder ein Buch schreiben oder ich kann auf dich aufpassen. Beides zusammen funktioniert nicht.«

Ohne die geringste Spur von Hass oder Wut in der Stimme verkündete er, dass er mich in den nächsten Wochen in der Villa wegsperren würde. *Diesen Kerl treibe ich dir aus dem Hirn.* Ich denke, es war der Satz, der mich von allen am wenigsten erschütterte.

*

Ich verbrachte jene heißen Julitage leidend im abgedunkelten Schlafzimmer, eine Woche, zwei. Allein. Nur winzige Streifen Lichts quälten sich Morgen für Morgen durch die schmalen Schlitze der Fensterläden. Manchmal strich ein Windhauch an den Vorhängen entlang und schob ein trübseliges Stück Außenwelt über das Parkett, den Geruch des Meeres, blühenden Lavendels. Erinnerungen. *Diese Unruhe nach Einbruch der blauen Stunde in den Straßen Montgomerys, diese Angst vor der Stille bis zum Morgengrauen. Wollen wir nach dem Tanzen die Dämmerung in einem Marmeladenglas einfangen?* Hörte ich Schritte auf dem Kiesweg, unterbrach ich Henry James' *Roderick Hudson* oder eines der anderen Bücher, die mir Scott in Stapeln neben das Bett gelegt hatte, sah auf und hoffte auf Jozan. Vielleicht würde er zurückkehren, mich holen. Doch nach der Lektüre von Dante, Flaubert und Stendhal schwand der Gedanke in ungewisse Hoffnung. Die Zeit dauerte ewig, meist stand sie still.

Rastlos lief ich über das Parkett und fragte mich, ob Scott mir je von dem Arrangement mit seinen Gefühlen erzählt hätte, wenn kein anderer Mann im Spiel gewesen wäre. Offenbar hatte ich nicht die leiseste Ahnung, was er wirklich spürte. In wütenden Momenten neigte er zum Dramatisieren, ließ seiner oft ungezügelten Fantasie freien Lauf. Ich wollte nicht glauben, dass dies die Wahrheit sein sollte. Hatte er mir jahrelang kaltblütig die überschwänglichsten Empfindungen nur vorgespielt? Die Liebe, das Herzklopfen, das Sehnen und Dahinschmelzen, die Worte, die bis in alle Ewigkeit nur mir gelten sollten. Es schien mir unmöglich, mich in einem Menschen derartig zu täuschen. Ich kannte ihn viel zu gut, als dass das geschehen konnte, und doch bohrte sich ein Stachel tief in mein Herz.

Wenn er tatsächlich die Wahrheit sagte und unsere Hochzeit von Anfang an bereut hatte, war ich mit wenigen Sätzen eines wichtigen Teils meines Lebens beraubt worden. Es kam mir wie eine böse Variation des Betrugs vor, nicht wahr?

Wir standen vor einem wahnsinnigen Nichts. In seiner Rage schrieb Scott unermüdlich; es machte auf mich den Eindruck, als würde ihm diese Krise einen Schub versetzen. Schriftsteller hatten schon immer die besten Ideen erschaffen, wenn sie sich ihrem Leid aussetzten. Entfernt hörte ich ihn manchmal sogar bis in die frühen Morgenstunden arbeiten, danach legte er sich zum Schlafen auf das Sofa im Herrenzimmer, vielleicht schlief er auch auf irgendeiner Parkbank, hinter dem Haus, am Strand; ich wusste es nicht. Wir sahen uns selten, beinahe nie. Zu meinem großen Unglück hatte ich auch Scottie nicht um mich. Gemeinsam mit Miss Maddock, die ihr mit dem Zug nachgereist war, hielt sie sich weiterhin bei den Murphys auf, und ich versuchte mich mit dem Gedanken zu beruhigen, dass es ihr in der Obhut der Frauen dort gut ging. Besser als bei mir. Ich vermisste die Kleine dennoch, so wie ich auch meine Geschwister und meine Mutter vermisste. Sie fehlten mir alle. Jeanne brachte mir mit gesenktem Blick das Essen, klapperte kaum mit dem Geschirr, verschwand so lautlos hinter der Tür, wie sie hereingekommen war. Mir war klar, dass Scott sie instruierte; er war ein Meister der Manipulation, zog an Fäden, die andere gar nicht sahen. Ich fühlte mich wie eine Aussätzige. Gefangen in all meinen Emotionen hatte ich keine Kraft, mich aufzulehnen. Wo war die Rebellin geblieben, die noch vor wenigen Augenblicken aufmüpfig auf der Mauer getanzt hatte? Ich fühlte mich verloren.

In der Nacht meines vierundzwanzigsten Geburtstags, kurz bevor mein Tag in Jozans gleiten sollte, saß ich rauchend auf der Balustrade des Balkons vor dem Schlafzimmer. War es der Duft frischer Minze, der in der Luft lag? Ich schaute in den Himmel und betrachtete den Vollmond. Sein warmer Schein brachte die Sterne zum Funkeln, in den Zwischenräumen ein Summen und Flattern unzähliger Insekten. Dann schlug die Kirchturmuhr zur Mitternacht. Zwölf Glockenschläge lang gestattete ich mir den letzten Gedanken an seinen Körper. *Ich kann dich fühlen.* Und dann dachte ich, dass ich wahrscheinlich wie der Mond durch leere Phasen gehen musste, um mich wieder ganz zu fühlen. Ein wehmütiges, schmerzliches, aber ganz und gar irritierend schönes Bild.

Anfang August kündigte sich überraschend unser Freund Gilbert Seldes mit seiner jungen Braut Alice Wadhams Hall an. Sie hätten in Paris geheiratet und seien auf der Durchreise. Ob sie während der Flitterwochen ein paar Tage bei uns verweilen dürften? Erst im vergangenen Jahr hatte *Vanity Fair* Seldes in die Riege der zehn modernsten Literaturkritiker Amerikas gewählt. Scharfsinn und Schlagfertigkeit machten ihn zu einem interessanten Menschen, dessen Gesellschaft ich stets schätzte, dennoch hoffte ich, Scott würde den beiden absagen. Die Freude anderer Leute schien mir unerträglich. Warum sollte der Rest der Welt glücklicher sein als ich?

Aber Scott hatte andere Pläne und drückte mir das Telegramm entschieden in die Hand. »Wir werden das perfekte Paar abgeben, mein Schatz. Gewöhn dich allmählich wieder an diesen Zustand.«

»Ich will das nicht.« Schwach ließ ich die Zeilen sinken.

»Du erinnerst dich, dass Gil meine Bücher der Presse gegenüber in den höchsten Tönen gelobt hat?«

Als die Frischvermählten in ihrer teuren Limousine um die Ecke fuhren, trug Scott seine Rivierakluft. Er liebte sein blau-weißes Ringelshirt und die helle Leinenhose. Sogar das schwarze *béret* hatte er zur Begrüßung aufgesetzt, es schräg ins Gesicht gezogen, sodass sein neuer Schnurrbart wie ein französisches i-Tüpfelchen wirkte.

»Habe ich nicht etwas von einem zünftigen Fischer aus Saint Tropez?« Mit demonstrativer Geste legte er während des Empfangs seinen Arm um meine Schulter. So schwer, so belastend. Ich fühlte mich furchtbar.

»Ihr lebt hier wie Gott in Frankreich«, rief Gil enthusiastisch, als er ausstieg. »Schriftsteller muss man also sein, um sich so etwas leisten zu können, ja?« Seine Geheimratsecken waren seit dem letzten Weihnachtsfest, das wir vier gemeinsam mit Dos Passos bei uns in Great Neck gefeiert hatten, noch markanter geworden. Das streng zurückgekämmte Haar und die eckigen dunklen Augenbrauen verliehen ihm etwas Diabolisches. Seine spitze Zunge tat ihr Übriges.

»Kommst du voran, Scott?«

»Gottverdammter Mist, das tue ich, alter Knabe. Ich arbeite härter denn je«, erwiderte er stolz und deutete mit dem Finger auf ihn«, »und du wirst nur die besten Worte für mich finden.«

»Kommt drauf an, ob deine Frau mir heute Abend wieder einen verkohlten Truthahn vorsetzt.« Mit aufgesetztem Ernst schaute er mich an. »Denk nicht an Bestechung, Schönste.«

»Ich schwöre, seitdem keinen Ofen mehr angerührt zu haben.« Tatsächlich brachte ich über mein Missgeschick ein Lächeln zustande. Es hatte an dem Feiertag nichts außer kaltem Corn Pudding gegeben. »Was macht dein Projekt? *The Seven Lively Arts*?«

»Falls du diese albernen kleinen Artikel meinst, die ich in Buchform bringen will, muss ich dich desillusionieren.« Er zuckte die Achseln und öffnete Alice endlich den Wagenschlag. »Mein Projekt heißt jetzt Amanda.«

»Irgendein Showgirl muss ihm im Moulin Rouge eine Federboa um den Verstand geschlungen haben«, erklärte die Einundzwanzigjährige mit ihrer glockenklaren Stimme und rückte einen Pekinesen auf dem blassen Unterarm zurecht. Sie bedachte ihren Gatten mit einem skeptischen Seitenblick. »Bleibt die Frage, ob mein neuer Name weniger fade klingt.«

»In Paris ist der Teufel los.« Gil lachte laut auf. »Die Ehe kommt dort wie ein ausgedientes Modell daher. Du wirst sehen, Scott, schon bald ändert das Leben die Richtung.«

»Meinen Segen hat die Welt.«

Mit ihrer zartschimmernden Haut wirkte Alice wie aus den Seiten eines Märchenbuchs herausgeschüttelt. Sie war dünn wie ein Grashalm, bewegte sich jedoch vorsichtig und ungeschmeidig, so als wäre sie aus Glas und könnte jeden Moment über die Tatsachen der Realität stürzen. Wie bei Margaret Hutchins, von der ich wusste, dass sie dieselbe Schule besucht hatte, schien mir diese Zerbrechlichkeit ein untrügliches Merkmal der britischen Oberschicht.

Gilbert schwirrte ohne Unterlass um seine zehn Jahre jüngere Frau herum, stets bemüht, ihren Wünschen gerecht zu werden. »Die Liebe hat einen Narren aus mir gemacht«, spottete der Kritiker über sich selbst, als er wieder einmal auf die Zehenspitzen ging und seine Braut, die ihn um einen halben Kopf überragte, küsste. »Ich kann es selbst kaum glauben.«

»Ich würde eher sagen, sie hat dich gezähmt, mein Lieber«, erwiderte Scott. Unsere Blicke trafen sich.

Nach dem Dinner verschwanden die Männer für eine Weile im Herrenzimmer, um sich der Literatur zu widmen. Währenddessen zeigte ich Alice den Garten der *Villa Marie*, da sie ein Faible für historische Pflanzen besaß. In der Abenddämmerung offenbarten die duftenden Blüten ihre romantischste Seite.

»Manchmal kann ich mich nicht des Zweifels erwehren, in die Alte oder in die Neue Welt zu gehören.« Mit einem Seufzer ließ sie den Pekinesen vom Arm und nahm auf der verwitterten Bank zwischen den Rosenhecken Platz.

»Wer weiß das schon.«

»Ich hadere mit der Gewissheit, nicht annähernd so modern zu sein wie Gil. Er hat mehr Lebenserfahrung, andere Werte.« Einen Moment lang schien sie ihre Worte abzuwägen. »Vielleicht bin ich falsch in dieser Ehe.«

In ihrer zurückhaltenden Art erinnerte sie mich an Clara Bow, eine junge, aufstrebende Schauspielerin, die in meinen Augen ihre wahre Rolle zwischen Attraktivität und Unschuld noch nicht gefunden hatte. »Liebst du ihn?«

»Auf jeden Fall.«

Ich steckte mir eine Zigarette an, schaute über die Zweige, unter denen hier irgendwo das Kuriermäppchen gelegen haben musste.

»Dann mach dir keine Gedanken über Dinge, die du noch nicht ausprobiert hast, Alice.«

»Die Gegenwart eines Gedankens ist wie die Gegenwart einer Geliebten.« Schüchtern lächelte sie mich an. »Als Engländerin würde ich jetzt gern Shakespeare zitieren, aber Schopenhauer erscheint mir oft poetischer.«

»Liest du gern die alten Dichter?«

Sie nickte. »Ich wünschte, Gil würde es ebenfalls tun.«

»Warum?«

»Für die Liebe ist es bedeutsamer, die Rose in der Hand zu halten, als in einer nie enden wollenden Wiederholung über sie zu reden.«

Scott wahrte den Schein der perfekten Ehe vor unseren Gästen mit allen Mitteln. Er nächtigte sogar wieder in unserem gemeinsamen Schlafzimmer. Nach einer ausgedehnten Diskussion über Populärkultur, die Gil und Scott im Alleingang geführt hatten, ging ich gähnend die Treppe hinauf, Scott folgte mir augenblicklich. Ich schlüpfte aus meinen Sachen, warf das Nachthemd über und legte mich ermattet ins Bett. Als er meinen Körper fürsorglich mit dem großen kühlen Baumwolllaken bedeckte, rollte ich mich auf der Seite zusammen. Ich wollte diesen Mann nicht sehen, nicht riechen. Diese Nähe im Fremdgewordenen war uns wohl beiden nicht geheuer. Bis tief in die Nacht lagen wir wach, lauschten dem Atem des anderen. Trauten. Misstrauten.

»Joseph Conrad ist tot«, flüsterte er irgendwann in das gleichmäßige Ticken der Uhr hinein.

»Das tut mir leid, Goof«, meinte ich ehrlich. »Du hast ihn sehr bewundert.«

»Ich habe letztens noch einmal sein Vorwort für die *Narcissus* gelesen. Er ist derjenige, der mich darin bestärkt, dass sich die Mühe lohnt, mein künstlerisches Gewissen rein zu halten.«

»Ich weiß.«

»Oh, Gott. Ich bemühe mich so sehr.« Er griff nach meiner Hand. Ich zog sie nicht weg. Aber ich konnte die Geste auch nicht erwidern. Ich liebte einen anderen.

Der Kummer fraß sich weiter in meine Seele. Die schlaflosen Nächte erschöpften mich, unruhig wälzte ich mich im Bett herum, ertrug die Schwüle des Hochsommers, die ich eigentlich in all ihren Facetten aus Alabama kannte, kaum. In jenen Tagen begannen meine Bauchschmerzen, sie waren unbestimmt, verursachten eine Art Ziehen, doch ich versuchte mir nichts anmerken zu lassen. Ich führte sie auf unsere üppigen Dinner am späten Abend und das Durcheinander an Likören und Wein zurück; mit meinem Magen hatte ich bei großer Hitze schon immer zu kämpfen gehabt. Während der Ausflüge, die wir zu viert entlang der Küste bis nach Menton in die eine und nach Marseille in die andere Richtung unternahmen, saß ich mit angewinkelten Beinen auf dem Beifahrersitz, blickte geradeaus und konzentrierte mich auf das Rasseln des Motors.

»Du bist so blass, Darling«, meinte Scott besorgt, als er uns mit Schrittgeschwindigkeit hinter einer Pferdedroschke an der Baie des Anges entlangchauffierte. »Was ist los?«

»Nichts«, antwortete ich und präsentierte ihm ein aufgesetztes Lächeln.

Auf der Rückbank turtelten Gil und Alice. Sein donnerndes, dissonantes Lachen, das von ihrer mädchenhaften Stimme begleitet wurde, strapazierte meine Nerven zunehmend, und ich dachte, wenn wir ein paar Blechdosen hinter das Automobil hängen würden, müsste ich das Liebesgeplänkel nicht länger ertragen. *Zwei, drei oder vier Kinder?*

»Fahr schneller, bitte.«

Scott scherte aus und überholte das Pferdegespann. Immer wieder sah er mich an. »Du siehst wirklich nicht wohl aus.«

»Mir geht es gut, ehrlich.«

»Lass mich an einer Apotheke halten.«

»Ich benötige keine Medikamente.« Ungeduldig forderte ich ihn auf, das Gaspedal durchzutreten. Schloss die Augen, begann in die Vergangenheit zu rechnen. *Zwei, drei oder vier.* Scott beschleunigte das Tempo, drängelte sich auf der Küstenstraße über Meilen hinweg an anderen Automobilen vorbei. Hinter uns wirbelten die Staubteufel auf, verfolgten uns sekundenlang wie Feinde, um dann doch die Böschung hinunterzuhasten.

»Scott, schalt mal einen Gang runter.« Verärgert tippte Gil ihm von hinten auf die Schulter. »Du rast ja wie der letzte Henker.«

Zwei, drei oder …, oh, nein. Nein. Alles in mir verkrampfte sich. Exzentrisch wie eine Filmdiva reckte ich die Arme in den Himmel und stieß laut hervor: »Ist das Leben nicht wunderbar?«

Scott grinste mich an, dann duckte er sich und mimte hinter dem Steuerrad einen Rennfahrer, als wollte er mich um jeden Preis erheitern.

»Schneller, schneller«, wusste ich ihn anzustacheln und verspürte eine bizarre Freude in mir aufbrodeln. Gleich würden wir die schmale Passage vor den Klippen erreichen. Wäre es nicht besser, in die Tiefe zu stürzen und der ganzen Qual ein Ende zu bereiten? Ich konnte die Haarnadelkurve in der Ferne sehen. »Gib mir einen Glimmstängel, Goof!«

»Aber ja, mein Schatz«, rief er gegen den Fahrtwind an und suchte in der Hosentasche nach der Schachtel, reichte mir eine Zigarette. Der Wagen schlenkerte gefährlich auf die Straßenmitte zu. Der Gegenverkehr hupte. Alice kreischte.

»Benimm dich, Junge!«, rief Gil streng. »Du bringst uns noch ins Grab!«

Der Motor heulte auf, Scott gab mir Feuer, lenkte den Renault mit quietschenden Reifen durch die scharfe Biegung, verlor die Kontrolle, schlingerte, schleuderte uns alle herum. Doch mit einer rasanten Drehung brachte er kurzerhand wieder alles ins Lot. Selten hatte ich das makabre Rendezvous mit dem Leichtsinn derartig genossen.

Nachdem die Seldes in den späten Morgenstunden des darauffolgenden Tages abgereist waren, saßen wir beide wieder allein im Speisezimmer, tranken den letzten Schluck Kaffee, der kalt geworden war, ziemlich bitter schmeckte, und versuchten uns mit der sperrigen Zweisamkeit zu arrangieren.

»Mit deinem Fahrstil hast du den beiden einen mächtigen Schrecken eingejagt.«

»Es war lustig, oder?«

»Ja«, sagte ich matt. »Das war es.«

»Sie passen nicht zusammen, diese Ehe wird nicht lange halten.« Scott brach eine Brioche auseinander. »Seldes und ich sind seit Ewigkeiten befreundet, deswegen weiß ich, wie er tickt. In unseren Köpfen ist kein Platz für vornehme Zurückhaltung.«

Mich verwunderte, dass er sich von seiner aristokratischen Begeisterung distanzierte. »Gil und Alice sind sehr unterschiedlich, das stimmt. Aber ich denke, sie ergänzen einander mit ihren Gegensätzen.«

»Welche?«, fragte Scott erstaunt.

»Ansichten zur Liebe. Zur Literatur.«

Wieder spürte ich ein Ziehen in mir, drückte die Hand auf den Bauch, atmete flach. Der Schmerz verursachte Übelkeit. Mit letzter Kraft stellte ich die Tasse ab.

»Ich kann das nicht länger verantworten.« Mit besorgter Miene schob Scott seinen Stuhl zurück und kam um den Eichentisch herumgelaufen. »Lass mich nach einem Doktor rufen, Darling.«

»Auf keinen Fall«, presste ich hervor. »Du kennst mich doch. Es wird vergehen.«

»Nun gut, aber ich werde dir in der Stadt ein Schmerzmittel holen.« Entschieden zog er seine ausgefransten blauen Segeltuchsandalen mit den Löchern in der Sohle über und fühlte nach dem Wagenschlüssel in seiner Hosentasche.

»Das ist wirklich nicht nötig. Du brauchst das nicht zu tun.«

»Es wäre traurig, wenn du diese Worte ernst meintest.«

»Scott?«

»Ja?«

»Danke, dass du für mich da bist.«

»Bin gleich zurück.« Er ging durch den langen Raum zur geöffneten Tür, und als er schon fast mit dem Halbdunkel der dahinterliegenden Halle verschmolzen war, drehte er sich noch einmal um und schenkte mir ein zaghaftes Lächeln. »Ist dir aufgefallen, dass wir einander wieder näher sind?«

KAPITEL 11

Ende August, als die Tage bereits einen Hauch kürzer geworden waren, hörte ich Scott im Morgengrauen die knarzenden Holztreppen heraufkommen und in unser Schlafzimmer schleichen. Vorsichtig stellte er ein Tablett auf meinen Nachttisch, die Schachtel der Schmerztabletten fiel mit leisem Geräusch zu Boden. Als nächstes spürte ich, wie er das Laken ein Stück anhob und sich zu mir auf die Bettkante setzte.

»Zelda?«, flüsterte er. »Bist du wach?«

Ich war erst gegen drei oder vier zur Ruhe gekommen, weil sich zu viele Gedanken hinter meiner Stirn herumtrieben, ruhelose Geister, die alle mit einem mahnenden *Was, wenn …?* begannen. Entkräftet hatte ich zu den Dial unter dem Kopfkissen gegriffen, ein Schlafmittel, von dem ich mir ohne Scotts Wissen seit geraumer Zeit Linderung versprach.

»Zelda?«

Mein Kopf fühlte sich an, als wäre er in Watte gepackt worden, schwer und dumpf. Ich versuchte seine Worte zu ignorieren und stellte mich weiterhin schlafend, konnte dann aber dem wunderbaren Duft frischen Kaffees nicht widerstehen.

»Ich muss dir etwas sagen.«

»Dass du mir einen Zimttoast zum Kaffee servierst?« Mühsam öffnete ich die Lider und sah in sein abgespanntes und doch so zuversichtliches Gesicht.

»Nur noch wenige Seiten und dann habe ich es geschafft.« Stolz reichte er mir die Tasse. »Ich traue mich kaum, diese zarten Seelen zu Papier zu bringen. Ist das seltsam?«

Während ich den dampfend heißen *café crème* in kleinen Schlucken trank, dachte ich, was für ein wahrhaftiges und gutes Gefühl es wohl für einen Schriftsteller sein mochte, den letzten Satz eines Buches zu schreiben, etwas, für das man sehr lange hart gearbeitet hatte, zu beenden. Nun war er fast an seinem Ziel angelangt. Was hatte ich in der Zwischenzeit zustande gebracht?

»Ich muss Perkins unbedingt mitteilen, dass er dieses blaue Cover keinesfalls mehr ändern darf. Die Augen habe ich nämlich in die Story geschrieben.« Mit geschwellter Brust richtete er sich im Halbdunkel auf und sagte: »Sie gehören einem Doktor T. J. Eckleburg, Ma'am.«

»Herzlichen Glückwunsch, Goof.«

Scott war felsenfest davon überzeugt, den besten amerikanischen Roman aller Zeiten zu veröffentlichen, doch sein Lektor sollte das Manuskript erst Anfang Oktober zu lesen bekommen. Er beabsichtigte nach der Fertigstellung eine sorgfältige Überarbeitung und schlug mir eine Woche der gemeinsamen Erholung vor. »Lassen wir uns von den Murphys verwöhnen, setzen wir die Kleine an ihren Privatstrand, trinken teuren Sherry. Und danach beginnt die Arbeit für uns beide. Was meinst du?«

»Sehr gern«, bekräftigte ich sein Vorhaben, weil ich wusste, dass ich gar keine andere Wahl hatte. Ich wünschte, ich hätte so tun können, als bräuchte ich ihn nicht, aber so war es nicht. Ich brauchte ihn mindestens so sehr, wie er mich brauchte. Außerdem kam meine Eitelkeit ins Spiel. Nach allem, was Scott mir erzählt und was ich gelesen hatte, brannte ich darauf, Daisys Charakter kennenzulernen. Wie viel von meiner Persönlichkeit steckte tatsächlich in ihr? Würden wir Freundinnen? Feindinnen?

»Darf ich dir etwas gestehen, Zelda?«

»Na?«

»Es war ein guter Sommer. Ich bin zwar unglücklich gewesen, aber es hat diese ganze verdammte Arbeit vorangetrieben.« Er griff nach meiner Hand. »Ich denke, ich bin endlich erwachsen geworden.«

Wenn ich doch das Gleiche von mir behaupten könnte. Aber in meinem Leben hatte das Drama schon immer im Detail gelegen.

*

Die ersten Septembertage zeigten sich von ihrer herrlichsten Seite. Der Himmel war strahlend blau, und die Stare flogen in Scharen kunstfertige Gebilde, die sie auf geheimnisvolle Weise variierten, man konnte den Blick kaum abwenden. Wir waren in Aufbruchstimmung, die Murphys erwarteten uns am späten Nachmittag zur Cocktailstunde. Während vieler Telefonate mit Sara in der vergangenen Zeit wusste ich um unsere Freundschaft mehr denn je. Sie hatte mir meine Sticheleien während der Gala nicht verübelt, sie war auch Scott nicht böse. Sara schien kein nachtragender Mensch zu sein. Ich schätzte ihre Loyalität zunehmend und konnte zu diesem Zeitpunkt noch nicht wissen, dass sie mir gemeinsam mit ihrem Mann die Treue halten sollte, als alle anderen längst gegangen waren.

»Ich werde eine ganze Woche wie ein Faultier am Pool herumliegen.« Scott klappte den Deckel seines Lederkoffers hinunter und machte sich an den Schnallen zu schaffen. »Keinen Handschlag werde ich tun, höchstens mal die Finger rühren, um ein kühles Getränk gereicht zu bekommen.«

»Nichts da«, ermahnte ich ihn. »Du hast Scottie versprochen, ihr das Schnorcheln beizubringen.«

»Ich bin mir sicher, dass du das besser kannst, Zelda.«

»Kann ich nicht.«

Erschrocken ließ die Kleine ihre Puppe fallen. »Aber ich bin doch euer Kind, ihr müsst euch um mich kümmern«, rief sie mit tränenerstickter Stimme.

»Das war doch nur ein dummer Spaß, Süße.« Scott kniete vor ihr nieder und nahm sie tröstend in den Arm. »Du bist unser Allerliebstes.«

Wir nahmen sie in unsere Mitte und liefen noch einmal durch die Zimmer, um sämtliche Fensterläden der *Villa Marie* zu schließen. Miss Maddock war für einige Tage zu ihrer Mutter nach London gereist, und wir hatten auch den Hausangestellten freigegeben.

»Ganz schön ruhig ohne die Damenriege.« Scott warf mir einen belustigten Blick zu. »Ohne Marthe und Jeanne und Eugénie und Serpolette.«

»Haben wir eigentlich je darüber gesprochen, warum du ihre Schwestern eingestellt hast?«, fragte ich. »Nicht, dass es mich stören würde, aber ich dachte, das Personal ist in Frankreich wahnsinnig teuer.«

»Ich habe sie nicht eingestellt, sie kommen einfach.«

»Warum?« Ungläubig rückte ich das helle Baumwolllaken über dem Sofa zurecht, das den Staub fernhalten sollte.

»Weil wir so nett sind?«, wagte er eine Theorie.

»Aha.«

»Ach, es gibt eben Dinge auf der Welt, die man nicht erklären kann.« Er zwinkerte mir zu. »Ich habe sie dennoch sehr gern, fast so sehr wie euch beide.«

Die Murphys hatten uns mit Spannung im Hôtel du Cap erwartet, und schon die Begrüßung stand ganz im Zeichen literarischer Gespräche.

»Gratuliere, mein Freund! Das Werk ist vollbracht.« Gerald klopfte Scott anerkennend auf die Schulter. Dann mixte er uns allen einen fruchtigen Cocktail auf zerstoßenem Eis, klemmte eine hauchdünn geschnittene Zitronenzeste an den Gläserrand und reichte sie uns. »Bist du glücklich?«

»Na, höre mal! Ich habe gerade meinen Helden getötet, von Glück kann keine Rede sein.«

Wir lachten und prosteten uns zu.

»Auf einen neuen Bestseller«, rief das Paar überschwänglich.

»Na ja«, versuchte Scott sich bescheiden zu geben, obwohl ich die Eitelkeit in seinem Gesicht glühen sah, »es ist nur ein erster Entwurf und das bedeutet –«

»Der erste Entwurf von allem ist scheiße«, unterbrach ihn Gerald mit erhobenem Zeigefinger und setzte ein breites Grinsen auf.

»Dow-Dow«, rügte Sara ihn stirnrunzelnd. »Was redest du? Wenn die Kinder dich hören.«

»Ich zitiere lediglich Hem«, entgegnete er mit einem Achselzucken. »Das waren buchstäblich seine Worte in der Closerie des Lilas.«

»Tatsächlich?« Augenblicklich hellte sich Saras Miene auf. »Dieses Raubein wird uns mit seiner Sprachgewalt noch alle in Erstaunen versetzen. Himmlisch!«

»Er mag recht haben«, rückte Scott sich wieder in den Mittelpunkt, »der Feinschliff fehlt in diesem frühen Stadium, trotzdem bin ich schon ganz zufrieden. Es wird übrigens ein schmales Buch, keine zweihundert Seiten.«

»Ist das genug Roman zwischen zwei mondänen Buchdeckeln?«

»Wann dürfen wir es endlich lesen?« Sara hakte sich bei ihm unter und zog ihn in Richtung Pool. »Wir sind schrecklich ungeduldig.«

Gedankenversunken sah ich ihrem wehenden Chiffonkleid hinterher, das sich sanft, doch äußerst besitzergreifend um meinen Mann wand. In der untergehenden Sonne schimmerte der Stoff golden und fügte sich zusammen mit ihrem dunkelblonden Haar und den metallenen Reifen an beiden Armen perfekt in die Atmosphäre jener Jahre. Ich erinnere mich, in dem Moment gedacht zu haben, dass man diese Zeit vielleicht nur für sie erschaffen hatte.

Als ihre Worte im Meeresrauschen verschwunden waren, schenkte mir Gerald die letzten Tropfen aus dem Shaker ins Glas. »Wilson wird kommenden Monat einen Vorabdruck von Hemingways erstem Buch in The Dial bringen. *In unserer Zeit* sei brillant, meint er. Denkst du, es wird Scott etwas ausmachen?«

»Was?«

»Na, dass es einen neuen literarischen Stern am Himmel geben wird.«

»Das Firmament ist groß, Gerald. Dort oben können sich viele Sterne tummeln«, antwortete ich. »Für Scott ist es einfach nur wichtig, dass seiner am hellsten strahlt.«

Seit dem Lesen der Anthologie war er erpicht darauf, diesen Ernest Hemingway, dem mittlerweile viele Leute eine bedeutende Zukunft voraussagten, in Paris kennenzulernen. Ich betrachtete das mit Argwohn, denn es kursierten Gerüchte, dass er ein Trinker sei, ein launischer Kerl, der mit allen Mitteln versuchte, ganz nach oben zu kommen. Solche Menschen hatte mein Mann seit jeher unterschätzt.

Schließlich war die erholsame Woche in Antibes fast vergangen. Die Kleine hatte unter Scotts Aufsicht die ersten Schnorchelversuche unternommen, sich dann aber doch lieber für das Herumtollen mit ihrem neuen, aufblasbaren Gummitier entschieden. Zu meinen liebsten Ritualen gehörte das morgendliche Schwimmen vor dem einsamen Cap. Weit draußen im Meer ließ ich die Augenblicke verstreichen, mich tief in die Fluten hinabsinken, bis ich keine Luft mehr bekam und meine Lungen wie Feuer brannten. *Schwerer werden. Leichter sein.* Konnten sie ein gebrochenes Herz in Flammen aufgehen lassen, sodass man es nicht mehr ertragen musste?

Im Kerzenschein hatten wir auf den Terrassen der Barrys und der Myers diniert, gemeinsam einen Abend mit den McLeishs verbracht. Ada sang mit ihrem bezaubernden Mezzosopran einen Part aus *Madame Butterfly*, und abschließend applaudierten wir voller Ehrfurcht. Ich versuchte meinem Leben den Anschein von Normalität zu geben, indem ich die Tabletten nahm und allen Kummer verdrängte. Betäubte. Ich musste geradeaus denken und niemals den Umweg um die Ecke nehmen, obwohl ich mir mittlerweile ziemlich sicher war, woher meine Schmerzen rührten. Doch konnte sein, was nicht sein sollte? Erwartete ich ein Kind von Jozan?

Scott berichtete allen von den Strapazen des Schreibens, davon, wie er seine Ideen fand, sie verwarf, neu sortierte. Seine Schilderungen waren plastisch, beschrieben jene Welt, deren endgültigen Zugang er mir weiterhin verwehrte. »Ich habe so viel Material gesammelt, dass ich mir damit spielend noch zwei andere Romane aus dem Ärmel schütteln könnte.«

Insbesondere die Murphys hingen an seinen Lippen. Immer wieder hatten sie ihn gedrängt, er möge ein paar Passagen zum Besten geben, und natürlich hatte er irgendwann geschmeichelt nachgegeben und seinen Sessel zur späten Stunde im Kaminzimmer des Hotels zurechtgerückt. Obwohl ich einiges schon kannte, lehnte ich mich an den marmornen Pilaster und lauschte seiner Stimme so gebannt wie alle anderen auch.

»Vielversprechend«, lobte Gerald seine Kostprobe.

»Danke, alter Knabe.«

»Es klingt wunderbar nach dir, Scott«, sagte Sara auf einem karamellfarbenen Rehfell liegend, das Kinn in die Hände gestützt, und ließ sich ein paar weitere Sätze vorlesen. »Sollen wir in Paris nicht eine Party veranstalten, wenn dein Buch herauskommt? Ihr werdet doch in Europa bleiben?«

»Bisher haben wir noch keine Pläne.« Scott reckte das Kinn in die Höhe, schaute mich an. »Jetzt haben wir welche. Oder, Darling?«

Tatsächlich hatten wir kurz vor der Abreise im Frühjahr beschlossen, ein Jahr lang fortzugehen. Mir war nicht klar, ob wir uns nun dauerhaft hier aufhielten, weil er der Lost Generation nah sein wollte, die mittlerweile zu einem wichtigen literarischen Impulsgeber geworden war, oder weil wir uns keine Passage zurück in die Staaten leisten konnten. Nach Scotts Einschätzung blieb unsere finanzielle Lage ein Desaster. Ich arrangierte mich mit einem Leben auf beiden Seiten der Welt, wenngleich ich in beiden auch schmerzlich etwas vermisste. Mittlerweile erschien es mir Jahre her, in Amerika gewesen zu sein.

Als Scottie eines Nachmittags gelangweilt nach der Schachtel mit den sauren Drops in meiner Korbtasche suchte, entdeckte sie zwischen zwei Kapiteln eines Buches die zerknickte Fotografie meiner Mutter. »Wer ist diese alte Frau?«

Bekümmert hatte ich sie auf den Schoß genommen und das Bild eine Weile vorsichtig zwischen den Fingern glatt gestrichen. Dann schilderte ich meine Erlebnisse mit ihrer Großmutter, mit der ich so gern auf der Veranda hinter dem Haus Tomatensandwiches gegessen hatte, während wir stundenlang Karten spielten, lachten.

»Und die ist lustiger als auf dem Bild?« Sie tippte mit dem Finger auf das ernst aussehende Gesicht, das ich kaum mit meinen Erinnerungen verband.

»Sie ist sogar viel lustiger, meine Süße.«

Die Geselligkeit am Cap war eine angenehme Zerstreuung. Und doch saß ich am liebsten allein hinter dem Pavillon, weit entfernt vom Haupthaus, an der Steilküste und schaute auf das Meer hinaus, während die Wellen weit unter mir gegen die Felsen krachten und die Gischt aufsprühten. Welche Geschichten passten zu mir? Und was würde ich schreiben, wenn Scott mir diese uneingeschränkte Freiheit zugestehen würde? Ich hatte eine junge Frau im Kopf. Ich war mir sicher, dass ich sie nicht erfunden hatte, nein, sie setzte sich wirklich zu mir auf den Felsen und erzählte aus ihrem Leben. Elsa war das Mädchen, das Paris betörte. Wir begannen uns täglich zu treffen, wurden zu Freundinnen, die sich schon eine Ewigkeit zu kennen schienen. An unserem letzten Abend in

Antibes beobachteten wir gemeinsam, wie die rot glühende Sonne langsam hinter dem Horizont versank. Schwärme von Nachtfaltern stoben durch die Luft. Mit einem Glas Chablis spülte ich mehrere Tabletten Luminal und Atropin hinunter. Würde ich heute Nacht in den Schlaf finden? Ich tastete nach dem kleinen braunen Gläschen in meiner Tasche. Elsa lächelte mich vertrauensvoll an. Das Meer lag wie eine glatte Scheibe vor uns. Alles wirkte ruhig und friedlich. Gehen wir ein Stück? Wir flanierten durch die Abenddämmerung, sie roch ganz wunderbar. Einsame, winterkalte Sonnenstrahlen schoben uns durch die schmale Rue Bonaparte auf den Quai. Die *bouquinistes* räumten ihre Bücher zusammen. Ein Mann nickte uns freundlich zu, seine klammen Hände hielten einen dampfenden *vin chaud* umschlossen. Ich rieb meine Finger, gähnte. In der Ferne ragten die Türme Notre-Dames hochmütig aus dem zinkgrauen Häusermeer hervor und betrachteten Paris im dahinschwindenden Licht. Weißt du noch? Hier ist es gewesen, auf dieser Brücke haben wir uns kennengelernt. Elsa hatte damals auf der Pont des Arts gestanden. Frierend, das Gesicht ein wenig müde. Sie war in eine dramatische Tüllwolke gehüllt. Ihre entblößten Schultern leuchteten in der versinkenden Sonne, akzentuierten die elegante Silhouette, die sich schwanengleich ihren Hals emporwand. Das schmiedeeiserne Geländer schablonierte der jungen Frau ein Muster auf die makellose Haut. Sie wirkte schüchtern, sehr zart. Während der Fotograf ihr die letzten Anweisungen gab, beschäftigte sich ein ganzer Staat an Frauen mit ihrem Kleid. Mit Tausenden Nadeln schienen sie emsig bemüht, die wehenden Bahnen Chiffons im Wind zu drapieren. Falten schwebten, sanken. Die Modeaufnahmen seien für die *Vogue*, sagten die Leute. Dann zischten die Magnesiumblitze pfeilschnell durch die Luft. Ihr Auftritt begann. Elsa lächelte, es war ein rotes, ein karmesinrotes Lächeln, das auf dem hellen Puder all seinen Charme ausspielte, die geheimnisvoll geschminkten Lider noch betonte. Mit traumwandlerischem

Können beherrschte sie die Szene. Ihren Körper bewegte sie wie ein Schleierfisch, grazil, in fließenden Wellen, und die Lagen dunklen Stoffs wanden sich anmutig um ihre Jugend. Auf dem Fluss verglühte der letzte Hauch Purpur, verschmolz mit ihr ...

»Zelda? Mein Gott, Zelda, kannst du mich hören?« Ich spürte mehrere Schläge auf meine Wangen peitschen. Kein Schmerz. »Wach auf!«

War es Elsa, die da leise schluchzte?

»Zelda!«

Sah sie nicht über die Maßen kostbar aus?

»Sie darf auf keinen Fall einschlafen. Gerald, hol das Olivenöl aus der Küche. Schnell, schnell!«

Wieder ein Schlag, dann ein unsanftes Rütteln an den Schultern. *Das Mädchen, das Paris betörte.*

»Ihr müsst sie aufrichten. Stellt sie auf die Beine, damit ich mit ihr herumlaufen kann.«

»Sie stirbt.«

»Zelda, wach auf!« Sara war so weit entfernt. »Ich flöße dir jetzt Olivenöl ein.«

»Der Stoff ist so schön«, murmelte ich. »Bitte nicht, Sara. Wenn man zu viel Olivenöl trinkt, wird man ein Jude.«

»Sie wird sterben!«, schrie Scott.

»Oh nein, das wird sie nicht.« Sara hielt mich ganz fest. Bis ich mich erbrach. Und noch lange danach strich sie mir über den Rücken, legte mir kühle Tücher auf die Stirn.

Im Morgengrauen schleppten sie mich die große Freitreppe hinunter. Scott fuhr den Wagen vor. Aus den Augenwinkeln sah ich die ersten Gerüchte hinter der stillen Fassade des Hotels hervorwabern. Die menschliche Tragödie hatte seit jeher etwas Anziehendes gehabt.

»Mach dir keine Gedanken um Scottie. Sie bleibt noch ein paar Tage bei uns«, hörte ich Gerald mit gedämpfter Stimme sagen.

»Sieh einfach zu, dass kein unerfreuliches Gerede aufkommt. Es wäre Gift für deine Karriere.«

»Ich bin euch so dankbar, Gerald.«

»Keine Ursache, mein Freund.«

Während der Fahrt hielt ich die Augen geschlossen. Das Sonnenlicht flackerte über meine Lider, ein schnelles Rot, ein flüchtiges Orange. Ich vernahm den Duft von Zitronen, das salzige Meer. Das gleichtönige Brummen des Motors, manchmal eine leichte Kurve. »Wohin fahren wir, Jozan?«

Der Wagen bremste ruckartig, mein Körper sackte nach vorn. »Jetzt pass mal auf, Zelda«, presste Scott dicht neben meinem Ohr hervor. »Diesen Mann hat es nie gegeben. Deine Untreue ist eine Erfindung. Verstanden?«

Es gab viele Wahrheiten – vielleicht war das eine von ihnen.

KAPITEL 12

Fluctuat nec mergitur. Tage später stand ich mit einem *café crème* auf dem kleinen steinernen Balkon und schaute unserer Kleinen im Garten dabei zu, wie sie die bräunlich-violetten Früchte unter den Feigenbäumen aufsammelte. Der Wappenspruch von Paris, dieser großartigen Stadt, schien mein Leben exakt zu beschreiben: Sie schwankt, aber geht nicht unter. Meine Welt war ins Wanken geraten; zwischen meiner Zukunft und den Dingen, die geschehen waren, befand sich eine Handbreit Orientierungslosigkeit, doch früher oder später würde ich meine Balance wiederfinden, mit Scotts Hilfe. Hatte er mir nicht stets geholfen?

Während langer Strandspaziergänge, intensiver Gespräche und vielen Gläsern südfranzösischen Rosés tasteten mein Mann und ich uns langsam in eine Art von Routine zurück. Zerstörtes Vertrauen aufzubauen bedeutete für uns beide einen enormen Kraftakt, doch es schien, als verliehen wir unserer Ehe tatsächlich einen flüchtigen Rhythmus der Normalität.

»Bist du noch ein bisschen in mich verliebt, Scott?«, wagte ich mich befangen einen nächsten Schritt voran, wenngleich ich mich dabei auch schrecklich dumm fühlte. Unsere langen Schatten fielen ostwärts, und wir versuchten, flache Kieselsteine am Meeressaum entlangtanzen zu lassen.

»Verliebtsein heißt doch eigentlich nur, jemandem einen sperrigen Karton mit der eigenen Vergangenheit zu überreichen und zu sagen: Sieh her, das bin ich.«

»Das wäre praktisch.« Ich lächelte bemüht. »Man könnte sich das Beste herausangeln.«

»Genau das beschreibt das Problem. Wir alle verlieben uns in die Vorstellung eines Menschen. Da sind Erwartungen, die der andere nie erfüllen kann.« Scott bückte sich nach einem weiteren Stein. »Viel wichtiger erscheint mir das Streben nach Liebe. Diese Suche bietet einen immerwährenden Auftakt neuer Möglichkeiten.«

»Ein Grund mehr, niemals aufzugeben.«

Er sah mir in die Augen. »Ich liebe dich, Zelda. Das ist der Anfang und das Ende unserer Geschichte.«

Ich liebe dich. Würde ich den Satz je wieder aussprechen können?

Als hätten wir den Vorfall bei den Murphys gut verpackt in den Karton unserer Vergangenheit verstaut, wurde er mit keiner Silbe je wieder erwähnt. Mitte September notierte Scott lediglich in seinem Ledger:

SCHWIERIGKEITEN BEHOBEN

Ich könnte von Verzweiflung reden, von Ängsten oder finanziellen Abhängigkeiten, doch wie so oft verdrängte ich auch dieses Mal meine wahren Probleme. Im Moment war ich einfach nur froh, nicht schwanger zu sein. An einem frühen Morgen setzte meine längst überfällige Blutung ein. Vor Erleichterung hatte ich auf den Badkacheln vor dem Waschbecken gekniet und geweint. Schon bald darauf ließen auch meine Bauchschmerzen nach. Ich erwartete kein Kind von Jozan. Die zerstörerischen Gefühle, die sich in den vergangenen Wochen in mir angestaut hatten, begannen sich langsam zu verflüchtigen. Wieder und wieder hatte ich mir die Komplikationen ausgemalt, die Scham, die Erniedrigung; das Undenkbare war vorbei. Und doch keimte plötzlich in einem kleinen verborgenen Winkel meines Herzens der Wunsch auf, tatsächlich ein weiteres Baby zu bekommen. Anfangs erschien mir diese Vorstellung seltsam, dennoch erfasste sie mich mit Macht. Nach Scotties Geburt vor drei Jahren hatte ich mir geschworen, mich niemals wieder den Strapazen einer Schwangerschaft auszusetzen. Unter den geringschätzigen Blicken der Leute hatte ich mich dick und hässlich gefühlt, aber ich wollte mich nicht wie alle anderen dem gesellschaftlichen Zwang unterwerfen und meinen Bauch monatelang hinter verschlossenen Türen verstecken. Ich wollte nach wie vor schwimmen gehen und mein Leben genießen. Auch Scott schien mir damals keine sonderlich große Hilfe. Als ich nach der Entbindung aus der Narkose erwacht war und von der enttäuschenden Nachricht eines Mädchens erfuhr, hatte ich in meiner Benommenheit Sätze von mir gegeben, die ich später aufrichtig bereute. *Du hast gehofft, dass die Kleine ein Dummchen wird, es sei das Beste, was einem Mädchen in der heutigen Zeit passieren könne. Ein hübsches Dummchen! Zelda, das ist fantastisch. Den Satz muss ich in einer Geschichte verarbeiten.*

All das geriet jedoch in den Hintergrund. Ein zweites Kind zu gebären, schmiegte sich wohlig in meine Gedanken; sie waren seidig und perfekt, und ich konnte nicht von ihnen lassen. Wäre es nicht wundervoll, ein rosiges Baby von Scott in den Armen zu wiegen? Und würde es nicht auch all diese spannungsreichen Tage und Streitigkeiten für immer ins Vergessen drängen?

»Wir werden sehen«, meinte er mit einem irritierend schönen Lächeln, bevor er mir eine Haarsträhne aus dem Gesicht strich und meine Stirn küsste. »Konzentrieren wir uns vorerst auf die Überarbeitung, Darling.«

In New York sprach es sich wie ein Lauffeuer herum, dass Scott die erste Version seines Manuskripts vollendet hatte. Die Briefe zwischen unseren amerikanischen Freunden und uns schwirrten über den Atlantik hin und her. Marthe wurde nicht müde, jeden Morgen im Speisezimmer die neugierigen Zeilen von Max Perkins, Edmund Wilson, H. L. Mencken und vielen anderen aus den Tiefen ihrer Schürze hervorzuholen und Scott mit einem gönnerhaften *voilà, Monsieur!* zu überreichen.

Stirnrunzelnd schaute er ihr nach, bis sie die Tür mit unsanftem Knall hinter sich ins Schloss hatte fallen lassen. »Hast du je herausgefunden, wie viel ein Kilo ist?«

»Ich verstehe diese europäischen Maßeinheiten nicht. Zwei Pfund vielleicht?«

»Wir können doch unmöglich in sieben Tagen vierzehn Kilo Butter verbraucht haben.« Scott warf einen skeptischen Blick in seinen Ledger. »Auch die Rechnungen von Lebensmittelhändler und Metzger liegen pro Woche ungefähr bei fünfundsechzig Dollar.«

»Ist das viel?«

Sein Gesichtsausdruck spiegelte ungläubiges Erstaunen wider. »Long Island ist ein billiges Pflaster dagegen. Wenn ich es richtig berechne, liegt dieser kleine ›Profit‹, den das Personal sich gönnt, bei sagenhaften fünfundvierzig Prozent unserer Ausgaben.«

»Dann hätten wir zumindest das Rätsel um die Worte des Maklers gelöst.«

»Ja«, meinte er. »Wenigstens das.«

»Und um die übertriebene Freundlichkeit.«

»Und die Anwesenheit von Eugénie und Serpolette.«

Die Einheimischen schienen darin geübt, amerikanischen Touristen das Geld aus der Tasche zu ziehen. Was tatsächlich damit geschehen sein mochte, wussten wir nicht, das wussten wir schließlich nie. Doch unser Etat, mit dem wir uns in den Staaten eingeschifft hatten, war nahezu verbraucht. Da unser Mietvertrag Ende Oktober auslaufen sollte, mussten wir uns über unsere Zukunft Gedanken machen.

»Ich werde Perkins in meinem nächsten Schreiben um siebenhundertfünfzig Dollar Vorschuss bitten.«

»Willst du das wirklich tun?«

»Ist nicht schlimm«, beruhigte er mich. »Meine Schulden belaufen sich dann insgesamt auf fünftausend Dollar bei Scribner's. Das ist nur ein Bruchteil dessen, was ich mit dem Buch im Frühjahr hereinholen werde.«

»In Ordnung«, sagte ich mit falscher Tapferkeit und schluckte eine weitere Sorge hinunter, darin war ich mittlerweile schließlich geübt. Ich konnte nur hoffen, dass seine Rechnung aufging. Selbst in Europa lebte es sich ohne Geld wahrscheinlich eher unbequem.

»Was hältst du von Rom?«, rief er am nächsten Morgen von dichten Dampfschwaden begleitet unter der Dusche hervor, während ich im Türrahmen saß und mir die Zehennägel lackierte. »Ein bisschen Antike, garniert mit Keats und Shelley.«

Augenblicklich fiel mir wieder die missglückte *tour d'horizon* kurz nach unserer Hochzeit ein. »Du hasst Italien.«

»Seit ich weiß, dass der Dollar dort drüben stärker ist als in Frankreich, liebe ich das Land.«

»Die Schilderungen in *Roderick Hudson* haben mir gut gefallen.« Ich streckte mein Bein aus und betrachtete in der einfallenden Sonnenschneise die Farbe an meinen Füßen. »Vielleicht sollten wir dort tatsächlich überwintern. Es wäre ja nur einen Katzensprung entfernt, und ich könnte all die Museen besuchen, von denen die Murphys so geschwärmt haben.«

»Ich muss dich also nicht überreden? Da hatte Henry James wenigstens einmal sein Gutes.« Scott drehte den Wasserhahn mit einem quietschenden Geräusch zu und wickelte sich ein Handtuch um die Hüfte. Ein weißes Seifenstück fiel zu Boden.

Erschrocken sprang ich auf und griff danach. »Wie kommt die La-Mar hierher?«

»Wenn ich mich recht entsinne, hat Jeanne sie letztens in irgendeinem der Picknickkörbe gefunden. Warum?«

»Ich war der Meinung, dass ich sie beim *coiffeur* auf dem Tresen liegen lassen hatte.« Verstört biss ich mir auf die Lippen, dachte an das Rendezvous mit Jozan auf der Wiese hinter dem Hangar, an die Dinge, die wir getan hatten. »Sie ist für Frauen gedacht. Du darfst sie nicht benutzen.«

»Frauenseife«, sagte er belustigt. »Ich wage nicht auszusprechen, was ich gerade denke.« Mit einem breiten Grinsen im Gesicht begann er, sich vor dem Spiegel das nasse Haar zu frottieren.

»Unterlass deine Scherze«, brach es aus mir heraus. »Sie verjüngt und ist fettreduzierend.«

Überrascht hielt er in der Bewegung inne. »Die Welt wird doch immer verrückter.«

Noch vor einigen Monaten wäre ich auf die Sache eingegangen, Scott und ich hatten stets den gleichen Humor gehabt, doch jetzt schlug ich die Augen nieder. Mit zitternden Knien lief ich hinaus in den Garten, setzte mich zwischen die Terrakottatöpfe mit den rostbraunen Chrysanthemen, die der Gärtner neben dem Bambushäuschen platziert hatte, und rauchte eine Zigarette. Der frühherbstliche Geruch der Pflanzen verströmte einen morbiden Anklang von Vergänglichkeit. Wie betörend sich dagegen doch die Pfingstrosen im Juni ausnahmen. Mehr als acht Wochen waren seit jenem Tag vergangen. Meine Gefühle verblassten nicht, im Gegenteil, sie gravierten sich tiefer in mein Herz hinein. *Mehr als acht Wochen ohne dich.*

Am Abend saß ich mit dem Manuskript auf den Stufen vor der *Villa Marie* und hatte es ein erstes Mal vollständig gelesen. Nachdenklich griff ich zur Karaffe, schenkte mir ein weiteres Glas Wein ein und ließ die Eindrücke auf mich wirken. Sie hallten gewaltig nach, ließen mich noch nicht gehen. Es kam mir so vor, als schaute Daisy über meine Schulter und fragte mich unablässig mit ihrer melodiösen Stimme: *Bist du des Lebens auch so überdrüssig?* Ich folgte dem Auf und Ab ihres zartfühlenden Klangs, genauso wie ich das Rascheln ihrer kostbaren Abendroben mochte, das Klickern teurer Perlen. Wir beide liebten das Gefühl des Augenblicks, das

Gefühl, jung zu sein, schön zu sein, uns den Ausschweifungen des Lebens hinzugeben. Wer wollte das nicht? Ich erkannte mich auf vielen Seiten wieder, die Parallelen zu meinem Leben hatten etwas Offensichtliches. Wir waren uns sehr ähnlich, diese Daisy und ich. Nach außen stark, die Seele zart. Und doch lag über allem der süßliche Dunst der Fäulnis. Wer war ich wirklich? Ich sollte es schon bald erfahren.

Miss Maddock und die Kleine spielten auf dem frisch gesprengten Rasen im hinteren Teil des Gartens Cricket. Manchmal rollte eine Holzkugel über den Kies, wurde begleitet von trippelnden Kinderschritten, die kamen und gingen.

Dann trat Scott rauchend aus dem Haus, stieg bedächtig die Stufen zu mir herunter, lehnte sich an die Balustrade. Schwieg. »Und?«, durchbrach er schließlich meine Gedanken.

»Es sind tatsächlich keine zweihundert Seiten, aber ich halte es für das Beste, was du je geschrieben hast.« Noch einmal blätterte ich durch das Manuskript, hinterließ mit meinen Daumen feingerillte Graphitspuren auf dem Papier. »Dein Erzählstil ist brillant, hat etwas Filmisches, finde ich.«

»Habe ich es nicht immer gesagt?« Geschmeichelt setzte er sich neben mich in die untergehende Sonne. Das rötlich verfärbte Laub fiel wie sanfter Regen auf uns herab. »Fünfzigtausend Wörter, die der Welt einen neuen Sinn verleihen.«

»Die Charaktere sind noch etwas unscharf.«

Er nickte. »Gatsby bleibt weiterhin mein großes Problem. Ich kann mir einfach nichts Konkretes unter ihm vorstellen. Er trägt weiße Flanellanzüge, silberne Hemden und goldene Krawatten, aber er hat kein Gesicht.«

»Gib ihm einen Vornamen, das könnte helfen«, sagte ich und nahm einen Zug von seiner Zigarette. »Einige Abläufe sind auch unstimmig.«

»Was meinst du?«

»Im ersten Kapitel schreibst du zum Beispiel, dass Nick die Buchanans gleich nach dem Krieg besucht hat, die Hochzeit der beiden fand aber erst im Juni 1919 statt.«

»Fällt das auf?«

»Allerdings. Die Sache mit den Blumen auf Gatsbys Grundstück mutet auch seltsam an.«

»Oh«, stöhnte er, »mit den Pflanzen habe ich mir solche Mühe gegeben. Jonquillen, Weißdorn- und Pflaumenblüten, Vergissmeinnicht.«

»Klingende Namen, aber keine von denen blüht im August, in dem die Szene spielt. Im letzten Roman hast du es besser gewusst.«

»Da ist wohl mächtige Magie im Spiel, was?« Verlegen kratzte er sich am Kopf. »Gatsbys Liebe zu Daisy bringt die ganze Pracht wie durch ein Wunder zum Blühen.«

»Wäre eine Möglichkeit.«

Die Magie des Lebens. Das war es, wonach er strebte. Das war es, was schwarz auf weiß auf meinem Schoß lag. Ich betrachtete Scott von der Seite. Das Abendlicht legte sich weich über sein Gesicht, zeichnete die ersten sichtbaren Falten nach. In diesem Monat würde er achtundzwanzig Jahre alt. Die Zeit hinterließ Spuren, als würde sie der Jugend untreu. Hatten wir je damit gerechnet?

Ich schenkte den letzten Schluck Wein in das Glas und reichte es Scott. »Ich bin mir sicher, dass es am Ende ein wunderbares Buch wird.«

Während ich in den kommenden Tagen weitere Unstimmigkeiten im Manuskript markierte, brütete er über einer Kurzgeschichte für die *Saturday Evening Post*. Mit bittersüßer Ironie hielt er den amerikanischen Lesern einmal mehr unser Leben vor Augen und erzählte ihnen, wie man an der *Rivierra* mit fast nichts über die Runden kam. Genau wie sein Held Gatsby wusste sich Scott von einem Moment zum nächsten in einen fabelhaften Unterhaltungskünstler zu verwandeln. Genau wie dieser war er aber auch schon kurz darauf wieder durchdrungen von Einsamkeit.

Am frühen Mittwochmorgen, als sich das erste Mal ein seichter Nebelschleier durch den Garten wand und kühlere Luft zum Fenster hereinströmte, machte sich Scott schließlich voller Elan an die Überarbeitung seines dritten Romans. »Es kann losgehen, Zelda. Ich verspreche dir, dass es einige neue Wendungen geben wird.«

Mitte Oktober, kurz vor Scotties drittem Geburtstag, quartierte sich Ring Lardner einige Tage im Hôtel Continental ein. Er war auf der Durchreise zu den Stierkämpfen ins spanische Pamplona. Mit einem klapperigen Drahtesel, den er einem Fischer am Hafen für ein paar Francs abgeschwatzt hatte, kam er zu uns nach Valescure hinaufgefahren. Wie in glanzvollen alten Zeiten auf Long Island hielt er eine Flasche Johnny Walker in den Händen, als er über den Kiesweg stapfte.

»Vermisst man mich in New York?«, rief ich ihm erwartungsvoll entgegen.

»Die Stadt ist voller Wehmut. Die jungen Mädchen tragen Trauer und rufen nach dir.«

»Ich bin entzückt.«

Amüsiert deutete Scott auf sein Gefährt am Eingangstor. »Bist du noch immer ein so schlechter Automobilfahrer, du alte Eule?«,

»Ich verstehe nichts von den Dingern.« Ratlos zuckte der Sportreporter die Achseln und schob seine dicke Hornbrille ins Haar hinauf. »Mechanik und ich sind zweierlei.«

»Das macht dich zeitlos, Ring.« Ich lächelte in mich hinein. »Manchmal ist Beobachten besser als Eingreifen.«

»Ich werde dich bis in alle Ewigkeit verehren, Zelda, auch wenn ich deine kryptischen Äußerungen selten verstehe.«

Scott warf mir einen vielsagenden Blick zu. Mit den Eigenschaften ließ sich Eulenauge beschreiben, eine rätselhafte, doch weise

Figur. In Form dieses Charakters hatte Scott Ring in drei kleine Szenen hineingearbeitet und gedachte ihn mit dieser Widmung nach der Veröffentlichung zu überraschen. Es war ihm ein Bedürfnis, auf diese Art seinen Dank für Freundschaft auszusprechen. Jene Menschen, die ihm am Herzen lagen, hatten über die Jahre in einigen Werken eine Rolle gespielt.

Nach dem Dinner gingen wir gemeinsam ins Herrenzimmer, das jetzt in der Dämmerung betulicher denn je wirkte. Wie hatten wir es nur zwischen all den gerahmten Fotografien, die mürrisch auf den Regalbrettern herumquengelten, solch lange Monate aushalten können?

Ring, der gerade eine Sammlung seiner besten Kurzgeschichten bei Scribner's herausgebracht hatte, schob einen Papierstapel beiseite und setzte sich auf die Kante des wuchtigen Schreibtisches. »Drüben munkelt man, dass es in deinem Manuskript um den Zerfall des amerikanischen Traums geht.«

»Exakt, alter Knabe.« Scott schenkte uns den restlichen Sherry in die winzigen Kristallgläser und stellte die Flasche zwischen die anderen geleerten in die Hausbar zurück. »Es geht um kruden Materialismus und Enttäuschung.«

»Um leuchtende Cocktails«, warf ich ein.

»Um die geht es ja immer. Das Wort hat sich mittlerweile in ein Verb verwandelt.«

»Ich cocktaile, du cocktailst«, begann ich zu konjugieren.

»Wir cocktailen.« Scott schnaubte resigniert und sah zum Fenster hinaus. Auf dem rostigen Gartenzaun stimmte eine Amsel ihr melancholisches Abendlied an. »Genau genommen haben wir hier den Sommer der tausend Partys erlebt. Dieses endlose Feiern zerrt an mir.«

Ich wollte etwas erwidern, doch Scott hob in den verblassten Resten des Lichts die Hand und wandte sich mit ernster Miene an Ring. »Weißt du, was ich Lud vor einigen Wochen geschrieben habe? Dass ich traurig bin. Dass ich mich seit dem Scheitern des Stücks im vergangenen Jahr alt fühle. Das ist die ganze Last des Romans – der Verlust jener Illusionen, die der Welt eine solche Farbe verleihen, sodass es dir egal ist, ob die Dinge wahr oder falsch sind, solange sie nur an diesem magischen Ruhm teilhaben.«

Dann war der Herbst da. Wie ein grauer Seidenschal wehte er aus Paris herüber, legte sich sanft über den Süden und nahm der Küste ihr bezauberndes Leuchten. Die Vielfalt der Côte d'Azur schimmerte verhaltener, selbst das Repertoire an Gerüchen verharrte im Irgendwo. Das aufgeregte Flattern der Adoleszenz verlor sich im gleichen Maße wie die hitzigen Jazztöne in den unzähligen Bars. Saint-Raphaël erschien mir plötzlich nur noch wie eine beliebige Stadt, in der wir älter geworden waren.

Nachdem Scott in Nizza mehrere Typoskripte hatte anfertigen lassen, schickte er Ende Oktober jeweils ein in dickes Packpapier verschnürtes Exemplar an Harold Ober und Max Perkins.

»*Der große Gatsby* ist auf dem Weg«, sagte ich feierlich, als wir mit Scottie an den Händen die ausgetretenen Steinstufen des Postamts hinuntergingen.

»Was hältst du von *Goldhütiger Gatsby*? Immerhin stelle ich dem Roman einige Zeilen meines heiß geliebten Denkers voran.« Ein abgespanntes Lächeln glitt über sein Gesicht. »Ich habe Perkins gebeten, nach dem Lesen über den Titel nachzudenken.«

»Thomas Parke D'Invilliers mag eine grandiose Erfindung sein, aber nein, das ist keine gute Idee.« Kopfschüttelnd wollte ich noch etwas hinzufügen, doch Scott schien bereits mit anderen Themen beschäftigt. »Hörst du mir überhaupt zu, du Träumer?«

»Dies ist ein merkwürdiger Moment.« Gedankenverloren drehte er sich noch einmal um und schaute die helle Sandsteinfassade hinauf, in deren Giebel eine riesige Uhr prangte. Die Zeiger waren stehen geblieben. »Ich fühle mich leer.«

Zögernd trat ich an ihn heran und gab ihm einen flüchtigen Kuss auf die Wange. Seine Haut war glatt rasiert und roch nach dem After Shave, das ich ihm kurz nach unserer Ankunft von meinem Casinogewinn in Monte Carlo gekauft hatte.

»Vielleicht ist die Story nicht gut genug.« Verlegen nahm er seinen dunklen Fedora ab und strich sich durchs Haar. »Welche Chance habe ich denn noch als Schriftsteller, wenn ich das jetzt in den Sand setze?«

»Scott, du hast keinen Grund zum Zweifeln.«

»Das hoffe ich«, erwiderte er.

Der November nahte. Wie die Zugvögel hatten sich alte und neue Freunde in die Welt aufgemacht. Einige von ihnen überwinterten in Venedig, andere in London oder Berlin.

Die Murphys hatten ihr Pariser Quartier bereits vor Wochen aufgesucht. Auch für uns hieß es nun Abschied nehmen, allen Angestellten zu kündigen und die azurblau gestrichenen Fensterläden der *Villa Marie* endgültig zu schließen. Ein letztes Mal schritt ich durch alle Zimmer, kontrollierte, ob wir auch wirklich keines unserer vielen Gepäckstücke vergessen hatten. Ich sah nichts als Erinnerungen, gute und weniger gute; verspürte jedoch auch Melancholie. Die Zeit würde verstreichen, Wochen, Monate, Jahre vielleicht, und erst dann konnte man wissen, ob man gern an sie zurückdachte.

Bevor wir nach Rom reisten, zogen wir noch einmal für einige Tage ins Hôtel Continental, damit Scott die Ruhe fand, eine weitere Kurzgeschichte zu schreiben. Wir benötigten Geld. Kurz vor dem Dinner kritzelte er plötzlich einige Notizen auf einen Bogen Briefpapier, steckte sie in einen Umschlag und warf sich seinen Mantel über.

»Was hast du vor?« Verwundert sah ich von meinem Tagebuch auf und legte den Stift zur Seite.

»Ich bin mit der Mitte des Buches nicht zufrieden und habe Max geschrieben, dass ich Kapitel sechs und sieben komplett umschreiben werde.« Er wand sich den langen blauen Schal um den Hals. »Außerdem habe ich noch ein paar Titelvorschläge.«

»Aus dir werde einer schlau.«

»*Trimalchio in West Egg* klingt gut, vielleicht auch einfach *Trimalchio*.«

Energisch winkte ich ab. »Zu kompliziert. Da gefiel mir *Auf dem Weg nach West Egg* besser.«

»*Goldhütiger Gatsby* und *Der hochspringende Geliebte* sind jedenfalls aus dem Rennen. Sie erscheinen mir zu leicht, zu nichtssagend, oder?«

Die Kleine und ich standen oft hinter dem großen Panoramafenster im Speisesaal und schauten in den wolkenschweren Himmel hinaus. Sie trug ihren Lieblingspullover mit dem viktorianischen Muster, ich war mir sicher, dass Miss Maddock ihr zum Abschied eine Handvoll britischer Weltanschauungen hineingestrickt hatte. Sofern die Nanny im Frühjahr keiner weiteren Beschäftigung nachginge, würden sich die beiden wohl in Paris wiedersehen, aber bis dahin wollte ich meine Familie für mich allein haben. Nur mein Mann, meine Tochter und ich. Obwohl Scott anderer Meinung gewesen war, setzte ich mich mit diesem Wunsch bei ihm durch. Ich hatte eine wichtige Entscheidung getroffen, die uns alle betraf, und in jenem Moment wusste ich, dass dieser Schritt nur der erste von vielen war. Ich würde etwas ändern. Ich würde mich ändern.

Die Leute sagten, ein Mistral kündige sich an. Das Meer färbte sich bleigrau, und wenn man genau hinhörte, wurden die verheißungsvollen Geräusche des Südens stetig langsamer. Die Töne rutschten Oktaven tiefer, paktierten mit dem Trübsinn. Verharrten schließlich in der Stille.

DRITTER TEIL
ITALIEN, 1924/25

*Let's stay – maybe the magic
will come back.*

Zelda Fitzgerald

KAPITEL 1

Hotel Quirinale
Via Nazionale
Rom, Italien

18. November 1924
Lieber Scott,
ich denke, der Roman ist ein Wunder. Ich nehme ihn mit nach Hause, um ihn noch einmal zu lesen und meine Eindrücke dann in vollem Umfang zu schildern – aber er besitzt in außergewöhnlichem Maße Vitalität und Glamour und eine Menge zugrunde liegender Gedanken von ungewöhnlicher Qualität. Mitunter weist er eine Art mystischer Atmosphäre auf, von der auch Teile des ›Paradieses‹ durchdrungen waren und die Sie seitdem nicht mehr verwendet haben. Es ist eine wunderbare Verschmelzung der seltsamen Missverhältnisse des heutigen Lebens zu einer einheitlichen Darstellung. Und was die sprachliche Gestaltung betrifft, sie ist erstaunlich.

Meine Glückwünsche!
Ihr Max

Scott lief mit dem Brief zwischen geöffneten Schrankkoffern und achtlos hingeschmissenen Kleidungsstücken in der Suite umher und las ihn mir zum dritten Mal vor. »Ein Wunder, Zelda«, rief er stolz. »Mein Roman ist ein Wunder.«

Ich stand rauchend neben den Vorhängen und schaute aus der dritten Etage auf das nass glänzende Kopfsteinpflaster hinunter.

»Dann lass ein weiteres geschehen und uns endlich aus dieser Flohkiste verschwinden. Diese Viecher nerven.«

»Darling, wir leben hier in der Alten Welt«, versuchte er mich zu besänftigen. »In diesem Haus atmet der Geist des neunzehnten Jahrhunderts. Und wer von unseren Freunden kann schon behaupten, einen Privateingang zum Opernhaus nebenan zu haben?«

»Wer von denen kann behaupten, schon einmal eine römische Flohsaison erlebt zu haben?« Die lange Fahrt steckte mir immer noch in den Knochen; auch die traurigen Gedanken, als wir hinter Menton über die Grenze fuhren und das Land meiner romantischen Illusionen verließen, hatte ich unterschätzt. Müde deutete ich auf das vergoldete Filigran des Lüsters unter der Decke, das von schwarzen Punkten übersät war. »Ich ekle mich, Goof.«

»Wir beide haben schon eine ganze Menge in Hotels erlebt, nicht wahr?« Aufmunternd schenkte er einen großen Schluck rubinroten Corvo in einen geriffelten Glaskelch und reichte ihn mir. »Weißt du noch, als wir uns mit der ganzen Bande im Commodore eine halbe Stunde lang in der Drehtür vergnügt haben? Oder im O. Henry in Greensboro? Das Personal sagte, dass wir nicht die gleichen weißen Knickerbocker tragen dürften.«

»Das Wasser kam wie roter Schlamm aus den Leitungen.«

»Im Saint James & Albany haben wir das Zimmer mit einem ungegerbten Ziegenfell aus Armenien verdorben.«

»Ja, es hat entsetzlich gerochen.« Ich musste lächeln. »War es dasselbe Hotel, in dem die Eiscreme nicht schmelzen wollte?«

»Wir haben sie vor das Fenster gestellt und uns die Zeit in der Lobby mit unschicklichen Postkarten vertrieben.«

Traymore, Claridge's, das ehrfürchtige Royal Danieli in Venedig – endlos konnten wir die Häuser mit unseren Erlebnissen füllen. Hätte ich jetzt eingeworfen, dass wir in den meisten von ihnen die Nächte hindurch an Geschichten gearbeitet hatten, die unter Scotts Namen veröffentlicht worden waren, wäre nicht nur dieser

Aufheiterungsversuch, sondern auch sein Hochgefühl verflogen. Wir durften nicht schon wieder streiten, diese heftigen Auseinandersetzungen mussten ein Ende haben. Also sagte ich: »Wir waren schwanger.«

»Und wir werden es schon bald wieder sein, Darling«, flüsterte er mir ins Ohr.

»Ich freue mich darauf.« Obwohl ich mir schon längst nicht mehr so sicher war, verkündete ich den Satz mit einer Überzeugung, die mich selbst erstaunte.

Nachdenklich stieß ich den Zigarettenrauch in die Luft. Ja, ich wollte ein zweites Kind haben. Das Problem daran war der praktische Teil. Seit jener Angelegenheit hatten Scott und ich nicht mehr miteinander geschlafen. Ich wusste, dass ich nie wieder mit ihm zusammen sein könnte, ohne an Jozan zu denken. Mein Herz war in wilder Unordnung. Ich steckte tief in einem Interessenskonflikt, aus dem ich keinen Ausweg fand. Was wollte ich? Was sollte ich? Auf diesem großen, weiten Kontinent gab es keine Menschenseele zum Reden, niemandem konnte ich meinen Kummer anvertrauen, schon gar nicht Scott, und an manchen Tagen begann ich mich nach den vertrauten Gesichtern Montgomerys zurückzusehnen, nur um nicht allein zu sein. Vielleicht verloren die Orte der Kindheit, in denen sich die Langsamkeit irgendwann nur noch apathisch durch den Straßenstaub gewälzt hatte, doch nicht ihre Gültigkeit.

Ich schaute zu unserer Tochter. Die Kleine lag schlafend auf den zerwühlten Laken, die auf einer Seite zwischen den Gitterstäben des Kinderbettchens hinunterhingen. Den Daumen im Mund. Sie sah wunderbar rosig aus. »Ist sie nicht das reizendste Geschöpf überhaupt?«

»Gleich nach dir.«

Scott faltete den Brief von Max auseinander und überflog die Zeilen noch einmal. Ich beobachtete sein Spiegelbild in dem wuchtigen Goldrahmen über der Kommode. Er wirkte so glücklich wie in jenem heißen Spätsommer 1918, als ich sein Mädchen wurde. *Du und ich gegen den Rest der Welt.* Vielleicht hatten wir beide zu viel von der Liebe verlangt. Vielleicht waren wir aber auch einfach zwei Menschen, die sich mit der Liebe nicht auskannten.

Wir tranken eine Menge an diesem Abend. Während in der Suite nebenan Puccinis *Tosca* aus dem Victrola dröhnte und eine tiefe Männerstimme mit russischem Akzent die Arien in den falschesten Tönen mitschmetterte, entkorkten wir zwei Flaschen Wein und diskutierten über das Leben, über die Möglichkeiten, die schon bald nach der Veröffentlichung des Buches zum Greifen nah schienen. Eine Villa, mondän wie die von Gatsby. Ein Automobil, schnell wie das von Gatsby – in gewisser Weise saßen wir fest in diesem Liebesroman, in dem es doch weniger um große Gefühle als um Reichtum ging. Klang Daisys Stimme nicht zuletzt auch deswegen nach Geld? Drei Akte und viele Illusionen später griff Scott zu dem goldenen Telefon mit der geschwungenen Gabel und orderte beim Zimmerservice eine weitere Flasche Corvo.

»Wir sollten mit dem Trinken aufhören.« Ich leerte den nächsten Kelch in einem Zug und spürte die Gleichgültigkeit warm in meine Venen strömen.

»Rosalind und Gloria habe ich erfunden, weil sie so leichtsinnig und verschwendungssüchtig sind wie du. Woher die plötzliche Moral, Zelda?«

»Weil ich schöner und verdammter bin?«

»Gottverdammt, das bist du.«

»Und Daisy? Was ist mit ihr?«

Er sah durch mich hindurch, sortierte offensichtlich seine Gedanken. »Daisy Buchanan ist die Frau, die an die Seite ihres Mannes gehört.«

»Manchmal weiß ich nicht mehr, was ich von der Liebe halten

soll.« Ich setzte mich auf das schmale Fenstersims und sagte herausfordernd: »Wie siehst du das?«

»Irgendwann kommt ein Schriftsteller an einen Punkt, an dem er keinen Sinn mehr für Romantik hat.«

»Hast du ihn erreicht?«

Er schnaubte. »Wenn die Dreißig naht, verändern sich die Dinge. Alles beginnt zu rasen, man rennt und rennt und dann ...«

»Wie lange können wir noch mit unserem eigenen Tempo mithalten?«

»Gute Frage.«

Beide hoben wir unsere Gläser, tranken und hingen einen langen Moment den eigenen Vorstellungen nach. Es kam mir vor, als blätterten wir durch die Seiten seines Romans. Lasen von Eifersucht, Bosheit und Stigmatisierung, aber auch von Toleranz, Hoffnung. Empfindsamkeit.

»Der alte Knabe heißt Jay«, stieß er plötzlich hervor. Dann lehnte er sich in dem knarzenden Bugholzstuhl zurück und streifte die Oxfords von den Füßen. »Jay Gatsby. Was sagst du dazu?«

»Eine Abkürzung für James?«

»Könnte sein.« Sein mittlerweile betrunkenes Lachen hallte durch das Zimmer. »Könnte aber auch nicht.«

Schlagartig wurde mir klar, dass der Name für unser amerikanisch ausgesprochenes J stand. J wie Jozan. Ein perverser Einfall, und doch passte er zu Scott. Unangenehm berührt zog ich die Beine dicht an mich heran und lugte durch den geöffneten Fensterspalt, griff den Riegel und stieß die Flügel weit auf. Alles in meinem Kopf drehte sich vom Alkohol. Wir schwiegen erneut. Ein Durcheinander von Regenschirmen schob sich die Stufen des gegenüberliegenden Gebäudes hinunter. Fahle Lichtkegel schnitten sich suchend durch die Dunkelheit, Automobile hupten, fuhren davon. Wieder einmal wollte ich mich einfach in die Tiefe fallen lassen. Im Schwarz der Nacht verschwinden.

»Jay!« Aus dem Nichts stemmte sich Scott gegen die lärmende Geräuschkulisse unten auf der Straße, klang dreckig. Griff mich brüsk am Gürtel meiner Strickjacke und zerrte mich auf seinen Schoß. Atmete schwer. »Wir beide wissen, dass Dinge passiert sind, die niemals wieder gut werden.«

»Lass mich los, Scott. Du tust mir weh.«

»Würde Myrtle sich je so äußern? Nein, würde sie nicht.« Er küsste mich grob auf den Mund. Seine Hände schoben meinen Rock hinauf, glitten gehetzt über die metallenen Schließen meiner Strumpfhalter. »Sie macht alles, was Tom Buchanan ihr sagt.«

Ich ließ es geschehen. Es waren kurze harte Stöße, begleitet von Keuchen. Seinem Stöhnen. Finger, die sich fest in meine Schenkel bohrten. Ich ertrug es. Es war nicht schlimm. Ich lag im hohen, vom Wind gekämmten Gras, und die Sonne schien. *Ich bin verdammt gern in dir, weißt du das?* Mein Körper gehörte nicht zu mir; ich hatte mich von ihm gelöst, war frei und unbeschwert. Danach kauerte ich auf dem Parkett.

Scott knöpfte seine Hose dicht vor meinem Gesicht zu. »Das hättest du schon viel eher gebraucht.«

In jenem Moment hasste ich mich mehr als ihn. Ich hatte kein Zeitgefühl, kein Schmerzgefühl, kein Gefühl für irgendwas, lauschte nur dem gleichmäßigen Regen, einem weißen Rauschen. Irgendwann schloss ich das Fenster, ging mit zitternden Knien ins Bad und wusch mich. Ließ mir endlos lang kaltes Wasser über die Wangen laufen. Niemand sollte meine Tränen sehen. Sie schmeckten salzig.

Als wir in jener Nacht das Licht löschten und die Fremdartigkeit sich wie ein glatter, kühler Fels zwischen uns ins Bett drängte, wusste ich, dass meine Affäre, die doch insgesamt nur fünf Wochen angedauert hatte, unser beider Leben auf ewig verändern würde. Natürlich konnte ich damals nicht wissen, dass ich weitere fünf Jahre brauchen sollte, um über Jozan hinwegzukommen, um seinen Namen auszusprechen, ohne dass es mir das Herz verschnürte.

Der verwehrte Blick in die Zukunft war das einzig Gewisse, an dem die Menschheit festhalten konnte. Und das war besser so.

Noch in den frühen Morgenstunden schlug der Regen gegen die Glasscheiben. Es war ein bedrohliches Hämmern, das mir immer tiefer in die Glieder fuhr. Frierend zog ich die dünnen Baumwolllaken um mich, dachte an die Flöhe. Ich öffnete nicht die Augen, als Scott aufstand. Auch als ein Page den Wagen mit dem Frühstücksservice hereinrollte und der wunderbare Duft des frisch aufgebrühten Kaffees durch die Luft strömte, stellte ich mich absichtlich schlafend. Das Flüstern der Männer war mir gleichgültig.

Nachdem Scott eine ausgiebige Dusche genommen hatte und der heiße Wasserdampf in jede Ritze des Zimmers gekrochen war, hörte ich ihn mit dem Geschirr hantieren. Schließlich setzte er sich an meine Bettkante. Der saubere, unschuldige Geruch der Kernseife erzeugte Widerwillen in mir.

»Aufwachen, Schlafmütze«, sagte er munter. »Wusstest du, dass die Mutter von Marion Crawford in diesem Hotel gestorben ist? Die Mädchen haben danach alles mit Zeitungspapier auslegen müssen. Klingt schaurig, oder?«

»Ich habe Bauchschmerzen«, presste ich hervor.

Sogleich verdüsterte sich sein Gesichtsausdruck. »Ich war betrunken. Es ... es tut mir leid«, stammelte er verlegen und reichte mir eine zierliche Porzellantasse auf einem Untertellen. »War ich zu heftig?«

»Du liebst mich nicht.«

»Nichts auf der Welt liebe ich mehr als dich, Darling.« Unsicher streichelte er über meine Wange. »Du bist das Schönste und Beste und Einzigartigste, was mir je passiert ist.«

»Ach, lass mich in Ruhe!«, stieß ich aus und schleuderte den Kaffee zu Boden.

»Kein Grund, hysterisch zu werden.« Blitzartig schnellte er hoch.

Die Kleine wachte auf und fing an zu weinen. »Wo ist Nanny? Ich will, dass Nanny zurückkommt.«

Scott stieg über die Scherben hinweg. »Alles mache ich falsch.« Mutlos zuckte er die Achseln, nahm Mantel und Hut vom Haken und ließ die Tür hinter sich ins Schloss fallen.

Ich lauschte seinen dumpfen Schritten, die sich auf den dicken Flurteppichen rasch entfernten, und wünschte, dass alles gut wäre. Dass alles so magisch wäre, wie ich es in meinen unzähligen Briefen an den jungen Offizier F. Scott Fitzgerald beschrieben hatte. Konnte man die Zeit nicht einfach zurückdrehen und noch einmal von vorne beginnen? Wo war unsere Vergangenheit geblieben? Nie hatte ich mich einsamer gefühlt.

Fahrig spülte ich zwei Schmerztabletten mit einem kalten Schluck Kaffee aus Scotts Tasse hinunter und kümmerte mich um die Kleine. Wusch sie, kämmte ihr blondes Haar. Zog ihr das Ausgehkleidchen mit der Schleife an, das sie am liebsten trug. Ich tat alles, was eine gute Mutter tun musste. Als sie zufrieden mit einem Bilderbuch auf der Chaiselongue saß und an ihrem mit Schinken belegten Panino kaute, entdeckte ich unter einem Haufen schmutziger Hemden Scotts Ledger. Ohne bestimmten Grund holte ich es hervor und blätterte in den Seiten herum. Sah die Liste seiner Werke, die Honorare, die er mit den Geschichten einnahm. Vorschüsse, Tantiemen. Akribisch aufgeführte Pläne. Daran anschließend die alltäglichen Notizen, seine Gedanken und Beobachtungen in chronologischer Abfolge. *Die große Krise. Zelda und ich wieder nah. Besuch von Ring im Oktober.* Und dann: *Josanne das letzte Mal gesehen.* Mir blieb das Herz stehen. Vollkommen perplex starrte ich auf die Zeilen. Jozan war noch einmal in Saint-Raphaël gewesen? Und er hatte mich nicht sehen wollen? Ich ging zum Fenster, schaute in den kieselgrauen Himmel, der schwer auf Dächer und Schornsteine hinabsank, seine Tristesse noch in die Pfützen tauchte. Alles wirkte seltsam bleich und ausgelaugt. Minutenlang dachte ich nach. Ich kam zu keinem Ergebnis, war verwirrter denn je. Nun fühlte sich alles noch schlimmer an als zuvor.

Nachmittags gegen vier kehrte Scott durchnässt in unsere Suite zurück. Das Wasser tropfte aus seinem Mantel und bildete eine Lache auf dem Parkett. »Geschenke für meine Frauen!«, rief er und schwenkte einen flachen, hochglänzenden Karton sowie ein Paar leuchtend roter Gummistiefel durch die Luft.

Die Kleine war entzückt und streckte ihrem Vater die kurzen Beinchen entgegen. »Anziehen!«

Er streifte ihr die Schuhe über und beobachtete, wie sie stolz durch das Zimmer marschierte. Dann reichte er mir mit einer angedeuteten Verbeugung meine Überraschung. »Pack es aus, mein Schatz.«

»Was ist es?«

»Eine Entschuldigung. Manchmal bin ich ein furchtbarer Dummkopf«, sagte er durchdrungen von Schuldgefühlen, von Demut. Er küsste mich auf die Stirn, roch nach Alkohol. »Du bist warm. Hast du Fieber?«

»Vielleicht bekomme ich eine Erkältung.«

»Dieser Regen ist eine Schande, er bekommt uns allen nicht.«

Vorsichtig zupfte ich die Enden der blassvioletten Taftschleife auseinander, hob den Deckel an und sah eine kostbare, äußerst geschmackvolle Silberfuchsstola darin liegen.

Ergeben legte Scott sie mir um die Schultern. »Ich liebe dich, Zelda.«

»Ja«, sagte ich mechanisch und strich mit beiden Händen über das weiche Fell, die Pfoten. »Ich liebe dich auch.« Welche Wahl hatte ich?

Am Mittag des nächsten Tages saßen wir im verblichenen Smaragdgrün des Speisesaals. Vor den Fenstern verzwirbelten Radiatoren die vertrockneten Palmwedelspitzen zu kunstvollen Gebilden. Scott und die Kleine aßen Pasta cacio e pepe. In mich gekehrt rauchte ich eine Zigarette und blies den Qualm unter den verstaubten Kristallleuchter. Wie viele Geschichten unglücklicher Menschen sich dort oben wohl bereits verfangen hatten?

»Möchtest du wirklich nichts essen, Darling?«

»Danke. Ich habe keinen Appetit.« Allein der Gedanke an Essen verursachte Übelkeit in mir.

»Ist dir aufgefallen, dass sich die britischen Botschafter noch öfter kratzen als wir?« Mit einer verschwörerischen Geste deutete er zum Nebentisch. »Diese Flöhe hüpfen wahrscheinlich auch unter den Scheitelkäppchen der Kardinäle herum.«

»Wir sollten umziehen, Goofo.« Unauffällig drückte ich eine Hand auf den Bauch. Mir war heiß, meine Haut mit winzigen Schweißperlen benetzt.

Ein Ober in einer taubeneiblauen Livree erschien mit einem polierten Silbertablett und reichte Scott den darauf liegenden Eilbrief.

»Bringen Sie mir einen doppelten Brandy«, bat ich matt.

»Sehr wohl, Signora.«

»Ah, der ist von Max.« Freudig schob Scott seinen Teller zur Seite und riss den Umschlag auf. »Das ging wahrlich schnell.«

Während er die Zeilen überflog, trank ich den holzig schmeckenden Weinbrand in kleinen Schlucken. Tröstlich durchströmte er meinen Körper und machte die Schmerzen erträglicher.

Wiederholt nickte Scott beim Lesen. »Ich habe die richtige Methode gewählt, um die Geschichte voranzubringen. Max stimmt mir zu, einen Erzähler zu verwenden, der eher Zuschauer als Handelnder ist.«

»Dieses magische Drinnen und Draußen, das mir die grenzenlosen Erfahrungen des Lebens ermöglicht«, versuchte ich seine Worte vage zu zitieren.

»Was hältst du von unerschöpflicher Vielfalt und Verzauberung? Aber ja, so ungefähr lautet der Satz.« Er lachte gelöst. »Und die Augen von Doktor T. J. Eckleburg findet er klasse.«

»Sie machen ja auch gewaltigen Eindruck.« In meinem Kopf begann es zu schwanken. Das Gefühl erinnerte mich an eine Schiffsschaukel auf dem Jahrmarkt, verursachte Unbehagen, doch ich versuchte es tapfer zu ignorieren und seinen Ausführungen zu folgen.
»Was schreibt er noch?«
»Zwei Kritikpunkte. Beide betreffen Gatsby.« Raschelnd wandte er die Seiten hin und her. »Seine Konturen sind zu blass, und er schlägt vor, ein paar Feinheiten einzubauen, die verdeutlichen, dass er irgendwelchen mysteriösen Tätigkeiten nachgeht.«
»Das hatte ich dir auch geraten.«
»Kluges Kätzchen«, sagte er, ohne aufzuschauen. »Max schreibt, Tom Buchanan würde er meiner Darstellung nach wiedererkennen, wenn er ihm auf der Straße begegnete, und ihm aus dem Weg gehen.«
»An der Sache ist etwas dran.«
»Trotz der Mängel bescheinigt er der brillanten Qualität des Textes aber schon jetzt Ewigkeitscharakter.« Selig drückte er den Brief an die Brust. »Ich prophezeie dir, dass Scribner's mindestens 80 000 Exemplare verkaufen wird. Pass auf, Zelda, in wenigen Wochen sind wir reich.«
Scott war fasziniert von Perkins' Brief. Offenbar hatte der Lektor wieder einmal den richtigen Nerv bei ihm getroffen, seine Einwände wohldosiert in das überschwängliche Lob gebettet. Seit Anbeginn ihrer Freundschaft hatte dieser Mann mit seiner ruhigen, überlegten Art das Beste aus Scott herausgeholt. Gleich einem Wasserfall redete er nun über Szenen, die er umschreiben wolle, lebhafte Charaktere, die es zu gestalten galt. Er klang wahnsinnig euphorisch. Doch seine Stimme wurde leiser, sie wurde dünn wie ein Bindfaden, immer dünner. Mit letzter Kraft versuchte ich mich daran zu klammern, wollte irgendetwas halten. Greifen. Dann war alles schwarz.

KAPITEL 2

»Ihre Frau hat eine schwere Kolitis.«

»Was für schreckliche Nachrichten, Herr Doktor. Wird sie wieder ganz gesund?«

»Eine Dickdarmentzündung ist keine leichte Sache. Wir werden sie einige Wochen im Hospital behalten, bis sie sich von der Operation erholt hat.«

»Wie kommt es zu dieser Krankheit?«

»Soweit wir wissen, kann sie durch einen Virus oder eine Infektion verursacht werden. Signore Fitzgerald, wir haben während des Eingriffs auch eine Menge Narbengewebe entfernen müssen. Ihre Frau hat mindestens eine Abtreibung durchführen lassen.«

»Sie würde jetzt gern wieder schwanger werden.«

»Möglicherweise ist Ihre Frau unfruchtbar. Sehen Sie, wenn der Uterus und die Ovarien –«

»Danke, Herr Doktor. Ich weiß jetzt schon mehr, als ich wissen wollte.«

Die Worte schwebten im Raum, verformten sich zu kleineren und größeren Rechtecken, die auf mich herabsanken und wie glasiger Schnee auf meiner Bettdecke liegen blieben. In meinen Gehirnwindungen drängten sich Wattebäusche dicht aneinander. Waberten. Wuchsen. Alles dröhnte. Ich wollte über die Worte nachdenken. Der beißende Geruch des Äthers stach mir in die Nase. Müdigkeit. *Wenn dein Tag in meinen gleitet ...* Die Worte. Worüber wollte ich nachdenken?

*

Zwei Wochen später. Scott besuchte mich nachmittags täglich eine Stunde im Ospedale San Giovanni auf der Tiberinsel. Anfangs hatte er nur besorgt an meinem Bett gesessen, die Lippen fest zusammengepresst, mir die Hand gehalten. Der helle Vorhang ringsherum teilte sich ab und an mit einem klirrenden Geräusch der Metallringe, und ich sah die Schwestern in ihrer Ordenstracht vorbeihuschen. Sie schienen nie zu reden. Mittlerweile durfte ich den vollbelegten Krankensaal verlassen und über die langen Flure spazieren. Scott und ich standen im Südflügel und schauten über den schlammigen, nur zäh vorankommenden Fluss hinweg auf die grünliche Kuppellandschaft der unzähligen Kirchen Trasteveres.

»Früher hat man in diesem Haus die Pestkranken untergebracht.« Im Hintergrund bimmelte ein zartes Sterbeglöckchen in seine Stimme hinein.

»Ein weiterer Grund, diesen Ort endlich zu verlassen. Was hat dir der Doktor gesagt? Wann kann ich gehen?«

»Der hat einen so starken Akzent, dass man ihn kaum verstehen kann«, klagte er. »Die Italiener sprechen ein noch schlechteres Englisch als die Franzosen.«

Ich lächelte bemüht, die lange Narbe auf meinem Bauch schmerzte. Mit dickem schwarzem Faden vernäht zog sie sich vom Bauchnabel eine Handbreit abwärts und verheilte nur langsam.

»Wahrscheinlich wirst du zum Ende der Woche entlassen.« Er küsste mein Haar. »Scottie vermisst dich. Das arme Ding fragt von morgens bis abends nach dir. Aber diese *governante* scheint sie ganz gern zu haben.«

»Gib ihr einen dicken Kuss.«

»Auf keinen Fall«, amüsierte er sich. »Giovanna hat einen Oberlippenbart wie ein portugiesisches Flintenweib.«

»Scott, bitte.«

»Und ich habe noch immer keine Ahnung, wie Gatsby aussieht.«

»Was hältst du davon, wenn ich demnächst ein paar Zeichnungen anfertige? Ich hatte dir doch auch einige Ideen für *Die Schönen und Verdammten* skizziert. Weißt du noch? Die Frau, die im Cocktailglas badete.«

»Na, das Cover werde ich nie vergessen.« Wissend hob er eine Augenbraue. »Also, wenn du Lust hast …«

»Gern«, antwortete ich, doch schon im nächsten Moment schlug ich die Hände vors Gesicht und fing zu weinen an.

»Was hast du denn, Darling?« Unbeholfen wischte er mir die Tränen von der Wange.

Ich zögerte, fasste mir schließlich ein Herz. »Werde ich noch Kinder bekommen können?«

»Aber natürlich.« Scott atmete tief durch und schaute in den Regenhimmel hinauf. Ich folgte seinem Blick. Die Aussicht war nie trüber gewesen. »Natürlich wirst du das.«

Wenige Tage nach meiner Entlassung mieteten wir für umgerechnet fünfhundertfünfundzwanzig Dollar im Monat ein Zimmer im Hotel des Princes nahe der Spanischen Treppe. Es war weniger feudal als das Quirinale, doch als die Flöhe über die Bettlaken zu krabbeln begannen, hatte ich endgültig genug gehabt und auf eine neue Bleibe gedrängt.

»Kleinere Räume, papierdünne Wände, dafür haben wir einen wunderbaren Blick auf das Haus von John Keats.« Zufrieden wickelte Scott die Kordel mit der fransigen Quaste um den Samtvorhang, schob den Schreibtisch mit einem scharrenden Geräusch unter das Fenster und begann seine Bleistifte zu sortieren. »Eine anregendere Kulisse kann sich ein Literat nicht wünschen.«

»Gleichziehen oder besser machen.«

»Hört, hört! *La Belle Dame sans Merci*.«. Er lachte leise. »Die Ballade habe ich nie treffender anführen können.«

»Ich hätte schon viel eher quengeln sollen.« Flüchtig warf ich einen Blick auf die schmale, verwitterte Fassade des Eckgebäudes, das scheinbar auch an Regentagen Scharen neugieriger Touristen anzog. Einige legten Blumen auf den Stufen vor der Eingangstür nieder. »Meinst du, dass diese vielen Menschen dort drüben alle irgendwann mal einen Roman schreiben wollen?«

»Was für eine scheußliche Vorstellung. Manchmal denke ich, dass es schon jetzt mehr Schriftsteller als Kohlenhändler auf der Welt gibt.«

Die Kleine hüpfte übermütig auf dem Damastsessel mit den geschnitzten Löwentatzen herum und sang ein Kinderlied, das sie von Miss Maddock gelernt haben musste. Ihr Gesicht war mit leuchtend roten Flohbissen übersät, auf die wir mehrmals täglich eine übel riechende Tinktur aus der Apotheke tupften.

»Ob ich mich bei diesem Getöse ausreichend konzentrieren kann?« Stirnrunzelnd betrachtete Scott seine Tochter. »Der Text muss dringend noch einmal überarbeitet werden. Ich habe ein paar größere und tausend kleine Korrekturen.«

»Schickst du Perkins ein weiteres Typoskript?«

»Nein, die Änderungen gehen alle in die Druckfahnen, die demnächst mit der First-Class-Mail kommen. Mr. Scribner möchte das Buch definitiv im Frühjahr publizieren, also haben wir Zeitdruck.«

»Und enorme Kosten«, wunderte ich mich.

»Wahrscheinlich wird das die teuerste Angelegenheit seit *Madame Bovary*.« Er zuckte die Achseln. »Ich habe Max angeboten, die Summe zu übernehmen. Hauptsache, es wird gut, oder?«

»Wenn du das meinst.«

»Verkauft sich das Buch, werden auch meine Kurzgeschichten höher gehandelt. Diese Arbeit ist eine Investition in die Zukunft.«

Wieder schaute er zu der tobenden Kleinen und seufzte.

»Mach dir keine Gedanken«, nahm ich ihm die Sorge. »Ich kümmere mich um Scottie. Du wirst hier in Ruhe arbeiten können.«

»Schaffst du das alles?«

»Warum denn nicht?«

»Ach, Darling. Wenn ich dich nicht hätte.«

Tatsächlich fühlte ich mich täglich ein Stück besser. Ich war wieder in der Lage, essen zu können, was mir schmeckte. Aber ich achtete auf kleine Portionen. Im Hospital hatte ich an Gewicht verloren, sodass meine Wangenknochen nun wieder so kantig waren wie in den Jahren vor der Schwangerschaft. Abgesehen von meinen Augen, die ihr Strahlen noch nicht wiedergefunden hatten, mochte ich mein äußerst schlankes Dasein. Die Mode, davon war ich fest überzeugt, würde die Taillen weiterhin sinken lassen; und ich näherte mich dem androgynen Ideal, das Maß aller Dinge für eine Frau wie mich, ohne eines dieser unbequemen neuartigen Korsetts tragen zu müssen. Viele von uns verschnürten sich, als lebten wir noch immer in den Moralvorstellungen der Belle Époque – wir interpretierten sie bloß neu. War das nicht ein großer Fehler?

Während Scott dem Schreiben nachging, erkundeten die Kleine und ich das englische Ghetto rund um die Piazza di Spagna. Es regnete beinahe jeden Tag, und der Dezember wehte eine zusätzliche kühle Brise vom Meer in die Ewige Stadt hinein. Mit dicken Wollschals, die wir uns bis über die Nasenspitzen zogen, schlenderten wir zwischen wundervollen alten Häusern durch die Gassen Roms. Bestaunten an dicht aneinandergedrängten Marktständen die zu leuchtenden Pyramiden aufgestapelten Orangen, die bunte Pracht der Blumenverkäufer. Wenn uns kalt wurde, wärmten wir uns die Hände am Kohlebecken eines zahnlosen Alten, der glasierte Maronen in spitz zusammengerolltem Zeitungspapier verkaufte. Einmal blieb Scottie vor einem rostigen Vogelkäfig stehen, der an einem langen Seil befestigt von einer Eisenstange herabbaumelte. Die Singvögel darin wirkten so traurig. Mit dick aufgeplustertem Gefieder schienen sie nur auf die Freiheit zu warten. Was würde wohl passieren, wenn ich die Tür öffnete? Würden sie fliegen? Verängstigt die Nähe zueinander suchen? War es nicht tragisch, ständig der Macht anderer ausgeliefert zu sein?

Was ich auch verändern wollte, scheiterte an Scott und seinen Widersprüchen. Er versank in unserer Liebe und nutzte doch meine Person und meine Talente für seine Arbeit. Ich war seine Muse, sein einzigartiges Modell, aber mein Bestreben nach einer eigenen Karriere empfand er als störend, geradezu verletzend. Wie sollten wir alle fliegen, wenn man uns nicht ließ?

Trotz der Massen, die sich oft lautstark unterhalb des Hotelfensters vorbeischoben, versuchte Scott, sich keiner Ablenkung hinzugeben. Wenn die Kleine und ich nach unseren langen Spaziergängen das Zimmer betraten, wirkte er oft so erschöpft und ausgezehrt, als hätte er den ganzen Tag lang Kartoffelsäcke über den windgepeitschten Marktplatz geschleppt und nicht wohlklingende Sätze in einer beheizten Suite formuliert. Nach Sonnenuntergang zündete ich die Kerzen in dem Lüster auf der Nussbaumkommode an, dann schilderte Scott bei einer Flasche Corvo und mildem Bel Paese, was er an Veränderungen vornahm, vornehmen wollte.

Perkins' Vorschläge, Gatsbys Vergangenheit früher einzuführen und seinen mysteriösen Reichtum stärker anzudeuten, schien ihm ins Konzept zu passen und brachte ihn auf weitere Ideen.

»Ich habe begonnen, Teile des siebten und achten Kapitels vorzuverlegen, damit die Neugier des Lesers ein wenig eher befriedigt wird. Ich bringe sie unmittelbar nach der ersten Begegnung zwischen Daisy und Gatsby.«

»Seinen Bericht solltest du unbedingt aufbrechen. Der ist viel zu lang.«

Er stöhnte. »Aber so gut geschrieben. Ich glaube nicht, dass ich es ertragen könnte, etwas davon zu opfern.«

»Sei nicht so eitel.«

»Am Ende hast du wahrscheinlich recht.« Er nickte nachdenklich. »Und die Gerüchte? Was hältst du von denen?«

»Dass er ein Neffe oder Cousin Kaiser Wilhelms ist und daher all sein Geld kommt? Oder dass er jemanden umgebracht hat?«

»Ja, das Rätselraten bei Myrtle und auf Gatsbys Party«, warf er ein.

»Sie sind gut, beide Abende sind dir prächtig gelungen.«

»Dankeschön.«

Ich spürte deutlich, dass Scott größeren Wert als je zuvor auf meine Meinung legte. Und ich muss zugeben, dass mir dieser Gedanke so gut gefiel wie jener an all die Männer und Mädchen, die auf seinen Buchseiten wie Falter zwischen dem Geflüster und dem Champagner und den Sternen umherschwirrten und unsere große Krise langsam verblassen ließen.

In dieser Anerkennung blühte ich auf. Später, als die Kleine längst schlief, diskutierten wir noch immer. »Ich arbeite hart an meinem Stil«, meinte er und schenkte sich im flackernden Feuerschein einen Schluck Rotwein nach. »Er muss klarer werden, noch bedeutsamer.«

»Dabei packst du schon recht Gewichtiges in einen Satz.«

Bedächtig drehte er sein Glas zwischen den Fingern. »Max schreibt, der Text erscheine ihm beim Lesen wesentlich kürzer. Es stecken so viele Informationen darin, dass er eigentlich die dreifache Länge erfordere.«

Wenn ich ihm zuhörte, beobachtete ich die tanzenden Schatten an den bespannten Brokatwänden. Sie reckten und streckten sich über den silbern durchwirkten Stoff, blitzten stetig auf, als wollten sie mir etwas Wegweisendes mitteilen. Allmählich gewann ich den Eindruck, dass Scott ein gänzlich neues Manuskript schrieb. Es schien voller Wendungen, in denen die Szenen vor Kraft und Lebendigkeit funkelten. Das Erstaunlichste jedoch war die Verwandlung Daisys …

»Wann soll ich mit dem Zeichnen beginnen?«

Scott sprang auf, lief zum Schreibtisch und kramte in der Schublade. »Lieber heute als morgen«, sagte er und reichte mir zusammen mit dem cremefarbenen Briefpapier des Hotels einen Bleistift. »Ich habe Gatsby im dritten Kapitel ein verständnisvolles Lächeln ins Gesicht geschrieben, weißt du, solch ein Lächeln, wie es einem nur wenige Male im Leben widerfährt. Nun muss der alte Knabe dringend Konturen bekommen.«

Wie sollte Jay Gatsby aussehen? In den letzten Wochen im Hospital hatte ich eine Menge Zeit damit verbracht, über unsere Ehe nachzudenken. Spätestens seit ich die abgetippte Version seines Manuskripts im Hôtel Continental gelesen hatte, wusste ich, dass Scott die Geschehnisse des Sommers literarisch zu verarbeiten versuchte. Er sezierte die Anatomie meiner Affäre und übertrug seine Gefühle in diesen Roman; ich möchte sogar meinen, dass sie im Laufe des Schreibens zur eigentlichen Inspiration wurden. Tatsächlich aber ist mir erst Jahre später der Gedanke gekommen, dass hinter allem wohl eine Art Strategie steckte, ein Schachzug, mit dem Tumult und dem finanziellen Druck, der auf ihm lastete, umzugehen. Ich nehme an, Scott hatte unsere Charaktere in diese Figuren hineingeschrieben, um Herr der verworrenen Lage zu werden. Er muss damals vollkommen überfordert gewesen sein, und anders als in der Realität hatte er sie auf diese Weise nach seinen Vorstellungen entwickeln und lenken können. Seine Empfindungen waren schonungslos offen, sie waren roh. Wenn ich die Zeilen heute lese, weiß ich, dass ihn die Sache mit Jozan zutiefst verletzt hatte, aber es gibt auch ältere Wunden, die ich im Text zu erkennen meine. Scott verwob alles miteinander, ja, rückblickend betrachtet kommt es mir sogar so vor, als hätte er kurz vor seinem dreißigsten Lebensjahr ein erstes Mal mit sich selbst abgerechnet. Nie konnte er mir die Auflösung unserer Verlobung verzeihen, als sich die Fertigstellung seines ersten Buches zermürbend in die Länge gezogen hatte. Aber wäre das Bündnis mit einem Schriftsteller, der nicht einmal eine Veröffentlichung vorweisen kann, keine Blamage geworden? Was hätte er mir ohne Einkommen bieten können? Mein Betrug mit einem Piloten ließ offenbar die Erinnerung an Ginevra

King wieder lebendig werden, seine erste große Liebe, die ihn ebenfalls für einen Marinepiloten, noch dazu aus reicher Familie, verlassen hatte. Die Erlebnisse mündeten für ihn in einen Verrat. Was als Gatsbys simple Suche nach verschwundener Liebe begonnen hatte, war während des Schreibprozesses zu etwas Tieferem geworden. Als ich ihn im Sommer um die Scheidung bat, mussten ihn all diese Erinnerungen eingeholt haben, denn seit dem Tag hatte er unermüdlich geschrieben, die Seiten immer wieder überarbeitet, sich regelrecht in sie hineingeflüchtet. Scott blendete sein Umfeld mit einem brillanten Intellekt. Doch irgendwann begann ich ihn zu durchschauen, und noch heute denke ich, dass ich vielleicht sogar die Einzige bin, die ihn je in seinem Leben durchschaut hat.

»Was wirst du noch verändern?« Ich rückte das Briefpapier auf meinem Schoß zurecht und begann den Schriftzug des Hotels nachzumalen. »Das sollte ich wissen, bevor ich mit dem Zeichnen beginne.«

»Du hilfst mir bei so vielen Fragen, dass ich manchmal denke, du kennst den Text besser als ich«, bekannte er und entkorkte die nächste Flasche Wein. »Das Ganze wird intensiver, am Ende aber geht es weiterhin um die Illusion einer Verschmelzung mit der idealisierten Frau.«

Ich lächelte in mich hinein. Sagte nichts.

»Gatsbys Schwachpunkt ist Daisy.«

… und dein Schicksal, mein Lieber, das bin ich.

Wenn ich es recht betrachtete, hatte Scott mir mit seinem Buch einen sehr langen Brief geschrieben, in dem er akribisch aufführte, was ich alles falsch gemacht hatte. Daisy steckte in einer leeren Beziehung zu ihrem Mann fest, ganz offensichtlich sollte ich also etwas ändern. Für ihn war auf diese Art und Weise alles gesagt. Für mich war es das noch lange nicht, doch seit meinem Aufenthalt im Hospital lief es wieder einmal einigermaßen gut zwischen uns, und ich wollte nicht die nächsten Spannungen heraufbeschwören. Irgendwann aber musste ich in Erfahrung bringen, was es mit dem Eintrag in Scotts Ledger auf sich hatte. Wo konnte er Jozan im Oktober gesehen haben? Hatten die beiden miteinander gesprochen? Sich womöglich mit Worten duelliert, wie er es immer wollte?

An einem besonders stürmischen Tag, als die Kleine einen ausgiebigen Mittagsschlaf hielt, erklomm ich die geschwungenen Stufen der Spanischen Treppe, den Blick fest auf den Obelisken und die zwei dahinter aufragenden Türme der Trinità dei Monti gerichtet. Auf der Anhöhe wand ich den Wintermantel fest um meinen Körper, schaute über die Silhouette der Stadt, über die Hügelkämme, die trotzig und schwer wie ein apokalyptisches Gemälde El Grecos im Grau thronten. Rom schien aus düsteren Gedanken gemacht, dickflüssig waberten sie durch die Magistralen, krochen um die Häuserecken. Alles an dieser Stadt war zäh und langsam und begann mich zu nerven. Warum hatten wir Frankreich verlassen? Warum waren wir jetzt nicht bei unseren Freunden in Paris, tranken Champagner und amüsierten uns? Aus irgendeinem Grund zog es mich über den Platz durch das riesige Portal in das Innere der Kirche. Weihrauchschwaden hingen in der Luft, ein würziger Geruch strömte mir in die Nase. Aus einer kleinen Kapelle hallte leiser Chorgesang. Ehrfürchtig schritt ich auf den Hochaltar zu, nahm die Menschen auf den Holzbänken links und rechts des Gangs kaum wahr. Zwischen den mächtigen Säulen fühlte ich mich unbedeutend. Mit klammen Händen nahm ich eine Kerze von einem metallenen Ständer, entzündete sie und stellte sie zu den anderen in das gelbe Lichtermeer. Sie war eine von vielen, nicht? Einen Augenblick lang dachte ich an Jozan. Wenig mehr als vier Monate waren vergangen, seit ich ihn das letzte Mal gesehen hatte. *Vier Monate ohne dich.*

Gedankenversunken trat ich den kurzen windigen Rückweg an. Unter dem aufgefächerten Glasvordach des Hotel des Princes schüttelte ich mir die Feuchtigkeit wie eine nasse Katze aus der Pelzstola.

»Ich habe letztens irgendwo gelesen, dass im Dezember vor einem Heiligen Jahr stets besonders viel Regen fällt«, sagte eine sirrende, an eine Libelle erinnernde Stimme hinter mir. Im ersten Moment ordnete ich sie der verschrobenen Jungfer zu, die mir einen langweiligen Abend lang an der Hotelbar erzählt hatte, dass sie das Haus nicht verlassen wollte, bis sie eine dreibändige Geschichte der Familie Borgia beendet habe. Bei aller Vorliebe für literarische Intrigen, Lug und Trug versuchte ich, nur wenig Interesse auszustrahlen, und ignorierte sie.

»Hey, nun reden Sie doch mal mit mir.« Lachend tippte mir eine zartgliedrige junge Frau auf die Schulter. »Sie sind doch Zelda Fitzgerald? Die Frau des berühmten Schriftstellers?«

»Carmel Myers?« Ungläubig starrte ich in die großen Puppenaugen des Stummfilmstars. Das Make-up mit den kreisrunden Rougetupfern saß makellos unter der eng anliegenden Filzkappe mit der applizierten Rosenblüte. Sie wirkte noch anziehender als auf der Leinwand. »Sie sind es wirklich.«

»Ich bewundere Sie so sehr, meine Liebe.«

»Die Bewunderung liegt ganz bei mir.«

»Und schon sind wir befreundet.« Mit lebhafter Selbstverständlichkeit reichte Carmel dem Pagen ihren nassen Regenschirm und drei Hutschachteln an langen seidigen Bändern, als wäre sie es gewohnt, alle Welt nach ihrer Nase tanzen zu lassen. »Der heutige Dreh an der Via Appia ist wieder einmal sprichwörtlich ins Wasser gefallen. Ich brauche dringend eine kleine Aufmunterung. Nehmen wir einen Drink zusammen?«

»Dann mal los.«

»Schlagartig erhellt sich meine Laune.« Die nur ein Jahr ältere Schauspielerin hakte sich bei mir unter. Schwatzend durchquerten wir die hohe Eingangshalle, als wären wir auf dem Weg in ihre Künstlergarderobe, und ich beobachtete endlich einmal wieder mit Genugtuung, dass sich die Blicke vieler Gäste auf uns richteten.

Mit raschen, mädchenhaften Bewegungen versprühte sie einen geistreichen Charme, erzählte von den Schwierigkeiten am Set für *Ben Hur*, den sie seit über einem Jahr unter der Regie des charismatischen Fred Niblo in Rom drehten.

Ich hatte in mehreren Hochglanzmagazinen verfolgen können, dass das epische Drama von einer Katastrophe in die nächste schlingerte. »Es wird der teuerste Film aller Zeiten.«

»Wenn ich den guten Ramón noch öfter als ägyptischer Vampir verführen muss, verlange ich eine höhere Gage.« Carmel schnippte nach zwei Gläsern Champagner, holte eine sündhaft teure Zigarettenspitze aus einem gesteppten Ledertäschchen hervor und ließ sich Feuer geben. »Dann wird es noch teurer.«

Amüsiert lehnte ich mich in dem samtbezogenen Sessel zurück. »Ramón Novarro wird also seinem Ruf als feuriger Liebhaber gerecht?«

»Mehr noch als Rudolph Valentino.« Mit jenem dramatischen Wimpernschlag, für den das Publikum sie heiß und innig liebte, stieß sie den Rauch aus und hüllte ihr glanzvolles Charisma in eine Wolke, sodass ich einen Moment lang dachte, sie sähe aus wie die Sphinx. »Und der war schon schlimm.«

»Ich habe *All Night* mit Ihnen beiden sehr gemocht.«

»Das war vor Ewigkeiten, oder? Kurz danach habe ich I.B. geheiratet.« Der Kellner brachte uns den Champagner in schimmernden Gläsern, Fingerschalen gleich. Zwei, drei Sekunden schien sie hinter einem mächtigen Gedanken zu verschwinden, dann prostete sie mir zu. »Isidore Kornblum. Auf dass er mich bis zum jüngsten aller Tage in Ruhe lässt. Sie wissen von meiner Scheidung im vergangenen Jahr?«

»Nur ein Blinder hätte diese Schlagzeilen nicht gesehen. Ich zuckte die Achseln. »Die Presse verfolgt Sie auf Schritt und Tritt.«

»Genau wie Sie.« Lasziv schlug sie die schlanken Beine übereinander. Ihr Kleid mit der tief angesetzten Satinschärpe verrutschte und gab den Blick auf die sorgfältig gepuderten Knie frei. »Wie läuft es mit Scott?«

Ich setzte zu einer blumigen Äußerung an.

»Nein, nein«, schnitt sie mir durch meine Überlegungen. »Schweigen Sie still, meine Liebe! Ich lade Sie beide auf den großen Filmball von MGM ein, dann können Sie das Set sehen, die Crew kennenlernen, und ich habe an dem Abend die Möglichkeit, mich einmal ganz in Ruhe mit einem wirklich interessanten Schriftsteller und seiner hübschen Frau zu unterhalten.«

KAPITEL 3

Das Taxi wand sich die steilen Hügelstraßen am südlichen Stadtrand Roms hinauf. Im dichten Nebel tasteten sich die Scheinwerfer an windschiefen Zypressen und regenschweren Pinien vorbei. Streiften verwittertes Gemäuer, Felsbrocken. Jahrtausendealte Geschichte. Wir passierten die Via Appia Antica. In der Dunkelheit schichteten sich die blassen Konturen mehrerer Hallen zu kantigen Gebilden auf, schließlich hielt der Fahrer unter der gleißend kühlen Leuchtschrift METRO-GOLDWYN-MAYER, darüber ein Löwe.

»Willkommen in der Welt des Films.« Mit galanter Geste öffnete Scott den Wagenschlag und half mir beim Aussteigen. Meine silberfarbene Abendrobe mit dem tiefen Rückenausschnitt raschelte bei jeder Bewegung und fügte sich zusammen mit der neuen Pelzstola passgenau in die schillernde Szenerie.

Offenbar war man gerade noch mit den letzten Dreharbeiten beschäftigt gewesen. Statisten in bronzenen Brustpanzern liefen herum, trugen Helme mit wehenden Federbüscheln unter dem Arm. Schnaubende Pferde mit weit geblähten Nüstern wurden weggeführt. Drei muskelbepackte Männer schoben Streitwagen auf riesigen Holzrädern über das holperige Kopfsteinpflaster. Blecherne Anweisungen mit dem Megafon. Italienische und amerikanische Wortfetzen aus allen Richtungen, Gelächter, ein hektisches Crescendo. Zwischen den prächtigen Kulissen wurde das Buffet aufgebaut; Saltimbocca alla romana, Felsenaustern und Kaviar, bunte Salate in ausladenden Schalen. Überall festlich geschmückte Stehtische. Kellner in schwarzer Livree balancierten auf spiegelglatten Tabletts Champagner in zierlichen Gläsern, schraubten sich von einer kunstvollen Darbietung in die nächste, als hofften sie auf ein Engagement, das internationalen Ruhm versprach.

»Oh, Scott. Ich fühle mich wunderbar in dem ganzen Durcheinander.«

»Es hat Flair.« Ein vielsagendes Lächeln huschte über sein Gesicht. »Vielleicht sollte ich doch noch einmal über das Drehbuchschreiben in Hollywood nachdenken.«

Wir stiegen über Unmengen an Stahlkabeln, Schienen und anderem technischem Equipment hinweg, sahen uns nach bekannten Gesichtern um. Inmitten einer atemberaubenden Schar junger Frauen, die alle knöchellange weiße Tuniken und hochgeschnürte Ledersandalen trugen, entdeckten wir die zierliche Gestalt von Carmel Myers und winkten.

Elegant wie eine Tigerkatze kam sie in ihrem aufwendig genähten Kostüm zu uns hinüber und sagte: »Die Fitzgeralds! Ich liebe intelligente Leute am Set.« Unmengen antik wirkender Armreife klimperten an ihrem ausgeprägten Selbstbewusstsein entlang. »Sie müssen entschuldigen, der Dreh hat wieder einmal alle meine Garderobenpläne über den Haufen geworfen. Kommen Sie!«

Sie stellte uns einige Größen der Filmindustrie vor, darunter die Produzenten Goldwyn und Mayer, den Regisseur Fred Niblo und seine sympathische Frau Enid, den Schönling Novarro. Angeregt unterhielten wir uns bis in die tiefsten Details, erfuhren von kommenden Plänen, visionär, verrückt, fantastisch. Gewaltige Geldsummen schwirrten durch die ausgelassene Atmosphäre. Wir tanzten. Tranken.

»Signieren Sie mir die?« Carmel legte ihren goldenen Stift auf Scotts benutzte Serviette und reckte ihr glänzendes Näschen herausfordernd in die Höhe. »Ich sammle Trophäen.«

»Wer nicht?« Geschmeichelt schrieb er seinen Namen auf das helle Baumwolltuch. Dann hielt er ihr seinen Unterarm entgegen. »Sie sind dran.«

Die beiden begannen, sich mit Komplimenten zu überschütten. Flirteten mit Worten, mit Blicken. Bildeten so etwas wie eine künstlerische Einheit. *Die Schauspielerin und ihr Schriftsteller.* Mir schoben sie die Rolle der Statistin auf dem Abstellgleis zu. Genervt zündete ich mir eine Zigarette an und beobachtete das Treiben eine Weile. Diese Frau war weitaus gewiefter, als sie aussah.

»Und? Was machen wir jetzt?«, fragte Carmel schließlich mit unschuldigem Augenaufschlag, als die Party sich gegen Mitternacht ihrem Höhepunkt näherte und das Orchester von moderaten Klängen zu fiebrigem Jazz überging. »Auf Seite eins meines Skripts steht: *A-mu-se-ment.*«

Scott lachte und richtete sich kerzengerade auf. »Ich erzähle Ihnen gern von meinem neuesten Buch, wenngleich der Inhalt eigentlich noch streng geheim ist.«

»Ägyptische Vampire sind verschwiegener als Gräber.« Mit einer koketten Handbewegung deutete sie auf ihre dunkle Kostümierung. »Wie heißt es?«

»*Trimalchio* oder *Trimalchio in West Egg.*« Seine leuchtenden Augen hafteten auf ihrem exzentrisch geschminkten Gesicht mit der perfekt aufgetragenen Black-Cake-Mascara. »Was gefällt Ihnen besser?«

»*Trimalchio*?«, sinnierte sie und griff auf einem vorbeischwebenden Tablett nach zwei weiteren Champagnerschalen. »Ist das nicht dieser arrogante ehemalige Sklave, der zu Geld kommt und diese verschwenderischen Dinnerpartys gibt?«

»Schlaues Ding.«

Sie reichte ihm eines der Gläser. »Warum nennen Sie es nicht *Carmel?*« Ihre Stimme klang betäubend wie süßliches Gas. Irritierend schön.

Scott wandte sich mir zu. »Diese junge Dame ist das netteste und hübscheste Geschöpf, das ich in den letzten Jahren kennengelernt habe.«

»Im Ernst? Ich dachte, du wärst der wundervollen Sara Murphy mit Haut und Haaren verfallen«, schoss ich schroff zurück und leerte sein Glas. Mit teuflischer Energie drängte sich das Wort ›Harem‹ in mein Hirn. Schwankend hielt ich mich an seinem Jackett fest.

»Ich denke, ich habe wieder einmal ein faszinierendes Bild der Zwanzigerjahre geschaffen«, schnitt er meine Bemerkung kühl und erzählte Carmel in prismatischen Worten von seinem Roman. Schilderte die hedonistische, nach Reichtum strebende Gesellschaft, Gatsby, diesen Außenseiter, der es aus erbärmlichen Verhältnissen heraus zu enormem Wohlstand bringt und auf symbolische Weise das große Thema des Buches verkörpert, das Scheitern des amerikanischen Traums. Scott geriet mächtig in Fahrt, schien noch die kleinste Szene aus seiner Geschichte zu schütteln. Es wäre in jenem Moment schwierig gewesen, sich nicht von seiner Begeisterung einnehmen zu lassen.

»Also, die Sache mit dem grünen Licht gefällt mir am besten.« Theatralisch reckte Carmel die Arme in die Höhe, als griffe sie danach. Ringsherum erntete sie bewundernde Blicke für ihre Pose, die sie in einer gekonnten Drehung enden ließ.

»Da geht sie hin, die Hoffnung«, meinte ich lakonisch.

»Ich würde Ihren Gatten vom Fleck weg heiraten, Zelda.« Übermütig stupste sie mit dem manikürten Zeigefinger auf seine Nase. Er grinste dümmlich. »Falls Sie ihn irgendwann mal hergeben …«

Der Sarkasmus in ihrer Stimme traf mich wie eine Ohrfeige. Mir wurde bewusst, dass ich mit jeder Minute tiefer in die Rolle der belanglosen Nebendarstellerin gedrängt wurde, und Scott stand wie ein Narr daneben und ließ es geschehen. »Du kannst ihn haben, Schätzchen.« Forsch langte ich auf dem Nebentisch nach einer Magnumflasche Moët & Chandon und trank daraus in gierigen Schlucken. »Er ist mir nicht Mann genug. Und glauben Sie mir, ich weiß, wovon ich rede.«

»Daisy!«, brach es zornig aus Scott hervor. »Was redest du für einen Unsinn?« Ich sah, wie sich seine Pupillen zu schwarzen Punkten verengten.

»Letzten Sommer hatte ich die beste Zeit meines Lebens«, redete ich unbeirrt weiter. »Eine verdammt gute Affäre.«

»Daisy?« Verwirrt schaute Carmel zwischen uns hin und her? »Wieso Daisy?«

Daisy. Myrtle. Zelda. Wer bin ich wirklich?

»Ich war drauf und dran, meine Koffer zu packen und mit meinem Geliebten durchzubrennen. Aber Scott hat ihn aus Eifersucht erschossen.«

»Sag, dass du ihn nicht geliebt hast.« Aufgebracht rang Scott nach Luft. »Du hast ihn nicht geliebt.«

Carmel riss die riesigen Puppenaugen auf. »Sie haben jemanden umgebracht?«, ging sie dazwischen.

»Ach was!« Hastig entriss er mir die Flasche und nahm ebenfalls einen großen Schluck und ließ sie dann achtlos zu Boden fallen. »Der Kerl ist mit dem Flugzeug abgestürzt.«

»Du hast ihn in den Selbstmord getrieben.« Ich begann, auf seiner Brust herumzuhämmern, und schrie: »Du bist ein Mörder!«

»Hör auf!« Energisch versuchte er meine Schläge abzuwehren. »Musst du denn ständig so dramatisch sein?«

»Ich habe ihn geliebt.«

Scott griff mich an den Handgelenken, presste meine Arme dicht an seinen Körper. Entsetzt kreischte ich auf und riss mich mit einer raschen Bewegung los. Ein wilder Tumult entstand, in dem einer den anderen beschimpfte. Flaschen und Gläser flogen durch die Luft, schlugen klirrend auf den Boden. Im Gedränge wurden wir vor die Halle in die Dunkelheit geschoben.

»Wir nehmen jetzt ein Taxi. *Basta!*« Scott schwankte mit einer verschlossenen Magnumflasche auf eine Reihe schwarzer Limousinen zu, die für die Gäste zur Abholung bereitstanden. Doch die

Fahrer, die im schwachen Licht einer Gaslaterne vor ihren Wagen lehnten, wollten uns nicht in die Stadt hinunterchauffieren.

»Du bist betrunken, *ragazzo*«, zeterten sie im Chor. »Geh zu Fuß nach Hause.«

»Kein weltmännischer New Yorker würde sich das erlauben. Euch erzähle ich was!«, brüllte er mit hochrotem Gesicht. »Wisst ihr römischen Banausen eigentlich, wer ich bin?«

Wutentbrannt schüttelte Scott die Flasche und ließ den Korken in die Menge knallen. Es war ein ohrenbetäubendes Geräusch, der Champagner sprudelte und spritzte. Schon hatte er einen handfesten Streit mit den Fahrern entfesselt. Betroffen und übermüdet lehnte ich abseits an einer Steinmauer und beobachtete, wie ein herbeieilender Carabiniere die aufgebrachte Meute zu beruhigen versuchte. In seiner Rage holte Scott aus und schlug dem Mann mit der Faust ins Gesicht. Sofort begann dessen Nase zu bluten. Ruppig und ohne zu zögern, führte der Uniformierte ihn zu seinem Automobil und fuhr mit ihm in das Schwarz der Nacht. Wie in Trance schaute ich den schwach glimmenden Rücklichtern nach, bis sie verschwunden waren, und dachte nur *Warum*. Wie viele Katastrophen vertrug eine Ehe, bis sie endgültig dem Untergang geweiht war?

Als Scott am nächsten Morgen mit geröteten Augen und einem dunklen Bartschatten unser Hotelzimmer betrat, hatte ich vor lauter Kummer kaum geschlafen. Erleichtert drückte ich meine Zigarette in den überquellenden Aschenbecher und begann zu weinen. Doch Scott interessierten meine Tränen nicht mal am Rande. So aufgewühlt, wie er aussah, wäre es ihm keineswegs in den Sinn gekommen, mich in die Arme zu schließen und mir Trost zu spenden.

Ungehalten warf er sich in seinem nassen, zerknitterten Mantel auf das Bett und schimpfte: »Die haben mich die ganze Nacht lang wie einen Schwerverbrecher auf der Questura verhört. In Gedanken habe ich Hunderte Morde begangen, das schwöre ich dir. Mit einem Maschinengewehr habe ich sie alle erledigt.«

»Peng!« Die Kleine, die nach einem Abend mit der italienischen *governante* äußerst gut gelaunt schien, kicherte und zielte mit einem angebissenen Cornetto alla crema auf ihren Vater. »Du bist tot, Daddy.«

»Was für ein Schwachsinn, Scott«, entgegnete ich abgespannt. Alles, was er sagte, wirkte hohl und abgedroschen. »Du bist doch an dieser Misere selbst schuld.«

»Na, herzlichen Dank für dein Mitgefühl.«

»Schon bei unserer *tour d'horizon* hattest du mit den Südländern kein Auskommen.«

»*Dolce vita!*«, presste er gequält hervor. »Was ist das für eine Nation, in der man verhaftet wird, nur weil man ein bisschen Spaß hat? In der man im Restaurant aufgefordert wird, seinen Platz für einen römischen Aristokraten zu räumen?« Mit einem harten, düsteren Blick zog er den Ledger unter der Matratze hervor und notierte zügig:

VERDRUSS MIT ZELDA

KAPITEL 4

Rom versank im Regen. Dicke Tropfen rutschten unentwegt die Glasscheiben hinunter und verwischten das romantische Bild von Keats und seinem Freund Shelley, von den Manuskripten, die sie im Haus gegenüber hinter den lichthellen Fenstern geschrieben hatten.

Die folgenden Tage waren erneut voller Spannungen. Scott und ich schlichen umeinander herum, konnten uns in den beengten Räumlichkeiten kaum aus dem Weg gehen. Die Nächte im Hotel waren durchdrungen vom Straßenlärm, von Gelächter und Musik. Noch in den frühen Morgenstunden hörten wir hinter den hellhörigen Wänden das Schnarchen der Zimmernachbarn.

»Wir können so nicht weitermachen, Zelda«, sagte er übernächtigt, als er seine dritte Tasse starken schwarzen Kaffees zum Frühstück trank.

»Du bist der Kerl, der mit untalentierten Filmsternchen herumflirtet.«

»Carmel ist durchaus nicht untalentiert. Und wir haben uns unterhalten. Sonst nichts.«

»Wenn du das meinst.«

Genervt legte er die Zeitung zur Seite und begann mit den Fingern auf der Tischkante herumzutrommeln. »Jetzt dreht sich schon wieder alles um unsere Ehe. Dabei rede ich über ein Apartment, das wir hier anmieten sollten, bis wir im Frühjahr nach Paris aufbrechen.«

»Vergiss es«, erwiderte ich forsch. »In Kürze beginnt ein Heiliges Jahr, die Stadt ist schon jetzt mit Pilgern aus der ganzen Welt vollgestopft.«

»Was wollen die hier nur?«

»Beten.« Ich warf ihm einen vernichtenden Blick zu. »Du willst nicht über unsere Ehe reden, aber ich werde sogar ein Buch über dich und mich schreiben«, eröffnete ich ihm meine neueste Idee.

»Schlag dir die Schriftstellerei ein für alle Mal aus dem Kopf.«

»Warum?«

»Weil ich derjenige bin, der hier die Wörter zu Papier bringt. Ich bezahle alles«, rief er aufgebracht. »Alles!«

»Aber ich könnte doch helfen.«

»Ich muss mich tagtäglich gegen qualifizierte und begabte Kollegen durchsetzen. Wie sollte mir eine drittklassige Geschichtenschreiberin in diesem Kampf helfen?«

»Nun ja. Das war ein Schlag ins Kontor.«

»Ich zeige dir lediglich deine Chancenlosigkeit auf.«

In der Suite nebenan ertönte ein Akkordeon. Jemand klatschte zu einer eingängigen Melodie im Dreivierteltakt.

»Meine Konzentrationsfähigkeit gelangt an ihren Gefrierpunkt.« Fassungslos starrte Scott die Wand an. »Diese Pappschachtel von Grand Hôtel wird mit jedem Tag schlimmer. Was ist das?«

»Ein Walzer«, erwiderte ich kühl.

Die Kleine zog ihre Gummistiefel über die nackten Füßchen und begann, auf dem Teppich zu tanzen, wiegte sich hin und her, schwang das helle Nachtkleid mit den Rüschen durch die Luft. Wir schauten einander mehrere Augenblicke lang an, versuchten die Empfindungen des anderen wahrzunehmen. Lachten verlegen, als wüssten wir wieder einmal nicht, wohin mit unseren Gefühlen.

»Also, das hat sie von dir, Zelda.«

Ich legte das Briefpapier mit den Skizzen auf den Schreibtisch und reichte Scott die Hand. »Darf ich bitten?«

Ich ahnte, was er dachte. Ich ahnte, was er fürchtete.

Doch er stand auf, schmiegte sich an mich und sagte: »Sehr gern, meine Allerliebste.«

Wir drehten uns in einer langsamen Kurve durch das Zimmer und hingen unseren Gedanken nach. Jeder für sich. Und ich bin mir sicher, in jenem Moment waren wir beide erleichtert. Warum auch immer.

Um die Weihnachtstage herum flatterten die Briefe und Telegramme zwischen Scott und seinem Lektor in kurzen Abständen über den Atlantik. Sie stellten sich gegenseitig wichtige Fragen, die das Manuskript voranbrachten, berichteten einander aber auch von Alltäglichkeiten.

»Ihr beide seid wie ein altes Ehepaar«, meinte ich eines Morgens erheitert, als ich einen sattgrünen Mistelzweig mit einer Taftschleife umwickelte und am Türrahmen befestigte.

»Ich denke eher, dass es ein perfektes literarisches Zusammenwirken ist.«

Scott war sich bewusst, dass Perkins für ihn von größter Bedeutung war, und ich wünschte, ich hätte ebenfalls eine solch wichtige Person an meiner Seite gehabt, die meinem Tun Wertschätzung und Respekt entgegengebracht hätte. *Du bist nicht empfindsam genug.*

»Ring, der alte Fuchs, ist mir in den Rücken gefallen.« Er schwenkte mit den brandneuen Seiten. »Als Max ihm in seinem Büro erzählt hat, dass mein Buch *Trimalchio* heißen soll, ist er angeblich zurückgeschreckt und hat gemeint, dass niemand dieses Wort aussprechen kann.«

Ich lachte lauthals. »Was sagt dir das?«

»Dass ich gleich durch den Regen stapfe, um ein Telegramm mit einer Titeländerung aufzugeben.« Verständnislos warf er sich den Mantel über. »Der Roman heißt also wieder *Der große Gatsby*.«

»Die ersten Ideen sind oft die besten«, erinnerte ich ihn an sein eigenes Motto.

»Kommst du mit den Zeichnungen des alten Knaben voran?«

»Oh, ich zeige sie dir später gern. Du wirst ihn bald besser kennen als dein einziges Kind.«

»Seltsam, irgendwann hatte ich ihn mal vor Augen, dann war er wieder weg.« Abwesend setzte er sich den Filzhut auf. »Tom Buchanan scheint meine beste Figur zu sein, aber mein Herz hängt an Gatsby. Myrtle ist mir besser gelungen als Daisy. Jordan war eine brillante Idee, aber sie verblasst. Die Dinge verkehren sich.«

Ich verabschiedete Scott mit einem Kuss an der Zimmertür und schloss sie leise hinter ihm. Dann betrachtete ich noch einmal die Bleistiftskizzen Blatt für Blatt, sah einen muskulösen Mann im besten Alter mit markanten Gesichtszügen, geheimnisvollen Augen. Sein Lächeln wurde täglich schöner, und irgendetwas in ihm glühte. Er war eine wahrhafte Persönlichkeit. Wie hatte ich etwas so Ausdrucksstarkes zu Papier bringen können? Ich hielt eines der Blätter in die Höhe, versank darin, und dann wurde es mir schlagartig bewusst – ohne es zu wollen, hatte ich Jozan gezeichnet. Aber es war nicht der Jozan, den Scott kannte. Es war der Jozan, den ich fühlte.

Ende des Jahres schickte Perkins zwei Sätze Druckfahnen nach Europa. Während Scott sehnsüchtig auf die Ankunft der Pakete wartete, begann er drei Kurzgeschichten zu entwerfen, von denen Harold Ober meinte, dass sie sich gut verkaufen würden. Der Marktwert seiner Storys stieg in den Staaten beständig, doch diese Art von Triumph ließ Scott vollkommen kalt.

»Fast zweitausend Dollar für eine einzige Geschichte. Das ist eine gewaltige Summe, nicht?«, meinte ich. »Ich schätze, die Männer in den Fabriken müssen dafür ein ganzes Jahr lang schuften.«

»Das Jahresgehalt eines Fabrikarbeiters beträgt ungefähr die Hälfte«, gab er trocken zurück.

»Ach.« Ich war verblüfft. »Vielleicht solltest du doch noch einmal darüber nachdenken, ausschließlich für die Zeitung zu schreiben.«

»Warum?«

»Es scheint leicht verdientes Geld, das unserem Lebensstil entgegenkommt. Alles geht wesentlich schneller als mit deinen Büchern; für die benötigst du genau genommen Jahre.«

Langsam schüttelte er den Kopf. »Du verstehst es nicht.«

»Freust du dich denn gar nicht über diesen Erfolg?«

»Meine Güte, ich bin achtundzwanzig«, sagte er verdrossen. »Ich war zweiundzwanzig, als ich nach New York kam und Ober *Kopf und Schultern* an die *Post* verkauft hat. Das war ein wahnsinniger Nervenkitzel damals, aber solch ein Gefühl hat man wohl nur einmal im Leben. Weißt du was?«

»Na?«

»Ich fühle mich alt in diesem Winter.«

Wortlos nahm ich ihn in den Arm.

»Wird das irgendwann wieder vergehen?«

»Ganz ehrlich, Goof? Ich habe keine Ahnung.«

Der Literaturagent tat sein Möglichstes, um auch Scotts drittes Manuskript als Fortsetzungsroman an eines der bedeutenden Magazine in den USA zu verkaufen. Scott wollte für diese Vorveröffentlichung fünfundzwanzigtausend Dollar haben, was er angesichts des zu erwartenden Erfolgs für einen geringen Betrag hielt. Wie sich zeigte, war *Der große Gatsby* jedoch für keinen einzigen Herausgeber von Interesse.

»Das erstaunt mich.« Irritiert setzte ich mich in den Sessel und schaute ihn an.

»Mich auch.« Mit einem scheuen Lächeln versuchte er seine Enttäuschung zu kaschieren und ließ Obers Brief sinken. »Aber er schreibt, diejenigen, die den Text geprüft haben, meinten, sie müssten Rücksicht auf ihre weibliche Leserschaft nehmen.«

»Was?«

»Zu viele Affären. Zu viel Liebäugelei.« Ratlos zuckte er die Achseln. »Es scheint einfach zu viel Sex für das gottverdammte Jahr 1925.«

»So ein Unsinn!«

Wir schwiegen eine Weile. Nur das Ticken der Wanduhr und die gedämpften Stimmen auf der Straße waren zu hören.

Angespannt überflog Scott die nächsten Zeilen, seine Augen hasteten regelrecht über das Papier. Plötzlich zerknüllte er den Brief und warf ihn gegen die Wand. »Stattdessen schlägt er vor, dass ich etwas über Italien für die *Post* schreiben solle. Das werde ich nicht tun.«

»Ist das eine kluge Entscheidung?«

»Auch wenn es das Dümmste ist, was ich je entschieden habe«, grollte er, »werde ich es nicht über mich bringen, etwas Derartiges zu verfassen. Ich verabscheue Italien und die Italiener so sehr, dass es einfach nicht geht. Es sei denn, man will einen Artikel mit dem Titel *Papst Syphilis der Sechste und seine Schwachköpfe* oder so ähnlich.«

Das Weihnachtsfest war glanzlos gewesen, und auch über unseren letzten Tag des Jahres konnte ich nichts Aufregendes in mein Buch schreiben. Was hatten Scott und ich schon für verrückte Partys in New York gefeiert; am Pier, im Plaza, auf dem Times Square … Während die Kleine und ich am späten Silvesternachmittag auf dem Bett saßen und aus farbigem Papier Blumen bastelten, rauschten mir ständig weitere Bilder jener nächtlichen Aktionen durch den Kopf.

Als ich gegen sechs Uhr auf dem Korridor die Stimmen mehrerer gut gelaunter Frauen vernahm, lehnte ich mich zurück, seufzte.

»Hast du keine Lust mehr, Mommy?« Scottie ließ die Blüte, die sie gerade gewickelt hatte, auf die Decke fallen und schaute mich mit großen Kulleraugen an. »Wir müssen doch noch das Zimmer schmücken. Kreuz und quer.« Sie fuchtelte mit ihren Ärmchen in der Luft herum.

»Natürlich hängen wir die Girlande auf.« Ich hielt die aneinandergeknoteten Blumen, die sich wie eine Schlange um uns herumwanden, in die Höhe. »Gerade dachte ich, dass das Leben mit dir sehr, sehr schön ist. Was habe ich nur all die Jahre ohne dich gemacht?«

»Aber ich war doch immer da.« Sie beugte sich zu mir, das Papier raschelte unter ihren Beinen, und dann gab sie mir einen feuchten Kuss auf die Wange. Ihr Atem roch nach den Himbeerdrops, die ihr Paolo, der freundliche Portier, mittags geschenkt hatte. Und plötzlich dachte ich an meine Kindheit, an den Jahreswechsel in Alabama. Mutter hatte es sich an diesem besonderen Tag nie nehmen lassen, ihr traditionelles Kaninchenpâté und den Wintersalat für uns alle selbst zuzubereiten. Ob sie den Abend auch dieses Mal wieder nach guter alter Manier alle gemeinsam am Kamin mit Marmeladenplätzchen und Geschichtenerzählen hatten ausklingen lassen?

In den ersten Januartagen wand sich das Grau der Stadt steinern um unsere Herzen und machte sie täglich schwerer. Die Situation in dem kleinen hellhörigen Hotelzimmer wurde unerträglich. An den Wochenenden unternahmen wir mit dem Renault kleine Ausflüge nach Frascati und Tivoli, um der schlechten Laune zu entkommen. Doch als wir mit unseren Stockschirmen im strömenden Regen durch die menschenleere Villa d'Este liefen, bliesen wir immer größere Trübsal. Die unzähligen Rampen, Treppen und Terrassen des Hanggartens erschienen uns mit all ihren schlammigen Pfützen endlos. Selbst die Allee der hundert Brunnen hatte nichts Zauberhaftes an sich, die wasserspeienden Fratzen schienen uns starr hinter ihrem dichten Moosgeflecht zu beäugen.

»Diese Wasserränder werden sich nie wieder entfernen lassen.« Scott schaute auf die durchfeuchteten Spitzen seiner Lederschuhe. »Hier ist es gruselig, oder?«

»Und das ist noch untertrieben.«

Wir sehnten uns nach einem blauen Himmel, nach einem blauen Meer. Dem Gefühl von Sonne auf der Haut.

»Was hältst du von einer lichtdurchfluteten Suite auf Capri?«, fragte ich vorsichtig, während ich der Kleinen die laufende Nase putzte. »In der *Corriere della Sera* habe ich heute Morgen einen Blick auf das Wetter erhaschen können, es scheint dort ganz wunderbar zu sein.«

»Irgendwie ungerecht. So weit ist das doch gar nicht entfernt, oder?«

»Um die fünf Stunden, ich habe Paolo gefragt.«

»So, so, mein Schatz. Du hast die Fühler also bereits ausgestreckt.«

»Außerdem ist mir zu Ohren gekommen, dass Compton Mackenzie dort in einem prachtvollen Haus oberhalb der Klippen wohnen soll.«

Er horchte auf. »Du meinst, ich sollte dem Helden meiner Jugend einen Besuch abstatten?«

»Warum denn eigentlich nicht?«, versuchte ich ihn zu locken und sah mich im Geist schon auf der Insel, weit weg von diesem Regen, diesem scheußlichen Hospital. »Glaub mir, halb Paris verbringt den Winter auf diesem Fleckchen Erde.«

»Warum sind wir noch hier?« staunte Scott, doch dann meinte er, dass er die Post abwarten müsse und die Korrekturen gern noch in Rom vornehmen wolle. »Du kennst mich, die Sonne lässt mich zu einem trägen Menschen werden.«

»Ich glaube, die Temperaturen reichen noch nicht ganz, um faul am Strand herumzuliegen …«

»… während mich hübsche Frauen mit Kokosöl einreiben und mir Champagner reichen?«, überhörte er meinen Einwand. »Eine grandiose Vorstellung!«

»Nun, dann ist es also abgemacht«, gab ich zurück, ohne wissen zu können, was ich dieses Mal wieder angerichtet hatte.

Als die sorgfältig verschnürten Pakete von Perkins im Hotel des Princes ankamen, arbeitete Scott wie der Teufel, und ich half ihm, wo ich konnte.

»Die Story scheint mir plötzlich in den Schoß zu fallen«, sagte er, während er nacheinander all seine Bleistifte in dem metallenen Spitzer herumdrehte. »Es ist schon interessant, wie sehr einen die Aussicht auf ein winziges Stück Paradies beflügelt.«

Nachgiebig schaute ich zu, wie sich die Späne und der hauchfeine Schmirgelstaub gleichmäßig über dem Manuskript, der Ledermappe und dem Schreibtisch verteilten. Dann pustete ich alles davon.

Schließlich schickte Scott am 24. Januar den ersten Teil der überarbeiteten Druckfahnen nach Amerika zurück. Mitte Februar hatte er die restlichen Änderungen fast abgeschlossen, doch dann wütete ein weiterer Sturm über der Stadt. Unerbittlich klapperte der Wind nachts an den Dachschindeln entlang, schlug die Fensterläden gegen die Fassaden. Er pfiff und heulte um die Häuserecken; selbst wenn ich mir das Kissen auf die Ohren drückte, vernahm ich sein wehklagendes Jammern.

Auch für Scottie waren diese unheimlichen Geräusche nicht zum Aushalten. Nacht für Nacht stand sie weinend in ihrem Gitterbettchen, weil sie schlecht träumte. Dann holte ich sie zu uns, wickelte sie fest in die Steppdecke ein und erzählte ihr Märchen, bis sie wieder in einen unruhigen Schlaf fiel. In den darauffolgenden Morgenstunden saßen wir alle drei wie gerädert vor unserem Frühstück. Fast kam es mir so vor, als würde sich die dichte graue Wolkenmasse nie wieder über unseren Köpfen fortbewegen, selbst am helllichten Tag mussten wir das elektrische Licht eingeschaltet lassen. Es war frustrierend.

»Zelda, lass uns die Koffer packen«, sagte Scott schließlich. Energisch stellte er seine Kaffeetasse ab und stand auf. »Ich werde Perkins, Ober und allen anderen telegrafieren, dass sie die Briefe postlagernd

über American Express schicken sollen, bis wir ein vernünftiges Hotel auf Capri gefunden haben. Es reicht.«
Wir hassten Rom. Und Rom hasste uns.

KAPITEL 5

Mit seiner weiß getünchten Fassade räkelte sich das auf einem Hügel gelegene Tiberio wie eine schimmernde Perle auf der Insel. Im Morgendunst schlich ich auf die Terrasse unserer Suite in der obersten Etage und genoss den sagenhaften Ausblick auf das spiegelglatte Meer, den Hafen mit seinen sachte schaukelnden Booten. Den Monte Michele zu meiner Rechten. Überall streckten sich flache Kuppeldächer den ersten Lichtstrahlen entgegen. Ich schloss die Augen. Lauschte der Brandung. War es der Duft sonnenerwärmten Rosmarins, den ich vernahm?

»Guten Morgen, schönste aller Frauen«, flüsterte Scott plötzlich hinter mir, streifte den Träger meines Negligés von der Schulter und küsste meine nackte Schulter. »Wusstest du, dass man Capri auch die Insel der Liebe nennt?«

»Könnte man sich je ihrem Zauber entziehen?«

»Niemals«, erwiderte er leise und drückte meinen Körper nah an sich heran. Dann trug er mich sanft hinein, und wir zogen die Bettdecke über uns, als wären wir das glücklichste Paar der Welt. Als hätten wir uns nie gestritten. *Du und ich. Wir.* Manchmal musste man die Dinge in einem anderen Licht betrachten, damit sie neuen Glanz bekamen.

»Ich schätze, ich werde schon morgen mit der Überarbeitung fertig sein«, erklärte Scott später beim Frühstück im Wintergarten des Speisesaals. Das schräg einfallende Sonnenlicht ließ seine Augen hoffnungsvoll aufleuchten. »Dann liegt alles in der Hand des Schicksals.«

»Konntest du denn etwas mit meinen Zeichnungen anfangen? Hast du nun ein Bild von Gatsby?«

»Oh, nicht nur das«, erwiderte er. »Dank deines Talents ist es mir endlich gelungen, den alten Knaben zum Leben zu erwecken. Ich weiß nun, woher er sein Geld hat, und konnte sogar die erste Party in seiner Villa noch ein wenig verbessern.«

»Das klingt fantastisch.«

»Ich habe mir auch deine Kritik zu Herzen genommen und den langen Bericht über ihn aufgebrochen.«

»Dann kann ich jetzt also den Champagner aufs Zimmer kommen lassen?«, fragte ich lachend.

»Das musst du sogar.« Mit gespieltem Ernst fügte er an: »Und die hübschen Mädchen mit dem Kokosöl. Die habe ich mir vertraglich zusichern lassen.«

»Bist du zufrieden mit deiner Arbeit?«

»Zumindest bin ich erleichtert.« Er atmete tief durch. »Zufrieden werde ich wahrscheinlich erst sein, wenn sich die guten Besprechungen auf meinem Schreibtisch stapeln und das Konto endlich wieder einmal prall gefüllt ist.«

Ich tat, als bemerkte ich seine leisen Selbstzweifel nicht. »Wie verbringen wir unsere Tage bis zur Veröffentlichung? Wann wird sie überhaupt sein?«

»Vielleicht im April. Ich habe Max um einen baldigen Termin gebeten. Bis dahin werde ich die drei Kurzgeschichten schreiben müssen.«

»Lieber würde ich mit dir durch die Gassen schlendern«, entgegnete ich enttäuscht.

Tatsächlich hatte ich gehofft, dass wir in den kommenden Wochen mehr Zeit miteinander teilten, uns wieder nah sein könnten. Ich fühlte mich erholt und spürte, dass mein Körper nach diesem Morgen für eine baldige Schwangerschaft bereit war. Ich mochte den Gedanken an ein Baby nicht aufgeben.

»Darling, wir liegen weit hinter unseren Finanzen. Das römische Hospital hat mich eine ganze Stange Geld gekostet.«

Betroffen sah ich zu Boden; an die Behandlungskosten hatte ich keinen Gedanken verschwendet. »Das wusste ich nicht.«

»Nein, so etwas weißt du nie.« Scott griff nach meiner Hand. »Aber was zählt, ist deine Gesundheit.«

»Denkst du denn nicht auch an einen kleinen Jungen?«

»Erst einmal denke ich an die Storys.«

»Und dann?«

»Dann denke ich an ein weiteres Theaterstück. Ich will es noch einmal versuchen, und der nächste Roman entsteht auch schon im Geist.« Aufmunternd lächelte er mir zu. Redete ausführlich über seine Pläne, als wollte er meine Wünsche unter seinen Worten begraben. Mit keiner einzigen Silbe erwähnte er ein Kind. Vermied er das Thema, weil ihm die Vorstellung einer erneuten Vaterschaft nicht zusagte? Was ging tatsächlich in ihm vor?

»Deine Zeichnungen haben mich wirklich beeindruckt. Warum beschäftigst du dich nicht ausgiebiger mit der Malerei?«, schlug er mir vor. »Es wäre ein vergnüglicher Zeitvertreib.«

»Ach, herrje. Gleich kommst du mir mit einem Kochkurs daher.«

Er setzte ein freches Grinsen auf. »Wie gesagt, Zelda, deine Gesundheit ist mir wichtig.«

Als hätte man meinem Leben ein Stichwort gegeben, flammten die Schmerzen in den darauffolgenden Tagen erneut auf. Ich teilte mir meine restlichen Tabletten aus Südfrankreich ein und verheimlichte es vor Scott so gut wie möglich. Während er im Hotel mit dem Schreiben beschäftigt war, erkundeten die Kleine und ich täglich in den Vormittagsstunden die Altstadt. Für wenige italienische Lire hatte ich bei einem Trödler einen klapperigen Holzroller gekauft und ihr das Fahren beigebracht. Nun sauste sie zwischen den tuchüberspannten Marktständen der unzähligen Gemüse- und Fischhändler, die mit lauten Rufen ihre Ware priesen, über die historische Piazzetta. Der lange Schatten des Campanile schlich wie ein riesiger Uhrzeiger über das Gewirr des Dorfplatzes, berührte an seinen Rändern uralte Hauseingänge mit hübschen, handbemalten Majolikafliesen. Die schmale Straße Richtung Anacapri hinunter entdeckten wir im Erdgeschoss eines stattlichen Palazzos ein kleines Café, vor dem mehrere Einheimische wild gestikulierend in eine Diskussion vertieft waren. Bereitwillig gaben sie mir eine Auskunft und boten mir sogar die Möglichkeit, den einzigen Fernsprecher im Quartier zu nutzen. Augenblicklich rief ich die Vermittlung an und zog ein paar Fäden, von denen ich dachte, sie würden Scott gefallen.

»Du darfst nichts verraten, Scottie.« Ich legte den Zeigefinger auf die Lippen. »Das ist eine Überraschung für Daddy.«

»Ich weiß nicht, ob wir hier das Richtige tun.« In der Abenddämmerung legte Scott mir in der *carrozzella*, einer Pferdekutsche, die wollene Stola um die Schultern und rückte sein Dinnerjacket zurecht. Das capresische Macchiagrün entlang der gewundenen, felsigen Pfade verfärbte sich zu einem sanften Orangeton, aus dem sicher schon bald wieder das fröhliche Summen der Insekten tönen würde. »Compton Mackenzie war mein Idol, als er *Sinister Street* herausbrachte, aber seitdem produziert er eigentlich nur noch Zweitklassiges auf dem Niveau meiner Schreibversuche in Princeton.«

»Das wirst du ihm aber keineswegs sagen, hörst du?« Ich schaute auf meine Armbanduhr und zweifelte plötzlich an meiner spontanen Idee, eine Begegnung arrangiert zu haben. »Jetzt gibt es kein Entrinnen mehr. Ich muss wissen, wie der Snob und seine Frau leben.«

»Offenbar haben die beiden die Szene auf Capri bis vor Kurzem ziemlich aufgemischt. Wusstest du, dass sie manchmal ein getrenntes Dasein führen?«

Als wir vor dem Anwesen hielten, war mir Scott beim Hinuntersteigen der schmalen Trittstufen behilflich. Während er mit dem Kutscher den Preis verhandelte, strich ich dem Pferd über die Mähne und betrachtete die imposante Villa auf dem Hügel. Sie war kastig, schnörkellos. Wie ein fehlendes Puzzleteil hatte man sie perfekt in die Landschaft eingefügt. Feuerfackeln wiesen uns den Weg zum Eingang.

»Willkommen in der Casa La Solitaria«, empfing uns das Paar in bestickten Kimonos am Portal. Ein Butler nahm Scotts Hut entgegen, dann führten uns die beiden in einen karmesinroten Salon voller chinesischer Holzschnitte, der an ein Boudoir erinnerte.

»Ihren gestrigen Anruf, Zelda«, wandte sich Mackenzies grazile Frau Faith an mich, »haben wir zum Anlass genommen, eine kleine Gesellschaft zu organisieren.«

»Eine der letzten, bevor wir dieser Insel endgültig Lebewohl sagen.« Mit dandyhafter Geste verzwirbelte der Gastgeber seinen aalglatt gewichsten Schnurrbart, dann breitete er die Arme aus. »Habt Spaß, meine Lieben.«

Überall im Raum waren Flaschen verteilt, in deren schlanken Hälsen Kerzen entzündet waren. Mehrere Leute räkelten sich auf den mit Seidenstoff bespannten Diwanen, lehnten an Lederpoufs, die sich auf den dicken, übereinanderliegenden Teppichen befanden. Sie unterhielten sich angeregt, lachten, sinnierten. Viele schäkerten miteinander herum.

Neben dem Kamin stand eine Wasserpfeife aus matt glänzendem Messing auf einem flachen orientalischen Tischchen, deren Schlauch sich wie eine Schlange über den Boden rollte. Über allem waberte der Geruch süßlichen Opiums.

»Ein Ort voller Feen«, raunte Scott mir zu und leerte seinen Cocktail in einem Zug. Mit angespanntem Gesichtsausdruck sah er sich um; das homosexuelle Milieu schien ihm nicht geheuer zu sein. »Compton sieht aus wie ein Idiot in seinem Seidenfummel.«

»Fühlst du dich deplatziert?«, sagte ich süffisant und ließ die vermeintliche Lasterhaftigkeit auf mich wirken.

»Wenigstens weiß ich nun, woher dieser impertinente Kerl seine Themen nimmt.«

»Wie läuft es mit der Literatur, Fitzgerald?« Generös bot Mackenzie ihm eine Havanna aus einem lackierten Holzkästchen an, nachdem er die Pfeife dankend abgelehnt hatte. »Schon gehört, dass ich eine Fortsetzung von *Carnival* schreibe?«

»Gute Güte, ja.« Die beiden Männer ließen sich schwerfällig in klobige Chesterfield-Sessel fallen und pafften Rauchzeichen in die Luft.

Ich lief umher und genoss das Treiben.

Mit kokettem Schwung ergriff Faith plötzlich meinen Arm und zog mich durch die Menge. »Männer? Frauen? Wen darf ich Ihnen heute Abend vorstellen?« Sie senkte die dunkel geschminkten Lider und ließ den Blick durch den Salon schweifen. Mir fiel auf, dass ihre Stupsnase die beabsichtigte Wirkung des Verruchten sabotierte. »Ah, ich weiß. Dort drüben steht Romaine. Man munkelt, sie sei den gleichen Personen verfallen wie ich.«

»Schnittmengen erhöhen die Attraktivität.«

»Vorsicht, Kindchen. Vorsicht.« Affektiert warf sie den Kopf in den Nacken und stellte mich Romaine Brooks vor. Die ambivalente Dynamik zwischen Faith und der Malerin war deutlich zu spüren, und mir kam die drängende Frage in den Sinn, warum sie sich der Begegnung auslieferten. Aber das schien das Spiel zu sein. Natürlich hatte ich vor einigen Jahren von dem Techtelmechtel der beiden mit der Konzertpianistin Renata Borgatti gehört, die Schlagzeilen reichten damals von Capri bis nach Peru. Ich wusste auch von Romaines komplizierter Beziehung mit der extravaganten Pariser Salonlöwin Natalie Clifford Barney, doch ehrlich gesagt war es mir einerlei, wer wen liebte und warum. Wozu der ganze Tratsch? Schmeckten Küsse nicht immer gut, wenn das Herz verliebt war?

Die Malerin strahlte in ihrem dunklen Hosenanzug, unter dem der Hauch einer weißen Bluse hervorblitzte, eine elegante Androgynität aus. Der mattrote Lippenstift wirkte wie ein Statement in ihrem ebenmäßigen Gesicht.

»Als wären Sie geradewegs Ihrem Selbstporträt entstiegen«, brachte ich meine Bewunderung zum Ausdruck. »Ihre gedämpfte Farbpalette ist vollkommen, Romaine.«

»Sie ist die Meisterin des Grau«, erklärte Faith.

»Wenngleich ich mich häufig frage, ob nicht Schwarz das Maß aller Dinge ist.« Die sensiblen Augen der Künstlerin ruhten auf mir, sie beobachteten mich genau. »Doch am Ende geht es um Anerkennung, nicht um Farbe.«

»Die gleiche Würde allen Wörtern.«

»Schreiben Sie ebenfalls? Wie Ihr Mann?«

»Ich hätte Lust, mich eingehender damit zu befassen.« Im Hintergrund begann jemand, *The Love Nest* am Klavier zu spielen. Momente lang lauschte ich den Tönen, betrachtete die Leute im Halbdunkel. Mir gefiel die Dichte der Gefühle. »Manchmal jedoch«, fuhr ich fort, »muss man dem anderen den Vortritt lassen.«

»Am Ende Ihres Lebens werden Sie diesen Satz bitter bereuen.«

Die Aussage traf mich wie aus dem Nichts. Jede einzelne ihrer Silben zerrte an meiner Seele. Eine weltoffene und kluge Frau, die mich kaum kannte, sagte mir auf den Kopf zu, was ich mir selbst nicht zu sagen traute. Was ich nicht zu denken wagte. »Ist der Weg aufrichtiger Liebe nicht grundsätzlich mit Verzicht verbunden?«, entgegnete ich beklommen.

»Ich werde Ihnen nun kaum die Richtung weisen, das steht mir nicht zu.« Romaine wog bedächtig den Kopf. »Lassen Sie mich jedoch aus Erfahrung andeuten, dass Liebe und Verzicht Elemente sind, die nicht miteinander einhergehen. Die Basis zweier Menschen, so sehr sie einander auch zugetan sein mögen, ist die Selbstliebe.«

Ich dachte an Scotts Ängste, sein Konkurrenzdenken, all die Selbstzweifel, die er nicht ablegen konnte. Wie sehr liebte er sich, um mich lieben zu können? »Das Tanzen liegt mir, vielleicht sollte ich meine Ballettschuhe wieder hervorholen«, wich ich den eigenen Gedanken aus. »Oder ich versuche es tatsächlich auch mal mit der Malerei. Die Arbeiten von Georgia O'Keeffe inspirieren mich neuerdings.«

»Liegt es an der erotischen Ausstrahlung?«

Wir unterhielten uns eine Weile über Lust und Leidenschaft in der Kunst, drifteten schließlich in Möglichkeiten, in die Wenns und Abers des Lebens. Während der honiggelbe Vollmond gemächlich seinem Zenit entgegenstrebte, war die Ausgelassenheit in der Villa bereits auf ihrem Höhepunkt angelangt. Gesichter kamen und gingen, und ich verlor mich in der Zeit. Gedankenversunken lief ich hinaus, wanderte zwischen den Arkaden umher, dachte an meine Träume. Mit ihrer besonnenen Art hatte Romaine mich nachdenklich gestimmt. Wo war meine Wahrhaftigkeit? Mein Ich? Wer war ich wirklich, wenn ich nicht gerade über mich in Scotts Geschichten las? Ich zündete mir eine Zigarette an und schaute auf die See hinaus. Fühlte nach dem silberhellen Lederband am Handgelenk. Die Party hinter meinem Rücken glitt in die Belanglosigkeit. Sollten sie doch ohne mich Charleston tanzen, Champagner trinken. Opium rauchen. Ich war mitten im Geschehen und doch außen vor. Ein fremdartiges, seltsames Gefühl. In diesem Moment kam es mir so vor, als hätte sich die Welt ein Stück für mich entzaubert.

Plötzlich drang ein aufgeregtes Stimmengewirr an mein Ohr, wurde schnell lauter. Ein Wort gab das andere, dann ein Gläserklirren.

Im nächsten Augenblick stürmte Scott mit wutverzerrtem Gesicht auf die Veranda. »Zelda, wir gehen! Keine Sekunde länger halte ich diesen Papageienkäfig aus.«

Mackenzie trat nun ebenfalls mit seiner Frau an der Hand ins Freie. Sichtlich aufgewühlt rief er: »Ihr Benehmen zeugt nicht von feiner englischer Art.«

»Sie können die Wahrheit nicht vertragen, alter Knabe.« Unter den schaulustigen Blicken der Gäste zog mich Scott durch den Salon in die Eingangshalle, langte im Schein einer einzelnen satyrhaften Lampe nach seinem Hut. Wir stolperten die glänzenden Steinstufen in die dunkle Nacht hinaus. Die Eindrücke spulten in solch schneller Abfolge an mir vorbei, dass ich mich in einem Film wähnte. Er drehte sich noch einmal um und brüllte: »Sie sollten mir dankbar sein, Mackenzie! Irgendjemand musste Ihnen doch endlich den Hinweis geben, dass Sie seit *Sinister Street* nie wieder etwas Gutes geschrieben haben.«

»Scheren Sie sich zum Teufel, Fitzgerald!«

Der Mond war hinter einer Wolke verschwunden. Wir irrten den steilen, gewundenen Berghang hinab. Immer wieder entzündete Scott mit zitternden Händen ein Streichholz, um uns den Weg zu leuchten. Meine Schuhe drückten scheußlich an den Knöcheln, schließlich streifte ich sie ab und lief barfuß voran. Die Bauchschmerzen wurden stärker.

»Musste das sein, Goof?«

»Was?«

»Musst du ständig einen Streit anzetteln?«

»Dieser traditionalistische Faun hat angefangen«, knirschte er. »Zuerst fand ich ihn ja ganz herzlich. Unter seiner Maskerade verbarg sich ein angenehm banaler Mensch. Aber er machte nicht im Geringsten den Eindruck, als ob er wüsste, dass sein Werk in Stücke zerfällt. Dabei schreibt er wirklich nur noch Schwachsinn.«

»Wie kommt das eigentlich?«

»Faith und er haben einen ausschweifenden Lebensstil. Mieten ganze Inseln im Nirgendwo. Ich vermute, diesen Luxus kann er sich nur leisten, indem er einen steten Strom an billigen Romanen mit populären Themen produziert.« Er räusperte sich und sagte leise, fast nicht hörbar: »Ich hasse Schundliteratur.«

Schweigend liefen wir nebeneinander her, als wären alle Worte verbraucht. Nach endlosen Schritten wurde mir klar, dass er nicht über Mackenzies Arbeit gesprochen hatte; es war vielmehr die Sorge um die eigene Zukunft. »Du hast Angst vor einem ähnlichen Schicksal, richtig?«

»Nein«, gab er forsch zurück. »Aber ich fürchte mich vor deinen amateurhaften Auslegungen freudscher Theorien.«

»Du bist dir selbst gegenüber nicht ehrlich.«

»Ehrlichkeit! Das sagt nun ausgerechnet eine Frau, die es mit Tugenden dieser Art nicht sonderlich genau nimmt.«

»Scott, ich möchte Dir doch einfach nur zur Seite stehen.«

»Bitte fang jetzt nicht auch noch mit deiner Tränenseligkeit an. Der Tag war schlimm genug für mich.«

»Und du meinst, meiner wäre besser gewesen, ja?«

Als wir am unteren Ende des Hügels eine befestigte Straße erreichten, setzte ich mich erschöpft auf einen Felsbrocken unter einer ausladenden Pinie. Der Mond schob sich aus einer Wolke heraus und warf den Schatten in samtige Stofffalten. Plötzlich sehnte ich mich nach Gracie Axelrod, dieser jungen beharrlichen Frau, die mit kühner Verve am Ende all das bekam, was sie sich erträumte. Ich wollte wie sie sein, die Heldin in meiner eigenen Geschichte. Ich wollte nicht wie Daisy oder Gloria oder irgendeine andere Frau sein, der Scott meinen Charakter aufgedrängt hatte, die mir ähnlicher wurde, nach mir griff, mich zog und zerrte. Mich meiner Persönlichkeit beraubte.

Während Scott erbost auf mich einredete und gar nicht mehr damit aufhören wollte, versuchte ich mich auf das Gefühl zu konzentrieren, schon bald in der gestärkten Leinenwäsche des Hotelbettes zu liegen. Ich wünschte, nichts mehr zu verspüren und zu schlafen, unendlich lange zu schlafen, bis mich irgendwann am nächsten Tag der Duft frisch aufgebrühten Kaffees wecken würde und all mein Kummer sich in Luft aufgelöst hätte. Ich wusste, dass es so nicht sein konnte – konnte es einfach nicht –, aber sich nur einen Augenblick lang dieser Vorstellung hinzugeben, war ungemein tröstlich.

KAPITEL 6

Die Fehler unserer Vergangenheit holten uns immer wieder ein. Wie dunkle Schlieren durchsetzten sie das gemeinsame Leben, und ich ahnte, wenn wir nicht bald etwas änderten, würden sie die Zukunft auf ewig verdüstern. Ich verdammte den Alkohol, die uferlosen Diskussionen, den mangelnden Respekt. Und wieder den Alkohol. Wir drehten uns im Kreis. Stritten vier Tage lang, ohne dass ich im Nachhinein hätte sagen können, um welches Thema es gegangen war. Die Sinnlosigkeiten schwelten, loderten auf, erstickten unter Gleichmut. Manchmal umarmten wir uns aus Verzweiflung, hielten uns eng umschlungen, während wir den Tränen freien Lauf ließen. Ich hatte meinen Glauben an die Ehe verloren. Eine Trennung wäre sicherlich das Beste für uns gewesen, doch sobald ich über das Wort nachdachte, musste ich mir eingestehen, dass ich Angst vor dem Alleinsein hatte. Ich war zu schwach, um auf eigenen Füßen zu stehen, ich konnte meinen Mann gar nicht verlassen. Tief in meinem Inneren fühlte ich mich elend, und an manchen Tagen schaffte ich es nicht mehr, aus dem Morgenmantel herauszukommen. Am liebsten lag ich allein im Bett und starrte die Löcher im träge wehenden Moskitonetz unter dem Baldachin an. Was sollte ich nur tun?

Anfang März brach ich ein weiteres Mal wegen meiner Schmerzen zusammen. Scott wollte mich ins Hospital bringen, aber ich weigerte mich standhaft, einer zweiten Operation zuzustimmen. Ein älterer Doktor aus Anacapri, der während des Krieges in verschiedenen Lazaretten tätig gewesen war, untersuchte mich schließlich ausgiebig während eines Hausbesuches. Aus irgendeinem Grund brachte er eine Menge Verständnis für mich auf und kam fortan mehrmals in der Woche zu uns hinaufgefahren, um meine Oberschenkel zu punktieren. Mittlerweile schillerte die Haut an den Einstichstellen blau und grün, und ich nahm wieder an Gewicht zu, doch wenigstens zeigte seine Behandlung erste Erfolge.

In der dritten Woche packte der Mediziner mit angestrengter Miene seine Spritzen zusammen und verstaute sie in einer Ledertasche. »Kann ich Sie noch einen Moment sprechen, Signore Fitzgerald? Allein?«

»Selbstverständlich.« Mit besorgter Miene führte Scott ihn in den Blauen Salon nach nebenan und lehnte die Tür ins Schloss.

Die Kirchturmglocken läuteten zur Messe und wehten den tiefen, dröhnenden Klang zum geöffneten Fenster herein, trotzdem schnappte ich einige Wortfetzen auf. Meine Krankheit sei langwierig, werde mir unter Umständen mein Leben lang zu schaffen machen. Er sprach von meinem labilen psychischen Zustand; von den Kindern, die ich wohl nicht mehr würde gebären können … Ich begann heftig zu weinen, zog die Beine dicht an meinen Körper. Spürte diese Leere in mir, dieses unendliche Schwarz, das mich zusehends ausfüllte.

Nach dem Gespräch setzte sich Scott zu mir ans Bett und nahm meine Hand. »Du zitterst ja am ganzen Körper, mein Schatz.« Er ging an seinen Schrankkoffer und holte ein gebügeltes, sorgfältig zusammengelegtes Tuch aus einem Fach, das er mir liebevoll um die Schultern legte. Es war das zartgrüne mit den aufgenähten Jadesteinchen, das ich seit dem Tag verloren geglaubt hatte, als Scottie davongelaufen war. *Ihre Tochter heißt Patricia?* Der Anblick lähmte mich.

»Oh!« Achtlos ließ die Kleine ihre Puppe mit dem wilden Haar zu Boden fallen und rutschte vom Sessel in der Zimmerecke herunter. »Drehst du mir wieder einen Hut, Mommy?« Ich weinte noch heftiger, doch als ich ihr erschrockenes Gesicht sah, unterdrückte ich all die schmerzlichen Erinnerungen.

»Bist du traurig?«

»Aber nein, meine Süße«, sagte ich und atmete tief durch. »Ich bin glücklich, weil ich dich habe.« Rasch tupfte ich die Tränen mit dem Ärmel fort und wickelte ihr das Tuch wie einen Turban um den Kopf. Geduldig hielt sie still, dann drückte sie mir einen flüchtigen Kuss auf die Wange und lief hinaus auf die Terrasse. Die Stoffenden wehten frech im Wind.

In meiner Brust trieben sich unendlich viele Gefühle herum, von denen ich nicht gewusst hatte, dass sie einen alle gleichzeitig überkommen konnten. Wut und Trauer. Enttäuschung und Scham. Es war einer meiner schwächsten Momente überhaupt, möglicherweise brachte ich aber deswegen die Energie für diese eine Frage auf: »Du hast ihn noch einmal gesehen, richtig?«

Scott strich mir übers Haar, schenkte mir seinen liebenswürdigsten Blick. »Spielt das für unser gemeinsames Leben noch eine Rolle, Darling?«

Seine Worte strömten durch mich hindurch. Nein, dachte ich. Wahrscheinlich nicht. Die Geschichte gehörte in eine andere Zeit, die längst vergangen war.

Die Märzsonne wurde kräftiger, sie stieg. Unaufhaltsam strebte sie ein weiteres Mal dem längsten Tag des Jahres entgegen, nach dem sich alle sehnten. Wenn ich mich im Morgengrauen mit dem Manuskript hinaussetzte, um es auf Scotts Bitte erneut durchzusehen, konnte ich beobachten, wie sich der Nebelschleier über dem Meer langsam auflöste. Als würde er Schicht für Schicht die Geheimnisse des Lebens preisgeben.

Die finale Überarbeitung las sich wie ein neuer Roman, weniger direkt, über weite Strecken komplexer. Scott hatte eine noch detailliertere Botschaft an mich verfasst, Elemente meiner Affäre und seine eigenen Verletzungen noch empathischer zu Papier gebracht. Im Vergleich mit der ersten Version schien Daisy zynischer geworden zu sein, ewig gelangweilt. Es war schwierig, sich ihrer Aura zu entziehen. Diese Frau war umgeben von etwas Magischem, obwohl sie einen durch und durch unharmonischen Charakter aufwies, sprunghaft und launisch war. Oberflächlich. Aber waren es nicht schon meine jugendlichen Verehrer in Montgomery, die mir solche Eigenschaften vorwarfen, wenn ich, ohne mit der Wimper zu zucken, einem von ihnen das Herz gebrochen hatte? Wenn sie einfach in meinem Kopf verblassten, weil der Nächste kommen würde?

Auf vielen Seiten fand ich mich in der Gegenwart von Gatsby, Nick und Jordan wieder. Auch wenn Daisy wie Ginevra King aus reichem Hause kam, aus Chicago stammte – das war zum großen Teil ich. Ich war Daisy Fay Buchanan. Mit harten, prägnanten Sätzen hielt Scott mir einen Spiegel vor Augen und zeigte, wie er mich in den vergangenen Monaten wahrgenommen hatte. Die Tatsache schmerzte. In dem mysteriösen Lebemann erkannte ich Spuren von Jozan, aber ich sah ihn auch in Toms physischer Selbstsicherheit, seiner Sexualität, seinem Überlegenheitsgefühl. Mittlerweile hatte Scott auch den *peony cut* wieder gestrichen, schließlich war der Begriff eine Erfindung seines Rivalen gewesen. Die Begegnung vor dem Militärgelände hatte er ebenfalls verarbeitet. Ich erinnerte mich, Jozan beim Wiedersehen gesagt zu haben, dass er so kühl aussehe. In jenem Moment muss Scott bemerkt haben, dass ich mehr für den Piloten empfand. Er schrieb diese Sätze in die glühend heiße Nachmittagsszene im Plaza hinein, bei der es zu der Auseinandersetzung zwischen Tom und Gatsby kommt. Jede noch so belanglose Kleinigkeit, die wir in den letzten Monaten erlebt hatten, fand auf die eine oder andere Weise einen Platz in seinem Manuskript.

Scott trat blinzelnd in den ersten Sonnenstrahlen auf die Terrasse hinaus und stellte mir eine Tasse Kaffee auf den Tisch. »*Buon giorno*, hast du gut geschlafen?«

Wir wickelten uns gemeinsam in eine wollene Decke und rauchten. Schwiegen, weil wir das in jenem Moment gut konnten. Das

Licht wurde intensiver und tauchte die Kuppeldächer des Städtchens in ein romantisches Rot, das sich sanft auf unsere Gesichter legte.

Nach einer Weile unterbrach ich die Stille. »Darf ich dich etwas fragen, Goof?«

»Nur zu«, sagte er und blies den letzten Zug seiner Zigarette in die Luft.

»Mit welcher Figur identifizierst du dich am meisten?«

Nachdenklich schaute er auf das Meer hinaus, fast hatte ich den Eindruck, er wollte mir nicht antworten. Doch dann räusperte er sich und meinte: »Ich brauche dir nicht zu sagen, dass etwas in mir gern so selbstbewusst und athletisch wie Tom wäre.« Ein verlegenes Lächeln umspielte seine Mundwinkel. »Nick ist der strahlende Held in mir. Wie ich kommt er aus dem Westen nach New York, gerät in die High Society. Er ist unabhängig, frei, kann sein Leben nach seinen Vorstellungen gestalten. Und im Gegensatz zu Gatsby hat er eine Zukunft.«

»Und was ist mit ihm? Mit Gatsby?«

»Tja, wenn ich ehrlich bin, enthüllt der alte Knabe meine unterdrückten, angstbesetzten Attribute.« Er zuckte mit den Schultern. »Wir verbergen beide unsere Vergangenheit, haben einen großen Traum, eine Karriere. Entwickeln beharrlich Taktiken, um unverwundbar zu sein.«

Ich drückte seine Hand. Genau wie Gatsby war Scott ein Außenseiter, daran würde sich auch in hundert Jahren nichts ändern. »Ich mag dich so, wie du bist, weißt du das?«

»Dankeschön. Du bist auch ein wunderbarer Mensch.« Er klang ehrlich.

Der Name Jozans fiel nicht. Doch mir leuchtete ein, dass Scott den Roman auf diese Art hatte schreiben müssen, dass hinter dem J – Jay – eine ganze Welt stand. Für ihn war das Leben eine Wechselwirkung zwischen der Macht intensiver Gefühle und seiner Literatur. Er hatte gar keine andere Wahl gehabt. Es war seine Art, mit der Unvollkommenheit umzugehen. Scott *musste* schreiben. Warum aber konnte er mir nicht das Gleiche zugestehen? Warum bediente er sich der vertraulichsten Gedanken aus meinen Tagebüchern, wenn all diese Empfindungen doch mir gehörten? Hatte ich denn keinen Anspruch auf die Verarbeitung meiner Eindrücke?

Mit klopfendem Herzen bekannte ich einen Wunsch: »Ich möchte *Die Leinwandkönigin* unter meinem Namen verkaufen, es ist eine gute Geschichte. Hilfst du mir, Goof?«

»Überarbeiten wir sie ein wenig«, meinte er nach kurzem Zögern. »Der Höhepunkt benötigt mehr Drama. Aber ja, ich helfe dir.«

Der Monat steckte voller Aufregung. Die Briefe und Telegramme zwischen Scott und Max flatterten wieder unermüdlich über den Atlantik. Als die Kleine und ich auf den Stufen vor dem Hotel standen und die Rückkehr der Graugänse aus ihrem Winterquartier am strahlend blauen Himmel bewunderten, kam er aufgeregt herausgelaufen und rief: »Die Veröffentlichung wird am 10. April sein, ein Freitag. Bringt das Glück?«

»Ganz bestimmt. Es klingt nach einem perfekten Tag für dein perfektes Buch.«

»Ob es zu spät ist für eine Titeländerung? Ich würde es nun doch lieber *Goldhütiger Gatsby* nennen.«

Scottie nahm das Fernglas von den Augen und sagte mit undurchdringlicher Miene: »Das musst du Max fragen.«

»Wo sie recht hat, hat sie recht.« Ich lachte laut auf und streichelte ihr über den seidig weichen Schopf.

»Warum verbündet ihr zwei euch nur ständig gegen mich? Habe ich nicht schon genug Schwierigkeiten mit dem Typisten am anderen Ende der Insel?

»Hat er deine Storys endlich abgetippt?«

»Mittlerweile dürfte dieser Bauer sie seinen Schafen als gebundenes Exemplar verkauft haben.«

Liebe in der Nacht sowie zwei andere Geschichten hatte Scott geschrieben, während ich meinen Text mit Gracie aus New Heidelberg überarbeitete. Ich ließ sie die Brathühnchen knuspriger denn je über den Tresen reichen und machte die junge Dame noch ein wenig interessanter. Frauen im Windschatten männlicher Dominanz hatte die Welt in den letzten Jahrhunderten genug gesehen. Nun drängten sie ins Rampenlicht, hüllten sich auf der Bühne des Lebens in rebellisches Selbstbewusstsein und befreite Theorien. Die Zeit war reif für weibliche Hauptrollen. Ich wollte Geschichten über moderne Frauen schreiben, die gehört und gesehen wurden. Und sie sollten Talente haben, die akzeptiert und respektiert wurden. Mir schwirrten unendlich viele Einfälle durch den Kopf; starke Heldinnen, die mit ihren Schicksalen jonglierten, das Leben bestimmten. Eines Tages würde ich mich tatsächlich auch an einen Roman wagen, ich spürte diesen Wunsch deutlicher denn je in mir.

Es war ein wunderbares Gefühl, zusammen mit Scott an einem Tisch zu sitzen und über eigene Ideen nachzudenken, unter denen später allein *mein* Name wie ein Diamant funkeln würde. Warum nur hatten wir uns nicht schon viel eher dazu entschlossen? In der Abenddämmerung schoben wir einander die Seiten über den Tisch, lasen in den Sätzen des anderen. Tranken Champagner aus Schalen mit silbernem Rand, in denen die Abendsonne versank. Fast erschien es mir ein wenig zu romantisch – aber war das überhaupt möglich?

Scotts Geschichten hatten einen ernsteren Hintergrund als meine, und genau genommen teilte er mir auch in ihnen wieder einmal mit, dass ich erwachsen werden sollte. Er konnte sich auf diese Weise einfach am besten ausdrücken. Ich entschied, wie nah ich die Botschaften an mein Herz heranließ. Unsere Ehe würde weiterhin gute und weniger gute Zeiten für uns bereithalten, das war uns beiden bewusst, doch wir bemühten uns um Veränderungen. Wir waren füreinander geschaffen. Scott und ich. Vielleicht hatten wir endlich begriffen, worum es im Leben wirklich ging.

Am 25. März erhielt Scott einen ausführlichen Brief von Perkins, in dem er ihm mitteilte, dass nach dem Überarbeiten des Manuskripts all seine Kritik verschwunden sei. Ein Satz Druckfahnen sei bereits zur Übersetzung an eine französische Lady geschickt worden. Die Angelegenheit wurde langsam spannend. Scotts Nervosität stieg unaufhörlich. Um ihn auf andere Gedanken zu bringen, gingen wir mit der Kleinen in den warmen Mittagsstunden am Strand spazieren. Unermüdlich lief sie mit ihrem Blecheimer am Meeressaum entlang und sammelte Muscheln, glatt gewaschene Kiesel und kleine Krebse ein.

Scott krempelte sich die Hosenbeine hinauf und tauchte die Zehen ins Wasser. »Rings Arbeit scheint recht gewinnbringend zu sein. Und auch Dos Passos, der alte Gauner, erhält für *Manhattan Transfer* erste gute Kritiken.«

»Ich wünsche den beiden von ganzem Herzen Erfolg.«

»Max schrieb noch einmal, dass mein Buch magisch sei.«

»Ja, das denke ich auch.«

»Leider konnte mein letztes Telegramm mit der Bitte um eine Titeländerung im Verlag nicht mehr berücksichtigt werden. *Unter dem Roten, Weißen und Blauen* hätte hervorragend gepasst.«

»Komm her.« Ich streckte den Arm nach ihm aus. Er watete aus den Wellen, und ich legte meinen Kopf auf seine Schulter, nahm den Geruch von Sonne und Salz und Vertrautheit an ihm wahr. »Man wird diesen amerikanischen Traum auch so verstehen.«

»Vielleicht ist der Titel der einzige Fehler im Buch«, meinte er leise.

»Nein«, widersprach ich ihm. »*Der große Gatsby* klingt ganz wunderbar.«

KAPITEL 7

Eines sonnigen Vormittags Anfang April 1925 traten wir die Rückreise nach Paris an, um die Veröffentlichung gemeinsam mit den Murphys im Prunier bei Austern, *crabe mexicain* und Sancerre zu feiern. Wir wollten uns von Neapel bis Marseille auf der SS *Garfield* einschiffen und den restlichen Weg mit dem Automobil zurücklegen.

Als gegen halb zehn endlich all unsere Habseligkeiten im Trubel der Marina Grande an Bord verladen waren und wir den hölzernen Steg der Fähre hinaufschritten, fragte ich mich, ob Scott und ich genügend Kräfte für den Ansturm der nächsten Wochen und Monate gesammelt hatten. Es würde eine große Sache werden, nicht? Lange standen wir mit der Kleinen an Deck, lehnten an der Reling und schauten auf die geschwungenen Hügel Capris, die in der Ferne langsam mit unseren Erinnerungen verschmolzen. Scott redete von der Zukunft – von unserer Zukunft –, und ich hatte in jenem Augenblick den Eindruck, dass unser gemeinsames Leben etwas ganz Besonderes war. Seine Augen strahlten etwas Zuversichtliches aus, wie ich es lange nicht an ihm gesehen hatte.

»Du erfüllst meine Gedanken«, flüsterte er mir plötzlich ins Ohr. »Ich bin noch immer sehr verliebt in dich, weißt du das? Manchmal denke ich, dass wir die einzigen wirklich glücklich verheirateten Menschen sind, die ich kenne.«

Dicht schmiegte ich mich an seinen Körper. Unsere Haare wehten im kühlen Fahrtwind. Unauffällig fühlte ich unter meinem flatternden Georgettekleid nach dem Strumpfband und zog einen gefalteten Zettel hervor.

NI VOUS SANS MOI, NI MOI SANS VOUS. J

Weder du ohne mich, noch ich ohne dich. Manche Sätze waren größer als das Leben. Momente lang hielt ich die Botschaft fest in meiner Hand umschlossen, und dann ließ ich sie los. Schaute, wie die Buchstaben durch die Luft wirbelten, tanzten. Über dem Schaum des Kielwassers den Horizont berührten. Verschwanden.

Ich spürte die Tränen in mir aufsteigen und grub mein Gesicht fest in Scotts Pullover. Ich wusste, dieser Mann würde mich ewig lieben, wenngleich auch Dinge geschehen waren, die wir nicht mehr rückgängig machen konnten. Irgendwann hatten wir verstanden, dass sich die Vergangenheit nicht wiederholen ließ. Mit meiner Affäre hatte ich einen Roman verändert, den schon bald die ganze Welt lesen würde. Wir beide zweifelten nicht eine Sekunde, dass Scott ein literarisches Meisterwerk verfasst hatte. Doch niemand würde je erfahren, in welchen Zeilen die Fantasie hinter der Wirklichkeit verblasste und unsere schicksalhaften Träume die der anderen wurden. Wie sagte Scott, als wir damals am Strand gesessen und den längsten Tag des Jahres herbeigesehnt hatten? *Das Beruhigende ist, dass es viele Wahrheiten gibt. Die Idee unseres Lebens ist nur eine davon.*

Diese Geschichte gehörte uns allein.

EPILOG

Highland Mental Hospital. Asheville, North Carolina.
10. März 1948

Im dahinschwindenden Abendlicht ist der Blick aus dem Dachkammerfenster wundervoll. Die letzten Sonnenstrahlen tasten sich an dem alten Fachwerk des Nebentraktes entlang, berühren die morschen Feuerleitern, an denen sich die ersten herzförmigen Blätter der Prunkwinde hinaufranken. Ihre duftenden violetten Kelche im Sommer werde ich nicht mehr sehen, denn morgen verlasse ich die Klinik. Dafür steht der Jasmin bereits in voller Blüte, und die Wiesen ringsherum sind mit Krokussen gesprenkelt. Die Schockbehandlungen der letzten vier Monate haben mir gutgetan. Ich erleide keine Nervenzusammenbrüche mehr, und auch die Stimmen sind fort.

»Alles in Ordnung, Mrs. Fitzgerald?« Willie Mae, die resolute Nachtschwester, steckt den Kopf zur Tür herein. »Schlafenszeit.«

»Meine Scottie hat ihr zweites Kind geboren, ein Mädchen. Ich kann es kaum erwarten, die kleine Eleanor in den Armen zu wiegen.« Erschöpft setze ich mich auf die Bettkante. »Ich bin müde.«

»Ziehen Sie Ihre Pantoffeln aus, Ma'am.«

»Später.« Ich lasse mich in die steife Bettwäsche sinken und höre den Schlüssel, der sich behäbig von außen im Türschloss herumdreht. Die Schritte, die sich entfernen. Nach einem unruhigen Schlaf erwache ich vom Läuten der Kirchturmglocken. Mitternacht. Ein verkohlter Geruch liegt in der Luft, der Kamin im Hauptgebäude scheint wieder einmal nicht zu ziehen. Tief atme ich durch und schließe die Lider, sehe die französische Riviera vor mir. Saint-Raphaël. Das Leuchten der Waldbrände bei Nacht. Jozan und ich laufen eine Weile durch das hohe, golden schimmernde Gras, das der Wind unentwegt landeinwärts kämmt. Im Schutz eines steil aufragenden Felsens breiten wir eine Wolldecke aus und machen Dinge, die ich nie zuvor getan habe …

Jene Tage sind die glühendsten meines Lebens gewesen. Leidenschaftlich, intensiv. Bittersüß. Scott und ich haben sie später die *Tage mit Gatsby* genannt.

Nach all der Aufregung damals würde ich gern sagen können, dass das Buch ein Erfolg wurde. Einige Kritiker, wie Gilbert Seldes und Alexander Woollcott, lobten den Roman in höchsten Tönen und erkannten darin einen überzeugenden Beweis dafür, dass Scott ein Künstler sei. T. S. Eliot schrieb ihm sogar, der Roman sei der erste wirkliche Fortschritt in der amerikanischen Literatur seit Henry James. Über diesen Brief freute sich Scott so sehr, dass er ihn in seinem Jackett mit sich herumtrug und bei passenden Gelegenheiten stolz hervorholte. Doch zu unserer Enttäuschung blieben die Verkaufszahlen weit hinter den Erwartungen zurück. Die Leser schienen der glamourösen Partys und des hedonistischen Lebensgefühls überdrüssig gewesen zu sein. Es war, als hätte die Dekadenz ihren Glanz verloren. Plötzlich wollten sie naturalistischere Themen wie die von Hemingway haben, raue Beschreibungen maskuliner Abenteuer, vom Fischen und Jagen. *Der große Gatsby* brachte gerade einmal so viel Einnahmen, dass Scott unsere Schulden beim Verlag ausgleichen konnte. Auch eine Bühnenfassung am Ambassador Theatre in New York und eine Verfilmung spülten trotz Erfolgs nicht genügend Geld in die Haushaltskasse. Er musste also weitere Kurzgeschichten schreiben, obwohl sie ihm verhasster waren denn je.

Die *Chicago Sunday Tribune* druckte im Juni 1925 *Die Leinwandkönigin* allein unter Scotts Namen, da das Honorar so um ein Vielfaches höher war. Es schmerzte, doch der Wunsch nach eigenem

Geld hatte meine Ehre besiegt. Von den eintausend Dollar, die wir uns teilten, kaufte ich ein lachsfarbenes Paar Spitzentanzschuhe für mich und ein Sommerkleidchen mit Matrosenkragen für die Kleine. Den Rest sparte ich in einer Keksdose, die ich im Kleiderschrank aufbewahrte. Als die Story in O'Briens Auswahl der besten Kurzgeschichten des Jahres zwei Sterne erhielt, beschloss ich trotz rigoroser Einwände Scotts, mein Schreiben voranzubringen. Hatte ich nicht das Recht, einen selbstständigen Weg zu beschreiben? Mir war es nie darum gegangen, ihm Konkurrenz zu machen; ich wollte meine kreativen Talente entdecken und ausleben.

Doch Scott war der Meinung, dass ich Stoff verschwenden und für ihn nutzlos machen würde: »Alles, was wir gemeinsam erlebt haben, gehört mir – ich bin der Berufsschriftsteller. Das ist mein Material. Nichts davon gehört dir.«

Es ist eine traurige Tatsache, dass mein Name auch in späteren Jahren nur selten allein unter den von mir gefertigten Texten zu lesen war. Oft wähnte ich mich in einer Welt, in der sich alle gegen mich verschworen hatten. Die Zeitschriften bestanden auf die Erwähnung meines berühmten Mannes, drohten unverhohlen mit geringerem Honorar oder gar der Nichtveröffentlichung. Hätte ich aufgeben sollen?

Ich begann mit dem Malen. Und ich schrieb gelegentlich, um die kostspieligen Ballettstunden bei Madame Egorova in Paris bezahlen zu können. Auch wenn Scott mich abfällig eine drittklassige Tänzerin nannte, arbeitete ich an meinem Traum, Primaballerina zu werden. Als ich jedoch die Chance bekam, mein langersehntes Debüt und künftige Soloauftritte im Opernballett des Teatro di San Carlo in Neapel zu geben, lehnte ich ab. Plötzlich fehlte mir der Mut, großen Erfolg zu haben.

Wir tranken und stritten. Und ruinierten uns gegenseitig. Es war ein fataler Strudel aus Eifersucht, Geldnöten und Scotts Schaffenskrisen, der uns täglich tiefer in das Unglück zog. Ziemlich genau an unserem zehnten Hochzeitstag hatte ich meinen ersten psychischen Zusammenbruch, die Krankheit brach wie eine Nemesis über mich herein. Scott ließ mich in ein Schweizer Sanatorium einweisen. Viele Aufenthalte an den unterschiedlichsten Orten sollten folgen; sie wurden zu meinem Zuhause im Fremden. In der Phipps Clinic in Baltimore verfasste ich innerhalb weniger Wochen einen Roman, in dem ich unsere Ehe verarbeitete, doch Scott war schlau genug, *Ein Walzer für mich* über Max Perkins um ein Drittel kürzen zu lassen, damit ihm Material für sein eigenes Projekt blieb. In seinem vierten Roman *Zärtlich ist die Nacht* nutzte er sogar meine Krankengeschichte; bediente sich ungehemmt der medizinischen Gutachten, Krankenakten und meiner Briefe, in denen ich ihm meine tiefsten Seelenqualen anvertraut hatte.

Ich drohte hinter meinen dunklen Gedanken zu verschwinden, mich einfach aufzulösen, und konnte das Ganze nur durchstehen, indem ich stillhielt. Ich erkannte mich selbst kaum wieder. An lichteren Tagen saß ich gemeinsam mit Mrs. Doering, einer Patientin, mit der ich mich angefreundet hatte, im Park des Highland Mental Hospitals, und sie las mir unter der auskragenden Linde aus der Zeitung vor. Die Welt war in wilder Unordnung; die Frauen kämpften dort draußen weiterhin um ihre Rechte, aber ich hatte den Eindruck, sie taten es glühender und zielstrebiger denn je.

Scott und ich hingegen hatten aufgegeben. In einem frühen Brief hatte ich ihm einst geschrieben: *Wir machen Seifenblasen, und wenn sie platzen, machen wir einfach neue. Genauso große und genauso schöne, bis alle Seife und alles Wasser verbraucht sind.* Zeilen, die sich in einem seiner Romane wiederfinden, die Wahrheit sprechen. Den Träumen fehlten irgendwann die Zutaten, und unsere Ehe gelangte an einen Punkt, an dem wir begannen, die schwierigen Dinge unseres Lebens durch einfache, unkomplizierte zu ersetzen, bis schließlich nichts mehr geblieben war. Ich bin nie dahintergekommen, wann genau dieses Nichts unsere Liebesgeschichte der melodiösen Worte beraubte, jener Geschichte, die lange Zeit wie eleganteste Prosa klang. So hoffnungsfroh, so immerwährend. Das Leben hatte uns eine Niederlage beschert, doch am Ende konnten wir einer Scheidung beide nicht zustimmen. Wahrscheinlich liebten wir uns in einem verborgenen Winkel unseres Herzens eben doch noch ein wenig.

Scott und ich telefonierten das letzte Mal im Dezember 1940. Es war damals einer der seltenen rauen Wintertage in Alabama gewesen. Mutter und ich waren erst vor wenigen Monaten am Ende der Sayre Street in ein einstöckiges weißes Holzhaus gezogen, das wir wegen der schlauchartig angeordneten Räume ›die Kaninchenröhre‹ nannten. Der Wind fegte unentwegt über die winzige Veranda, als das Telefon schellte und sie mich herbeirief. Ich legte den Pinsel zur Seite, trat einen Schritt zurück und betrachtete die pinkfarbenen Gladiolen mit kritischem Blick. Die Wasserfarben sollten ineinander verlaufen, als würden sie aus vielen Lagen luftigen Tülls bestehen.

Schließlich ging ich durch den langen Korridor, strich mein Haar glatt und nahm den Hörer zur Hand. »In Kalifornien scheint sicher die Sonne«, sagte ich.

»Sie scheint, wann immer ich mit dir rede, Darling.« Seine Stimme klang erschöpft. Er erkundigte sich nach meinem Befinden. Erzählte von dem neuen Roman, einem Western, den er schrieb, und dass er neidisch sei, weil Scottie ihre Internatsferien über die Weihnachtstage bei mir verbringe, während er wohl nur über irgendeinem Problem sitzen werde, das sich während der Recherche ergeben habe. Doch ich wusste, dass er sich über unser Zusammensein freute.

»Du hattest einen Herzkrampf. Kannst du nicht einfach mit dem Arbeiten aufhören?«

»Ich muss deine Behandlungen bezahlen«, gab er beinahe entschuldigend zurück. »Aber mach dir keine Sorgen. Ich lebe wie ein

Mönch, du wirst sehen, mein Herz kommt ganz von selbst wieder in Ordnung.«

Lächelnd berührte ich mit dem Finger eine Christbaumkugel an dem Tannenzweiggesteck neben dem altmodischen Apparat, sie leuchtete in einem herrlichen Rot. »Ich habe mir vorgenommen, einen Roman mit der Schreibmaschine zu tippen. Er handelt von dir und mir und Gott. Gott ist wichtig.«

»Ja, das ist er wohl.« Scott holte tief Luft. »Was ich dir nun sage, ist enorm wichtig, Zelda. Hörst du mir zu?«

»Ja.«

»Ich schiebe es schon eine ganze Weile vor mir her, aber du sollst wissen, dass alles, was du je geschrieben hast, allein dir gehört. Mein Name hätte niemals unter deinen Geschichten stehen dürfen.«

»Danke, dass du das gesagt hast. Du bist ein guter Ehemann«, antwortete ich gerührt, »und ein Held.«

Ich hörte ihn leise lachen. »Erst gestern schrieb ich im *Tycoon* den Satz: ›Es gibt keine Welt, die ohne Helden auskommt.‹«

»Danke, dass es dich gibt.«

»Fröhliche Weihnachten, Darling. Bis bald.«

»Fröhliche Weihnachten«, erwiderte ich. »Und … Goof?«

»Ja?«

»Der Satz klingt wundervoll.«

Es folgte ein langes Rauschen in der Leitung, und irgendwann vernahm ich nur noch unser Schweigen. Ich hatte das Gefühl, dass er noch etwas sagen wollte. Dass da noch irgendetwas Wichtiges war. Doch schließlich hängte er ein.

Am darauffolgenden Tag, dem 21. Dezember, rief Harold Ober an, als ich gerade das Licht meiner Nachttischlampe gelöscht hatte und die milchig weißen Sterne ein schwaches Muster auf die Bettdecke malten. Er teilte mir mit, dass Scott gegen Mittag einem Herzanfall erlegen sei. Fassungslos ließ ich den Hörer sinken. Scott war tot. Alles, was blieb, waren die vielen Dinge, die ich ihm nicht mehr erzählen konnte. Obwohl wir uns nicht mehr sehr nahegestanden hatten, war Scott der beste Freund meines Lebens gewesen. Plötzlich erschien mir das Dasein sinnlos. Mit ihm war das Vielversprechende, das uns all die Jahre nicht verlassen hatte, gegangen. Ich fühlte mich nicht in der Lage, an der Beerdigung teilzunehmen, doch Sara und Gerald Murphy legten an seinem Grab einen Strauß pinkfarbener Gladiolen von mir nieder.

Dünne Schreie holen mich aus meinen Erinnerungen. Sie klingen wie Katzenjunge, die hilflos nach ihrer Mutter rufen. Entfernt höre ich das Geheule von Sirenen auf der Straße nahen. Ich bin so müde. Der Brandgeruch wird stärker. Noch immer trage ich einen Pantoffel, der andere muss zu Boden geglitten sein. Scott hat mir das Paar in einem hübschen Karton zum Geburtstag geschickt. Sie sind mit silbernen Fäden durchwirkt, und manchmal glitzern sie ganz herrlich, wenn ich im Mondschein mit ihnen am Fenster sitze und über das Leben nachdenke. Und auch jetzt sehe ich das Meer und dann das Lederband, das ich seit Ewigkeiten in einem bemalten Holzschächtelchen zwischen meinen Nachtkleidern in der Kommode aufbewahre. *Ich kann dich fühlen.*

Ich bin müde, unendlich müde. Ich muss jetzt schlafen, denn morgen fahre ich nach Hause zu Mutter. Scottie wird uns mit den Kindern besuchen kommen. Ich freue mich, schon bald ein rosiges Baby in den Armen zu wiegen. Vielleicht singe ich ihm *Lullaby* vor.

Ich muss jetzt schlafen.

NACHWORT

*Dann trage den goldenen Hut, wenn das
sie zu rühren vermag;
und wenn du hoch springen kannst,
spring auch für sie,
auf dass sie dir zuruft: »Geliebter, goldhütiger, hochspringender Geliebter,
dich muss ich haben!«*

Thomas Parke D'Invilliers

Der große Gatsby zählt zu meinen *All-Time-Favourites*. Allein das dem Buch vorangestellte Zitat lässt es mich gern aufschlagen. Wussten Sie, dass der vom Autor hochgeschätzte Dichter der eigenen Erfindungsgabe entsprungen ist? Als ich vor einer Weile den ergreifenden Briefwechsel der Fitzgeralds las, gelangte ich rasch zu der Auffassung, Scott müsse den goldenen Hut recht häufig getragen haben. Er vermochte seine Zelda durchaus zu rühren. Diese Erkenntnis erzeugte stärkeres Interesse in mir: Sie war Anlass, den Klassiker ein weiteres Mal zur Hand zu nehmen. Welches Geheimnis verbirgt sich in diesem Stück Weltliteratur? Meine Auseinandersetzung mit dieser Frage mündete schließlich in einen eigenen Roman. Die mit Symbolik beladenen Kapitel zu sezieren, um daraus eine Geschichte hinter den Tatsachen zu entfalten, war mir eine unglaubliche Freude.

Das Künstlerpaar gehört zu den schillerndsten des zwanzigsten Jahrhunderts; die Beschäftigung mit ihm bedeutet, das unglaubliche Spektakel jener Jahre heraufzubeschwören. Tagebücher, Notizen, die Briefe, aber auch vielfältige Erinnerungen ihrer Zeitgenossen schaffen ein genaues und atmosphärisch dichtes Bild. Darüber hinaus haben nur wenige Literaten Leben und Wirken derartig eng miteinander verwoben; Romane und Erzählungen der beiden lesen sich oft wie autobiografische Gesellschaftsporträts. Das Material bietet eine fantastische Bandbreite, sodass es keines erfundenen Plots bedarf, wenn man über die Fitzgeralds schreiben möchte. Ihre Abenteuer sind vollkommen, sie sind die Geschichte. Und doch habe ich während meiner Recherche Ungereimtheiten entdeckt, Hypothesen und Widersprüche, die mir als Autorin die Möglichkeit gaben, unbestreitbare Fakten mit jener Dramaturgie zu versehen, welche Figuren zum Leben erwecken.

Es hatte etwas Unwiderstehliches, die Literatur irgendwann beiseitezulegen und entlang tatsächlicher Begebenheiten die Roaring Twenties aus Sicht der beiden zu betrachten.

Zelda und Scott sind äußerst charismatische Persönlichkeiten, deren bewegte Liebe nicht immer verständlich erscheint. Um ein Gespür für diese Dynamik zu erhalten und dem Herz meines Romans emotionale Tiefe zu verleihen, bin ich mehrmals die Küste Südfrankreichs entlanggereist, stets auf der Suche nach etwas Außergewöhnlichem, irgendeiner Magie. Wie viel Wahrheit steckt in der Affäre? Wie viel Schmerz in den Zeilen? Ein unvergessener Aufenthalt am Cap d'Antibes hat mir schließlich das Vertrauen gegeben, dass ich über die Fitzgeralds würde schreiben können. Ich denke, dieser Ort mit seiner herrlichen Bucht La Garoupe, einst von den Murphys entdeckt, ist mein persönlicher Schlüssel zu diesem Roman. Die Lost Generation – sie lebt.

Mein besonderes Anliegen bestand natürlich darin, Zeldas Schicksal herauszuarbeiten. Ihr kaleidoskopisches Wesen fasziniert mich. Als Ikone des Jazz Age strahlte sie Selbstbewusstsein und Extravaganz aus, hinter der rebellischen Fassade aber verbarg sich eine sensible Person, die mit eigenen musischen Talenten wahrgenommen werden wollte. Der elementare Wunsch nach Selbstständigkeit, überhaupt nach Identität im Schatten eines berühmten Mannes, sollte eine beträchtliche Herausforderung darstellen. Zeldas kritisches Urteil bedeutete dem Schriftsteller wertvolles Vorankommen; sie war zudem Inspiration, Impuls. Heldin all seiner Romane. Die Poesie ihrer Sprache und die Eleganz der Metaphern, mit denen sie scheinbar mühelos zu betören wusste, hatte Scott von Anbeginn ihres Kennenlernens in sein Werk einfließen lassen. Als diese Quelle zu versiegen drohte und die Konkurrenz gefürchtete Formen annahm, wusste er zu verhindern, dass seine Frau ihre Ziele erreichte. Ich hoffe, es ist mir gelungen, Zeldas ambivalente Gefühle, schließlich die Zerrissenheit, die in den Dreißigerjahren einer der Auslöser ihrer Krankheit werden sollte, nahezubringen.

Die Aussage der Biografin Nancy Milford, Zelda sei das Symbol einer vereitelten Künstlerin, findet meine Zustimmung, und es ist erstaunlich, mit welcher Brisanz das damals diskutierte Thema der Emanzipation noch die gegenwärtige Gesellschaft zu beschäftigen weiß.

Meinungen zum Leben der Fitzgeralds sind so zahlreich vorhanden wie Veröffentlichungen über sie. Die *eine* Wahrheit existiert nicht. Meine Fantasie ersetzt jedoch nicht gesichertes Wissen. Basis der Handlung ist das Œuvre des Paares: Es bildet das literarische Gerüst meiner Geschichte, ohne das ihr Aufbau nicht möglich gewesen wäre. Um über die Erlebnisse hinter den Kulissen des *Gatsbys* schreiben zu können, habe ich das Paar um den mysteriösen Geschäftsmann und seinen Traum kreisen lassen. Ein Balanceakt. So greifen Zeldas Zwiegespräche mit Daisy Buchanan Passagen ihrer Aussagen im *Gatsby* auf; und auch wenn ich Scott nach Ideen für sein Buch suchen lasse, jongliere ich konsequentermaßen mit vorgegebenen Sätzen, verfremde, überziehe.

Sämtliche Dialoge sind ausgedachter Natur; gleichwohl gestatte ich mir, manche Gespräche auf der Grundlage ihrer Korrespondenz untereinander, mit Max Perkins und anderen Bekanntschaften zu schildern. Insbesondere die ausführlichen Schriftwechsel zwischen Scott und seinem Lektor haben mir im letzten Drittel die Chance geboten, die Turbulenzen jener Wochen plastisch zu gestalten. Das Schreiben, in dem Max Perkins Scotts Manuskript als Wunder bezeichnet, ist ein so hinreißendes Stück Literaturgeschehen, dass ich das Original in eigener Übersetzung nahezu getreu verwende. Ausnahmslos jeder angeführte Bezug findet sich nachweislich im Verzeichnis.

Nicht alle erwähnten Werke aus Literatur, Musik und Film gelangten im Deutschen zu einer Publikation, daher erfolgt die Darstellung der Titel in einem mehrheitlichen Sprachschema. Beispielsweise sind Zeldas *Walzer* sowie einige ihrer Erzählungen übertragen worden, ihre Artikel hingegen nicht; dies spiegelt sich in meinem Text wider. Die genannten Arbeiten Scotts wiederum erscheinen vollzählig, dem Sinn entsprechend verfahre ich mit seinen vorläufigen Titeln. Französische Werke verbleiben grundsätzlich in der Landessprache.

Um diesen Roman mit einer szenischen Dichte zu illustrieren, stimmt die Chronologie weniger Ereignisse nicht mit dem tatsächlichen Ablauf überein. Obwohl ich mich oft nah am historisch Dokumentierten orientiere, ist das Resultat letztlich ein fiktionales Werk.

Während des Schreibens der *Tage mit Gatsby* hatte ich eine wundervolle Zeit. Zelda war mir wie eine Freundin. Wir lachten und litten miteinander. Es war ein unendlicher Spaß, Jozan zu begegnen, seinem Charme zu erliegen und mich ebenfalls ein bisschen in ihn zu verlieben. Zeldas Affäre war meine Affäre, und als ihr Herz brach, brach auch meins. Nur einen Augenblick lang mit dieser mutigen Frau gemeinsam durch die Welt gegangen zu sein, bedeutet mir viel.

Merci beaucoup, Zelda!

CHRONOLOGIE DER WERKE ZELDA FITZGERALDS

Friend Husband's Latest, 2. April 1922, New York Tribune, Rezension für The Beautiful and Damned

Eulogy on the Flapper, Juni 1922, Metropolitan Magazine

Does a Moment of Revolt Come Sometime to Every Married Man?, März 1924, McCall's

Our Own Movie Queen (Unsere Leinwandkönigin), 7. Juni 1925, Chicago Sunday Tribune, Veröffentlichung unter F. Scott Fitzgerald, Vermerk im Ledger: Zwei Drittel von Zelda. Von mir nur Höhepunkt und Überarbeitung.

The Original Follies Girl (Die erste Revuetänzerin), Juli 1929, College Humor, Veröffentlichung unter F. Scott und Zelda Fitzgerald

What Became of the Flappers?, Oktober 1925, McCall's

Breakfast, 1925, Favorite Recipes of Famous Women (New York & London: Harper & Brothers)

The Changing Beauty of Park Avenue, Januar 1928, Harper's Bazaar, Veröffentlichung unter F. Scott und Zelda Fitzgerald, Vermerk im Ledger: Zeldas Werk

Looking Back Eight Years, Juni 1928, College Humor, Veröffentlichung unter F. Scott Fitzgerald, Vermerk im Ledger: Zeldas Werk

Who can Fall in Love After Thirty?, Oktober 1928, College Humor, Veröffentlichung unter F. Scott und Zelda Fitzgerald, Vermerk im Ledger: Zeldas Werk

Southern Girl (Ein Südstaatenmädchen), Juli 1929, College Humor, Veröffentlichung unter F. Scott und Zelda Fitzgerald

Paint and Powder, Mai 1929, The Smart Set, Veröffentlichung unter F. Scott Fitzgerald, Vermerk im Ledger: Zeldas Werk

The Girl the Prince Liked (Das Mädchen, das dem Prinzen gefiel), Februar 1930, College Humor, Veröffentlichung unter F. Scott und Zelda Fitzgerald

The Girl with Talent (Mädchen mit Talent), April 1930, College Humor, Veröffentlichung unter F. Scott und Zelda Fitzgerald

A Millionaire's Girl (Das Mädchen und der Millionär), Mai 1930, Saturday Evening Post, Veröffentlichung unter F. Scott Fitzgerald

Poor Working Girl (Ein Mädchen aus einfachen Verhältnissen), Januar 1931, College Humor, Veröffentlichung unter F. Scott und Zelda Fitzgerald

Miss Ella, Dezember 1931, Scribner's Magazine, *Save Me the Waltz* (Ein Walzer für mich), Roma, 1932, Charles Scribner's Sons

Scandalabra, Theaterstück, Sommer/Winter 1932, Aufführung in Baltimore, Maryland. 26. Juni – 1. August 1933

The Continental Angle (Von Europa aus betrachtet), Juni 1932, New Yorker

A Couple of Nuts (Zwei Verrückte), August 1932, Scribner's Magazine

Show Mr. and Mrs. F. to Number – (Bringen Sie Mr. and Mrs. F. zu Nummer***), Mai-Juni 1934, Esquire, Veröffentlichung unter F. Scott und Zelda Fitzgerald, Vermerk im Ledger: Zeldas Werk

Auction – Model 1934 (Auktion im Stil von 1934), Juli 1934, Esquire, Veröffentlichung unter F. Scott und Zelda Fitzgerald, Vermerk im Ledger: Zeldas Werk

Caesar's Things, Roman, Unvollendetes Typoskript, ca. 1940

Other Names for Roses (Andere Namen für Rosen), Undatiertes Typoskript aus dem Nachlass, Erstveröffentlichung 1992

ZITIERTE UND WEITERFÜHRENDE LITERATUR

Bruccoli, Matthew, J.: Fitzgerald and Hemingway. A Dangerous Friendship, New York 1994

Bruccoli, Matthew, J.: Some Sort of Epic Grandeur. The Life of F. Scott Fitzgerald, Columbia 2002

Bruccoli, Matthew, J./Fitzgerald Smith, Scottie/Kerr, Joan. P. (Hrsg.): The Romantic Egoist. A Pictorial Autobiography from the Scrapbook and Albums of F. Scott and Zelda Fitzgerald, Columbia 2013

Cline, Sally: Zelda Fitzgerald. Her Voice in Paradise, New York 2002

Corrigan, Maureen: So We Read On. How The Great Gatsby came to be and why it endures, New York 2014

Donnelly, Honoria M./Billings, Richard N.: Sara and Gerald. Villa America and After, New York 1982

Fitzgerald, F. Scott: A Life in Letters, hrsg. v. Matthew J. Bruccoli, New York 1994

Fitzgerald, F. Scott: All the Sad Young Men. Collection of Short Stories, London 2013

Fitzgerald, F. Scott: Der große Gatsby. Aus dem Amerikanischen von Bettina Abarbanell, Zürich: Diogenes, 2007

Fitzgerald, F. Scott: Die letzte Schöne des Südens. Erzählungen. Aus dem Amerikanischen von Walter Schürenberg, Elga Abramowitz und Walter E. Richartz, Zürich: Diogenes, 1980

Fitzgerald. F. Scott: Die Liebe des letzten Tycoon. Ein Western. Aus dem Amerikanischen von Renate Orth-Guttmann, Zürich: Diogenes, 2006

Fitzgerald, F. Scott: Die Schönen und Verdammten. Aus dem Amerikanischen von Hans-Christian Oeser, Zürich: Diogenes, 2006

Fitzgerald, F. Scott: Diesseits vom Paradies. Aus dem Amerikanischen von Martina Tichy und Bettina Blumenberg, Zürich: Diogenes, 2006

Fitzgerald, F. Scott: Ein Diamant – so groß wie das Ritz. Erzählungen. Aus dem Amerikanischen von Walter Schürenberg, Walter E. Richartz, Elga Abramowitz und Günter Eichel, Zürich: Diogenes, 1980

Fitzgerald, F. Scott: Flappers and Philosophers, New York 1959

Fitzgerald, F. Scott: Früher Erfolg. Erzählungen. Über Geld und Liebe, Jugend und Karriere, Schreiben und Trinken. Aus dem Amerikanischen von Renate Orth-Guttmann, Melanie Walz und Bettina Arbabanell, Zürich: Diogenes, 2017

Fitzgerald, F. Scott: Ohne dich würde ich sterben. Erzählungen, hrsg. v. Anne Margaret Daniel. Aus dem Amerikanischen von Gregor Runge, Andrea Stumpf und Melanie Walz, Hamburg: Hoffmann & Campe, 2017

Fitzgerald, F. Scott: The Notebooks of F. Scott Fitzgerald, hrsg. v. Matthew J. Bruccoli, New York 1978

Fitzgerald, F. Scott: Trimalchio. An Early Version of The Great Gatsby, hrsg. v, James L. W. West III, Cambridge 2000

Fitzgerald, F. Scott: Wiedersehen mit Babylon. Erzählungen. Aus dem Amerikanischen von Bettina Abarbanell, Christa Hotz, Renate Orth-Guttmann, Alexander Schmitz, Christa Schuenke. Walter Schürenberg und Melanie Walz, Zürich: Diogenes, 2009

Fitzgerald, F. Scott: Winterträume. Aus dem Amerikanischen von Bettina Abarbanell, Dirk van Gunsteren, Christa Hotz, Alexander Schmitz, Christa Schuenke, Walter Schürenberg und Melanie Walz, Zürich: Diogenes, 2009

Fitzgerald, F. Scott: Zärtlich ist die Nacht. Aus dem Amerikanischen von Renate Orth-Guttmann, Zürich: Diogenes, 2006

Fitzgerald, F. Scott/Fitzgerald, Zelda: Lover! Briefe, hrsg. v. Jackson R. Bryer/ Cathy W. Barks, aus dem Englischen von Dora Winkler, München: DVA/ Random House, 2004

Fitzgerald, Zelda: Caesar's Things. Unveröffentlichtes Romanmanuskript, Universität Princeton

Fitzgerald, Zelda: Ein Walzer für mich. Aus dem Amerikanischen von pociao, Zürich: Diogenes, 2013

Fitzgerald, Zelda: Himbeeren mit Sahne im Ritz. Erzählungen. Aus dem Amerikanischen von Eva Bonné, Zürich: Manesse, 2016

Fitzgerald, Zelda: The Collected Writings, hrsg. v. Matthew J. Bruccoli, New York 1991

Frausing Fosshage, Frauke: F. Scott Fitzgerald: Der große Gatsby. Erläuterungen, Hollfeld: C. Bange, 2010

Hemingway, Ernest: Paris, ein Fest fürs Leben. Aus dem Englischen von Walter Schmitz, Reinbek bei Hamburg: Rowohlt, 2012

Hemingway, Ernest: Three Stories and Ten Poems and In Our Time. Ancient Wisdom Publications, 2019

Karl, Michaela: ›Wir brechen die 10 Gebote und uns den Hals‹: Zelda und F. Scott Fitzgerald. Eine Biografie, München: Btb/Random House, 2014

Kochan, Sandra/Toni Friedrich u. a.: Der ›Große Gatsby‹ und die Goldenen Zwanziger. Über das Scheitern des ›American Dream‹. Essays. München: Science Factory, 2013

Kuehl, John/Bryer, Jackson R. (Hrsg.): Dear Scott/Dear Max. The Fitzgerald-Perkins Correspondence, Hudson River Editions, 2016

Lanahan, Eleanor (Hrsg.): Zelda. An Illustrated Life. The Private World of Zelda Fitzgerald, New York 1996

Lanahan, Eleanor: Scottie. The Daughter of ... The Life of Frances Scott Fitzgerald Lanahan Smith, New York 1995

Milford, Nancy: Zelda. Die Biographie des amerikanischen Traumpaares Zelda und F. Scott Fitzgerald. Aus dem Amerikanischen von Gertrud Baruch, München: Kindler, 1975

Miller-Patterson, Linda (Hrsg.): Letters from The Lost Generation. Gerald and Sara Murphy and Friends, New Brunswick 1991

Rodriguez-Hunter, Suzanne: Rendez-vous im literarischen Paris, Reinbek bei Hamburg: Rowohlt, 1994

Taylor, Kendall: The Gatsby Affair. Scott, Zelda and the Betrayal that Shaped an American Classic, Maryland 2018

Taylor, Kendall: Sometimes Madness is Wisdom. Zelda and Scott Fitzgerald. A Marriage, New York 2001

Tomkins, Calvin: Living Well is the Best Revenge. Two Americans in Paris 1921-1933, New York 1972

Ulm, Dieter: F. Scott Fitzgerald: The Great Gatsby. Interpretation, München: Stark, 2019

Vaill, Amanda: Everybody Was So Young. Gerald and Sara Murphy and Their Circle. A Lost Generation Story, New York 1998

Wagner-Martin, Linda: Zelda Sayre Fitzgerald. An America Woman's Life, New York 2004

Williams, Andrew: F. Scott Fitzgerald: The Great Gatsby. Lektüreschlüssel, Stuttgart: Reclam, 2014

DANK

Ich bin unendlich dankbar für den Zuspruch und die Unterstützung außergewöhnlicher Menschen, die auf unterschiedlichste Weise zu diesem Projekt beigetragen haben.

That's the beginning ... Ich danke den MitarbeiterInnen der Agentur Michael Gaeb, die mit ihrem Gespür für gute Themen einer Idee ans Licht geholfen haben. Meine Agentin Elisabeth Botros hat sich von ersten Entwürfen begeistern lassen und mir wertvollen Rat erteilt.

Meiner Verlegerin Sabine Cramer bin ich für das Vertrauen und die Veröffentlichung zu großem Dank verpflichtet.

Angela Tsakiris, meine Lektorin, hat mit unglaublichem Scharfsinn und Stilempfinden das Manuskript zum Funkeln gebracht. Ihr schulde ich besonderen Dank. Sie ist die eigentliche Heldin des Romans! Ebenso danke ich allen KollegInnen des Lektorats, die das Manuskript mit Fachwissen und Engagement begleiteten. Dem Korrektor Daniele Gambone danke ich für die Grazie im Text.

Natürlich spreche ich auch den MitarbeiterInnen aller anderen Abteilungen im Verlag meinen Dank aus. Klug und umsichtig verwenden sie ausnahmslos alle Mühe darauf, dem Buch einen bestmöglichen Start zu bieten. Ihr DuMonts seid fantastisch!

Mein Mann Gerhard Quast hat unzählige meiner Aufgaben übernommen, damit das Schreiben Raum gewinnen konnte; er ist mir um die halbe Welt nachgereist, nur um sich bei einem gemeinsamen Glas Wein den Prolog vorlesen zu lassen. Mit brillantem IT-Können und größter Gelassenheit hat mein Sohn Paul Joshua Adlung das Manuskript kurz vor Abgabe aus technischen Schwierigkeiten gerettet. *Merci pour l'enchantement,* Jungs! Ohne euch wäre das Leben weitaus weniger bunt.

... *and end of everything.* Nicht zuletzt gilt mein herzlichster Dank sämtlichen VertreterInnen und BuchändlerInnen, die mit unermüdlichem Einsatz dafür Sorge tragen, die *Tage mit Gatsby* in die Welt zu geleiten. Was wäre ein Roman ohne den Enthusiasmus dieser liebenswerten Menschen?